Au secours de son fils

*

La tentation du danger

DELORES FOSSEN

Au secours de son fils

Traduction française de
KAREN DEGRAVE

BLACK ROSE

HARLEQUIN

Collection : BLACK ROSE

Ce roman a déjà été publié en 2018

Titre original :
GUNFIRE ON THE RANCH

HARPERCOLLINS FRANCE
83-85, boulevard Vincent-Auriol, 75646 PARIS CEDEX 13
Service Clients — www.harlequin.fr
ISBN 978-2-2805-0542-0 — ISSN 1950-2753

Édité par HarperCollins France.
Composition et mise en pages Nord Compo.
Imprimé en mars 2024 par CPI Black Print (Barcelone)
en utilisant 100% d'électricité renouvelable.
Dépôt légal : avril 2024.

FSC
www.fsc.org
MIXTE
Papier issu de sources responsables
FSC® C159065

Pour limiter l'empreinte environnementale de ses livres, HarperCollins France s'engage à n'utiliser que du papier fabriqué à partir de bois provenant de forêts gérées durablement et de manière responsable.

1

Theo Canton aurait aimé qu'il existe un meilleur moyen d'arrêter le tueur. N'importe quel moyen qui n'aurait pas supposé qu'il remette les pieds dans le ranch des Beckett pour y déranger un mariage auquel il n'était pas convié. Mais, si ses informations étaient fiables, il pourrait y avoir un nouveau meurtre ce soir même.

C'était peut-être Ivy Beckett qui était visée.

C'était peut-être la famille Beckett tout entière et la propre sœur de Theo, Jodi, puisqu'ils seraient tous sous le même toit pour la cérémonie. Une cérémonie qui devait se dérouler le lendemain.

Il ne voulait pas que le drame qui avait eu lieu dix ans plus tôt, quand deux personnes s'étaient fait tuer, se reproduise. Il lui suffisait d'y penser pour que son estomac se noue et que les mauvais souvenirs envahissent son esprit. Depuis qu'il avait été informé du danger, il faisait tout son possible pour les tenir à distance parce qu'ils nuisaient gravement à sa concentration.

Une chose était sûre : il avait bien assez de sang de Beckett sur les mains.

Theo prit le dernier virage de cette route qu'il connaissait bien. Les terres du ranch s'étendirent devant lui. Les clôtures qui bordaient la route avaient été décorées pour le mariage. Les rubans bleus qui y étaient attachés s'agitaient dans la brise de mai et donnaient un air de fête à la propriété. Il ne vit personne travailler dans les pâturages. Il ne vit donc pas non plus le tueur, mais cela ne signifiait pas que le serpent n'était pas tapi quelque part en attendant le bon moment pour frapper.

Son téléphone vibra sur le siège du passager. Il jeta un coup d'œil à l'écran. C'était Wesley Sanford, l'un de ses collègues à la brigade des stupéfiants — celui qui l'avait averti que le ranch risquait d'être attaqué. Theo décrocha et mit le haut-parleur sans cesser de rester attentif à la route et à son environnement.

— Tu as trouvé quelque chose ? demanda Wesley sans préambule.

— Pas encore. Et toi ?

— Je serai dans le bureau du shérif de Blue River dans deux minutes. J'expliquerai ce qui se passe au plus haut gradé que je trouverai. Avec un peu de chance, je pourrai parler à Gabriel lui-même.

Gabriel, le shérif de la petite ville de Blue River, était le frère d'Ivy. L'un de ses frères, plutôt. L'autre, Jameson, était un Texas Ranger.

— Mais je doute que le shérif travaille aussi tard la veille de son mariage, ajouta Wesley. Qu'en penses-tu ? Quelles sont mes chances ?

Theo n'en pensait rien. Il n'était pas resté en contact avec les Beckett. Ils faisaient partie de ces vieux souvenirs et de ces vieilles blessures dont il ne voulait pas dans sa vie. De toute façon, les Beckett n'avaient pas voulu rester en contact avec lui. Ils voulaient encore moins le voir dans les parages de leur ranch. Ils avaient été parfaitement clairs sur ce point la dernière fois qu'il les avait vus, dix ans plus tôt. Malheureusement, il était obligé d'y remettre les pieds. Mais il en partirait aussi vite que la fois précédente dès que le danger serait passé.

— Si tu trouves Gabriel, n'oublie pas de ne rien dire à l'intérieur de son bureau, rappela-t-il à Wesley. Parle-lui dehors.

Si leur informateur disait vrai, le tueur avait sans doute mis le poste de police sur écoute — ainsi que la maison du shérif.

— Je ne veux pas que cette ordure sache qu'on est sur ses talons à cause d'une indiscrétion, ajouta-t-il. Il faut qu'on lui mette la main dessus.

Wesley n'avait sûrement pas besoin de ce rappel. C'était un policier expérimenté, tout comme lui. Mais ils ne pouvaient pas se permettre de commettre la moindre erreur. L'enjeu était trop grand. La dernière fois que Theo avait commis une erreur avec les Beckett, les parents d'Ivy avaient été assassinés. Peut-être par le tueur qui menaçait de nouveau leur famille.

Ou peut-être par son père.

Mais si c'était son père qui avait tué les parents d'Ivy, dix ans plus tôt, ils avaient maintenant affaire à un imitateur. Parce que son père était derrière les barreaux depuis lors, dans une prison à sécurité maximale, à des kilomètres de Blue River. Mais cela ne changeait pas grand-chose, dans le fond. Un imitateur pouvait être aussi dangereux que l'original.

Il était bien dommage que Theo ne puisse pas simplement prévenir les frères d'Ivy pour sonner l'alarme au ranch, mais la probabilité que la maison et le bureau de Gabriel soient sur écoute l'obligeait à lui parler face à face. Cette démarche leur serait désagréable à tous les deux, mais il n'avait pas le choix.

— Si je ne trouve pas le shérif, je dirai à ses hommes qu'il doit y avoir un micro dans le bâtiment, répondit Wesley. S'ils font bien leur boulot, ils fouilleront les locaux. Rappelle-moi dès que tu peux.

Alors qu'il raccrochait, Theo atteignit le sommet de la colline d'où l'on pouvait voir le ranch. L'une des maisons qui s'élevaient sur les terres du ranch, plutôt. D'après ce qu'il savait, il y en avait maintenant quatre sur le terrain des Beckett : celle qu'occupait Gabriel, celle de Jameson et une troisième qu'un vieil ami de Gabriel, Cameron Doran, avait construite.

C'était à la quatrième que les mauvais souvenirs de Theo étaient associés.

Parce que c'était dans cette maison-là que les parents d'Ivy avaient été tués. Personne ne l'avait habitée depuis cette nuit-là.

D'après les brèves recherches que Theo avait faites avant de se mettre en route pour Blue River, Ivy était propriétaire d'une maison près de Houston, à plusieurs heures de trajet du ranch. Apparemment, il n'était pas le seul à avoir éprouvé le besoin de quitter Blue River après les meurtres. Elle aussi avait changé de vie.

Il n'avait pas appris grand-chose sur Ivy en dehors de son adresse. Elle avait déclaré à l'administration fiscale qu'elle était veuve. Ainsi, elle ne s'était pas seulement éloignée physiquement. Elle était passée à autre chose avec un homme qu'elle avait épousé, puis perdu. Theo éprouva une pointe de jalousie qu'il étouffa aussi vite qu'il le put. Ivy ne lui appartenait pas. Elle ne lui appartenait plus depuis longtemps. Il était logique qu'elle soit passée à autre chose après leur rupture. C'était ce que faisaient les gens normaux, dans ces cas-là.

Theo ne se considérait plus comme normal depuis bien longtemps.

Il se gara près d'un bosquet, à une cinquantaine de mètres de la maison de Gabriel. Il dégaina et s'approcha du porche sans faire de bruit. Le terrain ne manquait pas de buissons et d'arbres derrière lesquels il pouvait se cacher tout en ayant les quatre maisons dans son champ de vision. Malgré toutes ses précautions, il n'était qu'à mi-chemin de la maison de Gabriel quand il entendit quelque chose qu'il n'avait pas envie d'entendre.

— Lâche ton arme ! lui ordonna quelqu'un.

Merde ! Comment avait-on réussi à s'approcher autant de lui sans qu'il s'en aperçoive ? Pis : il n'avait pas été surpris par n'importe qui. Même après dix ans, il avait bien reconnu cette voix.

Ivy.

Il se retourna lentement et la vit à l'angle de la maison. Grâce à la lumière qui s'échappait des fenêtres, il n'eut aucun mal à distinguer ses traits.

Il vit aussi parfaitement bien la carabine qu'elle pointait sur lui.

Apparemment, elle le voyait très bien, elle aussi, car elle murmura son prénom. Elle ne baissa pas son arme pour autant.

Lui aussi prononça son prénom — avec bien plus d'émotion qu'il ne l'aurait voulu. La *moindre* émotion était de trop, dans ces circonstances. Il ne fallait pas que leur passé leur complique les choses. Ivy était son *ex*-petite amie. Tout ce qu'il voulait, c'était faire son travail et disparaître au plus vite.

Ivy n'ajouta rien, mais elle s'approcha lentement de lui. Son regard allait de son visage à son arme, qu'il s'empressa de baisser.

— J'allais chercher quelque chose dans le bureau de Gabriel quand je t'ai vu par la fenêtre, finit-elle par dire. On ne t'attendait pas. Vu ta manière de t'approcher comme un voleur, j'imagine que tu aurais préféré qu'on ne te voie pas. Pourquoi ?

Elle interprétait mal sa discrétion. C'était du tueur qu'il voulait se cacher, mais il devait admettre que les apparences étaient contre lui.

— Il fallait que je vienne, répondit-il. J'ai découvert… quelque chose.

Ivy cligna des yeux et s'approcha encore. Elle n'avait pas beaucoup changé depuis dix ans. Elle avait presque trente ans, à présent, mais elle avait toujours les mêmes cheveux bruns dont les pointes lui effleuraient les épaules. Son regard était toujours aussi intense. Il ne pouvait pas voir la couleur de ses yeux dans l'obscurité, mais il savait qu'ils étaient du bleu des saphirs.

Il s'était juré de rester impassible, mais il échoua. Absurdement, le désir qu'elle lui inspirait n'avait rien perdu de son intensité. Mais il ressentait aussi autre chose : de la colère. C'était pour cela qu'il avait préféré garder ses distances.

— Je suppose que tu as entendu parler du mariage, dit-elle. Es-tu venu pour voir ta sœur ?

— Non.

Il s'abstint de préciser qu'il n'avait pas vu sa petite sœur depuis très longtemps. Parce qu'elle était associée à d'autres mauvais souvenirs, sûrement pas parce qu'il ne l'aimait pas. Il adorait Jodi. Mais il ne pouvait pas la voir sans se rappeler qu'il avait aussi trahi sa confiance. Elle avait failli mourir la même nuit que les parents d'Ivy. Il n'avait pas su la protéger. Et voilà qu'elle épousait Gabriel Beckett…

Contrairement à lui, Jodi et Gabriel semblaient avoir réussi à surmonter leur passé douloureux pour vivre leur amour. Ils avaient dû trouver leur « normalité » et leur manière d'être heureux.

— On n'est pas en sécurité là-dehors, dit-il. Viens dans ma voiture, qu'on discute cinq minutes.

Ivy ne bougea pas, mais elle l'imita quand il jeta des regards alentour.

— Tu as entendu parler des lettres de menaces, répondit-elle.

Non, il n'en avait pas entendu parler, mais cela éveilla sa curiosité. Il secoua la tête.

— Quelles lettres ?

Ivy soupira et baissa enfin sa carabine.

— La dernière nous prévenait que nous serions tous tués, mes frères, ma sœur et moi, le jour anniversaire de la mort de nos parents.

Dans deux mois…

Ivy avait prononcé cette phrase d'une voix neutre, comme si elle ne prenait pas la menace au sérieux. Lui prenait tout au sérieux.

— Et vous en avez reçu beaucoup, des lettres de ce genre ? demanda-t-il.

— Suffisamment, répondit-elle. Des mails aussi, et quelques appels masqués. Que fais-tu là, si tu n'étais pas au courant ? Et pourquoi penses-tu que nous ne sommes pas en sécurité dehors ?

— Parce que nous ne le sommes pas, répondit-il avant d'inspirer profondément. Tu sais que je travaille pour la brigade des stupéfiants ?

Ivy pinça les lèvres et hocha la tête.

— Gabriel m'a dit que tu es ce que les flics appellent un « zombie ».

C'était bien le terme dont ils se servaient pour désigner un policier infiltré, parfois pendant des années. Et c'était bien ce qu'il faisait. Sa dernière mission s'était achevée moins d'un mois plus tôt. Pendant trois ans, il avait infiltré une milice pour savoir d'où provenait et par où passait la drogue qu'elle vendait.

— Oui, répondit-il. Et j'ai quelques informateurs dans le milieu qui me filent des tuyaux de temps à autre. D'après l'un d'eux, un tueur aurait l'intention d'attaquer le ranch ce soir.

Elle écarquilla les yeux, puis les plissa.

— Cet informateur est-il fiable ? demanda-t-elle, visiblement sceptique.

C'était une bonne question.

— Assez pour que j'aille dans un endroit où je sais que je ne suis pas le bienvenu.

— Tu aurais pu appeler, répondit-elle après quelques secondes de réflexion, ce qui confirma qu'il n'était pas le bienvenu.

Il secoua la tête.

— D'après mon informateur, le tueur a réussi à placer des micros dans le bureau et la maison de ton frère, lui expliqua-t-il.

Il vit de l'inquiétude se mêler au scepticisme dans son regard. De nouveau, elle jeta des coups d'œil alentour en même temps que lui.

— Ce tueur a-t-il un lien avec la mort de mes parents ? demanda-t-elle.

Il hésita avant de répondre :

— D'après mon informateur, il s'agit de leur meurtrier.

Ivy grommela un juron.

— Nous savons qui les a tués, répliqua-t-elle. Ton père, Travis Canton. Et il est en prison, maintenant, parce que nous avons trouvé assez d'indices pour prouver qu'il était coupable.

Non, ils avaient trouvé assez d'indices pour qu'il soit *condamné* à perpétuité. Ce n'était pas la même chose. Il manquait peut-être d'objectivité, mais un doute subsistait dans son esprit parce que son père ne se souvenait de rien.

— Travis détestait mes parents, lui rappela Ivy comme s'il avait exprimé sa pensée. On l'a entendu les menacer quelques heures avant les meurtres. Et il avait du sang de mon père sur sa chemise quand on l'a trouvé près du ruisseau.

Tout cela était vrai. Mais elle aurait pu ajouter que Travis était un alcoolique qui n'en était pas à sa première perte de mémoire. Il pouvait avoir tué les Beckett dans le brouillard de l'ivresse et ne plus s'en souvenir.

On pouvait aussi l'avoir piégé.

Et celui qui l'avait piégé, si c'était le cas, pouvait vouloir finir ce qu'il avait commencé ce jour-là en tuant les enfants Beckett.

— Ton père était le shérif de Blue River quand il s'est fait tuer, lui rappela-t-il à son tour.

Il savait qu'il ne la ferait pas changer d'avis, mais il voulait au moins essayer de lui faire comprendre que les choses étaient souvent plus compliquées qu'elles n'en avaient l'air.

— Et ta mère était une ancienne policière, poursuivit-il. Ils se sont tous les deux fait beaucoup d'ennemis au cours de leur carrière. L'un de ces ennemis peut avoir décidé de vous tuer ce soir, et c'est pour ça que tu ne dois pas rester plantée là.

Il vit l'inquiétude dans ses yeux, mais elle ne bougea pas.

Ce fut au tour de Theo de grommeler un juron.

— Écoute-moi, dit-il. Je sais très bien que Gabriel, Jameson et Lauren ne veulent pas que je mette les pieds dans le ranch...

— Lauren n'est pas là, le coupa-t-elle. Elle ne viendra pas. Elle a quitté Blue River en même temps que toi et n'est jamais revenue depuis.

Theo la comprenait. Lauren était la plus jeune des Beckett. Elle avait à peine dix-huit ans quand elle était devenue orpheline. Tout comme lui, elle avait sans doute eu besoin de tourner la page.

— Je suis désolé, dit-il parce qu'il avait l'impression que l'absence de Lauren faisait de la peine à Ivy, ce qui était bien naturel. Si ça se trouve, ma propre sœur ne veut pas me voir non plus. Mais veux-tu bien monter dans ma voiture le temps que je te fasse comprendre à quel point cette menace est sérieuse ?

— Et comment comptes-tu t'y prendre ? demanda-t-elle en pouffant.

Non, il ne s'était pas trompé sur son scepticisme. La partie n'était pas gagnée.

— J'ai un enregistrement de mon informateur. Il sait des choses sur la nuit des meurtres — des choses qui n'ont pas été révélées à la presse. Il dit qu'il tient ces informations du tueur lui-même.

Elle jeta un coup d'œil vers la maison.

— Dans ce cas, il faut que Gabriel entende cet enregistrement, répondit-elle.

Oui. Et il fallait que Jameson et Jodi l'entendent aussi.

— Mais pas dans la maison, parce qu'elle est probablement sur écoute, lui rappela-t-il. Nous ne devons courir aucun risque. Si le tueur apprend qu'on est à ses trousses, il peut décider de se faire oublier le temps de préparer une autre attaque. Et nous n'aurons peut-être aucun tuyau, la prochaine fois.

Il sentit Ivy hésiter, et sa propre tension s'accroître de seconde en seconde. Ce n'était vraiment pas une bonne idée de rester dehors.

— Je sais que tes frères n'ont pas confiance en moi, ajouta-t-il.

Ils l'avaient prouvé une bonne fois pour toutes en le considérant comme un suspect pendant une courte période après le meurtre.

Son père n'était pas le seul membre de sa famille qui avait des problèmes avec les parents d'Ivy.

Theo avait eu une altercation avec le père d'Ivy, Sherman, quelques heures à peine avant qu'il soit tué. Il lui avait ordonné de rompre tout contact avec Ivy parce qu'elle n'avait pas besoin d'un voyou dans sa vie. Cela avait mis Theo hors de lui, même s'il devait admettre que Sherman avait raison : Ivy méritait mieux que ce qu'il pouvait lui offrir.

— Oui, murmura Ivy comme si elle avait suivi le fil de ses pensées. Mais ne nous laissons pas influencer par nos vieilles blessures si la situation est grave. Gabriel doit entendre cet enregistrement. C'est à lui de décider s'il mérite qu'on le prenne au sérieux.

S'il y avait une chose dont Theo était certain, c'était que son enregistrement allait inquiéter Gabriel.

Ivy lui fit signe de la suivre. Au lieu de partir vers sa voiture, comme il l'espérait, elle l'entraîna vers l'arrière de la maison. Il fut soulagé de la voir presser le pas. Elle avait enfin compris qu'elle était en danger. En revanche, elle n'avait pas réalisé qu'ils ne pouvaient pas parler librement dans la maison.

— N'oublie pas qu'il y a peut-être un micro caché chez ton frère, lui rappela-t-il. Quand nous serons à l'intérieur, il faudra chuchoter.

Cela ne suffirait peut-être pas si le micro était sensible, mais le plus urgent était de mettre Ivy hors de portée d'un éventuel tireur.

Elle le fit entrer par la porte de derrière et s'arrêta dans le vestibule. Il y avait des imperméables suspendus à une patère et des bottes de cow-boy alignées près d'un petit banc en bois. Cela rappela à Theo qu'il était bel et bien dans un ranch. En plus d'être le shérif de Blue River, Gabriel élevait des vaches et des chevaux. Un coin de la pièce était encombré par des pots de peinture et les pièces détachées d'un échafaudage.

— Il y a eu un incendie le mois dernier, expliqua Ivy qui avait suivi son regard. Volontaire. J'aimerais que les attaques cessent.

C'était ce qu'il voulait aussi. Il avait entendu parler de cet incendie. C'est sa sœur qu'on avait voulu tuer. L'homme qui l'avait attaquée était mort, mais ses actes avaient clairement laissé des traces.

— Je vais demander à Gabriel de nous rejoindre, annonça Ivy.

Elle posa sa carabine sur une étagère, tira son téléphone de la poche de son jean et envoya un texto.

Theo ferma la porte et jeta un coup d'œil par la seule fenêtre de la pièce. Comme Ivy tendait la main vers l'interrupteur, il lui saisit le poignet. Bien sûr, cela supposait qu'il la touche... Ce qui lui valut un nouveau sursaut de désir malvenu.

Il fut immédiatement suivi d'un troisième lorsque leurs regards se rencontrèrent.

Ivy ne fit aucun commentaire, mais il eut l'impression qu'elle ressentait la même chose que lui. Il lui sembla aussi qu'elle y résistait aussi vigoureusement qu'il le faisait. Même si elle était sans doute libre, puisqu'elle était veuve, elle n'avait probablement aucune envie de renouer avec lui.

— Il n'est pas prudent de rester aussi près de la fenêtre, chuchota-t-il. On devrait se baisser, au moins.

Elle se mordilla la lèvre pendant quelques secondes. C'était un tic qu'il avait observé d'innombrables fois quand ils étaient adolescents — et qu'il trouvait charmant. Elle était nerveuse. À son grand soulagement, elle finit par se baisser. Il l'imita, mais resta à genoux pour pouvoir continuer à regarder par la fenêtre.

Theo fut de plus en plus conscient de leur proximité à mesure que les secondes s'écoulaient. Il était bien plus difficile de lutter contre le désir et les mauvais souvenirs quand ils étaient aussi près l'un de l'autre. Le parfum d'Ivy n'arrangeait rien.

Merde !

Le souvenir de son corps nu lui envahit l'esprit quelques secondes.

Par chance, il s'évanouit quand il entendit une voix et des bruits de pas. Il reconnut immédiatement la voix de Gabriel.

Il se prépara au pire. Gabriel pouvait se contenter de le mettre à la porte. Pour lui, c'était sans doute le plus simple et le plus satisfaisant. Mais le frère d'Ivy était au téléphone quand il entra dans la buanderie, aussi lui accorda-t-il à peine un regard. Il prit sa sœur par le bras et l'entraîna dans la cuisine adjacente.

Cela fait, Gabriel raccrocha, rangea son téléphone dans sa poche et se tourna enfin vers Theo. Cette fois, ce fut bien plus qu'un coup d'œil qu'il lui jeta.

— Qu'as-tu fait ? lui lança-t-il. Qui nous as-tu amené ? L'un des employés du ranch vient de voir un homme armé sauter une clôture. L'intrus approche.

2

Le cœur d'Ivy tambourinait dans sa poitrine. Elle avait déjà ressenti toutes sortes d'émotions, mais ce qui la tenaillait était une variété de peur qu'elle ne connaissait pas encore.

« Un tueur aurait l'intention d'attaquer le ranch ce soir. »

Elle n'avait pas vraiment pris l'avertissement de Theo à la plaisanterie, mais elle avait espéré de tout son cœur qu'il se trompait. Apparemment pas, parce qu'elle doutait qu'un intrus armé ait de bonnes intentions. D'après son frère, l'homme se dirigeait vers la maison. Elle aurait foncé vers la porte d'entrée pour surveiller son approche si Gabriel ne l'avait pas retenue par le bras.

— J'ai déjà demandé aux autres de tout fermer et de rester loin des fenêtres, dit son frère.

Il éteignit la lumière de la cuisine.

— Verrouille ! ordonna-t-il à Theo en indiquant la porte de derrière du menton.

Theo le fit aussitôt, et Gabriel activa l'alarme depuis son téléphone.

— Il y a peut-être des micros chez toi et dans ton bureau, dit Theo en les rejoignant dans la cuisine. Qui est dans la maison ?

Gabriel demanda au même instant :

— Qu'as-tu à voir avec ce type ?

Vu la manière dont il fusillait Theo du regard, son frère

estimait que sa question était prioritaire. Theo devait partager son avis, puisqu'il y répondit après une brève hésitation.

— Je ne sais pas qui c'est, mais l'un de mes informateurs a dit qu'un tueur s'apprêtait à attaquer le ranch. J'ai un enregistrement. Je n'ai pas appelé parce que la personne qui m'a renseigné pense que ta maison et ton bureau sont sur écoute. Je ne voulais pas que le tueur sache qu'on était informés de ses plans. J'imagine que ce n'est plus un problème, au point où on en est.

Les mâchoires de Gabriel se crispèrent davantage. Il était furieux.

— Effectivement. Depuis combien de temps Theo était-il là quand tu m'as envoyé le texto ? demanda-t-il en se tournant vers Ivy.

— Quelques secondes, répondit-elle.

C'était peut-être vrai. Ou pas. En toute honnêteté, elle n'en avait aucune idée. Le temps s'était figé dans sa tête quand elle était tombée sur l'homme qu'elle croyait ne plus jamais revoir.

Gabriel la fixa un long moment avant de grommeler :

— Suivez-moi. Dans mon bureau.

Pas à l'étage, donc. Sauf que c'était à l'étage qu'elle voulait aller. Elle était certaine que la panique se lisait dans ses yeux.

— Nathan, murmura-t-elle.

— Il est dans la chambre d'amis avec Jameson et Jodi, dit Gabriel. Ils l'ont mis dans la salle de bains. Tu sais qu'ils le protégeront.

Cela apaisa un peu les craintes d'Ivy. Jameson était un ranger, et Jodi une spécialiste de la sécurité. Ils étaient l'un et l'autre entraînés pour faire face à une situation d'urgence. Mais Ivy aurait préféré qu'il n'y ait pas d'homme armé dans les parages.

— Nathan ? demanda Theo.

— Le fils d'Ivy, répondit Gabriel à sa place. Si l'intrus arrive à entrer, nous saurons l'accueillir. Mais j'espère qu'on n'en arrivera pas là. Trois des employés du ranch le cherchent.

— Tu as un fils ? lui demanda Theo en chuchotant, les sourcils froncés.

— Oui.

Elle ne lui fournit aucun détail. Gabriel ne lui en laissa pas le temps.

— Je veux tout savoir sur cet enregistrement, dit-il. Je veux entendre ce que ton informateur a à dire et je veux savoir ce que vaut sa parole.

Theo hocha la tête. Ils suivirent Gabriel dans son bureau, qui jouxtait le salon. Il y avait plusieurs fenêtres dans cette pièce, mais Gabriel avait déjà fermé les volets et tiré les rideaux. Il n'alluma pas pour que rien ne trahisse leur présence.

Il alla se poster près de l'une des fenêtres, dont il entrouvrit le volet pour monter la garde. Theo en fit autant avec une fenêtre qui donnait sur un autre côté de la maison. Comme il y avait des lampes de jardin tout autour de la maison, ils avaient de bonnes chances de voir l'intrus approcher.

— As-tu une arme dans cette pièce ? demanda-t-elle à son frère.

— Dans le tiroir en bas à droite de mon bureau, répondit Gabriel.

Il lui fournit la combinaison qui permettait de l'ouvrir. Elle y trouva un Glock et des munitions. Elle n'était pas une bonne tireuse, loin de là, mais elle n'hésiterait pas à se servir de cette arme pour protéger son fils si c'était nécessaire.

— C'est un informateur avec lequel je travaille régulièrement, commença Theo. Je t'écrirai son nom sur un bout de papier tout à l'heure. Je ne veux pas le dire à voix haute, au cas où il y aurait bien des micros dans la pièce. L'autre voix que tu entendras est celle d'un agent fédéral, l'un de mes collègues aux stupéfiants. C'est lui qui m'a envoyé cet enregistrement. Les voix ont été altérées pour protéger l'identité de l'informateur.

Theo tira son téléphone de sa poche et lança l'enregistrement sans baisser son arme.

— J'ai entendu des choses, dit une voix qui semblait appartenir à un robot. À propos des Beckett. J'ai décidé de vous en parler parce que je pense que cette famille a assez souffert.

Oui, ils avaient assez souffert comme cela, songea Ivy. Leurs parents avaient été tués, et la fiancée de Gabriel, Jodi, avait bien failli l'être aussi. Ces drames avaient changé leur vie.

Ils la changeaient encore.

— Ils vont être attaqués, continua la voix. Je ne sais pas comment s'appelle le type qui est sur le coup, mais je l'ai entendu en parler à quelqu'un au Silver Moon Bar, sur St. Mary's Street. Il a dit qu'il avait été engagé pour « enterrer d'autres Beckett ». Ce sont ses mots, pas les miens. Il a dit qu'il irait au ranch ce soir pour en descendre le plus qu'il pourrait.

Un frisson parcourut Ivy.

— Mon Dieu ! Cela ne finira donc jamais ? murmura-t-elle.

Sauf qu'elle l'avait sûrement dit trop fort, puisque son frère et Theo tournèrent la tête vers elle d'un même mouvement. Theo interrompit l'enregistrement et la fixa avec l'air de se demander s'il devait faire quelque chose pour la réconforter. Non, surtout pas. Et elle ne voulait pas non plus se laisser gouverner par sa peur. Comme elle devait se convaincre qu'elle était forte, elle rejoignit Theo à la fenêtre pour monter la garde avec lui.

Il la fixa encore pendant quelques instants avant de remettre l'enregistrement en route.

— Décris-moi l'homme qui a dit ça, ordonna une deuxième voix. Et a-t-il dit qui l'avait engagé ?

— Non, répondit l'informateur. Mais ça n'aurait pas été

très malin de sa part de le faire. Et je n'étais pas en position de l'aborder pour l'interroger sans risquer d'éveiller ses soupçons. Mais je peux vous dire qu'il était grand et musclé, comme un gars des forces spéciales ou quelque chose comme ça.

Theo jeta un coup d'œil à Gabriel, qui hocha sèchement la tête.

— Oui, ça correspond bien à la description de notre intrus, dit-il.

— Comment peux-tu être sûr que ce type n'était pas un mythomane ? demanda l'agent dans l'enregistrement. Qu'il n'a pas dit ça pour se faire mousser ?

— Parce qu'il savait des choses sur le shérif Sherman Beckett et sa femme, Millie, qui ont été tués il y a dix ans, répondit l'informateur. L'affaire a fait la une des journaux, mais ce type a mentionné des détails qui n'étaient pas dans la presse. Il a dit que le tueur avait pris la montre de Sherman Beckett et le pendentif de Millie. C'était un pendentif en forme de cœur dans lequel il y avait des photos de ses enfants.

C'était vrai. La police n'avait pas révélé ces détails à la presse, mais la montre de son père et le pendentif de sa mère avaient bien disparu le soir des meurtres. On ne les avait pas retrouvés sur Travis, le père de Theo, quand on l'avait arrêté le lendemain matin. Ivy supposait qu'il les avait perdus ou cachés quelque part, mais comment cet homme pouvait-il le savoir ?

Elle lutta contre une nouvelle vague de panique. Elle espérait que tout cela n'était qu'un vaste malentendu, que l'informateur s'était trompé, mais ils ne pouvaient pas avoir autant de chance. Il y avait bien un tueur qui approchait avec l'intention de les abattre.

— Cet homme a-t-il dit autre chose d'intéressant ? demanda l'agent. Quelque chose qui nous aiderait à découvrir qui l'a engagé ?

— Non, mais ça doit être Travis Canton, répondit l'informateur. Il aurait une chance de sortir de prison s'il y avait de nouveaux meurtres.

Elle vit les mâchoires de Theo se crisper malgré la pénombre.

— J'ai appelé la prison avant de venir, dit-il. En dehors de son avocat, mon père n'a reçu aucune visite depuis une semaine. Par ailleurs, il n'a pas les moyens de payer un tueur à gages.

Mais il pouvait s'agir d'un admirateur dément. Les meurtres et l'agression de Jodi avaient attiré l'attention de gens inquiétants.

— Je sais que vous devez répéter tout ça aux Beckett, mais soyez très prudents quand vous le ferez, ajouta l'informateur quelques secondes plus tard. Le type du bar a aussi dit qu'il avait mis le bureau du shérif et sa maison sur écoute. Surtout, ne mentionnez pas mon nom. Je ne veux pas me retrouver sur sa liste.

— C'est la fin de la conversation, dit Theo en coupant l'enregistrement. Maintenant, vous comprenez pourquoi je devais venir. Tu aurais fait la même chose à ma place, Gabriel.

Oui, Ivy le comprenait. Si cet informateur était fiable, il y avait sans doute des micros dans la maison. Theo n'avait pas pu se contenter d'appeler. L'idée que quelqu'un avait écouté tout ce qu'ils s'étaient dit lui donna la nausée. Et celui qui les espionnait voulait les tuer.

Les pensées de son frère devaient ressembler aux siennes, parce qu'il grommela un juron avant d'envoyer un texto. Son téléphone sonna quelques secondes plus tard. Gabriel décrocha, mit le téléphone sur haut-parleur et le posa, probablement pour consacrer ses mains à son arme en cas de besoin.

— Désolé, Gabriel, mais nous l'avons perdu de vue, dit un homme.

C'était la voix d'Aiken Colley, l'un des employés du ranch.

Ce n'était pas ce qu'Ivy voulait entendre. Elle scruta chaque recoin de la partie du terrain qu'elle pouvait voir. Rien.

Gabriel jura.

— Où l'avez-vous vu pour la dernière fois ?

— Près de la grange.

Ce n'était pas très loin de la maison. Pis : il y avait des clôtures et plusieurs bâtiments entre la grange et la maison — autant d'endroits où le tueur pouvait se cacher pendant son approche.

— Je n'ai pas eu une seule occasion de lui tirer dessus, poursuivit Aiken. Il sait ce qu'il fait. Il se mettait à couvert aussi souvent qu'il le pouvait et il courait quand il risquait d'être dans notre ligne de mire. Jake et Teddy sont avec moi. J'ai prévenu les autres.

Jake et Teddy étaient deux autres employés du ranch. Même si aucun d'eux n'avait jamais travaillé dans les forces de l'ordre, ils savaient se servir d'une arme à feu. Malheureusement, l'homme qu'ils traquaient semblait savoir comment s'y prendre pour éviter de se faire tirer dessus. Ils n'avaient pas affaire à un amateur.

— J'aimerais qu'on le prenne vivant, si c'est possible, dit Theo.

Gabriel ne protesta pas, sans doute parce qu'on ne pouvait pas interroger un mort et qu'il voulait des réponses. Pour sa part, Ivy ne se souciait que d'une chose : empêcher cet homme de s'approcher de Nathan et de tous ceux qui étaient dans la maison.

— Ne tirez pour tuer que si c'est nécessaire, ordonna Gabriel à Aiken. Et soyez prudents.

— C'est juré, répondit Aiken. Nous lui mettrons la main dessus et vous le livrerons en un seul morceau. Vous pouvez compter sur nous, patron.

Il raccrocha sur ces mots.

Ivy recommença à monter la garde. Elle n'avait jamais

cessé de le faire, bien sûr, mais elle changea de position pour avoir un plus grand champ de vision. Elle ne vit rien de plus, mais son appréhension était si grande qu'elle crut presque sentir le tueur approcher.

Qui l'avait payé pour faire ça ?

L'informateur pensait que c'était Travis. Il avait peut-être raison. Travis aurait pu emprunter de l'argent sans que personne en sache rien. Mais il y avait une autre possibilité : il pouvait s'agir de celui qui harcelait ses frères et sa sœur depuis l'arrestation de Travis.

— Ton oncle Auguste pourrait-il avoir engagé ce tueur ? demanda-t-elle à Theo. Parce qu'Auguste n'a jamais cessé de soutenir que Travis était innocent.

Auguste était le demi-frère de Travis. C'était un homme qui avait le sang chaud. Même s'il n'avait jamais eu recours à la violence, ces dix dernières années, il pourrait avoir changé de tactique parce que Travis venait de perdre son procès en appel.

— Je n'ai pas parlé à Auguste depuis que j'ai quitté Blue River, répondit Theo. J'ai essayé de l'appeler quand j'ai reçu l'enregistrement, mais il n'a pas répondu. S'il a quoi que ce soit à voir avec tout ça, je m'occuperai de lui. Tu peux compter sur moi.

À en juger par son ton, ce ne serait pas une expérience plaisante. Cela n'avait rien de surprenant. Ivy savait que Jodi et son oncle n'avaient aucune affection l'un pour l'autre. Apparemment, il en allait de même avec Theo. À la décharge des enfants de Travis, Auguste n'était pas un homme facile. Il avait passé les dix dernières années à dire que les « enfants ingrats » de son frère n'en faisaient pas assez pour aider leur père.

Le téléphone de Theo sonna.

— C'est l'agent qui a interrogé l'informateur, leur dit Theo sans mentionner le nom de celui-ci.

Comme Gabriel, il mit son téléphone sur haut-parleur et le posa.

— Le tueur est ici, déclara Theo sans préambule. Il est arrivé au ranch. Il n'est pas dans la maison, mais il s'en rapproche.

— Veux-tu que je vienne ? demanda son collègue après un long silence.

— Pas encore, répondit Theo. Notre homme pourrait te tirer dessus à ton arrivée, et je ne voudrais pas qu'il prenne peur et nous file entre les doigts.

Une part d'Ivy voulait que l'intrus s'éloigne le plus loin possible de Nathan, mais Theo avait raison. S'il s'enfuyait maintenant, il reviendrait les attaquer plus tard, à un moment où ils ne seraient peut-être pas prêts.

— As-tu trouvé un micro dans le bureau du shérif ? demanda Theo.

— Pas encore, mais on continue à chercher. L'un des policiers a mis Gabriel au parfum — en prenant la précaution de lui téléphoner depuis une autre pièce.

— Cameron, intervint Gabriel. Il m'a appelé dès que ton collègue s'est présenté.

Évidemment, songea Ivy. Cameron avait dû juger le problème urgent. Cela signifiait que Gabriel avait été bien occupé pendant qu'elle était bêtement pétrifiée par l'arrivée de Theo.

— Ce policier veut savoir si vous avez besoin de renforts, reprit l'agent.

— Non, répondit Gabriel. Mais restez vigilants. Il pourrait y avoir plusieurs tueurs.

Mon Dieu ! Elle n'avait pas envisagé cette possibilité... Mais si quelqu'un voulait décimer les Beckett, il était logique qu'il envoie aussi un tueur sur le lieu de travail de Gabriel pour ne rien laisser au hasard.

— Je viens d'apprendre que notre informateur est mort, poursuivit l'agent.

Theo parut aussi surpris que furieux.

— Comment ? grogna-t-il.

— Je n'ai pas encore les détails, répondit l'agent. Je l'avais fait suivre, par précaution. L'agent qui le filait a vu un homme habillé tout en noir lui tirer dessus. Il était trop loin pour intervenir, et on ne retrouvera jamais le coupable avec une description aussi vague.

Ce ne pouvait pas être une coïncidence. Ce qui signifiait... Mon Dieu !

— Est-ce un piège ? demanda-t-elle.

Ni Gabriel ni Theo ne s'empressèrent de la rassurer. Cette hypothèse n'était donc pas complètement délirante. Son cœur s'affola.

— Pensez-vous que le tueur voulait que Theo vienne ici ? insista-t-elle.

— Si c'est le cas, ça a marché, grommela Gabriel avant de jurer entre ses dents.

Oui, cela avait très bien marché. Mais quel était le but de la manœuvre ? Une idée déplaisante lui vint aussitôt à l'esprit.

Presque tous les survivants de la nuit des meurtres se trouvaient maintenant sous le même toit : Gabriel, Jameson, Jodi, Theo et elle. Il ne manquait que sa sœur Lauren. Tous les cinq étaient quelque part dans le ranch quand ses parents s'étaient fait tuer. En d'autres termes, ils étaient tous des témoins potentiels du crime.

Mais seulement *potentiels*. Aucun d'eux n'avait rien vu ni entendu.

Elle se trouvait dans sa chambre, à l'étage. Elle écoutait son walkman et pleurait à cause de la dispute que Theo venait d'avoir avec son père. Elle avait mis la musique si fort qu'elle n'avait pas entendu ses parents se faire tuer dans la chambre juste au-dessous de la sienne. Les policiers qui l'avaient interrogée lui avaient dit que c'était une chance qu'elle ne se soit aperçue de rien, parce qu'elle serait sans doute descendue et se serait fait tuer, elle aussi. Mais elle regrettait d'avoir écouté de la musique, parce qu'elle aurait au moins pu essayer de les sauver.

Jodi n'avait rien entendu non plus. Elle sortait de la maison de Gabriel quand elle avait été attaquée. Ce n'était pas le tueur qui s'en était pris à elle, mais son ex-petit ami, qui n'acceptait pas leur rupture. Comme celui-ci était mort, ce n'était ni un témoin potentiel ni la personne qui s'acharnait sur eux.

Jameson et Gabriel étaient chez eux. Leurs maisons étaient assez proches de celle de leurs parents pour qu'ils aient pu voir quelque chose s'ils avaient été à une fenêtre, mais ce n'était pas le cas. Mais peut-être le tueur n'en savait-il rien.

— Qu'est-ce que ton père ou Auguste pourraient espérer gagner en éliminant des témoins potentiels des meurtres ? demanda-t-elle à Theo.

— Rien, répondit-il.

Elle interrogea Gabriel du regard. Son frère réfléchit quelques instants avant de déclarer :

— Si Travis ou Auguste étaient assez désespérés pour commanditer un meurtre, ils ne choisiraient pas Jodi ni Theo comme cibles.

De fait, Travis semblait encore aimer ses enfants, même s'il ne les voyait plus. Mais Auguste n'avait aucune affection pour Jodi ni pour Theo.

— Auguste en serait sans doute capable, objecta-t-elle. Il n'en a peut-être pas parlé à Travis.

— Si Auguste voulait reproduire les meurtres pour prouver l'innocence de mon père, il aurait demandé au tueur qu'il aurait engagé de se servir d'un couteau, dit Theo.

Parce que ses parents avaient été tués à l'arme blanche, songea Ivy, la gorge serrée.

Elle était sur le point de faire remarquer à Theo que c'était peut-être le cas quand un cri la pétrifia.

— Baissez-vous ! lança quelqu'un depuis l'extérieur de la maison.

Elle reconnut la voix d'Aiken.

En revanche, elle n'eut pas le temps de réagir avant qu'une balle traverse la fenêtre près de laquelle elle se tenait.

3

Theo n'avait rien vu venir.

Mais il avait bien entendu le coup de feu. Et il l'avait senti quand un éclat de la vitre lui avait entaillé la joue. Il ignora la douleur pour ramper vers Ivy et l'attirer au sol. Elle avait déjà commencé à se baisser, mais il passa quand même le bras autour de sa taille et l'entraîna à cinq mètres de la fenêtre.

C'était une bonne idée, parce qu'une autre balle fit éclater ce qu'il restait de la vitre.

— Ne te redresse pas ! ordonna-t-il à Ivy.

Il la poussa derrière un gros fauteuil en cuir avant de se rapprocher de la fenêtre. Quand il l'eut atteinte, il se releva lentement en restant le dos collé au mur.

C'était exactement ce qu'il espérait éviter en se rendant chez les Beckett, mais il n'avait pas réagi assez vite. Ivy et sa famille avaient assez souffert, mais le salopard qui tirait ne semblait pas du même avis. Il ajoutait à leur malheur en mettant un enfant innocent en danger. Theo ne connaissait pas l'âge de Nathan. Ce n'était peut-être même qu'un bébé.

— Tu le vois ? demanda Gabriel.

Il s'approcha à son tour et jeta un coup d'œil par le petit interstice qu'il y avait entre le volet et le mur.

Theo scruta les environs, mais il y avait de nombreux endroits qui pouvaient servir de cachette au tireur : une grange, plusieurs véhicules, des arbres et des buissons. Le coup de feu suivant l'aida à réduire la liste des cachettes possibles. Comme les deux précédentes, la balle s'enfonça dans le mur, près de la porte. Cela permit à Theo de deviner où se trouvait le tireur.

— Il est du côté droit de la grange, dit-il à Gabriel. Je ne le vois pas, mais j'aperçois le canon d'un fusil.

Gabriel ne perdit pas un instant. Il lança son téléphone à Ivy.

— Envoie un texto à Aiken pour lui dire de ne pas s'approcher de la grange, ordonna-t-il en pointant son arme dans la même direction que Theo.

Les cliquetis du téléphone furent vite couverts par un nouveau coup de feu, mais cette fois la balle passa près de l'endroit où se trouvait Gabriel.

Le frère d'Ivy jura et tira. Theo en fit autant. Il fixa l'angle de la grange en espérant voir l'assaillant, mais l'homme ne se montra pas. Il était prudent, mais il ne semblait pas perturbé par une éventuelle riposte puisqu'il continuait à tirer. Sauf que Theo ne voyait plus le canon du fusil...

— Je crois qu'il essaye de filer, grommela-t-il. Je sors pour essayer de l'attraper.

Il sentit que Gabriel et Ivy voulaient protester, mais il ne leur en laissa pas le temps.

— Désactive le système de sécurité, le temps de me laisser franchir la porte, mais remets-le en route dès que je serai dehors, demanda-t-il à Gabriel avant de sortir de la pièce à grands pas.

Theo n'était venu que deux ou trois fois dans cette maison, alors que Gabriel y vivait depuis treize ans. Ce dernier ne l'appréciait pas particulièrement quand il sortait avec Ivy, mais il lui était quand même arrivé de venir la chercher lorsque son frère était de très bonne humeur. Grâce à ces souvenirs, il traversa la maison pour atteindre la porte d'entrée sans hésiter une seule fois.

Gabriel avait dû faire ce qu'il lui avait demandé car aucune sirène ne se mit à hurler quand il l'ouvrit. En revanche, il entendit un son qu'il n'avait pas envie d'entendre.

Des bruits de pas derrière lui.

C'était Gabriel.

— Tu auras besoin d'aide, grommela ce dernier.

— Tu devrais rester avec Ivy, répondit Theo.

— C'est elle qui a insisté pour que je t'accompagne, expliqua Gabriel, que cela ne semblait pas ravir, d'après son expression.

Comme Theo s'y attendait, leur passé pesait encore beaucoup sur leur relation. Mais Gabriel était un policier. Il savait qu'il était stupide de remuer la vase dans un moment comme celui-ci.

Le frère d'Ivy remit l'alarme en route, ferma la porte et lui indiqua le côté gauche de la maison d'un signe de tête.

— Je pars par là, annonça-t-il. Quand j'aurai atteint le porche de derrière, je tirerai vers la grange. Je viserai bas pour minimiser les risques de tuer notre homme. Attends que je sois en place et fais la même chose d'ici. Ivy est en train d'envoyer des messages aux employés pour qu'ils ne nous tirent pas dessus par erreur.

Bien. Il avait pensé à tout. Ils avaient une chance d'attraper leur homme et de le faire parler. Si Auguste ou son père y étaient pour quelque chose, cela leur coûterait cher. Les Beckett ne seraient pas les seuls à le leur faire payer. Theo aussi leur demanderait des comptes.

Il s'approcha du côté du porche. Il avait été prudent, mais leur assaillant devait le guetter parce qu'il tira dès qu'il s'écarta un peu pour voir la grange. La balle se logea dans une planche du mur.

Theo jura et pria pour qu'aucun tir ne traverse le mur de

la pièce où se trouvait Ivy, ni le mur de l'étage. Si une balle partait dans cette direction, il était presque certain qu'Ivy se précipiterait auprès de son fils sans se soucier des risques qu'elle courrait.

Theo laissa quelques secondes à Gabriel pour se mettre en place. Ces secondes lui parurent interminables, mais il savait que Gabriel se dépêchait. Finalement, il entendit un coup de feu du côté où le frère d'Ivy voulait se poster. Leur assaillant allait vite le localiser.

Theo s'accroupit, visa le plus bas possible et tira deux fois. Il se remit à couvert presque immédiatement, ce qui lui permit d'échapper aux balles suivantes du tireur. Il l'entendit jurer. L'avait-il touché ? Ou l'homme avait-il compris qu'il avait commis une grave erreur en venant seul ? Mais était-il vraiment seul ?

Dès que cette pensée traversa son esprit, Theo eut un mauvais pressentiment. Comme des pressentiments de ce genre lui avaient déjà sauvé la vie, il le prit au sérieux et se retourna.

Il repéra aussitôt un deuxième homme près de sa voiture.

Il était habillé en noir et armé jusqu'aux dents grâce à une ceinture à poches. Il avait aussi une arme à la main, qu'il pointa sur Theo.

Theo tira le premier.

Il appuya deux fois sur la détente et toucha l'homme en plein torse. Celui-ci s'effondra. Il était peut-être mort ou mourant, mais il se pouvait aussi qu'il porte une veste en Kevlar et ait seulement le souffle coupé. Si c'était le cas, il était toujours dangereux.

— Il y a un deuxième tireur de mon côté ! lança-t-il à Gabriel. Et peut-être d'autres que je n'ai pas encore repérés.

Bien sûr, Gabriel n'avait pas besoin de ces renseignements supplémentaires. Il devait être aussi vigilant que lui. Mais il espérait que cela rappellerait aussi à ceux qui se trouvaient dans la maison qu'ils devaient rester cachés. Surtout à Ivy. Comme elle était au rez-de-chaussée, elle pouvait facilement recevoir une balle destinée à Gabriel ou à lui.

Le type planqué derrière la grange recommença à tirer. Au moins l'une des balles toucha le mur du bureau de Gabriel. Le tireur avait-il un équipement thermique qui lui permettait de savoir qu'il y avait quelqu'un dans cette pièce ? Quand il tira une nouvelle fois sur le bureau, Theo comprit qu'il ne pouvait plus attendre.

Il se pencha et tira.

Sans viser bas, cette fois.

Il visa l'endroit où pouvait se trouver le torse de l'assaillant. Les tirs s'arrêtèrent enfin. Le calme revint tout à coup. Il n'entendit aucun gémissement, ni aucun bruit de fuite.

Il prit le risque de courir vers le deuxième homme, qui était toujours couché près de sa voiture. De toute manière, n'importe quelle décision était une prise de risque, à ce stade. Il garda son arme au poing et surveilla les environs en se déplaçant, mais il ne vit rien qui aurait ressemblé à une nouvelle menace.

En revanche, il vit du sang.

Il y en avait partout autour du type, qui ne portait pas de veste en Kevlar, finalement. Theo posa deux doigts sur sa gorge.

Mort.

Il réprima un juron et pria pour que l'autre soit encore en vie.

Il prit la direction de la grange en zigzaguant de buisson en buisson.

— Je suis là ! lança-t-il à Gabriel.

Ce n'était pas nécessaire. Theo repéra le shérif, qui s'approchait de la grange par l'autre côté. Et Gabriel n'était pas seul. L'homme qui l'accompagnait était sans doute l'un des employés du ranch.

— Ils sont morts ? demanda Ivy, ce qui permit à Theo de voir qu'elle s'était postée à une fenêtre. Avait-elle perdu la raison ?

— Baisse-toi ! cria-t-il.

Il ne la vit qu'un instant et du coin de l'œil, mais il aperçut qu'elle était pâle et que ses doigts étaient crispés sur l'arme qu'elle avait empruntée à son frère. Elle ne semblait pas blessée. Pas physiquement, du moins. La scène devait avoir réveillé ses souvenirs de la mort de ses parents et généré de nouvelles craintes pour son fils et le reste de sa famille.

Gabriel arriva près du tireur. Theo se préparait à l'entendre dire qu'il était mort, mais ce n'était pas le cas. Il avait eu plus de chance que son complice, apparemment.

— Appelle une ambulance, Ivy ! cria Gabriel. Et dis-leur de se dépêcher !

Theo comprit vite pourquoi. Comme son complice, cet homme avait été touché au torse. Il allait se vider de son sang en quelques minutes. Theo éloigna son arme d'un coup de pied tandis que Gabriel se penchait au-dessus de lui.

— Qui t'a engagé ? demanda-t-il avec toute son autorité de shérif.

L'homme secoua la tête et ouvrit la bouche, mais aucun son n'en sortit. Ses yeux se fermèrent, et sa tête roula sur le côté. Gabriel tâta son pouls.

— Il est encore en vie, dit-il, mais sans doute plus pour longtemps. Rentre voir comment vont Ivy et les autres. Demande à Ivy de désactiver l'alarme et explique la situation à Jameson.

Theo n'avait pas envie de laisser Gabriel, mais il fut vite rassuré. Deux autres employés du ranch approchaient.

— J'ai entendu Gabriel ! cria Ivy, ce qui signifiait qu'elle était encore trop près de cette maudite fenêtre. J'ai débranché l'alarme.

Tant mieux. Plus vite Theo rentrerait dans la maison, plus

vite il pourrait lui livrer le fond de sa pensée concernant les risques qu'elle prenait. Sauf qu'elle ne lui laissa pas le temps de placer un mot. Elle était déjà dans l'escalier quand il entra. Il ferma la porte derrière lui et la suivit.

Elle s'arrêta en haut de l'escalier et se tourna vers lui. Ses lèvres et ses mains tremblaient. Non : elle tremblait de la tête aux pieds.

— Il peut vraiment y en avoir d'autres ? demanda-t-elle d'une voix qui tremblait autant que le reste de sa personne. Ce n'est pas fini ?

— Peut-être pas, répondit-il tout en sachant que cela ne pouvait pas aider Ivy à retrouver son calme. Nous ne savons pas à qui nous avons affaire, pour le moment. Mieux vaut envisager le pire.

Elle hocha la tête, mais resta plantée en haut de l'escalier.

— J'ai besoin d'une seconde pour reprendre mes esprits, avoua-t-elle. Je ne veux pas que Nathan me voie comme ça.

Theo comprenait qu'elle veuille se montrer forte devant son fils, pourtant il lui fallut plus d'une seconde pour recouvrer son calme, et son tremblement parut s'aggraver au lieu de s'estomper. C'était sans doute une erreur, mais il passa un bras autour de ses épaules parce qu'il ne savait pas quoi faire d'autre dans cette situation.

Ivy se raidit, sans doute parce qu'ils étaient amants la dernière fois qu'il l'avait prise dans ses bras.

Elle réprima un sanglot, le repoussa et se redressa. Ou plutôt : essaya de se redresser. Elle tentait toujours d'adopter une attitude ferme et décidée quand Jameson ouvrit une porte et passa la tête dans le couloir.

— Ça va ? s'inquiéta-t-il.

Ivy acquiesça.

— Gabriel est avec l'un des tireurs, celui qui est encore en vie, expliqua-t-elle à son frère. L'autre est mort. Theo a dû l'abattre.

Jameson jeta un coup d'œil à Theo avant de s'écarter pour laisser Jodi sortir de la chambre. Sa sœur ne lui sauta pas au cou. Elle ne l'insulta pas non plus — ce qu'il aurait mérité parce qu'il n'avait pas essayé de la contacter depuis un bon moment.

Ivy ne s'attarda pas dans le couloir. Elle les contourna pour entrer dans la chambre d'où Jodi et Jameson étaient sortis, et où devait se trouver son fils.

— Tu es venu à cause de ces hommes qui nous attaquent ? demanda Jodi.

— Oui, répondit Theo. J'espérais arriver à temps pour empêcher ça.

Jodi hocha la tête, s'approcha de lui et le prit dans ses bras. L'étreinte ne dura que deux secondes. Alors qu'il était encore paralysé par la surprise, elle le repoussa et lui donna un coup de poing dans le bras.

Fort.

— Ça, c'est pour ne pas m'avoir appelée, dit-elle avant de lui en donner un deuxième. Et ça, c'est pour m'avoir laissée imaginer que tu étais peut-être mort, quelque part, et que je n'en saurais jamais rien.

L'intensité de ses émotions et les larmes qui lui vinrent aux yeux surprirent Theo. Jodi ne pleurait pas facilement. La Jodi qu'il connaissait, du moins. Elle n'était pas encore fiancée avec Gabriel Beckett la dernière fois qu'il l'avait vue. Elle semblait avoir introduit quelques changements dans sa vie.

— Je t'aime, ajouta Jodi. Et tu saignes.

Elle essuya le sang qui lui coulait sur la joue avec la manche de sa chemise.

Il n'avait pas oublié qu'il avait une coupure à la joue, mais il présumait qu'elle était superficielle parce qu'elle ne lui faisait plus mal.

— Qui est avec Gabriel ? demanda Jodi.

— Trois employés du ranch, répondit-il.

Jodi jeta un coup d'œil à Jameson, qui se mit en route sur-le-champ. Elle voulait sans doute que son futur mari ait le plus de renforts possible.

— Attends ici avec eux, ordonna Jameson à Theo en s'engageant dans l'escalier. Et ne laisse sortir personne tant qu'on n'aura pas donné le feu vert.

Ivy ne voudrait certainement pas quitter la maison tant qu'il pouvait encore y avoir des tireurs dehors, mais sa sœur se mordillait déjà la lèvre. Craignant que Jodi ne soit tentée de désobéir à Jameson, il lui prit le bras.

— Y a-t-il une salle de bains où tu pourrais trouver quelque chose pour désinfecter ma joue ? demanda-t-il.

Il n'avait pas particulièrement envie de se faire soigner, mais cela fournirait une occupation à Jodi pendant quelques minutes.

— Oui, répondit-elle. Par ici.

Il la suivit dans la chambre d'où elle était sortie, puis dans la salle de bains attenante. Celle-ci n'était pas immense, mais il fallut un moment à Theo pour repérer Ivy parce qu'elle était accroupie près de la baignoire. Elle avait un enfant dans les bras.

Non, ce n'était pas un bébé.

C'était un garçon en âge d'aller à l'école, et qui regardait Ivy comme s'il voulait la réconforter.

Jodi se figea. Ivy aussi. Le garçon, lui, tourna la tête vers Theo. Alors Theo crut recevoir un coup de poing dans l'estomac. Il connaissait ce visage. Plutôt, il connaissait ces traits parce qu'il les voyait tous les jours dans le miroir.

Merde !

Ivy, qui dut voir sa réaction, secoua la tête. Ce n'était pas vraiment une dénégation, parce qu'il était impossible de nier ce qu'il venait de comprendre.

Il était en train de regarder son propre fils.

4

Ivy aurait juré que son cœur s'était arrêté de battre pendant quelques secondes quand Theo avait posé les yeux sur son fils. Il savait. Mon Dieu, il savait...

Elle craignait cet instant depuis qu'elle avait découvert Theo près de la maison. D'ailleurs, elle avait d'abord cru qu'il était venu la voir parce qu'il avait découvert qu'il était le père de Nathan. À présent, elle devait gérer la tempête qu'elle devinait derrière ses yeux plissés, et ce ne serait pas facile.

— Qui est-ce ? demanda Nathan. Ce n'est pas un méchant, hein ?

C'étaient des questions apparemment simples, mais ni Ivy, ni Jodi, ni Theo ne semblaient pressés de lui répondre. Ivy n'était pas certaine de pouvoir parler — et il était peu probable que Theo en soit capable tant qu'il aurait les mâchoires aussi crispées.

— C'est mon frère Theo, finit par répondre Jodi. Et non, ce n'est pas un méchant. C'est un policier, comme tes oncles Gabriel et Jameson.

Ivy, qui tenait toujours Nathan dans les bras, sentit qu'il se laissait un peu aller. Il lui faudrait sans doute un bon moment pour se détendre tout à fait. Même quand il y parviendrait, cet incident aurait tout changé pour lui. Le petit garçon avait entendu des coups de feu et senti la terreur qu'ils avaient générée.

Il ferait des cauchemars.

Des cauchemars semblables à ceux qu'elle faisait depuis dix ans. Ivy maudit les tireurs en son for intérieur. Et elle remercia mentalement Theo, aussi, pour les avoir avertis. Sans lui, ces deux tireurs auraient peut-être réussi à entrer dans la maison. Alors son fils aurait peut-être eu des problèmes plus graves que des cauchemars. Sans l'aide de Theo, ils auraient pu tous mourir.

Cette pensée lui donna la nausée.

Mais Theo ne voulait sûrement pas de ses remerciements dans l'immédiat. Pour rien. La colère avait succédé à la surprise dans ses yeux.

— Quel âge as-tu ? demanda-t-il à Nathan.

— Neuf ans, répondit son fils.

Theo n'aurait aucun mal à faire une estimation de la date de sa conception.

Et il ne semblait pas surpris par la réponse de Nathan. Theo devait même se souvenir de la date *exacte* de sa conception : le jour de son altercation avec ses parents — altercation qui s'était produite parce que sa mère les avait surpris au lit.

Tout ce qu'Ivy avait ressenti ce jour-là lui revint brutalement.

Elle refoula ce mélange de plaisir et de chagrin, et se leva. Elle avait des choses à dire à Theo, c'était évident. Il avait aussi des questions à lui poser, et elle ne voulait pas qu'il le fasse en présence de Nathan. Son fils finirait par connaître la vérité, mais ce n'était pas le moment. Il n'était pas prêt. *Elle* n'était pas prête.

— Je reste pour tenir compagnie à Nathan, proposa Jodi. Ne t'inquiète pas.

Même si elles n'en avaient pas parlé, Jodi comprenait ce qu'elle avait à faire. Elle comprenait aussi que la sécurité de Nathan passait avant tout, même avant les explications qu'Ivy devait à Theo.

Theo la suivit hors de la salle de bains sans dire un mot et ferma la porte derrière eux. Elle ne s'éloigna que de quelques pas — assez près de Nathan pour se précipiter auprès de lui s'il y avait une nouvelle attaque, et assez loin de Theo pour ne pas envahir son espace personnel. Bien sûr, il était peut-être un peu tard pour se soucier de cela vu qu'ils avaient un enfant ensemble.

Theo ne disait toujours rien. Au moins, il ne criait pas. Il planta ses poings sur ses hanches, secoua la tête et recommença à la fusiller du regard.

— Pourquoi ? finit-il par chuchoter.

Comme ce mot couvrait un territoire très vaste, Ivy choisit l'explication la plus simple.

— Je ne savais pas où tu étais pour te prévenir quand j'ai découvert que j'étais enceinte.

Il ne pouvait pas protester contre cet argument. Il avait disparu la nuit du drame sans laisser d'adresse. Même Jodi, qui était encore à l'hôpital après son agression quand Ivy avait découvert qu'elle était enceinte, ne savait pas comment contacter son frère.

— Je suis parti parce que tu me l'as demandé, lui rappela-t-il.

C'était vrai. Elle lui avait demandé de sortir de sa vie après la dispute entre ses parents et lui. Elle l'avait fait en partie parce qu'elle craignait que son père ne le fasse arrêter sous un prétexte quelconque. Theo ne le croirait sans doute pas si elle le lui disait. Et il serait encore plus furieux qu'il ne l'était s'il la croyait.

— Nathan connaît-il la vérité ? demanda-t-il. Sait-il que je suis son père ?

Ivy secoua la tête et pria pour que Theo ne se précipite pas dans la salle de bains pour parler à Nathan.

— Et ton défunt mari ? demanda-t-il encore. Le savait-il, lui ?

— Oui. Il s'appelait Chad Vogel. Nathan avait onze mois

quand on s'est mariés. Mais je n'ai dit à personne que j'étais enceinte. Jameson, Gabriel et Jodi n'en savaient rien. Ils ont découvert que j'avais un fils quand je suis revenue à Blue River il y a deux jours.

Theo jura.

— L'un d'eux aurait dû me prévenir, grommela-t-il. Et ne me dis pas qu'ils ne pouvaient pas me trouver ! Jameson est un ranger. Il aurait pu me retrouver si tu le lui avais demandé.

— Tu as raison, admit-elle. Et Jodi m'a dit qu'il fallait que je te parle quand elle a rencontré Nathan avant-hier. Je pensais juste qu'il valait mieux attendre que le mariage soit passé.

À en juger par son expression crispée, Theo n'était pas du même avis. Il avait peut-être raison. Elle aurait peut-être dû le chercher plus activement, surtout après la mort de son mari.

Theo la fixa encore quelques secondes avant de baisser les yeux et de grommeler un nouveau juron.

— Nathan est-il en bonne santé ? demanda-t-il. Est-ce que tout va bien pour lui ?

Il était mesquin qu'elle hésite, même une seconde, à répondre à cette question. Mais elle savait que chaque information qu'elle fournirait donnerait à Theo envie d'en savoir plus. Finalement, il voudrait que Nathan sache qui était son père.

Theo, pas Chad.

Chad, dont Nathan se souvenait à peine, puisqu'il n'avait que cinq ans quand son père adoptif avait perdu sa bataille contre le cancer.

— Je suis désolée, murmura-t-elle.

Cela semblait bien peu de chose, mais elle ne voyait pas ce qu'elle pouvait dire d'autre.

Elle entendit un véhicule s'engager dans l'allée. Theo lui fit signe de rester immobile et se précipita à la fenêtre de la chambre. Le cœur d'Ivy s'affola — alors qu'il n'avait pas retrouvé un rythme normal, ce qu'il ne ferait sans doute pas avant un bon moment.

— Ce n'est que l'ambulance, dit Theo, qui resta posté à la fenêtre, l'arme au poing.

Enfin ! Les ambulanciers réussiraient peut-être à sauver le tireur pour que Gabriel puisse lui soutirer des réponses. Ils avaient besoin de vite comprendre ce qui se passait. C'était sans doute trop demander, mais elle espérait que son frère arrêterait le responsable à temps pour que le mariage ait lieu comme prévu. Jodi et son frère méritaient de profiter de leur grand jour.

— L'aimais-tu ? demanda Theo.

Sa question l'arracha à ses pensées, mais il lui fallut un moment pour comprendre qu'il ne parlait pas de Nathan. Bien sûr qu'elle aimait Nathan, mais Theo le savait. Sa question concernait Chad.

— Oui, je l'aimais, répondit-elle.

En un sens, c'était un mensonge, mais ce n'était pas le moment d'entrer dans les détails. Et Theo ne voulait sans doute comprendre qu'une chose : comment avait-elle pu s'engager si vite dans une relation avec un autre homme ? Surtout alors qu'elle venait d'avoir son enfant. Mais c'était justement à cause de Nathan qu'elle avait accepté d'épouser Chad. Elle l'expliquerait peut-être à Theo quand il aurait surmonté sa colère.

Même s'il n'avait sans doute pas envie d'entendre ses explications.

— Le tireur est-il encore en vie ? demanda-t-elle.

D'une part, il était temps d'abandonner ce sujet inconfortable ; d'autre part, ce qui se passait dehors était d'une importance capitale.

Theo acquiesça.

— Il a été touché à la poitrine, répondit-il.

Elle ne savait pas quelles étaient ses blessures, mais elle avait déduit du coup de téléphone que Gabriel avait passé à Jameson qu'elles étaient graves.

— Je tiens à te dire que je n'attends rien de toi, ne put-elle s'empêcher de préciser quelques instants plus tard. Nous étions presque encore des adolescents quand je suis tombée enceinte, et ce que nous éprouvions l'un pour l'autre appartient au passé.

Theo lui jeta un regard glaçant.

— Je ne m'en irai pas, grommela-t-il.

Il la fixa un long moment avec l'air d'être tenté de répéter cette phrase, mais il se contenta de secouer la tête, les mâchoires serrées.

— Avant tout, je veux arrêter celui qui a engagé ces tueurs. Je m'occuperai du reste ensuite, quand nous n'aurons plus rien à craindre, ajouta-t-il.

Cela ressemblait à une menace. Ivy n'avait jamais partagé son fils avec personne, pas même avec Chad, qui n'avait été son père que sur le papier. Le pauvre homme avait trop de problèmes de santé pour remplir ce rôle comme il l'aurait voulu. Au plus profond d'elle, Ivy ne se sentait pas prête à partager Nathan avec Theo, même s'il était son père biologique.

— Oui, nous étions encore des enfants, mais nous sommes des adultes, maintenant, reprit Theo. Tu aurais dû trouver un moyen de m'informer.

Elle soupira.

— Tu dis ça maintenant, mais nous n'étions pas dans le même état d'esprit à l'époque, répliqua-t-elle. Tu t'en souviens ?

— Bien sûr que je m'en souviens, grommela Theo. Ta mère nous a surpris dans ton lit. Ton père a vu rouge quand elle lui a raconté la scène, et il m'a ordonné de ne plus m'approcher de toi. C'était l'occasion ou jamais de me soutenir, mais ce n'est pas ce que tu as fait. Tu lui as donné raison et tu m'as mis dehors.

Il était vrai qu'elle lui avait demandé de partir, mais elle n'avait certainement pas donné raison à son père. Sherman Beckett était un homme intransigeant qui prenait Theo pour un vaurien à cause des petits délits qu'il avait commis. Son père pensait que Theo était irresponsable et qu'il l'abandonnerait après l'avoir mise enceinte. Au lieu de cela, c'est elle qui l'avait chassé — et Theo était entré dans la police, ce qui était bien la dernière chose que son père aurait imaginée.

— Ensuite, tes frères et toi m'avez soupçonné du meurtre de vos parents, poursuivit Theo.

À en juger par son ton, cette blessure n'avait pas encore cicatrisé.

La sienne non plus. Elle s'en voulait toujours de ne pas l'avoir soutenu. Theo avait quitté Blue River dès qu'on l'avait innocenté.

Alors qu'elle cherchait à mettre un terme à cette conversation, ils entendirent des pas dans le couloir. Theo et elle tournèrent la tête au même instant. Ivy était prête à se battre. Si un tireur était entré dans la maison, il devrait lui passer sur le corps pour atteindre Nathan.

— C'est moi ! lança Jameson avant d'entrer dans la chambre.

Le soulagement d'Ivy ne fit pas entièrement retomber sa poussée d'adrénaline.

Son frère regarda Theo et elle tour à tour, puis il posa les yeux sur la porte de la salle de bains, où se trouvaient Jodi et Nathan. Il comprit immédiatement la situation et grommela un juron.

— Je vais chuchoter au cas où il y aurait un micro, annonça-t-il. À quel point votre problème concernant Nathan va-t-il nous compliquer la vie ?

Comme il ne posa cette question à aucun d'eux en particulier, ils baissèrent les yeux et ne répondirent ni l'un ni l'autre.

À la place, Theo posa une question plus urgente à Jameson.

— Le tireur a-t-il dit qui l'avait engagé et pourquoi ? demanda-t-il en chuchotant, lui aussi.

Jameson acquiesça. En le voyant prendre une grande inspiration avant de répondre, Ivy comprit que les nouvelles ne lui plairaient pas.

— Le tireur est mort dans l'ambulance il y a quelques minutes, dit-il.

Ivy se retint de jurer. La maternité lui avait appris à contrôler sa vulgarité — mais il aurait été excusable qu'elle se lâche dans une telle situation.

— Il ne savait pas qui l'avait engagé, poursuivit Jameson. C'est ce qu'il a prétendu, du moins. Il nous a dit qu'il avait été contacté par un tiers, un petit voyou de San Antonio, du nom de Mack. Étrangement, je n'ai jamais entendu parler de lui.

Ce n'était pas très prometteur, mais Ivy pressentit que ce n'était pas pour cela qu'il avait l'air inquiet.

— Le tireur a dit autre chose, ajouta Jameson après une brève hésitation. Ce Mack aurait engagé au moins trois autres hommes...

Son frère se tourna vers elle.

— ... à qui il aurait donné l'ordre de *te* tuer, Ivy.

5

— C'est Ivy la cible ? s'écria Theo.

Jameson haussa les épaules.

— C'est ce que le type a dit, répondit-il, toujours en chuchotant. Ça ne correspond pas exactement à la version de ton informateur, n'est-ce pas ?

Theo secoua la tête.

— Mais celui qui a engagé ces tireurs a peut-être changé de stratégie entre-temps, dit-il. Il peut avoir décidé de vous éliminer l'un après l'autre et peut penser qu'Ivy est la cible la plus facile.

Ivy laissa échapper un gémissement qui fit regretter à Theo d'avoir prononcé cette phrase. Mais son hypothèse était valable. Tout était possible tant qu'ils ignoraient l'identité de leur ennemi et ses raisons d'agir.

— Ça va ? demanda Jameson à sa sœur en posant la main sur son bras.

Elle secoua la tête comme pour s'arracher à un mauvais rêve.

— Oui, ça va, répondit-elle avant de poser les yeux sur la porte de la salle de bains. Il faut que j'aille voir Nathan.

— Donne-toi deux minutes pour te reprendre, lui conseilla Jameson. Tu es blanche comme un linge. Nathan le remarquera.

C'était probable, songea Theo. D'un autre côté, Nathan

et Jodi devaient attendre avec impatience qu'on leur donne des nouvelles.

Jameson se tourna vers lui et lui demanda à son tour comment il allait.

Theo mentit en hochant la tête. Il était loin d'aller bien. Son esprit s'affolait. Il avait prévu de ne faire que passer dans le ranch des Beckett, mais ce n'était plus possible.

Il avait un fils.

Et quelqu'un voulait tuer Ivy. Bien sûr, le tireur pouvait avoir menti en disant qu'elle était la cible, mais l'attaque qu'ils avaient subie était bien réelle. On avait tiré sur le ranch. Nathan aurait pu être tué. N'importe lequel d'entre eux aurait pu l'être.

— Je sais que vous avez des choses à vous dire, tous les deux, mais vous devez laisser ça de côté pour le moment, reprit Jameson. Gabriel veut qu'on l'accompagne à son bureau, en ville. Et les infirmiers voudront sûrement jeter un œil là-dessus.

Il fallut un moment à Theo pour comprendre que Jameson parlait de son entaille à la joue.

— Ce n'est qu'une égratignure, répondit-il en secouant la tête. Avant tout, il faut que quelqu'un aille rassurer Jodi et Nathan.

Prononcer le nom de son fils lui donna l'impression de recevoir un coup de poing dans l'estomac. La sensation fut si brutale qu'il lui fallut quelques secondes pour reprendre son souffle.

— Je m'en charge, déclara Jameson. Restez ici et tenez-vous prêts à sortir dès que Gabriel arrivera avec la voiture de patrouille.

Jameson entra dans la salle de bains et en referma doucement la porte. Comme Theo ne voulait pas continuer à fusiller Ivy du regard, il reporta son attention dehors et guetta l'arrivée de la voiture de Gabriel.

— Pourquoi Gabriel veut-il qu'on aille à son bureau ? demanda Ivy d'une voix tremblante. N'est-il pas risqué de sortir de la maison ? Ne sommes-nous pas plus en sécurité à l'intérieur ?

— Non, il pourrait y avoir d'autres tireurs dans le coin, répondit-il. Gabriel veut sans doute prendre des mesures pour sécuriser le périmètre.

Cela ne parut pas rassurer Ivy.

— Gabriel sait ce qu'il fait, ajouta-t-il.

Theo l'espérait, du moins. Gabriel et lui ne s'appréciaient pas beaucoup, mais le frère d'Ivy était shérif depuis presque une décennie. Il devait connaître son travail et savoir comment s'y prendre pour protéger Ivy et les autres. Mais Theo n'avait pas l'intention de se tourner les pouces pendant ce temps-là pour autant. La vie de son fils était en danger. Il devait agir.

— Nathan a demandé qui j'étais... Croit-il être le fils de ton mari ? demanda-t-il à Ivy.

Elle ne répondit pas tout de suite. Theo entendait la voix de Jameson dans la salle de bains, mais pas ce qu'il disait. C'était une bonne chose. Cela signifiait que Nathan n'entendait pas non plus leur conversation.

— Non, Nathan sait qu'il n'est pas le fils de Chad, finit par répondre Ivy. Chad était veuf et bien plus âgé que moi. Il avait une fille, Lacey, qui était à l'université quand nous nous sommes mariés. Elle a dit à Nathan qu'il n'était pas son frère.

Elle pinça les lèvres. C'était clairement un sujet douloureux.

— Ma belle-fille et moi ne nous entendons pas très bien, ajouta-t-elle.

Theo rangea le nom de cette femme dans un coin de son esprit. Il devait envisager le problème sous tous les angles. Si la belle-fille s'estimait flouée, elle pouvait avoir décidé de se débarrasser de sa belle-mère encombrante une bonne fois pour toutes.

Bien sûr, son oncle Auguste avait aussi des raisons de s'en prendre aux Beckett.

Theo avait l'intention de l'appeler très bientôt.

Auguste était une épine dans le pied de tout le monde depuis l'arrestation de son frère pour le meurtre des Beckett. Il était devenu le plus ardent défenseur de Travis même si celui-ci ne lui avait rien demandé. D'après les renseignements dont disposait Theo, son père avait accepté son sort et s'était résigné à passer le reste de sa vie en prison pour un crime dont il ne se souvenait pas.

Son téléphone sonna. Theo reconnut le numéro de Wesley et répondit.

— Où en êtes-vous avec votre intrusion ? demanda Wesley. Je suis encore à Blue River. Avez-vous besoin d'un coup de main ?

— Non, répondit Theo. On contrôle la situation — pour le moment, du moins.

Il ne précisa pas qu'ils s'apprêtaient à se rendre au bureau du shérif. S'il y avait effectivement des micros dans la maison, il ne voulait pas que l'employeur des tireurs sache ce qu'ils avaient l'intention de faire. Ils se rendraient vulnérables pendant quelques minutes quand ils sortiraient de la maison.

— Gabriel a appelé son adjoint, reprit Wesley. Je sais que le tireur n'a pas livré l'identité de celui qui l'a engagé. C'est bien dommage.

— Effectivement, répondit Theo, mais j'ai peut-être une piste. Je t'en parlerai quand on se verra.

— Une piste ? s'écria Wesley. De qui parles-tu ?

— Il y a peut-être des micros dans la maison, lui rappela Theo. Je n'ai pas grand-chose, pour le moment, mais c'est un début.

— Envoie-moi tes informations par texto, suggéra Wesley. Je creuserai.

Theo ne l'aurait pas cru possible, mais son collègue semblait encore plus tendu que lui.

— D'accord, répondit-il.

Il raccrocha. La porte de la salle de bains s'ouvrit avant qu'il commence à rédiger le texto.

Nathan apparut.

Jameson le précédait et Jodi le suivait. Ils avaient tous les deux une arme à la main. Nathan regarda Theo avec tant d'insistance que celui-ci se demanda s'il s'était rendu compte qu'ils se ressemblaient. Nathan ne fit aucun commentaire. Il détourna les yeux et s'approcha de sa mère, qui le serra dans ses bras.

— Gabriel nous attend en bas, chuchota Jameson. N'emportez rien, au cas où il y aurait un micro dans vos sacs ou sur vos manteaux.

C'était une sage précaution, songea Theo. Tout le monde suivit Jameson dans l'escalier avec un sentiment d'urgence presque palpable.

Au milieu de l'escalier, Jodi s'arrêta un instant pour l'interroger du regard. Elle se demandait comment il gérait la surprise d'avoir un fils, mais c'était une question bien trop compliquée et délicate pour qu'il y réponde par le seul regard.

Ils firent une courte pause dans l'entrée. Il y avait deux voitures de patrouille garées devant la maison. Gabriel était au volant de la première, un policier en uniforme conduisait la seconde.

Dès qu'il les vit, Gabriel sortit de sa voiture pour en ouvrir les portières.

— Montez avec moi pour qu'on puisse parler ! leur lança-t-il.

— Faites vite, dit Jameson. Theo, Ivy et Nathan, mettez-vous derrière. Jodi et moi monterons à l'avant.

Jameson n'eut pas besoin d'insister. Ils coururent tous

vers la voiture de Gabriel. Nathan se retrouva assis entre Ivy et Theo sur la banquette arrière. Gabriel démarra dès qu'ils eurent refermé les portières. L'autre voiture les suivit. Gabriel devait avoir demandé à ce policier de leur servir de renfort au cas où ils seraient de nouveau attaqués.

— Tout le monde va bien ? demanda Gabriel.

Il déposa un baiser sur le front de Jodi, qui le regarda avec amour. Theo savait que Jodi était amoureuse de Gabriel depuis l'enfance. C'était réciproque, apparemment, et leur amour leur avait permis de surmonter leur passé douloureux. Il ressentit une pointe d'envie.

Tout le monde répondit ou émit un son quelconque pour rassurer Gabriel.

— Non, il ne va pas bien, dit Nathan en indiquant Theo du pouce. Il saigne.

Et cela semblait l'inquiéter. Theo s'en voulut de participer au malaise du garçon. D'un autre côté, il était absurde que tout le monde s'affole pour une petite coupure. Theo pensait qu'il ne s'agissait que d'une petite coupure, du moins, en se basant sur ses sensations. Il n'avait pas eu le temps de l'examiner.

Jameson tira une trousse de secours de la boîte à gants et la tendit à Ivy.

— Theo n'a pas voulu se faire soigner par les infirmiers, mais assure-toi quand même qu'il n'a pas besoin de points de suture, dit-il à sa sœur.

Ivy ne parut pas ravie de se voir confier cette tâche, pourtant elle ouvrit la trousse pour en sortir de la gaze et un flacon de désinfectant. Ce n'était sans doute pas une réaction très virile, mais Theo grogna quand elle pressa le morceau de gaze contre sa joue.

— Dans ces moments-là, je pense à un jeu vidéo ou à mon cheval, Willow, dit Nathan. Ça fait oublier la douleur. As-tu un cheval ?

Theo secoua la tête et faillit jurer parce que cela fit faire un faux mouvement à Ivy. Il valait sans doute mieux qu'il reste immobile. Il jugea aussi plus prudent d'éviter le regard de Nathan, qui semblait vouloir en savoir plus sur lui. Bientôt, Theo satisferait sa curiosité en lui disant qu'il était son père, mais ce n'était pas le bon moment. Il laissa Ivy continuer à le torturer tout en surveillant les pâturages et les bois qu'ils longeaient.

En dehors de la voiture de patrouille qui les suivait, il n'y avait aucun véhicule sur la route. C'était le meilleur scénario. S'il avait été seul, il aurait préféré qu'une attaque se produise pour avoir une chance de résoudre le problème immédiatement, mais il ne l'était pas. Il pria pour que le trajet se déroule sans incident.

Personne ne parlait de l'attaque alors que tout le monde devait y penser. Il valait mieux qu'ils attendent de ne plus être avec Nathan pour aborder le sujet. Le garçon avait subi assez de stress comme cela. Il n'avait pas besoin de connaître les détails.

Deux hommes étaient morts.

D'innombrables coups de feu avaient été tirés.

Et ce n'était sans doute pas fini.

Quand Ivy eut nettoyé son entaille, Theo envoya un texto à un collègue de San Antonio pour lui demander des renseignements sur le dénommé Mack. Il ne prit pas la peine d'en informer Wesley. Il n'y avait pas urgence. Il le tiendrait au courant quand il le verrait au bureau du shérif — si quelqu'un s'était assuré qu'il n'y avait pas de micros dans les locaux.

Le ranch n'était pas très loin de la ville, et Gabriel ne traîna pas en route. Il fit sans doute le trajet en un temps record et se gara derrière le bâtiment pour qu'ils entrent discrètement par la sortie de secours. Ils traversèrent la salle de repos et pénétrèrent dans le bureau de Gabriel.

Wesley devait guetter leur arrivée, parce qu'il les rejoignit presque aussitôt.

Ivy attira Nathan derrière elle par réflexe, et Jodi s'approcha d'elle pour l'aider à protéger son fils. Jameson et Gabriel, quant à eux, pointèrent leurs armes sur Wesley d'un même mouvement.

— C'est mon collègue, Wesley Sanford, leur dit Theo. C'est lui qui a interrogé l'informateur.

Gabriel et Jameson se détendirent un peu, mais Ivy et Jodi conservèrent une posture défensive et continuèrent à regarder Wesley avec méfiance. Sans doute parce qu'il n'avait pas une expression très aimable. Sa carrière dans les forces de l'ordre, d'abord comme policier à San Antonio, puis à la brigade des stupéfiants, avait durci ses traits. Il était grand, maigre, et souriait rarement. Il n'était absolument pas en train de sourire à cet instant.

— Tu as dit que tu avais une piste et que tu m'enverrais un texto, lui rappela Wesley.

— J'ai dit que j'avais *peut-être* une piste, le corrigea Theo. Je te présente le shérif Beckett et son frère, Jameson, qui est un ranger. Es-tu sûr qu'il n'y a pas de micro dans le bâtiment ?

— Je l'ai fouillé de fond en comble avec l'adjoint du shérif, répondit Wesley. Nous n'avons rien trouvé.

— J'ai demandé aux rangers d'apporter de l'équipement pour passer les lieux au peigne fin, intervint Jameson. Ils ne devraient plus tarder. En attendant, on devrait aller dans l'une des salles d'interrogatoire.

C'était une bonne idée. Ces salles étaient très peu meublées et tout le monde n'était pas autorisé à y entrer. Il y avait moins de risques que quelqu'un y ait placé un micro. Le plus simple aurait été de sortir du bâtiment, mais c'était trop risqué.

— Et si tu restais ici avec Nathan pendant qu'on fait le point ? suggéra Theo à Ivy.

Elle hésita en se mordillant la lèvre. Theo comprenait pourquoi. Ivy ne voulait pas que Nathan entende leur conversation, mais elle voulait y participer elle-même. Jodi comprit aussi son dilemme.

— Je tiendrai compagnie à Nathan, proposa-t-elle en passant le bras autour des épaules du garçon. Je lui téléchargerai un livre ou un film.

— Ça va s'arranger ? demanda Nathan en regardant tour à tour sa mère, ses oncles et Theo.

— Bien sûr, s'empressa de répondre Ivy.

Jodi, Gabriel et Jameson lui fournirent des réponses similaires.

Nathan reporta son attention sur Theo, le seul à n'avoir rien dit.

— Ça va s'arranger ? répéta-t-il.

Theo comprenait mal pourquoi Nathan tenait à avoir son opinion alors qu'ils se connaissaient à peine. Devinait-il qu'ils étaient liés ? Mais Theo savait qu'il prenait peut-être ses désirs pour des réalités parce qu'il se sentait attiré par son fils, même s'il ne l'avait pas vu grandir.

— Nous ferons tout pour que ça s'arrange, je te le promets, lui répondit-il.

Nathan hocha la tête et laissa Jodi l'entraîner vers le bureau de Gabriel. Une part de Theo avait envie de rester pour faire la connaissance de Nathan, mais il ne pouvait pas se le permettre. Tant qu'Ivy serait en danger, leur fils le serait aussi.

Gabriel leur ouvrit l'une des salles d'interrogatoire, qui se trouvaient au bout du couloir. Ils s'y enfermèrent et rengainèrent leurs armes. Ivy, qui ne portait pas d'étui, glissa le revolver qu'elle avait emprunté à Gabriel dans la ceinture de son jean.

— L'un des tireurs nous a donné avant de mourir le prénom ou le surnom de l'intermédiaire qui l'a engagé, dit

Theo à Wesley. Un certain Mack, de San Antonio. Ça te dit quelque chose ?

Wesley répéta le nom, puis hocha la tête.

— Peut-être. Il y a un bar, un endroit un peu louche, qui est tenu par un McKenzie, à San Antonio. J'ai oublié son prénom, mais je me souviens qu'il travaillait comme videur dans une boîte de nuit avant d'acheter cet établissement. Je vais me renseigner sur lui, conclut-il.

Il tira son téléphone de sa poche et se détacha du groupe pour passer un appel.

— Je vais voir si le médecin légiste a quelque chose à nous dire sur nos tireurs et j'appelle nos collègues de la route, à tout hasard, annonça Jameson.

C'était une bonne idée. Il avait bien fallu que les tireurs viennent au ranch. S'ils n'y avaient pas été déposés par quelqu'un d'autre, il devait y avoir un véhicule abandonné dans les environs. Si c'était le cas, ils y trouveraient peut-être des indices.

— De mon côté, je vais essayer d'identifier les tireurs, dit Gabriel. Leurs empreintes sont peut-être dans nos fichiers. Quand on saura qui ils sont, on aura plus de chances de remonter jusqu'au commanditaire.

C'était aussi une bonne idée. Alors qu'il commençait à s'éloigner, téléphone en main, Gabriel s'arrêta net et se tourna vers Ivy et Theo.

— Je ne veux pas entendre crier, les avertit-il.

Theo n'apprécia pas son ton, ni le fait que Gabriel se mêle de sa relation avec Ivy, puisqu'il était évident qu'il faisait allusion au problème que posait Nathan. Il semblait oublier qu'il avait affaire à des adultes.

— Tu ne crois pas que j'aurais le droit d'élever un peu la voix ? riposta Theo.

Gabriel plissa les yeux.

— Peut-être, mais ça ne se passera pas ici. Ce que ma sœur et toi avez à vous dire peut attendre.

Gabriel s'éloigna sur ces mots. Ivy et Theo se retrouvèrent seuls face à face. Theo avait des coups de fil à passer, lui aussi. Pour commencer, il voulait se renseigner sur la belle-fille d'Ivy pour s'assurer qu'elle ne haïssait pas suffisamment sa belle-mère pour essayer de l'éliminer. Il tira son téléphone de sa poche, mais Ivy parla avant qu'il compose un numéro.

— Ne dis pas à Nathan que tu es son père. Laisse-moi le faire, s'il te plaît.

Theo y réfléchit quelques instants.

— Que lui diras-tu ? demanda-t-il.

— Je dirai la vérité — plus ou moins. J'aimerais éviter d'entrer dans les détails. Je lui dirai juste que ça n'a pas marché entre nous.

Theo réfléchit encore avant de répondre :

— Je ne veux pas qu'il pense que je t'ai abandonnée alors que je te savais enceinte. Je ne suis pas le méchant de cette histoire.

Ce qu'il lut dans les yeux d'Ivy ressemblait plus à du chagrin qu'à de la colère. Sa formulation était sans doute maladroite, mais il avait raison de clamer son innocence. Une seule personne savait à l'époque qu'Ivy portait son enfant : Ivy elle-même.

Elle acquiesça.

— Je lui dirai que c'était ma faute, répondit-elle avant de baisser les yeux.

Elle ne les baissa pas assez vite pour que ses larmes lui échappent.

Il jura intérieurement.

Il était bien dommage que Gabriel ne leur ait pas aussi interdit de pleurer. Theo n'avait pas un cœur de glace — pas tous les jours, du moins —, et ces larmes l'ébranlèrent. Elles réveillèrent aussi de vieux souvenirs. Ivy avait pleuré le soir où ils s'étaient séparés. Il avait été bien trop furieux, sur le coup, pour avoir eu envie de la consoler. Mais il était stupidement tenté de la réconforter maintenant.

Il résista à la tentation.

En partie parce qu'il trouvait dangereux de prendre Ivy dans ses bras, en partie parce que ses frères les observaient du coin de l'œil. Jameson et Gabriel étaient encore au téléphone, mais ils ne quittaient pas leur petite sœur des yeux.

Gabriel fut le premier à raccrocher. À en juger par son expression, il avait envie de réduire Theo en bouillie parce qu'il avait fait pleurer Ivy. Celle-ci secoua doucement la tête pour demander à son frère de ne pas intervenir. Gabriel ne fit aucun commentaire, mais il fusilla Theo du regard encore un long moment.

— On a retrouvé les empreintes de l'un des deux tireurs dans nos fichiers, finit-il par dire. Il s'appelait Ted Mintor et avait un casier chargé. On n'a rien trouvé sur l'autre, pour le moment.

C'était un début. Les relevés de compte de ce Ted Mintor permettraient peut-être de remonter jusqu'au commanditaire. D'après ce que Theo entendait de sa conversation, Jameson suivait déjà cette piste.

— J'ai fait renforcer la sécurité du ranch, et les employés sont sur le qui-vive, poursuivit Gabriel avant de se tourner vers sa sœur. Mais j'hésite… Il vaudrait peut-être mieux que Jodi, Nathan et toi vous installiez dans une planque pendant quelque temps.

— Jodi refusera, dit Theo.

Gabriel, qui connaissait bien Jodi, ne protesta pas. Jodi était une spécialiste de la sécurité. Elle se sentirait insultée si on essayait de l'enfermer quelque part alors que d'autres étaient en danger. Mais il y avait peut-être un moyen de la convaincre…

— À moins qu'on ne lui demande de protéger Ivy et Nathan, ajouta-t-il.

Gabriel acquiesça.

— Ça pourrait marcher, concéda-t-il. Il suffit qu'elle comprenne qu'elle sera utile. Et ça m'arrangerait que tu les accompagnes. Ça me dispenserait d'assigner un policier à la protection de la planque.

Theo fut pris de court par la requête de Gabriel. Une part de lui voulait rester auprès d'Ivy et de Nathan pour les protéger, mais il ne pourrait pas participer à l'enquête s'il était coincé dans une planque.

Wesley raccrocha à son tour et les rejoignit avant que Theo ait répondu. À en juger par son expression, il avait découvert quelque chose.

Quelque chose qui n'allait sans doute pas lui plaire, pressentit Theo.

— J'ai obtenu des renseignements sur Birch McKenzie, déclara-t-il. Comme je vous l'avais dit, il tient un bar à San Antonio qui n'est pas tout à fait un établissement cinq étoiles. La police y intervient régulièrement. Nos collègues ont convoqué McKenzie pour l'interroger, mais l'agent qui a fait les recherches lui a déjà trouvé une connexion intéressante...

Il plongea le regard dans celui de Theo.

— ... avec toi, conclut-il.

Theo secoua la tête. Il était certain de n'avoir jamais entendu ce nom.

— Tu crois que je connais ce type ? demanda-t-il à Wesley, les sourcils froncés.

— Non, mais ton oncle Auguste le connaît, répondit Wesley. C'est lui qui lui a prêté de quoi acheter son bar.

Gabriel grommela un juron et ressortit son téléphone.

— Je le convoque immédiatement, annonça-t-il. Et il a intérêt à avoir de bonnes réponses à nous fournir.

6

Ivy essaya de faire bonne figure devant son fils, mais elle ne se sentait pas aussi courageuse qu'elle voulait en avoir l'air. Elle était terrifiée — non pour elle-même, mais pour Nathan. Il était bien trop jeune pour se retrouver dans une telle situation.

— On part bientôt ? lui demanda-t-il.

Comme il était dans le bureau de Gabriel depuis plus d'une heure, il était surprenant qu'il n'ait pas posé cette question plus tôt. Le film que Jodi avait téléchargé pour lui devait l'intéresser.

— Oui, répondit-elle en espérant que ce n'était pas un mensonge.

Elle ne savait pas combien de temps il faudrait à Gabriel pour trouver une planque et les y emmener.

Une planque dans laquelle ils devaient séjourner avec Jodi et Theo, apparemment. Cela la rendait nerveuse, parce qu'il y avait peu de chances que Theo cache longtemps à Nathan qu'il était son père.

— Et le mariage de tante Jodi et d'oncle Gabriel ? demanda Nathan avant de bâiller.

Il n'était pas étonnant qu'il tombe de fatigue. Il était un peu plus de 23 heures — soit bien après l'heure à laquelle il se couchait d'habitude — et la journée avait été particulièrement éprouvante.

— Nous devrons peut-être le repousser de quelques jours, répondit Jodi, qui pianotait sur son ordinateur portable dans un coin du bureau de Gabriel.

Theo faisait la même chose de l'autre côté de la pièce. Ils attendaient tous l'arrivée d'Auguste, qu'un policier était allé chercher.

Nathan poussa un soupir déçu. Il avait probablement hâte de goûter tous les plats du buffet et la pièce montée. Sa déception devait être bien peu de chose à côté de celle de Jodi et de Gabriel. Cela faisait si longtemps qu'ils attendaient de se marier...

Jodi ferma son ordinateur, se leva et s'étira.

— Je vais chercher une bouteille d'eau dans la salle de repos. Est-ce que quelqu'un veut quelque chose ? demanda-t-elle.

Theo, Nathan et Ivy secouèrent la tête. Gabriel était déjà allé chercher des hamburgers dans le restaurant d'en face une demi-heure plus tôt. Nathan était le seul à y avoir touché. Par bonheur, rien ne semblait pouvoir lui faire perdre son appétit d'enfant.

Jodi sortit du bureau et ferma la porte derrière elle, sans doute pour que Nathan n'entende pas ce qui se disait dans la pièce voisine, où travaillaient Gabriel, Jameson, Wesley et deux policiers.

— On dirait que tout le monde a des secrets, dit Nathan d'une voix neutre.

Theo et Ivy tournèrent la tête vers lui au même instant. Nathan les regarda tour à tour comme s'il attendait qu'ils confirment ses soupçons.

Ils ne le firent pas.

L'enfant se leva en grommelant quelque chose qu'Ivy ne comprit pas et se dirigea vers le lit d'appoint qu'elle avait improvisé avec des couvertures et un coussin récupérés dans la salle de repos. Nathan s'endormirait vite — ce qui était une bonne chose, songea Ivy en reconnaissant une voix dans la pièce voisine.

Ce n'était pas celle d'Auguste Canton.

Mais elle lui était très familière.

— C'est Lacey, ma belle-fille, dit-elle à Theo, qui l'interrogeait du regard.

Ils sortirent du bureau et s'arrêtèrent sur le pas de la porte. Oui, c'était bien sa belle-fille, même si Ivy avait du mal à la voir comme sa fille puisqu'elles avaient quasiment le même âge.

— C'est à cause de toi ! s'écria Lacey dès que ses yeux se posèrent sur Ivy.

Celle-ci jeta un coup d'œil par-dessus son épaule. Nathan était bien sur le point de s'endormir. Elle attendit que Jodi retourne dans le bureau pour en fermer la porte. Le plus difficile serait d'empêcher Lacey de crier. Elle semblait folle de rage.

Gabriel se planta devant Lacey, qui essaya de le contourner.

— J'aimerais avoir une petite discussion avec ma chère belle-mère, dit-elle. La police veut m'interroger à cause d'elle.

— Moi aussi, je veux vous interroger, intervint Theo d'une voix glaciale.

Lacey tourna la tête vers lui et écarquilla un peu les yeux. Un coin de ses lèvres frémit. Ce n'était pas un sourire, mais presque.

— Theo Canton, dit-elle.

Parce que son bras frôlait celui de Theo, Ivy le sentit se raidir.

— Comment me connaissez-vous ? demanda-t-il avec méfiance.

— Je me suis renseignée sur toutes les connaissances de ma belle-mère. Votre nom et votre photo sont apparus dans les journaux. Vous avez été suspecté du meurtre des parents d'Ivy.

Elle n'avait pas perdu son demi-sourire.

Ivy savait ce qui l'amusait. La ressemblance entre Nathan et Theo était criante. Bien sûr, les journaux avaient précisé que Theo et elle avaient rompu le soir des meurtres — ce qui aurait pu être le mobile de Theo. Lacey devait avoir fait le calcul depuis longtemps : Nathan était né neuf mois plus tard.

— Alors... Pourquoi vouliez-vous me voir ? demanda Lacey sans quitter Theo des yeux.

Il s'approcha d'elle.

— Quelqu'un a essayé de nous tuer, répondit-il. Savez-vous quelque chose à ce sujet ?

La dureté de son ton parut n'avoir aucun effet sur Lacey, qui se tourna vers Ivy.

— C'est à cause de toi, répéta-t-elle. Tu veux qu'il me soupçonne de quelque chose que je n'ai pas fait pour te débarrasser de moi. Je te préviens : ça ne marchera pas. Je continuerai à me battre jusqu'à ce que j'obtienne ce qui me revient de droit.

Ivy soupira.

— Chad nous a tout laissé, à Nathan et à moi, expliqua-t-elle à Theo.

— Parce que tu lui as lavé le cerveau, insista Lacey. J'obtiendrai gain de cause. Son testament sera annulé, et je récupérerai mon héritage.

— Ton père ne voulait pas que tu aies cet argent, lui rappela Ivy comme elle l'avait déjà fait des dizaines de fois. Il pensait que tu en avais déjà trop depuis la mort de ta mère et qu'il était grand temps que tu acquières le sens des responsabilités.

Lacey jura.

— Tu ne me connais pas. Tu n'es qu'une étrangère. Tu n'as pas le droit de me dire des choses comme ça ! C'était mon père !

— Et c'était mon mari, répliqua Ivy.

— Êtes-vous venue pour répondre à nos questions ? demanda Gabriel alors que Lacey ouvrait la bouche pour riposter.

Elle lui jeta un regard méprisant.

— Aux vôtres ? Certainement pas. Vous êtes le frère d'Ivy. Et pas aux vôtres non plus, dit-elle en se tournant vers Theo. Il n'est pas question que l'ex-petit ami d'Ivy me mette quelque chose sur le dos.

— Et moi ? intervint Wesley. Je n'ai aucun lien avec Ivy. Plus vite vous répondrez à nos questions, plus vite on vous rayera de la liste des suspects, si vous êtes innocente. À moins que vous ne préfériez que je vous interroge dans mon bureau, à San Antonio ?

Lacey parut prendre conscience, à cet instant, qu'elle avait peut-être eu tort de débarquer dans le bureau du shérif pour accuser la sœur de celui-ci. Elle soupesait certainement les options qu'il lui restait. D'après son expression, aucune ne lui plaisait.

— Je ne parlerai à personne sans mon avocat, déclara-t-elle sèchement.

— Alors vous feriez bien de l'appeler, répondit Gabriel sur le même ton.

Lacey lui jeta un regard mauvais et jura, mais elle sortit son téléphone et composa un numéro.

— Emmenez-la dans l'une des salles d'interrogatoire, dit Gabriel à Wesley et Jameson. Qu'elle attende son avocat hors de ma vue.

Gabriel jeta un coup d'œil par la fenêtre. Ivy comprit en suivant son regard pourquoi il était pressé de se débarrasser de Lacey : Auguste venait de sortir de la voiture de patrouille qui l'avait amené.

Le deuxième round de la soirée était sur le point de commencer.

Wesley et Jameson eurent tout juste le temps de disparaître avec Lacey avant l'entrée d'Auguste. Ivy se prépara à une nouvelle scène. Après tout, Auguste reprochait depuis dix ans à Jodi et à Theo de ne pas en faire assez pour prouver l'innocence de leur père… Mais Ivy ne lut pas de colère sur le visage d'Auguste.

— Ivy, la salua-t-il. Ça fait un bail.

Oui. Cela faisait dix ans. Elle ne réussirait jamais à faire comprendre à ses frères pourquoi elle avait eu besoin de couper les ponts. Parfois, elle ne le comprenait pas elle-même.

Auguste n'avait pas changé depuis la dernière fois qu'elle l'avait vu. Il n'avait absolument pas l'air de gérer le ranch de son frère. Il s'habillait toujours comme un riche homme d'affaires, ce qu'il était avant tout. Il avait sans doute plus d'argent que tous les Beckett réunis parce qu'il avait hérité de la fortune de sa mère, morte peu de temps après avoir épousé son père et lui avoir donné naissance. Travis, lui, était un cow-boy qui avait un penchant pour la boisson. Même si les deux demi-frères étaient aussi différents que le jour et la nuit, Auguste avait décidé de voler au secours de Travis et de faire tout ce qui était en son pouvoir pour prouver son innocence.

Auguste se tourna ensuite vers Theo. Ivy croyait s'être préparée à n'importe quelle réaction, mais elle ne s'attendait pas du tout à le voir donner une accolade chaleureuse à son neveu. Theo, qui se raidit, ne devait pas s'y attendre non plus.

— C'est bon de te revoir, Theo, dit Auguste.

Ivy trouva ça louche. Auguste avait toujours été un homme colérique, et il en voulait à Theo, d'après ce que Jodi lui avait dit.

— Iras-tu voir ton père ? demanda Auguste quand il s'écarta de Theo.

— Non, répondit celui-ci sans hésiter.

Un peu de la colère à laquelle Ivy s'attendait fit briller les yeux d'Auguste.

— Alors que fais-tu là ? demanda-t-il. Oh ! je sais ! Tu es venu pour le mariage de ta sœur. C'est logique. Sauf que vous devriez m'aider au lieu de vous amuser, tous les deux. Tu as bien conscience que ton père a passé tout ce temps en prison, j'espère ?

La gorge d'Ivy se serra. Elle voulait que Travis paye pour le meurtre de ses parents. Justice était rendue, mais le fait qu'il passe le reste de sa vie derrière des barreaux ne les ramènerait pas.

— Je sais, grommela Theo. Il a été condamné pour deux meurtres.

Auguste plissa les yeux.

— Sur la base d'un simple faisceau de présomptions, répondit-il avec mépris. Il ne se souvient de rien ! Voilà pourquoi il a été si facile aux Beckett de lui mettre les crimes sur le dos.

Puisqu'il y avait trois Beckett dans la pièce, cela ne gênait visiblement pas Auguste de leur faire savoir qu'il croyait que son frère avait été piégé. Ivy fut tentée de lui rappeler que Travis avait du sang de son père sur sa chemise quand on l'avait trouvé, mais Auguste le savait et devait croire que cela faisait partie d'un coup monté.

— Il vient de se produire une nouvelle attaque au ranch, dit Ivy.

Auguste hocha la tête.

— Je m'en doute, répondit-il. Chaque fois que quelqu'un s'en prend à l'un d'entre vous, tes frères me convoquent pour m'interroger. Ils croient stupidement que je parviendrai à faire sortir Travis de prison si je tue l'un d'entre vous. Ça ne marcherait pas. Seule la vérité peut rendre sa liberté à mon frère, et elle finira par éclater au grand jour.

Gabriel et Jameson soupirèrent. Cette scène donnait à

Ivy un aperçu de ce qu'ils subissaient régulièrement depuis dix ans.

— Alors c'est pour ça que vous m'avez demandé de venir ? poursuivit Auguste. Pour m'accuser de cette nouvelle attaque ?

— Oui, reconnut Theo sans hésiter. Y es-tu pour quelque chose ?

Auguste serra les dents et les fusilla tous du regard l'un après l'autre.

— Bien sûr que non, répondit-il. Et ton père vous aime, ta sœur et toi. Je ne sais pas pourquoi, puisque vous ne lui avez presque jamais rendu visite. Néanmoins, si je devais faire quelque chose pour l'aider, je ne courrais pas le risque que vous soyez blessés.

Gabriel s'approcha d'Auguste.

— Alors explique-nous ta relation avec l'homme qui a engagé les deux tireurs.

Auguste écarquilla les yeux.

— De quoi parles-tu ?

— De Birch McKenzie, répondit Gabriel.

Ivy observa attentivement la réaction d'Auguste. Il eut l'air encore plus surpris, puis jura.

— Birch n'a pas engagé ces hommes, répondit-il. Ça n'a pas de sens. Quelqu'un essaye de lui faire porter le chapeau. Ce qui veut dire que quelqu'un essaye de *me* faire porter le chapeau.

Il se tourna vers Theo.

— Je n'y suis pour rien, je te le jure, ajouta-t-il. C'est un coup monté.

Auguste se défendait si énergiquement qu'Ivy crut presque à son innocence. Presque. Elle n'oublia pas qu'il n'était loyal qu'envers son frère. Elle comprenait mal pourquoi, d'ailleurs. Comme Travis était bien plus âgé qu'Auguste, celui-ci le voyait peut-être comme un père de substitution plus que comme un demi-frère. Bien sûr, Auguste pouvait aussi défendre Travis pour une tout autre raison.

Auguste pouvait être le véritable meurtrier de ses parents.

Comme Theo et Travis, il avait eu une altercation avec le père d'Ivy peu avant le drame. Tout le monde savait qu'il haïssait Sherman Beckett, avec lequel il se querellait depuis longtemps à propos des limites de leurs terrains. Si Auguste était le meurtrier, c'était peut-être la culpabilité qui l'incitait à faire tout ce qu'il pouvait pour innocenter son frère, en prison à sa place.

Cette hypothèse n'avait rien de nouveau. Ses frères avaient enquêté dans ce sens, et ils avaient approfondi leurs recherches quand ils avaient commencé à recevoir des lettres et des mails de menaces. Quelqu'un les envoyait, et ce ne pouvait pas être Travis, qui n'avait accès à aucun ordinateur et dont le courrier était ouvert.

Tandis qu'Auguste continuait à grommeler, la porte du bureau de Gabriel s'ouvrit. Nathan apparut avant que Jodi le rattrape.

— Désolée, dit-elle. Il s'est réveillé et m'a prise de vitesse.

— Maman ? Quand est-ce qu'on s'en va ? demanda Nathan en se frottant les yeux.

— Bientôt, promit Ivy avant que Jodi ramène Nathan dans le bureau.

Bien sûr, la courte apparition de son fils avait suffi pour qu'Auguste remarque, comme tout le monde, sa ressemblance avec Theo. Il pouffa.

— On dirait que votre rupture n'est pas aussi simple que vous le pensiez, commenta-t-il. Vous êtes-vous remis ensemble ?

— Non, répondirent Theo et Ivy à l'unisson.

Ce fut Theo qui poursuivit.

— Je suis revenu parce que j'ai été averti que le ranch des Beckett serait attaqué, dit-il. Il est possible qu'Ivy soit la cible de celui qui a engagé les tireurs. Si c'est le cas, son fils aussi est en danger.

— Ton fils, le corrigea Auguste.

Theo se contenta d'ignorer cette remarque.

— Si Travis ne veut pas que Jodi et moi soyons blessés, penses-tu qu'il voudrait que ce petit garçon le soit ? demanda-t-il.

Ce garçon qui était le petit-fils de Travis. Theo ne le précisa pas, mais Auguste comprit très bien ce qu'il sous-entendait. Il plissa les yeux.

— Comment vous convaincre que je n'y suis pour rien ? demanda-t-il.

— Il nous faut des preuves, pas des mots, répondit Theo. Si tu n'y es effectivement pour rien, je te devrai des excuses et je te les présenterai. Pour le moment, nous aimerions que tu répondes à quelques questions pour nous aider à clarifier la situation.

— Des questions que je te poserai dans une salle d'interrogatoire, enchaîna Gabriel avant d'inviter Auguste à le suivre.

Heureusement que Jodi avait refermé la porte et qu'Auguste n'avait eu qu'un aperçu de Nathan, songea Ivy. Elle ne voulait pas que son fils se retrouve en présence de son grand-oncle tant qu'elle n'était pas sûre de l'innocence d'Auguste.

Theo la regarda d'un air inquiet. Il avait raison de s'inquiéter : elle n'allait pas bien. Elle avait les nerfs à fleur de peau, ce dont il dut s'apercevoir parce qu'il jura entre ses dents.

— Et si on emmenait Ivy, Nathan et Jodi dans la planque ? suggéra Jameson en chuchotant.

— Elle est prête ? demanda Ivy.

Jameson acquiesça.

— Ne vous attendez pas à du grand luxe, s'empressa-t-il d'ajouter. Nous n'avons pas eu beaucoup de temps pour tout organiser.

Alors qu'Ivy s'apprêtait à répondre qu'elle s'en moquait, une crainte la gagna.

— Et si Nathan était blessé à cause de moi ? s'inquiéta-t-elle. Le tireur a dit que j'étais la cible.

— Il a pu mentir, lui fit remarquer Theo. Quoi qu'il en soit, je préférerais que Nathan et toi ne soyez pas dans le même bâtiment que nos suspects.

Il marquait un point, même s'il était possible que ni Lacey ni Auguste ne soient coupables. Ils pouvaient aussi être la cible de quelqu'un qu'ils ne connaissaient pas. Le meurtre de ses parents avait été largement couvert par les médias, toujours avides de faits divers sordides. Cela pouvait avoir attiré l'attention d'un psychopathe qui s'amusait à leur envoyer des menaces et à engager des tireurs pour se faire remarquer.

— Je vais approcher une voiture de la porte de derrière, annonça Jameson. Tenez-vous prêts à y monter rapidement. Je reviendrai aider Gabriel quand vous serez installés dans la planque.

Alors que Jameson s'éloignait à grands pas, son téléphone sonna.

— C'est la police de San Antonio, leur dit-il en regardant l'écran.

Il prit l'appel sans mettre le haut-parleur. Comme il pouvait y avoir du nouveau, Ivy n'alla pas tout de suite prévenir Jodi et Nathan de leur départ imminent. Ce que la personne qu'il avait au bout du fil disait fit froncer les sourcils à Jameson.

— Quoi ? finit-il par s'écrier. Vous en êtes sûrs ? C'est bien lui ?

Ivy interrogea Theo du regard. Il secoua la tête. Il ne comprenait pas non plus ce qui contrariait son frère. Elle retint son souffle.

— Birch McKenzie est mort, déclara Jameson quand il

raccrocha. Il a reçu une balle dans la tête en plein milieu de son bar.

L'homme qui avait servi d'intermédiaire entre les tireurs et la personne qui les avait engagés... Et une connaissance d'Auguste.

— Qui l'a tué ? demanda Theo.

— On l'ignore répondit Jameson. Il n'y a pas de témoins. Les collègues de San Antonio ont découvert son corps quand ils ont voulu l'interroger. Mais ils ont trouvé quelque chose d'intéressant dans son téléphone : la dernière personne qu'il a appelée est l'un de nos suspects.

— Auguste, murmura Ivy.

Jameson secoua la tête.

— Non. McKenzie a appelé Lacey.

7

Theo n'avait pas réussi à trouver le sommeil, mais il lui semblait qu'Ivy avait dormi encore moins que lui. Elle s'était enfermée dans une chambre avec Nathan dès leur arrivée dans la planque, mais Theo, qui occupait la chambre voisine, avait entendu quelqu'un bouger à côté presque toute la nuit. Ce devait être Ivy.

À son réveil, il prit une douche et se rendit dans la cuisine pour préparer du café. Il eut la confirmation qu'Ivy n'avait presque pas dormi quand il la trouva assise devant une tasse fumante. Elle semblait épuisée.

Et elle était magnifique.

Il ne devait pas y avoir beaucoup de femmes sur la planète capables de cette prouesse. Malgré sa pâleur, ses cheveux emmêlés et ses yeux cernés, elle était d'une beauté à couper le souffle.

Le désir qu'elle lui inspirait dès qu'il était en sa présence se réveilla, mais il l'envoya paître. Son attirance pour elle ne pouvait que le distraire alors qu'il avait besoin de rester concentré. Et il en voulait encore à Ivy de ne pas l'avoir informé de l'existence de Nathan.

— Jodi et Nathan dorment encore ? demanda-t-il en se servant du café.

Ivy acquiesça.

— Mais ils devraient bientôt se réveiller, dit-elle. As-tu

du nouveau ? Je t'ai entendu parler au téléphone à plusieurs reprises.

C'était le cas, mais l'enquête n'avait pas beaucoup progressé.

— Gabriel a interrogé Lacey, qui prétend n'avoir jamais eu affaire à McKenzie. Elle dit qu'il ne l'a appelée que pour la piéger.

Ivy soupira, et Theo se retint d'en faire autant. Sa tasse de café à la main, il alla jusqu'à la fenêtre. La planque se trouvait sur les terres d'un vieux ranch, à une cinquantaine de kilomètres au sud de Blue River. Ils étaient au milieu de nulle part, ce qui était une bonne chose. Les pâturages étaient plats de tous les côtés, et la vue dégagée. Si quelqu'un essayait de les attaquer, il aurait du mal à approcher sans se faire repérer. Et Jameson avait installé un détecteur de mouvement à l'entrée du ranch pour qu'ils soient avertis quand un véhicule arrivait.

— Lacey a appelé son avocat, reprit-il. Auguste aussi. Gabriel n'a pas de quoi les retenir. Si la police de San Antonio ne réussit pas à les lier au meurtre de McKenzie, on est dans une impasse.

Il hésita un instant avant de poser la question qui lui brûlait les lèvres.

— À quel point Lacey te hait-elle ?

Ivy le fixa quelques instants avant de répondre :

— Beaucoup. Pourquoi ?

Il haussa les épaules.

— Lacey a dit qu'elle s'était renseignée sur tous les gens qui avaient un lien avec toi. Le lien est lointain, je te l'accorde, mais elle a pu découvrir qu'Auguste connaissait McKenzie.

Il parlait doucement pour ne pas réveiller Jodi et Nathan. Ivy se leva et s'approcha de lui, sans doute pour mieux l'entendre.

— Mais pourquoi a-t-elle autorisé McKenzie à l'appeler si elle voulait faire accuser Auguste ? demanda-t-elle.

— Elle ne l'y a peut-être pas autorisé, répondit-il. Il peut avoir commis une bourde. Ou il peut avoir pris peur s'il s'est rendu compte que quelqu'un voulait le tuer. On ne peut déduire qu'une chose de sa mort : quelqu'un estimait qu'il en savait trop.

C'était vrai, même si Lacey et Auguste étaient innocents. McKenzie était lié aux deux morts. La personne qui tirait les ficelles ne voulait sûrement pas courir le risque qu'il parle à la police.

— Le mobile d'Auguste est clair, si c'est lui le coupable : il veut prouver l'innocence de Travis, murmura Ivy. Mais je ne vois pas ce que Lacey a à gagner. Elle n'héritera pas de la fortune de son père si elle me tue.

Elle poussa un petit cri et se couvrit la bouche.

— Pour ça, il faudrait qu'elle se débarrasse aussi de Nathan, ajouta-t-elle.

La peur remplaça la fatigue dans son regard. Theo serra les dents. Il y avait déjà songé.

— Mon Dieu ! s'écria Ivy. Elle ne va quand même pas lui faire du mal !

Des larmes roulèrent sur ses joues.

Bon sang ! Il ne supportait vraiment pas de la voir pleurer. Cette fois, il ne put s'empêcher de passer un bras autour de ses épaules.

Ivy se blottit contre lui.

Ce n'était pas une bonne chose, parce que cela parut parfaitement normal à Theo. Les années qui s'étaient écoulées disparurent subitement. Ivy était redevenue sa petite amie. Heureusement, elle s'écarta vite de lui, ce qui brisa l'enchantement.

— Désolée, murmura-t-elle.

Il ne comprit pas si elle était désolée d'avoir pleuré ou d'avoir cherché du réconfort dans ses bras. Il valait sans doute mieux que cette question reste sans réponse.

— Il n'arrivera rien à Nathan, je te le promets, dit-il solennellement.

Il ne savait pas comment, mais c'était une promesse qu'il tiendrait.

Elle regarda par la fenêtre pendant quelques secondes avant de retourner la tête vers lui.

— Y a-t-il quelque chose que tu ne me dis pas ? demanda-t-elle. Tu ne comptes pas dire à Nathan que tu es son père, j'espère ?

Ces deux questions n'avaient aucun rapport l'une avec l'autre.

— Il faudra bien que Nathan l'apprenne un jour ou l'autre, répondit-il.

— Mais ?

— Mais cela peut attendre encore un peu.

Elle poussa un soupir de soulagement.

— Alors qu'est-ce qui ne va pas ? demanda-t-elle.

— Ce n'est peut-être rien…

C'était pour cela qu'il hésitait à en parler, mais cela lui trottait dans la tête.

— C'est à propos de Lacey et Wesley, dit-il. Elle ne t'aurait pas parlé de lui, à tout hasard ?

Ivy fut aussi surprise qu'il s'y attendait.

— Non. Pourquoi ?

— Parce que Wesley n'a pas demandé qui était Lacey quand elle a débarqué au commissariat. On ne l'attendait pas. J'ai trouvé ça bizarre.

— C'est vrai, murmura-t-elle après quelques instants de réflexion. Mais tu ne crois quand même pas que c'est Wesley qui a orchestré l'attaque ? Pourquoi ton collègue s'en prendrait-il à nous ?

Il n'avait pas envie de le croire, mais il avait un doute tenace.

— Je travaille avec Wesley depuis longtemps, répondit-il.

On était coéquipiers dans la dernière affaire qui m'a été confiée — une enquête qui a causé la mort de l'un de nos collègues des stupéfiants.

Elle secoua la tête.

— Et tu crois qu'il pourrait y avoir un lien entre cette enquête et l'attaque du ranch ?

Il se passa la main sur le visage avant de répondre :

— S'il y en a un, je ne le vois pas.

Mais il le chercherait. Et il se méfierait davantage des tuyaux de Wesley. Après tout, c'était en raison des informations que Wesley lui avait fournies qu'il s'était précipité au ranch des Beckett.

— J'ai appelé un collègue des stups ce matin, ajouta-t-il. Il s'appelle Matt Krueger. C'est quelqu'un en qui j'ai confiance. Je lui ai demandé de chercher s'il y avait un lien entre Wesley et Lacey — entre Wesley et n'importe quel élément de cette affaire.

— Mais pourquoi Wesley s'en prendrait-il à toi ? Surtout : pourquoi Wesley s'en prendrait-il à toi *de cette manière* ? se corrigea-t-elle. En attaquant nos familles ?

— L'attaque d'hier pourrait n'être qu'un écran de fumée, suggéra-t-il. Une manière de détourner notre attention.

Mais cela ne répondait pas à la question la plus importante : pourquoi ?

Était-ce lié à l'enquête qui avait mal tourné ? Il avait passé des heures à en réexaminer tous les détails. Il n'avait rien découvert de nouveau, mais il avait le sentiment que quelque chose ne collait pas.

— Suspectes-tu Wesley de tremper dans des activités illégales ? demanda Ivy.

Il haussa les épaules.

— Cette opération était mal ficelée depuis le début, lui confia-t-il.

Il ne pouvait pas lui fournir de détails parce qu'il s'agissait d'un dossier confidentiel, mais il pouvait lui en parler dans les grandes lignes.

— On enquêtait depuis plusieurs mois sur une milice qui vendait des armes et de la drogue, dont une partie provenait de saisies de la police. L'agent qui a été tué était responsable de l'enquête, et il avait accès à l'entrepôt qui s'est fait dévaliser.

Maintenant qu'il était mort, il ne pouvait plus répondre aux questions qui hantaient Theo.

— Mon Dieu ! s'écria-t-elle. Si Wesley...

— Il ne sait pas où nous sommes, s'empressa de dire Theo quand il lut la panique dans ses yeux. Seuls Jameson, Gabriel et nous quatre connaissons l'emplacement de la planque. Et Jameson est en train d'en préparer une deuxième par précaution, au cas où quelqu'un nous aurait suivis sans qu'on s'en aperçoive.

Il se tut en entendant des pas dans le couloir et porta la main à son arme par réflexe, mais ce n'était pas une menace. C'était Nathan.

— Tante Jodi prend une douche, leur dit l'enfant en entrant dans la cuisine. Y a-t-il du lait et des céréales quelque part ? J'ai faim.

Ivy alla fouiller les sacs de provisions qui étaient posés sur le comptoir.

— Il n'y a que des barres de céréales, mon chéri, répondit-elle.

Nathan ne parut pas déçu. Il ouvrit le réfrigérateur pour en sortir le carton de lait. Comme il était trop petit pour atteindre le placard, Theo lui donna un verre tandis qu'Ivy ouvrait la boîte de barres de céréales. Nathan remplit son verre en observant Theo à la dérobée.

— Je ne suis pas stupide, vous savez, dit-il. J'ai entendu tante Jodi parler à oncle Gabriel au téléphone. Jodi chuchotait, mais j'ai bien entendu ce qu'elle disait. Tu es mon père, n'est-ce pas ?

Il but une grande gorgée de lait.

Même si Theo s'attendait à cette question, il eut un choc. Ivy aussi, apparemment, car elle se figea, une barre de céréales à la main.

— Oui, répondit Theo.

Il s'attendit à une brimade d'Ivy, mais elle se contenta de poser la barre de céréales sur la table et de s'asseoir à côté de Nathan.

Celui-ci hocha la tête.

— Il paraît qu'on se ressemble, ajouta-t-il. Tante Jodi l'a dit.

Theo ne pouvait pas en vouloir à sa sœur d'avoir commis une bévue. Puisque Ivy avait caché l'existence de Nathan à tout le monde, Jodi avait dû être surprise de découvrir qu'elle avait un neveu.

— C'est vrai, on se ressemble, admit Theo.

Il se tourna vers Ivy pour voir si elle avait quelque chose à ajouter.

— Est-ce que tu m'en veux de ne pas te l'avoir dit ? demanda-t-elle à Nathan.

Il secoua la tête, puis mordit dans la barre.

— Je savais que papa n'était pas mon vrai père, répondit-il. Lacey me l'avait dit, tu t'en souviens ?

— Oui, je m'en souviens, répondit Ivy, les mâchoires crispées.

Theo s'attendit que Nathan pose d'autres questions — pourquoi ils ne se connaissaient pas, par exemple —, mais il continua à manger sa barre de céréales comme si c'était une journée tout à fait ordinaire.

— Les méchants vont-ils nous trouver ? demanda finalement le petit garçon.

Theo aurait préféré qu'ils restent sur le sujet de sa paternité, mais il était normal que Nathan pense encore à l'attaque.

— Non, ils ne nous trouveront pas, répondit-il. C'est pour ça qu'on est dans cette maison. Je demanderai à l'un de tes oncles d'apporter des céréales si on a besoin d'y rester plus longtemps.

— Merci.

Nathan finit sa barre de céréales, puis leva les yeux vers lui.

— Allez-vous vous remettre ensemble, maman et toi ? demanda-t-il. Comme de vrais parents ?

Theo fut certain que son regard à ce moment avait la même expression hagarde que celui qu'Ivy. Contrairement à lui, elle réussit à formuler une réponse.

— Non, mais tu pourras voir Theo autant que tu le voudras, promit-elle.

— Génial ! s'écria joyeusement Nathan avant d'aller poser son verre dans l'évier. Je peux aller jouer sur l'ordinateur, maintenant ?

Ivy acquiesça. Elle parut soulagée de voir Nathan s'éloigner, mais celui-ci s'arrêta net et fit volte-face.

— Je crois que tante Jodi est un peu triste, aujourd'hui, ajouta-t-il. Parce qu'elle était censée se marier avec oncle Gabriel.

— Je lui parlerai, promit Theo.

Cette réponse suffit à Nathan, qui repartit dans sa chambre.

Theo craignit qu'Ivy ne se remette à pleurer, mais elle ne fit que soupirer.

— Je ne pensais pas que Nathan le prendrait aussi bien, avoua-t-elle.

Theo hocha la tête. Puisqu'elle abordait le sujet — et qu'elle ne pleurait pas —, il prit le risque d'aller un peu plus loin.

— Quand les choses se seront calmées, j'aimerais voir souvent Nathan, dit-il. Je veux le connaître et faire des choses avec lui.

— Mais ton travail ? demanda-t-elle en fronçant les sourcils. Tu n'es pas souvent là.

— C'est vrai, mais ça pourrait changer. Je suis un zombie depuis un bon moment. Je suis sûr que mon chef n'aurait rien contre le fait de me voir faire une petite pause derrière un bureau.

— Tu serais prêt à faire ça ? demanda-t-elle comme s'il parlait de sauter d'une falaise.

Theo ne répondit pas tout de suite. Il était vrai que ce serait un changement complet de mode de vie qu'il n'avait pas programmé. Sauf qu'il n'avait pas non plus envisagé la possibilité d'avoir un fils.

— Je ne disparaîtrai pas, la prévint-il. Nathan connaîtra son père comme il aurait dû le faire depuis le début.

Il avait parlé plus durement qu'il ne l'aurait voulu, mais il avait du mal à contrôler ses émotions. Ivy avait tissé des liens avec leur fils au fil de leur vie commune. Lui devrait tout construire en partant de rien.

— Gabriel, Jodi et Jameson voudront sûrement passer du temps avec lui, eux aussi, poursuivit-il. C'est leur seul neveu, après tout.

D'une manière ou d'une autre, Ivy devait accepter que Nathan eût une famille.

Elle poussa un nouveau soupir.

— Je n'avais pas l'intention de vous cacher l'existence de Nathan, dit-elle. Tout était juste si compliqué… Les meurtres, notre rupture, l'agression de Jodi… Gabriel et Jameson étaient des grenades dégoupillées, à l'époque, et l'enquête prenait tout leur temps. Quand j'ai découvert que j'étais enceinte, j'ai décidé de partir et j'ai tout fait pour qu'ils ne sachent rien.

Parce que Gabriel et Jameson auraient essayé de la convaincre de revenir. Il comprenait qu'elle se soit épargné cela.

— Tu n'as pas traîné dans le coin non plus, lui rappela-t-elle.

Effectivement. Lui aussi trouvait la situation trop compliquée.

— Il fallait que je m'en aille, répondit-il. Je passais mon

temps à me dire que j'aurais dû protéger Jodi. J'ai été suspecté du meurtre de tes parents, puis mon père s'est fait arrêter...

— Crois-tu que Travis soit innocent ? demanda Ivy après quelques secondes de silence.

Il ne pouvait pas fournir une réponse simple à cette question.

— Je le croyais coupable, dit-il. Mais les menaces que vous avez reçues me font douter. Il faut envisager la situation sous tous les angles. Il est possible que le tueur soit encore en liberté et qu'il vous nargue.

— À moins qu'Auguste ne soit en train de semer le doute, lui rappela-t-elle.

Oui, c'était possible. Mais alors il agissait seul, parce que Theo doutait que son père l'ait encouragé à mettre les Beckett ou ses propres enfants en danger. Il était également possible qu'ils soient la cible d'un psychopathe attiré par la médiatisation de l'affaire.

Son téléphone sonna. C'était Matt Krueger. Il décrocha et s'approcha de la fenêtre.

— Dis-moi que tu as trouvé quelque chose sur cette maudite fusillade ! grommela-t-il sans prendre la peine de saluer son collègue.

Matt hésita.

— Oui, la fusillade..., soupira-t-il. Je comprends pourquoi tu as l'impression que quelque chose ne colle pas. Je pense que quelqu'un a prévenu les miliciens qu'il y avait des agents infiltrés parmi eux.

Theo avait déjà envisagé cette hypothèse, qui lui donnait la nausée.

— Peux-tu le prouver ?

— Peut-être, répondit Matt. J'ai découvert que Wesley avait passé un coup de téléphone une demi-heure avant la fusillade. Comme c'était depuis un téléphone jetable, je ne peux pas savoir qui il a appelé. As-tu une idée de qui ça pourrait être ?

— Aucune.

À ce moment-là, Wesley, Ross Callahan — l'agent qui s'était fait tuer — et lui étaient censés guetter l'arrivée d'une livraison d'armes.

— C'est mince, mais c'est quand même une piste, ajouta-t-il. Je pense qu'il est temps d'interroger Wesley. Je vais l'appeler...

— Tu n'es pas au courant ? le coupa Matt.

— Au courant de quoi ?

— Je viens de l'apprendre. Gabriel Beckett a placé Wesley en détention. Je n'ai pas de détails, mais il semblerait qu'il ait trouvé un lien entre Wesley et vos deux morts.

Theo se raidit.

— Quel genre de lien ?

— Je ne sais pas. Mais je sais que Wesley prétend que tu l'as piégé. Il t'accuse d'avoir engagé les deux tireurs.

Theo jura.

— Pourquoi aurais-je fait ça ?

Matt hésita avant de répondre :

— D'après Wesley, tu veux te débarrasser d'Ivy pour récupérer ton fils.

8

Theo grommelait toujours quand ils montèrent en voiture. Ivy n'avait pas regardé sa montre, mais il avait bien dû s'écouler une heure depuis sa conversation tendue avec son collègue, Matt Krueger.

Wesley avait eu l'audace d'accuser Theo de tentative de meurtre.

Voilà pourquoi Theo avait décidé de retourner à Blue River. Il avait appelé Jameson pour qu'il vienne s'occuper de Nathan pendant qu'un adjoint du shérif, Cameron Doran, l'emmenait en ville. Theo avait confiance en Cameron, qu'il connaissait depuis l'école primaire. Ivy avait décidé de les accompagner, même si Theo avait répété que c'était une mauvaise idée.

Il avait peut-être raison, mais elle tenait à être là quand Gabriel interrogerait Wesley. Et Lacey. Gabriel avait dû repousser son interrogatoire pour qu'il se déroule en présence de son avocat.

— Si c'est Wesley qui a engagé les tireurs, tu n'es pas la cible, dit Theo. Tu n'as aucune raison d'assister à l'interrogatoire.

Il avait déjà formulé différentes versions de cet argument pour essayer de la convaincre de ne pas venir. C'était peut-être vrai. L'enquête avait pris un tour étrange avec les accusations de Wesley. Il leur faudrait un moment pour démêler le vrai du faux.

Ivy le comprenait, même si elle avait hâte de reprendre une vie normale.

Nathan était en sécurité dans la planque avec Jodi et Jameson, mais Ivy détestait qu'il soit enfermé. Elle détestait encore plus qu'il soit en danger. Plus vite ils obtiendraient des réponses, plus vite ils pourraient laisser cet épisode derrière eux.

Theo continuait à grommeler tout en lisant un texto et en surveillant leur environnement, ce que faisait aussi Cameron. Comme ils roulaient sur une route de campagne peu fréquentée, il leur serait facile de repérer une voiture suspecte. Malheureusement, la route traversait plusieurs zones boisées, et de nombreux sentiers les traversaient. Quelqu'un connaissant leur itinéraire n'aurait aucun mal à leur tendre une embuscade. C'était la raison pour laquelle Theo avait tenu à ce que Cameron les accompagne. Il voulait avoir les mains libres pour tirer en cas de besoin.

— La police de San Antonio n'a trouvé aucun lien financier entre McKenzie et nos suspects, dit Theo quand il eut fini de lire le texto.

C'était frustrant, mais guère surprenant. Leurs trois suspects étaient trop intelligents pour commettre une erreur aussi grossière.

— Et le coup de téléphone que McKenzie a passé à Lacey ? demanda-t-elle.

Theo secoua la tête.

— Ils ne sont même pas sûrs que c'est bien lui qui l'a passé. Il n'y avait aucune empreinte sur le téléphone. Il a été nettoyé.

Ivy soupira.

— Alors c'est peut-être celui qui a tué McKenzie qui a appelé Lacey pour l'incriminer.

— Oui, répondit Theo. Ou bien Lacey est effectivement coupable, et elle a essayé de brouiller les pistes.

— Mais elle fait un excellent bouc émissaire si ce n'est pas elle, insista Ivy. Elle a une bonne raison de s'en prendre à Nathan et à moi. Le coupable veut peut-être que sa cible ait l'air d'avoir été tuée par accident... Et nous ne savons toujours pas qui est réellement visé.

Theo hocha la tête.

— À combien s'élevait l'héritage de ton mari ? demanda-t-il.

— Un peu plus de quatre millions, répondit-elle après une brève hésitation.

Theo fut aussi stupéfait qu'elle s'y attendait. Oui, elle avait épousé un homme riche bien plus âgé qu'elle. C'était un cliché. Mais ce que le cliché ne prenait pas en compte, c'était que Chad l'avait aimée et s'était bien occupé de Nathan et d'elle.

— Quatre millions font un mobile de poids, commenta Theo. Tu as dit que ton mari voulait que Lacey acquière le sens des responsabilités. Se disputaient-ils souvent à propos d'argent ?

— Oui. Et Lacey me hait depuis le début. Elle a toujours pensé que je manipulais son père et que j'essayais de remplacer sa mère, qui est morte d'un cancer quand elle était petite. Je suis sûre qu'elle aurait détesté n'importe quelle femme que son père aurait épousée, mais le fait qu'on ait presque le même âge n'a pas plaidé en ma faveur. Elle m'aurait sans doute accusée d'être une femme vénale si je n'avais pas eu d'argent par ailleurs.

Elle n'était pas aussi riche que Chad au moment de leur mariage, mais presque.

— Chad a partagé sa fortune entre Nathan et moi, poursuivit-elle. Il n'a légué qu'une petite somme à Lacey, et il l'a placée sur un compte qui restera bloqué jusqu'à ce qu'elle ait trente-cinq ans.

Theo se tourna vers elle pour plonger le regard dans le sien.

— Chad aimait Nathan ? demanda-t-il.

— Oui, à sa manière — plus comme un oncle que comme un père.

Chad l'avait aimée, elle aussi, mais il n'était sans doute pas nécessaire qu'elle le précise. Cela l'était d'autant moins qu'elle ne partageait pas l'amour de l'homme qui l'avait épousée.

— Tant mieux, dit Theo juste avant que son téléphone lui signale l'arrivée d'un nouveau texto.

Il en recevait régulièrement depuis sa conversation avec son collègue des stupéfiants.

— Wesley veut que notre chef s'en mêle, lut-il. Il veut aussi que Gabriel m'arrête.

Le frère d'Ivy n'était pas stupide. Il ne le ferait sûrement pas — sauf si Wesley lui forçait la main en lui présentant une preuve solide.

— Je n'ai pas fait ce dont Wesley m'accuse, je te le jure, dit Theo.

— Je sais, répondit-elle.

Theo parut surpris qu'elle lui accorde sa confiance sans hésiter.

— Je sais que tu n'es pas du genre à violer la loi, ajouta-t-elle avant de pouffer. Tu ne l'es plus, du moins. Tu n'as plus seize ans.

Il esquissa un sourire qu'Ivy apprécia, même s'il le perdit presque aussitôt. Ce sourire lui rappela d'autres sourires et une époque plus heureuse.

Une époque qui lui semblait aussi lointaine qu'une vie antérieure.

— Mes écarts de jeunesse étaient mesquins et stupides, admit-il.

Un souvenir la fit rire.

— Je me rappelle le jour où tes amis et toi avez démonté le tracteur de mon père pour le remonter dans la soupente de la grange. Ça a dû vous prendre des heures.

— Toute la nuit, répondit-il. Ton père m'avait interdit de t'embrasser. Je voulais le lui faire payer.

La tactique avait été efficace : cela avait mis son père hors de lui. Sherman n'avait jamais aimé Theo. Il pensait depuis le début qu'elle pouvait prétendre à mieux qu'à un Theo Canton.

Il se trompait.

Si elle était honnête, elle n'avait rencontré aucun homme qui le valait. Elle soupira. Cette pensée n'avait rien de réconfortant. Theo et elle étaient un peu moins sur la défensive que la veille, mais ils étaient loin d'avoir surmonté leur passé. Ils devraient trouver un moyen de le faire pour le bien de Nathan.

— Est-ce que quelqu'un a pensé à prévenir ta sœur ? demanda Cameron à Ivy. Lauren est peut-être en danger, elle aussi.

Elle acquiesça.

— Jameson l'a appelée hier soir. Il ne lui a pas parlé — parce qu'elle ne décroche jamais —, mais a laissé un message sur son répondeur.

Elle rencontra le regard de Cameron dans le rétroviseur et y lut du chagrin. Cela ne dura qu'un instant. Il s'empressa de détourner les yeux. Il ne voulait sans doute pas lui montrer ce qu'il ressentait, mais elle le devinait. Cameron était amoureux de sa sœur, quand ils étaient adolescents. Le meurtre de ses parents les avait éloignés l'un de l'autre, comme il les avait séparés, Theo et elle. Lauren avait refait sa vie loin de Blue River, de sa famille et de ses amis.

— Et elle prendra les précautions nécessaires ? demanda Theo.

— Elle a répondu à Jameson par texto et lui a promis d'être prudente. Elle a un fils, maintenant. Elle fera tout pour le protéger.

Theo jeta un bref coup d'œil à Cameron. Tout le monde

savait que Lauren était un sujet sensible pour lui. Et le fait qu'elle aussi soit veuve et ait un enfant qu'elle élevait seule n'aidait pas. C'étaient ses frères qui avaient révélé tout cela à Ivy. Elle non plus n'avait plus de nouvelles de sa sœur depuis longtemps.

— Tant de vies ont été abîmées la nuit où les Beckett se sont fait tuer, grommela Cameron. Je suis sûr que Lauren m'en veut encore.

En tout cas, elle lui en avait voulu à l'époque, et c'était en partie justifié. Cameron venait juste d'entrer dans la police. Quelques heures avant les meurtres, il était tombé sur Travis Canton complètement ivre devant l'un des bars de Blue River. Il lui avait confisqué les clés de sa voiture, mais il ne l'avait pas arrêté pour ivresse sur la voie publique. S'il avait mis Travis en cellule, il n'aurait tué personne. Cameron ne se pardonnerait sans doute jamais de l'avoir laissé en liberté.

Et il y avait peu de chances pour que Lauren le lui pardonne.

— Qu'est-ce que c'est que ça ? s'écria Cameron en freinant brusquement.

Theo et elle suivirent son regard et découvrirent une femme blonde au bord de la route. Ivy ne la connaissait pas. La femme avait les mains en l'air comme si elle voulait se rendre.

— Tu la connais ? demanda Theo à Cameron.

— Non, je suis sûr qu'elle n'est pas du coin, répondit-il. Je ne sais pas ce qu'elle fait là, mais je ne pense pas qu'elle soit armée.

Ivy ne le pensait pas non plus. Comme la femme portait une robe moulante, il lui aurait été difficile de dissimuler une arme. Difficile, mais pas impossible… C'était sans doute pour cela que Theo lui demanda de se baisser. Elle lui obéit après avoir jeté un dernier coup d'œil à l'inconnue.

— Tu vois quelqu'un d'autre dans le coin ? demanda Theo à Cameron.

— Non. Ne descendez pas les vitres, répondit celui-ci, sans doute parce qu'elles étaient à l'épreuve des balles. Cette fille est pieds nus, et ses pieds sont ensanglantés. Elle est peut-être tombée d'un bateau qui naviguait sur la rivière...

L'inquiétude gagna Ivy tandis que Cameron s'approchait au ralenti de la femme. Quand il s'arrêta, elle put de nouveau la voir. La blonde avait toujours les mains en l'air, et elle semblait perdue. Ses cheveux étaient emmêlés, et elle avait un bleu sur la joue droite. Elle resta plantée où elle était, les yeux écarquillés.

Étrange...

Ivy aurait trouvé plus logique qu'elle s'approche si elle avait besoin d'aide. Ils étaient dans une voiture de patrouille, après tout.

Cameron appela une ambulance avant de baisser sa vitre de quelques millimètres.

— Avez-vous des ennuis, madame ? demanda-t-il.

La femme hocha la tête.

— Je crois avoir été enlevée.

Oui, c'était étrange. Si elle avait réellement été kidnappée, elle l'aurait su. Mais on l'avait peut-être droguée, et le bleu qu'elle avait sur la joue était bien réel.

— Comment vous appelez-vous ? demanda Cameron. Et qui vous a enlevée ?

La femme secoua la tête avec un air désemparé.

— Je ne suis pas censée être là, balbutia-t-elle. Je n'ai rien à faire là...

— D'où venez-vous et qui vous a amenée ici ? demanda encore Cameron.

La femme ne répondit même pas, cette fois. Tout en l'observant, Theo continua à jeter des regards inquiets autour d'eux.

— Je suis désolée, finit par dire la blonde.

— De quoi ? demanda Cameron.

Elle n'eut pas le temps de répondre. Une détonation retentit, et elle reçut une balle en pleine poitrine.

Theo n'avait pas repéré le tireur, mais il avait bien entendu le coup de feu et vu les dégâts qu'il avait causés.

La blonde poussa un cri de douleur, porta les mains à son torse et s'effondra au bord de la route. Theo ne pensait pas qu'elle soit morte sur le coup, mais si on ne lui portait pas secours rapidement, elle ne survivrait pas longtemps. Une tache rouge s'étendait rapidement sur sa robe.

— On nous tire dessus ! dit Cameron à la personne qu'il avait au téléphone.

Ce devait être Gabriel.

— Peut-on aller la chercher ? demanda Ivy en se redressant pour mieux voir ce qui se passait.

C'était la question que Theo se posait. C'était un risque, mais n'importe quelle réaction était une prise de risque dans cette situation. La blonde avait visiblement été droguée. Quelqu'un l'avait utilisée comme appât pour les inciter à s'arrêter à cet endroit. Le piège avait parfaitement fonctionné... Mais ce n'était pas une raison pour laisser mourir une innocente.

Un deuxième coup de feu retentit. La balle n'atteignit pas la femme, cette fois.

Elle frappa l'une des vitres de la voiture, juste au-dessus de la tête d'Ivy. La vitre blindée tint bon, mais se fendilla. Elle ne résisterait pas longtemps si le tireur s'acharnait.

Comme cela semblait être son intention.

— Tu vois le tireur ? lui demanda Cameron.

— Non, mais il doit être dans ce bois, là-bas, répondit-il en tendant un doigt vers le bois en question.

La végétation y était si dense que les rayons du soleil y pénétraient à peine.

Qui leur en voulait donc à ce point ?

Malheureusement, leur meilleure source d'information était en train de mourir au bord de la route.

— Peux-tu baisser un peu la vitre du côté passager pour riposter ? demanda Theo à Cameron.

Cameron tourna la tête vers lui. Cette idée ne semblait pas beaucoup lui plaire.

— Tu veux aller la chercher ? demanda-t-il.

Theo acquiesça en espérant qu'il ne regretterait pas cette décision.

— Couche-toi par terre, ordonna-t-il à Ivy.

Non seulement cela l'éloignerait de la vitre que visait le tireur, mais cela dégagerait la banquette pour qu'il y place la femme.

— Sois prudent, s'il te plaît, répondit-elle d'une voix tremblante.

Theo lut de la peur dans ses yeux. Il aurait aimé la rassurer, mais le temps manquait et il ne pouvait lui offrir aucune garantie.

Et il était inquiet, lui aussi.

Pas pour Cameron ni pour lui-même, mais pour Ivy. Il n'avait pas oublié qu'elle était peut-être la cible.

Plusieurs autres balles frappèrent la vitre arrière, du côté d'Ivy. Le tireur semblait effectivement se concentrer sur elle. Ou il voulait leur faire croire qu'il se concentrait sur elle..., songea Theo, toujours méfiant. Il n'était pas du genre à se fier aux apparences.

Cameron glissa sur le siège du passager sans couper le contact. Il baissa la vitre juste assez pour glisser le canon de son arme par l'ouverture et jeta un coup d'œil à Theo pour lui signifier qu'il attendait son signal.

Theo hocha la tête.

Cameron fit feu.

Theo ouvrit immédiatement sa portière et jeta un coup

d'œil à Ivy pour s'assurer qu'elle avait suivi ses instructions. Elle était bien par terre, en train de marmonner quelque chose — une prière, sans doute.

Theo rejoignit la femme le plus vite possible, glissa les bras sous ses épaules et la tira vers la voiture en espérant que le mouvement n'aggraverait pas trop sa blessure. Les coups de feu redoublèrent. C'était lui que le tireur visait, à présent. Les balles le suivaient tandis qu'il se déplaçait et faisaient voler des gerbes de gravier autour d'eux.

La femme poussa un cri. Elle venait de recevoir une autre balle — dans l'épaule, cette fois. Theo ne croyait pas pouvoir aller plus vite, mais il accéléra malgré tout.

Et il reçut un coup de main qu'il n'avait pas prévu.

Ivy, qui s'était mise à quatre pattes, l'aida à faire entrer la femme dans la voiture dès qu'il s'approcha de la portière. Elle prenait des risques stupides ! Alors qu'il se promettait de lui dire ce qu'il en pensait dès qu'ils seraient hors de danger, il vit une balle atterrir à l'endroit où il se trouvait un instant plus tôt. Ivy avait pris des risques, mais il serait peut-être mort sans son aide.

— Sors-nous de là ! cria Theo à Cameron quand ils eurent installé la femme sur la banquette.

Cameron écrasa l'accélérateur dès qu'il se fut remis au volant.

Des balles continuèrent à pleuvoir sur la voiture jusqu'à ce qu'ils soient hors de portée.

9

Ivy essayait de se concentrer. Il se passait beaucoup de choses au commissariat de Blue River, et elle ne suivait pas tout, sans doute à cause de la poussée d'adrénaline qui l'avait épuisée.

Malheureusement, l'épuisement n'empêchait pas les coups de feu de continuer à résonner dans sa tête, ni la peur de lui nouer l'estomac. Elle voulait que Theo et ses frères attrapent vite le coupable, parce que c'était pour son fils qu'elle était terrifiée.

Le tireur s'était volatilisé. Gabriel avait envoyé deux de ses hommes sur les lieux presque immédiatement, mais ils n'avaient trouvé personne en arrivant, ni aucune piste à suivre. Le tireur était encore en liberté. Il préparait sans doute une nouvelle attaque. Ou pis : il se préparait à les suivre jusqu'à la planque où Nathan, Jodi et Jameson les attendaient.

— Comment a-t-il su qu'on passerait par cette route ? demanda-t-elle.

Ce n'était pas la première fois qu'elle posait cette question. Comme les fois précédentes, elle ne la posa à personne en particulier.

Theo, qui venait de raccrocher, s'approcha d'elle. Il lui frotta doucement les bras, sans doute pour essayer de la réconforter même si c'était tout à fait impossible pour le moment.

— Il n'y a que deux routes qui mènent à Blue River, lui rappela-t-il. Il y avait peut-être un tireur qui nous attendait de chaque côté.

Oui. Ce qui signifiait qu'une autre femme avait peut-être été prise en otage pour les forcer à s'arrêter. Ivy pria pour qu'on la retrouve vite, si c'était le cas. Elle ne voulait pas qu'elle connaisse le même sort que celle sur laquelle ils étaient tombés.

— Jameson est sur ses gardes, ajouta Theo. Il nous préviendra immédiatement si quelqu'un essaye de s'approcher de la planque.

Elle n'en doutait pas. Elle était sûre que Jodi et son frère seraient très vigilants… mais ils ne pouvaient pas protéger Nathan de tous les dangers.

— Je veux retrouver Nathan le plus vite possible, soupira-t-elle.

Elle maudit les larmes qu'elle dut ravaler. Pleurer n'arrangerait rien. Cela ne ferait que rendre les choses encore plus difficiles à Theo, parce qu'il était évident qu'il s'inquiétait pour elle.

— Mais je ne voudrais surtout pas mener un tireur jusqu'à Nathan, ajouta-t-elle.

Theo hocha la tête pour lui signifier qu'il comprenait la difficulté de sa position. À vrai dire, ils se comprenaient sur bien des points qui n'étaient pas tous liés à l'enquête. Le désir qui ne demandait qu'à refaire surface et la conviction que rien n'était plus important que de protéger Nathan, par exemple.

— Est-ce qu'on en sait plus sur la femme qui était au bord de la route ou sur Wesley ? demanda-t-elle.

S'intéresser à l'enquête l'aiderait peut-être à surmonter ses craintes.

Wesley se trouvait dans l'une des salles d'interrogatoire en compagnie de Gabriel et du chef de Theo. Gabriel n'avait pas voulu que Theo soit présent pendant l'interrogatoire, sans doute parce qu'il faisait maintenant partie des suspects. Même si cela n'avait pas été le cas, il valait sans doute mieux que Wesley soit interrogé par quelqu'un qui n'était pas son collègue.

— On n'a encore rien trouvé sur Wesley, répondit Theo. Mais il ment à Gabriel, parce que je n'ai rien à voir avec ces tireurs.

— Je le sais, lui assura-t-elle.

Il n'y avait pas l'ombre d'un doute dans son esprit. Theo ne pouvait pas leur faire de mal, ni à Nathan ni à elle. Et non, ce n'était pas son désir renaissant qui parlait. Mais il lui restait à convaincre Gabriel de l'innocence de Theo. Elle n'avait même pas essayé de le défendre, dix ans plus tôt. C'était une erreur qu'elle regrettait et qui ne se reproduirait pas.

— Quant à la femme, elle est encore en vie, poursuivit Theo. Je viens d'avoir l'hôpital au téléphone. C'est une bonne nouvelle, mais elle a été lourdement droguée et l'une de ses blessures est grave. Elle est encore entre les mains du chirurgien.

Ivy savait déjà que la femme n'avait rien dit pendant le trajet jusqu'à l'hôpital. Elle n'avait pas repris conscience un seul instant. Elle n'avait pas bougé quand des infirmiers l'avaient emportée sur un brancard. Bien sûr, Theo, Cameron et Ivy ne s'étaient pas attardés pour parler aux médecins. C'était trop dangereux. Ils avaient foncé au poste de police où ils se trouvaient depuis une heure.

— La femme n'avait pas de papiers d'identité sur elle, continua Theo. Nous ne sommes pas sûrs de savoir qui elle est, mais elle correspond à la description d'une femme qui a disparu hier soir, Belinda Travers. Elle a été vue pour la dernière fois dans le bar de McKenzie.

— Elle connaissait McKenzie ? s'écria Ivy.

Theo haussa les épaules.

— Ou bien elle est allée dans ce bar par hasard, l'un des tireurs l'a vue, et il a décidé de s'en servir comme appât, répondit-il.

Elle pouvait être complètement innocente. Tant de gens avaient souffert sans qu'ils sachent pourquoi ni à cause de qui...

— Le poste de police a été passé au peigne fin par les collègues de Jameson pendant qu'on était dans la planque, ajouta Theo. Ils ont trouvé un micro.

Ivy sentit son cœur manquer un battement. La panique qui la gagna était si grande qu'elle faillit s'enfuir pour rejoindre Nathan. Theo l'aida à lutter contre cette tentation en posant une main sur son bras.

— Il était près du bureau d'accueil et a été débranché, dit-il.

S'il était près du bureau d'accueil, n'importe qui avait pu le placer là, et n'importe quand. On espionnait peut-être Gabriel depuis des semaines.

— On a chuchoté chaque fois qu'on a parlé de la planque, ajouta Theo pour la rassurer.

C'était vrai. Mais cette précaution avait-elle suffi à mettre son fils hors de danger ?

— Allons dans la salle de repos, suggéra Theo en l'entraînant vers le couloir. Tu as besoin de souffler un moment.

Elle était bien incapable de se reposer, mais ses jambes flageolaient, tout à coup. Elle pouvait peut-être au moins s'asseoir en attendant qu'on l'autorise à retourner dans la planque auprès de son fils. Ils n'avaient fait que quelques pas dans le couloir quand Gabriel sortit de la salle d'interrogatoire. À en juger par son air contrarié, cela ne s'était pas passé comme il l'aurait voulu. Elle en eut la confirmation quand Wesley et un autre homme apparurent à leur tour.

Dwight Emory.

Ivy ne l'avait jamais rencontré, mais elle savait que c'était le chef de Theo et de Wesley, à la brigade des stupéfiants. Lui non plus n'avait pas l'air ravi, mais c'était compréhensible. L'un de ses agents — Wesley — accusait un autre de ses agents — Theo — d'un crime.

— Alors ? finit par demander Theo parce que personne ne disait rien.

— On essaye de tirer les choses au clair, répondit Emory.

— Et on est loin d'y arriver, grommela Wesley en fusillant Theo du regard. Comment as-tu pu me faire ça ? On est coéquipiers depuis des années. On est *amis*. Je le croyais, du moins, mais tu t'es mis à poser des questions sur moi comme si j'étais un criminel.

Theo planta les poings sur ses hanches.

— Il me semble que c'est toi qui viens de m'accuser de vouloir me débarrasser d'Ivy pour récupérer Nathan, répliqua-t-il.

— Parce que ce n'est pas le cas, peut-être ? le provoqua Wesley.

— Sûrement pas.

Il s'approcha d'Ivy et passa un bras autour de sa taille, sans doute parce qu'elle ne devait pas avoir l'air très stable, mais aussi pour faire comprendre à Wesley et à Emory que leur relation s'était améliorée.

Elle ne savait pas très bien quand cela s'était produit — sans doute l'une des fois où Theo lui avait sauvé la vie.

— Quel genre de preuve Wesley vous a-t-il donnée pour étayer une accusation pareille ? demanda Theo à Emory et à Gabriel. Vous n'allez quand même pas vous contenter de sa parole ?

— Un informateur t'a dénoncé, répondit Wesley.

Ni Theo, ni Gabriel, ni même Emory ne semblaient enthousiasmés par cet ersatz de preuve.

— Nous essayons de retrouver cet informateur, dit

Emory. Même s'il confirme les dires de Wesley, c'est une source douteuse.

Il se tourna vers elle pour ajouter :

— Ça ne me surprendrait pas que quelqu'un l'ait payé pour incriminer Theo.

— Oui, et ce quelqu'un pourrait être Wesley, insista Theo. Ce serait une excellente manière de détourner les soupçons sur quelqu'un d'autre que lui-même.

Wesley protesta énergiquement tandis que Gabriel hochait la tête.

— Et nous avons l'enregistrement des caméras de sécurité du bar de McKenzie, dit son frère. Il est de mauvaise qualité, et les caméras ne couvrent pas toute la pièce...

— Je n'y suis pas allé pour engager quelqu'un, le coupa Wesley.

Ivy interrogea Theo du regard. Savait-il de quoi ils parlaient ? Il secoua la tête.

— Que se passe-t-il sur cet enregistrement ? demanda-t-il à Gabriel.

Son frère prit une profonde inspiration avant de répondre :

— On voit Wesley entrer dans le bar et sortir une enveloppe de la poche de sa veste — eh oui : il porte une veste alors qu'il fait 35 °C dehors. L'enregistrement devient très mauvais quand Wesley s'installe sur une banquette dans un coin, mais il a l'air de donner l'enveloppe à un malfrat du nom de Nixon Vaughn.

Mon Dieu ! songea Ivy. Ce Vaughn était-il un tueur à gages ? Était-ce lui qui venait de les attaquer sur la route et qui avait tiré sur cette pauvre femme ?

— Ce n'est pas un informateur des stups, ni d'aucune autre brigade, à ma connaissance, précisa Emory.

— As-tu payé Vaughn ? demanda Theo à Wesley, les mâchoires crispées.

— Oui, répondit Wesley sur le même ton. Parce que tu me l'as demandé.

— Sûrement pas ! s'écria Theo. Qu'est-ce qui te fait croire ça ?

— Tu m'as envoyé un texto, répondit Wesley. Tu m'as demandé de donner cinq cents dollars à Vaughn. Tu as dit que tu me rembourserais. Vaughn était censé avoir des informations sur les lettres de menaces que les Beckett reçoivent. Je lui ai bien donné l'argent, mais il a dit qu'il ne savait rien.

— Le texto provenait d'un téléphone jetable, précisa encore Emory.

— Theo en utilise souvent, reprit Wesley.

Parce qu'elle avait des frères dans la police, Ivy savait qu'il n'était pas possible de retracer les appels passés depuis ces téléphones. Theo devait s'en servir régulièrement dans le cadre de son travail, mais cette fois quelqu'un en avait utilisé un pour le piéger.

Et peut-être également pour piéger Wesley.

Mais pourquoi ?

Le coupable espérait peut-être écarter Wesley et Theo de l'enquête... Si c'était le cas, cela ne marcherait pas. Theo n'abandonnerait pas les recherches, quoi qu'il arrive, et Wesley non plus, probablement.

— En attendant qu'on en sache plus, Wesley va retourner dans son bureau, et toi tu vas continuer à protéger Ivy et son fils, conclut Emory en regardant Theo.

Il avait hésité un instant avant de dire « son fils ». Visiblement, il avait jugé prudent de ne pas souligner la paternité de Theo.

Theo remercia son chef sans enthousiasme et jeta un regard hostile à Wesley avant que celui-ci s'éloigne avec Emory.

— L'avocat de ton père m'a appelé, dit Gabriel quand ils se retrouvèrent seuls. Auguste a rendu visite à Travis dès qu'il est sorti d'ici et lui a parlé de Nathan. Travis a demandé à le voir.

— Il n'en est pas question ! s'écria Theo avant de secouer la tête et de jurer. Non seulement Nathan ne doit pas quitter la planque pour le moment, mais il n'est pas bon qu'il mette les pieds dans une prison.

Ivy hocha la tête, même si elle devait admettre que la situation était compliquée. Nathan était le seul petit-fils de Travis, qui était en prison parce qu'il avait tué ses autres grands-parents. Ivy ne voulait pas courir le risque qu'il perturbe son fils. Elle n'avait fourni aucun détail à Nathan sur la mort de ses grands-parents, et ne lui avait évidemment pas dit que leur meurtrier était son grand-père paternel.

— L'avocat a suggéré une discussion sur Skype, ajouta Gabriel. Je lui ai dit que vous l'appelleriez si ça vous intéressait. Je ne lui ai pas dit qu'il y avait plus de chances qu'il neige en enfer.

Theo esquissa un sourire.

— Merci, répondit-il. Qu'en est-il de ton mariage avec Jodi ? La cérémonie était censée avoir lieu aujourd'hui, n'est-ce pas ?

— Oui, dit Gabriel, l'air déçu. La cérémonie est repoussée à une date ultérieure. Mais ça ne nous dérange pas. Ce n'est que partie remise.

Ivy était navrée qu'ils soient forcés de changer leurs plans parce qu'un monstre voulait tuer certains d'entre eux. Pour le moment, Theo, Nathan et elle semblaient les premiers visés. Au moins, ce n'était pas Jodi, cette fois. Sa future belle-sœur avait déjà survécu de peu à deux agressions. Ivy ne voulait pas qu'il lui arrive quoi que ce soit d'autre.

Theo l'entraîna dans la salle de repos, qui était meublée d'un vieux canapé et équipée d'un petit réfrigérateur et d'un micro-ondes. Theo la força à s'asseoir, lui donna une bouteille d'eau et sortit son téléphone de sa poche. Elle crut qu'il allait se replonger dans l'enquête, mais il mit le téléphone sur haut-parleur.

— Allô ! répondit Jameson.

— Comment va Nathan ? lui demanda immédiatement Theo.

— Bien, répondit Jameson. Il regarde un film avec Jodi. Et Ivy et toi, ça va ?

Jameson savait déjà qu'ils n'avaient pas été blessés pendant la fusillade sur la route — pas physiquement, du moins.

— Je pense qu'Ivy irait bien mieux si elle pouvait parler à Nathan quelques minutes, répondit Theo avant de lui tendre le téléphone.

Ivy n'avait même pas songé à parler à Nathan jusqu'ici. Elle avait bien trop peur que sa voix ne trahisse son inquiétude et ne la communique à son fils, mais elle retrouva son calme comme par magie dès que Nathan prit le téléphone.

— Oncle Jameson m'a appris à jouer au poker, annonça-t-il fièrement.

— Au poker pour enfants, précisa Jameson.

Il n'y avait sans doute aucune différence, songea Ivy, mais elle s'en moquait éperdument. Nathan semblait enthousiaste, et c'était très bien comme ça. Et il passait du temps avec l'un de ses oncles, ce qui ne lui était jamais arrivé.

— Tante Jodi ne sait pas faire la cuisine, poursuivit Nathan. Elle a brûlé des toasts et s'est coupé le doigt quand elle a essayé de me faire un sandwich. Mais oncle Jameson sait préparer des sandwichs au fromage fondu et au jambon, et il sait aussi faire du pop-corn !

— Eh ! Je lui ai aussi fait manger des fruits, intervint Jameson.

— Oui, avec du lait au chocolat, confirma Nathan.

Son fils semblait heureux.

— Tu me manques, lui dit-elle. Mais Theo… Ton père et moi pourrons peut-être revenir bientôt.

— Pouvez-vous apporter des pizzas ?

Cela la fit sourire. Elle n'était pas étonnée que Nathan ait envie de pizza alors qu'il avait déjà bien mangé, apparemment. C'était son plat préféré.

— On essayera, promit-elle. À bientôt, chéri.

Ivy était ravie d'avoir pu parler à Nathan, mais son cœur se serra dès qu'elle raccrocha. Comme elle était presque toujours avec lui, cette séparation, pourtant brève, lui semblait interminable.

— Je suis passé à côté de tant de choses ces dix dernières années, soupira Theo.

Elle comprit son chagrin. Elle avait partagé la vie de Nathan depuis sa naissance, pas Theo. Elle n'avait pas vraiment décidé de lui cacher l'existence de son fils. Elle lui en avait juste voulu, au début, puis elle ne l'avait pas trouvé quand elle l'avait cherché. Maintenant qu'elle comprenait ce dont elle l'avait privé, elle regrettait de ne pas s'être donné plus de mal.

Oui, il était passé à côté de bien des choses.

Même si ce n'était sans doute pas très malin, elle se leva et se blottit dans ses bras. Peut-être parce qu'ils venaient d'échapper à la mort, il la serra tendrement, puis prit son visage entre ses mains et l'embrassa.

La dernière fois que Theo l'avait embrassée remontait à dix ans, pourtant Ivy se rendit compte que ses sensations étaient intactes. Le désir qu'ils éprouvaient l'un pour l'autre était aussi brûlant que lorsqu'ils étaient adolescents.

Theo était le premier homme à l'avoir embrassée, et elle lui avait donné sa virginité. Elle le désirait encore assez pour se souvenir avec précision de ce qui l'y avait incitée. Theo semblait avoir le pouvoir de communiquer directement avec ses hormones.

Elle s'entendit émettre un gémissement de désir, qui s'amplifia quand Theo approfondit leur baiser. Puis il pressa délicieusement le torse contre ses seins. Son corps se rappela aussitôt tous les plaisirs que Theo pouvait lui procurer, et elle eut envie de plus.

Theo était sur la même longueur d'onde qu'elle, apparemment, parce qu'il la plaqua contre le mur sans cesser de l'embrasser. Il profita de la manœuvre pour glisser une jambe entre ses cuisses.

Elle interrompit le baiser pour reprendre son souffle et plongea le regard dans celui de Theo. Ses yeux l'avaient toujours fait fondre. Elle avait peine à croire que dix ans s'étaient écoulés, parce que son corps était en feu. Elle se força à garder à l'esprit qu'ils étaient dans la salle de repos, où n'importe qui pouvait entrer n'importe quand. Gabriel n'approuverait certainement pas ce qu'ils faisaient — et elle n'aurait pas dû se laisser aller ainsi, car ils avaient déjà de nombreux problèmes à résoudre. Ils ne pouvaient pas se permettre d'en créer un nouveau.

Elle se le répéta sans que cela produise le moindre effet. Elle était encore étourdie par leur baiser.

— Je devrais te dire que je suis désolé, murmura Theo d'une voix rauque, ce qui n'aida pas Ivy à retrouver son sang-froid.

Elle ne voulait surtout pas qu'il regrette ce qu'il venait de faire.

Mais *elle* aurait dû le regretter.

Theo et elle avaient encore beaucoup de choses à régler et quelqu'un essayait de les tuer. Elle avait mieux à faire que de l'embrasser.

Or, elle n'avait qu'une envie : recommencer.

Elle l'aurait peut-être fait si Gabriel n'était pas entré dans la pièce. Theo s'écarta brusquement d'elle. Ivy fut certaine qu'ils avaient l'air coupable et que son frère avait deviné au premier coup d'œil ce qui venait de se passer entre eux. Son froncement de sourcils le lui confirma. Il avait l'expression d'un grand frère qui pense que sa petite sœur a commis une erreur.

La même que celle qu'elle avait déjà commise dix ans plus tôt.

— Je vous laisserais bien un moment d'intimité, mais c'est important, dit-il d'un ton sarcastique.

Le cœur d'Ivy manqua un battement.

— Est-ce que Nathan est en danger ? s'écria-t-elle. Que se passe-t-il ?

— Il ne s'agit pas de Nathan, répondit son frère. Un coursier vient de m'apporter des pièces intéressantes sur lesquelles vous devriez jeter un coup d'œil. Elles sont dans mon bureau.

Il se retourna pour sortir de la salle et ajouta par-dessus son épaule :

— Cameron est en train de convoquer Lacey. Comme elle s'est installée à l'auberge, elle devrait arriver vite. Quand vous aurez vu ce que je viens de recevoir, vous comprendrez pourquoi je vais peut-être devoir l'arrêter.

10

Theo se força à se concentrer sur ce que Gabriel venait de leur dire. Cela aurait dû être facile, mais il devait d'abord laisser l'effet du baiser se dissiper.

Quelle mouche l'avait piqué ?

Il savait au moins quelle part de lui l'avait incité à embrasser Ivy — une part de lui qui pouvait l'inciter à faire des choses tout à fait stupides. Il devrait présenter ses excuses à Ivy dès qu'ils seraient de nouveau seuls. Pour l'instant, Gabriel avait quelque chose d'important à leur montrer.

— Le coursier est encore là, ajouta Gabriel alors qu'ils se dirigeaient vers son bureau. Il a accepté d'attendre dans une salle d'interrogatoire parce que j'aimerais en savoir plus sur la personne qui lui a demandé de me livrer cette enveloppe. Il y a juste écrit « John Smith » dessus, et le coursier n'a pu me fournir qu'une description vague du type. J'espère qu'il se souviendra de quelque chose.

Probablement parce que cet homme ne voulait pas attirer l'attention sur lui. Il portait peut-être même un déguisement. À la réflexion, la personne qui orchestrait tout cela n'avait sans doute pas été assez stupide pour s'adresser directement au coursier. Elle avait sûrement engagé quelqu'un pour servir d'intermédiaire.

Gabriel s'apprêtait à leur donner des détails, mais une question brûlait les lèvres de Theo.

— Quel est le rapport avec Lacey ? demanda-t-il alors qu'ils entraient dans le bureau.

— Elle est peut-être au cœur du problème, répondit Gabriel.

Il indiqua son bureau du menton. Theo tourna la tête. Il vit l'enveloppe blanche qui y était posée, et surtout le sac plastique qui se trouvait à côté.

Il contenait une montre en argent.

Que se passait-il ? La montre elle-même était ordinaire, mais il y avait de petits clous en cuivre sur le bracelet. Theo n'avait vu qu'une seule montre qui ressemblait à celle-là.

Elle appartenait au père d'Ivy.

Ivy tressaillit, recula d'un pas et secoua la tête.

— Est-ce… la montre de papa ? balbutia-t-elle, les yeux écarquillés.

— Il semblerait, répondit Gabriel.

Lui aussi avait l'air troublé par cette montre, ce qui était bien compréhensible, puisque Sherman la portait au moment de sa mort.

Et parce que le tueur l'avait prise — comme trophée, sans doute.

On n'avait pas trouvé cette montre sur son père quand on l'avait arrêté. On n'avait pas non plus trouvé le couteau qui avait servi à commettre les meurtres.

— La montre était accompagnée d'un rapport de laboratoire, poursuivit Gabriel. Quelqu'un prétend y avoir trouvé des empreintes et une petite tache de sang qui serait celui de notre père.

Ivy déglutit avec peine et s'assit sur la chaise la plus proche.

— Où était-elle depuis tout ce temps ? demanda-t-elle.

Gabriel secoua la tête.

— Le rapport ne dit rien là-dessus. À mon avis, Travis l'a cachée quelque part. Ou il s'en est débarrassé, comme il s'est débarrassé du couteau.

Quelqu'un avait fini par trouver le couteau et essayé

de s'en servir pour tuer Jodi. C'était il y a un mois. Mais l'agresseur de Jodi ne pouvait pas avoir envoyé la montre, puisqu'il était mort.

— Je la ferai analyser par notre propre laboratoire, bien sûr, ajouta Gabriel. Je veux une confirmation pour le sang et pour les empreintes.

— Et à qui sont censées appartenir ces empreintes ? demanda Ivy.

Theo supposait qu'elles appartenaient à son père. Cela n'aurait rien eu de surprenant, puisqu'on avait trouvé le sang de Sherman sur sa chemise.

Sauf qu'il se trompait.

— À Lacey, répondit Gabriel.

Cela expliquait pourquoi Gabriel voulait interroger la belle-fille d'Ivy — mais cela n'expliquait pas grand-chose d'autre.

— Lacey avait vingt ans quand nos parents ont été tués, dit Ivy. Et elle ne les connaissait pas. Elle ne vivait même pas dans la région.

— C'est pour ça que je veux lui parler, répondit Gabriel. Elle a peut-être une explication à nous fournir. Si ce sont bien ses empreintes, elle a dû toucher la montre à un moment, sans doute après les meurtres.

— Si c'était *après* les meurtres, quelqu'un peut l'avoir piégée, intervint Theo. Mais alors qui avait la montre et pourquoi avoir mêlé Lacey à l'affaire de cette manière ? Si quelqu'un voulait la lier aux tireurs, il était plus simple de créer une fausse piste financière.

Gabriel et Ivy ne trouvèrent rien à lui répondre. Si Lacey avait été piégée, elle n'avait peut-être pas non plus d'éléments à leur apporter. Mais cela pouvait signifier qu'elle était entrée en contact avec quelqu'un qui était présent le soir des meurtres.

Theo espéra qu'Ivy ne le prendrait pas mal, mais il y avait une question qu'il devait poser.

— Est-il possible que ton mari ait connu tes parents ? demanda-t-il.

Elle secoua la tête, puis fronça les sourcils.

— À vrai dire, je ne lui ai jamais posé la question, répondit-elle. Tout était encore si douloureux quand j'ai rencontré Chad... Il avait l'air de comprendre que je n'avais pas envie de parler de mes parents.

Theo jeta un coup d'œil à Gabriel, qui avait déjà son téléphone à la main.

— Je vais demander à un agent d'éplucher les dossiers pour voir si Chad apparaît quelque part, dit-il. Ça vaut le coup de vérifier.

Ivy bondit de sa chaise.

— Vous ne croyez quand même pas que Chad a tué nos parents ? s'écria-t-elle. C'était un homme bon et doux. Il n'avait rien d'un tueur.

Elle paraissait sûre de cela. Theo prit sa main et l'incita à se rasseoir.

— Je te crois, lui assura-t-il. Mais Chad pouvait avoir un lien avec mon père, par exemple. S'il le connaissait, il avait peut-être pris son parti dans la querelle entre les Canton et les Beckett... Je t'accorde que c'est un peu tiré par les cheveux, mais nous n'avons rien de solide sur personne, pour le moment.

Cela signifiait aussi que Theo allait devoir parler à Travis, finalement. Pas pour lui permettre de voir Nathan — il n'en était pas question —, mais pour découvrir s'il connaissait Chad ou non.

— Comment as-tu rencontré Chad ? demanda Gabriel à Ivy dès qu'il eut raccroché.

Ivy plissa les yeux. Elle n'aimait visiblement pas qu'on parle de son mari. Mais il était sans doute difficile d'envisager qu'un homme avec lequel on avait vécu puisse être mêlé au meurtre de ses parents. Ce n'était peut-être pas le cas, d'ailleurs... Ils ne faisaient qu'émettre des hypothèses.

— On s'est rencontrés dans une foire au bétail près de Houston, finit-elle par répondre. Je venais juste d'acheter un petit terrain et je voulais un cheval. Chad était assis à côté de moi pendant les enchères. Nathan était agité, et il a réussi à le calmer en faisant des grimaces.

Cette anecdote fit froncer les sourcils à Theo pour une raison qu'il n'avait pas envie de trop analyser. C'était sans doute de la jalousie. Il supportait mal d'entendre parler de la relation qu'un inconnu avait avec son fils alors qu'il n'en avait eu aucune.

Il lui était aussi pénible d'imaginer Ivy mariée à un autre.

C'était à cause du baiser. Sa jalousie était absurde. Il avait fréquenté d'autres femmes depuis leur rupture... mais il n'en avait épousé aucune. Il n'avait même pas dépassé le stade de la liaison passagère. Il pensait que c'était parce que son travail l'empêchait de s'engager, mais il comprenait à présent qu'il n'avait jamais cessé d'aimer Ivy et que cet amour avait joué un rôle non négligeable dans sa vie sentimentale décevante.

Ivy baissa les yeux.

— Après la vente aux enchères, Chad m'a proposé d'aller boire un café, poursuivit-elle. J'ai accepté... quatre mois plus tard.

Ainsi, elle n'avait pas vraiment sauté sur la première occasion de sortir avec quelqu'un d'autre après l'avoir quitté. Mais ce n'était pas ce qu'il avait imaginé. Elle lui avait dit que Nathan avait presque un an quand elle avait épousé Chad, ce qui signifiait que leur rupture datait de presque deux ans. Elle était passée à autre chose — sauf qu'elle l'avait fait avec un homme qui était peut-être lié au meurtre des Beckett.

— Si Chad connaissait mes parents et s'il avait quelque

chose à voir avec cette montre, pourquoi m'a-t-il fait la cour ? demanda Ivy. Pourquoi m'a-t-il épousée ? Je peux vous assurer qu'il ne m'a jamais interrogée sur mes parents ni fait le moindre mal. Vous perdrez votre temps à essayer de trouver un lien entre Chad et les empreintes de Lacey sur cette montre.

— Vous perdrez aussi votre temps à enquêter sur moi, dit Lacey.

La belle-fille d'Ivy venait d'apparaître dans l'embrasure de la porte du bureau. Cameron était juste derrière elle. À en juger par ses mâchoires crispées, il avait essayé de l'empêcher d'entrer.

Lacey les fusilla tous du regard — Cameron inclus —, puis posa les yeux sur la montre.

— C'est pour ça que vous m'avez convoquée ? demanda-t-elle à Gabriel.

Gabriel lui rendit son regard hostile.

— Il y a vos empreintes sur cette montre, dit-il. Dites-nous pourquoi.

Theo observa attentivement le visage de Lacey. Si ce fait l'inquiétait, elle n'en montra rien. Elle alla même jusqu'à hausser les épaules.

— Il y a quelques jours, j'ai trouvé cette montre sous un essuie-glace de ma voiture en sortant du centre commercial, répondit-elle. Je l'ai ramassée parce que je ne voulais pas qu'elle risque de fendre mon pare-brise quand j'aurais démarré. J'ai supposé que quelqu'un l'avait trouvée près de ma voiture et posée là parce qu'il croyait qu'elle était à moi. Cet incident m'était complètement sorti de l'esprit.

— Et comment cette montre est-elle passée de votre main à ce bureau, mademoiselle Vogel ? demanda Theo sans cacher son scepticisme.

— Comment le saurais-je ? répondit Lacey. Je l'ai laissée par terre.

— Et ça ne t'a pas paru louche que quelqu'un mette une montre sous un essuie-glace ? demanda Ivy, manifestement aussi sceptique que lui.

Lacey avait supporté qu'il l'interroge, mais elle n'aima pas qu'Ivy en fasse autant.

— Non, parce que, comme je viens de vous le dire, je pensais que quelqu'un avait cru qu'elle m'appartenait, aboya-t-elle. Ce qui est absurde. Ce n'est pas mon style, et c'est clairement une montre d'homme. Je n'ai même pas de petit ami !

Si elle ne mentait pas, quelqu'un avait bel et bien essayé de la piéger, mais Theo n'était pas entièrement convaincu par son histoire.

— Avez-vous vu quelqu'un près de votre voiture avant de trouver la montre ? demanda Gabriel.

— Non. De quoi s'agit-il. Pourquoi cette fichue montre est-elle si importante ?

— Parce qu'elle appartenait à mon père, répondit Ivy. Celui qui l'a tué l'a emportée.

Cette fois, Lacey eut une réaction. Elle écarquilla les yeux, puis secoua la tête.

— Oh non ! lança-t-elle à Ivy. Il n'est pas question que tu me mettes ça sur le dos. Déjà que je suis coincée dans cette ville minable parce que le shérif ici présent croit que j'ai quelque chose à voir avec les gens qui vous ont tiré dessus ! Tu ne vas quand même pas m'accuser du meurtre de tes parents ? C'est ridicule !

— Et votre père ? demanda Theo en sachant pertinemment que cette question ne plairait pas à Lacey. Peut-il les avoir tués ?

Lacey le fusilla du regard, mais elle se tourna de nouveau vers Ivy au lieu de lui répondre.

— C'est toi qui es derrière tout ça, n'est-ce pas ? l'accusa-t-elle.

Tu espères te débarrasser de moi pour ne pas avoir à me rendre ce qui m'appartient.

Ivy poussa un long soupir.

— Non, je ne suis pas derrière tout ça, répondit-elle en soutenant le regard de Lacey. Si j'avais trouvé la montre de mon père, je l'aurais donnée à la police pour qu'elle soit analysée. Je ne l'aurais certainement pas mise sous un essuie-glace de ta voiture en sachant qu'il y avait de grandes chances pour que tu la jettes.

Cela ne suffit pas à calmer Lacey. Elle était rouge de colère, et ses narines frémissaient.

— Allons ! Tu ferais n'importe quoi pour m'empêcher de récupérer l'argent de mon père ! insista-t-elle. Je suis sûre que c'est toi !

— Pas n'importe quoi, répondit Ivy. Mais il y avait une chose que je pouvais faire pour garantir la sécurité de mon fils, et je l'ai faite : j'ai rédigé un testament. Comme je suis la curatrice de mon fils, je peux aussi prendre des décisions en ce qui concerne son argent. Au cas où Nathan et moi disparaîtrions, la fortune de ton père irait à des œuvres de charité. Tu ne toucherais rien.

Lacey blêmit et interrogea Theo du regard. Il hocha la tête pour offrir son soutien à Ivy même s'il n'était pas au courant.

— Vous n'avez plus aucune raison de vous en prendre à notre fils, dit-il.

— Je n'ai jamais essayé de le tuer ! s'écria Lacey avant d'attaquer encore Ivy. Et tu n'aurais pas dû toucher un seul centime de la fortune de mon père !

— C'était son choix, répondit Ivy qui semblait avoir de plus en plus de mal à contenir sa colère. Je t'aurais bien donné cet argent pour avoir la paix, mais ton père m'a demandé de ne pas le faire. Il me l'a fait jurer sur son lit de mort, et je tiendrai cette promesse.

De toute manière, donner l'argent à Lacey ne changerait

pas grand-chose, songea Theo. Il avait l'impression que Lacey voulait juste voir disparaître Ivy et Nathan de sa vie.

— Mon père m'aimait, grogna Lacey entre ses dents. Tu l'as monté contre moi !

— Et il te connaissait, répondit Ivy. Il ne te croyait pas assez responsable pour disposer d'une nouvelle fortune et il savait que tu ne la partagerais pas avec moi.

— Parce qu'elle n'est pas à toi ! Tu l'as manipulé. Tu as réussi à le séduire parce qu'il avait toujours voulu un fils. Sauf que ton morveux n'est pas son fils, et il ne le sera jamais !

— Non, parce que c'est le mien, grommela Theo.

Ivy n'était pas la seule à avoir du mal à garder son calme. Il fut tenté d'ajouter quelque chose de désagréable, mais réussit à se retenir.

— Je m'en moque, répondit Lacey avant de se tourner une fois de plus vers Ivy. Ce n'est pas terminé, tu peux me faire confiance !

Sur ces mots, elle leva le menton et se retourna pour quitter la pièce.

— Non, ce n'est pas terminé, lui lança Gabriel. Nous avons encore des questions à vous poser.

Il fit signe à Cameron de les rejoindre.

— J'aimerais que tu te charges de l'interrogatoire de Mlle Vogel, lui dit-il. Si elle refuse de te répondre, mets-la en cellule. On n'aura aucun mal à obtenir un mandat avec ce qu'on a entre les mains.

Lacey les fusilla tous du regard.

— Vous le regretterez ! cracha-t-elle.

Elle repoussa Cameron quand il lui prit le bras.

Néanmoins, elle le suivit docilement dans son bureau au lieu d'essayer de s'enfuir, comme Theo s'y attendait à moitié.

Gabriel ferma la porte derrière eux.

— Vous croyez qu'elle ment ? leur demanda-t-il.

Ivy secoua la tête.

— Je n'en sais rien, répondit Theo, mais je n'ai pas confiance en elle.

Gabriel acquiesça.

— Qui aurait pu déposer la montre sur sa voiture ? demanda Ivy. Auguste ? Nous savons qu'il n'était pas à Blue River le soir des meurtres, mais Travis a pu la lui donner.

Non, Auguste n'était pas à Blue River. Il avait passé la soirée dans la ville voisine avec une femme qui lui avait fourni un alibi en béton. Mais il aurait pu croiser Travis plus tard dans la nuit, puisqu'on n'avait retrouvé celui-ci que le lendemain matin. Si Auguste avait récupéré la montre, il ne l'aurait dit à personne pour ne pas planter un clou de plus dans le cercueil de son frère.

— Auguste n'aurait pas donné la montre à Gabriel s'il l'avait eue en sa possession, dit Theo sans trop savoir où cette idée le mènerait. Et, si c'est lui, pourquoi n'a-t-il pas essayé de piéger un suspect plus plausible que Lacey, quelqu'un dont on pourrait sérieusement envisager la culpabilité ? Je crois que je me serais contenté de jeter la montre dans la rivière, si j'avais été à sa place.

Ni Gabriel ni Ivy ne répondirent. Eux aussi semblaient avoir du mal à comprendre pourquoi Auguste aurait posé la montre sur la voiture de Lacey.

— Wesley, par contre..., poursuivit Theo. S'il a mis la main sur la montre de Sherman, il a pu piéger Lacey pour brouiller les pistes.

— Mais comment Wesley aurait-il récupéré la montre ? demanda Ivy.

— Wesley a participé à l'enquête, répondit-il. Plusieurs policiers de San Antonio sont venus prêter main-forte à la police locale quand tout le monde cherchait Travis. Il a pu trouver la montre à ce moment-là.

Cela n'expliquait pas pourquoi il aurait gardé la montre, mais Wesley trempait peut-être déjà dans des combines illégales à cette époque. Si c'était le cas, ils auraient du mal à deviner ses raisons d'agir tant qu'ils n'auraient pas plus d'éléments.

— Il y a encore d'autres possibilités, ajouta Theo. Mon père peut avoir engagé quelqu'un pour jouer au chat et à la souris avec nous.

Il hésita à formuler la dernière hypothèse, même s'ils devaient garder l'esprit ouvert. Il fut soulagé que Gabriel le fasse à sa place.

— Il est aussi possible que ton père soit innocent et que le véritable tueur soit encore en liberté, dit-il.

Aucun d'eux ne le croyait vraiment. Plutôt, aucun d'eux ne voulait le croire, parce que cela sèmerait le chaos dans leurs vies. Et c'était la plus inquiétante des hypothèses. Comment protéger Ivy d'un monstre sans nom et sans visage qui avait déjà tué deux personnes et qui en avait d'autres dans le collimateur ?

Dont leur fils, peut-être.

Si quelqu'un voulait éliminer les Beckett, Nathan pouvait faire partie des cibles. Bien sûr, le viser pouvait aussi être un moyen d'atteindre Ivy ou lui-même, puisqu'ils ne reculeraient devant rien pour le protéger.

Theo posa une main sur l'épaule d'Ivy sans réfléchir. Gabriel plissa les yeux. Ce geste ne l'étonna sûrement pas, puisqu'il les avait presque surpris en train de s'embrasser, mais cela le contraria. À en juger par son expression, il était sur le point de faire un commentaire désobligeant quand son téléphone sonna.

Theo pressa l'épaule d'Ivy lorsqu'elle leva les yeux vers lui.

— C'est le chirurgien qui a opéré la femme blessée, annonça Gabriel avant de mettre son téléphone sur haut-parleur.

Theo se prépara à entendre que la femme était morte. Ce serait tragique, non seulement parce qu'elle était probablement innocente, mais aussi parce que cela les priverait d'un témoin.

— Elle s'est réveillée, annonça le chirurgien. Elle dit qu'elle s'appelle Belinda Travers.

C'était donc bien la femme qui avait disparu du bar de McKenzie.

— A-t-elle dit autre chose ? demanda Theo.

— Quand pouvons-nous lui parler ? demanda Gabriel en même temps que lui.

— Laissez-lui encore une heure pour reprendre ses esprits, répondit le chirurgien. Et oui, elle a dit autre chose. Elle dit qu'elle a été enlevée dans un bar. Elle ne sait pas par qui, mais elle se trouvait là pour rencontrer un certain Auguste Canton.

11

Ivy ne songeait qu'à retourner dans la planque pour voir Nathan, mais son frère ne pouvait affecter personne à leur sécurité pour le moment, et il ne la laisserait pas repartir seule avec Theo alors qu'ils venaient de se faire tirer dessus sur la route.

Elle faisait donc les cent pas dans le couloir.

Et elle s'inquiétait.

Gabriel avait interrogé le coursier sans rien apprendre de neuf. Il espérait de meilleurs résultats avec la montre de leur père qu'il avait déjà envoyée au laboratoire. Il espérait aussi tirer quelque chose d'Auguste qu'il avait convoqué une fois de plus. Ce dernier devrait leur expliquer pourquoi il avait rendez-vous avec Belinda Travers dans le bar de McKenzie.

Au moins, Lacey et Wesley n'étaient pas dans le coin — et ils n'étaient pas censés revenir pour le moment. Ivy n'avait aucune envie de se retrouver dans le même bâtiment que leurs trois suspects.

Même s'il était possible qu'aucun d'eux ne soit coupable — hypothèse qui l'inquiétait encore plus. Rien n'était plus terrifiant que l'idée qu'un inconnu s'acharnait sur leur famille pour une raison qu'ils ignoraient.

Malheureusement, c'était l'hypothèse qui expliquait le mieux les lettres de menaces qu'ils recevaient depuis quelque temps. Certaines contenaient des détails que la police avait délibérément tenus secrets pendant l'enquête, au cas où ils auraient eu affaire à de fausses confessions. La disparition du pendentif de sa mère et de la montre de son père, par exemple. Soit la personne qui avait écrit ces lettres avait réussi à consulter les rapports de la police, soit elle était présente le soir des meurtres.

Ivy dut fermer les yeux pour refouler les images qui lui envahissaient l'esprit. C'était elle qui avait découvert les corps de ses parents. Elle avait marché dans le sang de sa mère quand elle s'était précipitée auprès d'eux. Elle n'avait rien pu faire. Ils étaient déjà morts. Elle ne se rappelait même pas avoir appelé Gabriel. Mais heureusement qu'elle l'avait fait… Parce qu'il avait découvert Jodi en entrant dans la maison. S'il était arrivé quelques minutes plus tard, il n'aurait pas pu la sauver.

Comme elle n'avait pas pu sauver leurs parents.

Quand le chagrin la submergeait, comme à cet instant, elle se disait que la tragédie aurait pu être encore plus terrible. Jodi aurait pu mourir. Gabriel aussi, puisque l'agresseur de Jodi n'était sans doute pas loin quand il l'avait trouvée. Cette idée la consolait un peu, mais elle ne l'emportait pas sur la douleur.

Theo, qui avait appelé le laboratoire, se tourna vers elle dès qu'il raccrocha et fronça les sourcils.

— Ne te laisse pas engloutir par le passé, lui dit-il.

Theo avait toujours eu le pouvoir de lire dans ses pensées. Cela l'agaçait quand ils étaient adolescents. Cette fois, cela ne la dérangea pas. D'un côté, cela lui rendait les choses plus difficiles qu'il sache à quel point elle souffrait ; d'un autre, c'était réconfortant — pas parce que le malheur aimait la compagnie, mais parce que Theo comprenait tout ce qu'elle avait perdu ce soir-là. Lui-même avait perdu beaucoup de choses.

— Comment fais-tu pour oublier ? lui demanda-t-elle. Pour laisser tout ça de côté ?

Il la fixa un long moment, puis secoua la tête.

— On ne peut pas se débarrasser définitivement du chagrin, répondit-il. Il refait toujours surface.

Comme il resurgissait brutalement en elle à cet instant.

— Parfois, ça aide de repenser aux bons moments, ajouta-t-il en écartant une mèche de son visage. Je me souviens de ma relation avec Jodi, quand on était enfants, et de la nôtre... Je m'interdis d'oublier qu'il y a eu plus de bons moments que de mauvais.

C'était un bon conseil, mais elle ne croyait pas avoir la force de le suivre. Pourtant, quand elle plongea le regard dans celui de Theo, elle se sentit un peu mieux comme par magie.

Et un peu plus mal.

Parce qu'elle ne pouvait plus s'empêcher de prêter attention à ses yeux fascinants, à ses cheveux ébouriffés et à sa bouche sensuelle. Il avait l'art de se frayer un chemin à travers ses peurs pour s'insinuer jusque dans son cœur. Et son cœur n'était pas le seul problème. Theo savait aussi réveiller sa libido.

Oui, elle avait de bons souvenirs, et Theo faisait partie de la plupart d'entre eux.

— Je te proposerais bien qu'on aille dans la salle de repos..., dit-il en haussant un sourcil comme si c'était plus une question qu'une plaisanterie.

Elle faillit sourire.

— Ce n'est sans doute pas une bonne idée, répondit-elle à regret.

Theo la regarda comme s'il attendait quelque chose.

Qu'elle lui assure qu'elle allait bien ?

Qu'elle l'embrasse ?

Il aurait été bon qu'ils puissent s'embrasser comme deux personnes qui en avaient l'habitude et à qui cela faisait oublier tous leurs soucis, mais c'était impossible. S'ils s'embrassaient, cela ne pourrait que réveiller leur libido. Le seul fait qu'elle y pense réveillait la sienne. Si elle était honnête, le seul fait de respirer le parfum de Theo avait cet effet.

— Je connais cette expression, dit-il en caressant son front qui devait être plissé.

Qu'avait-il lu dans ses yeux. Son désir ? Son inquiétude ? Sa fatigue ?

Il laissa les doigts glisser de son front à sa joue, puis à sa gorge. Ils eurent ainsi une grande conversation sans dire un seul mot. Ils se parlèrent de leur désir, de ce qui les avait séparés et de ce qui pouvait les réunir dans l'avenir.

Nathan.

Theo dut prendre conscience de la complexité de leur situation. Il dut aussi comprendre qu'il n'était pas prudent qu'ils se laissent gouverner par leur désir tant qu'ils étaient en danger. Ce fut sans doute pour cela qu'il s'écarta d'elle — mais il ne s'éloigna pas assez pour qu'elle reprenne ses esprits.

— Je suis désolé, murmura-t-il, les sourcils froncés.

Ces trois mots, en revanche, aidèrent Ivy à revenir sur terre.

— Pourquoi ? demanda-t-elle.

— Pour ne pas avoir su te protéger.

Il était absurde qu'il culpabilise.

— C'est peut-être à cause de moi que tu es en danger, lui rappela-t-elle.

Elle s'apprêtait à s'excuser à son tour quand une idée lui vint.

— Est-ce que quelqu'un a épluché les dossiers de mon père pour voir s'il enquêtait sur Wesley au moment de sa mort ? demanda-t-elle.

Elle pensait que cette question surprendrait Theo, mais il se contenta d'acquiescer.

— L'idée m'est venue hier, répondit-il. Les dossiers de

ton père n'ont pas tous été numérisés, mais Gabriel m'a fait un résumé de ceux qui ne l'étaient pas et il m'a tout envoyé par mail.

Elle fut surprise par la réponse. Gabriel devait enfin être un peu moins hostile envers Theo s'il s'était montré aussi coopératif.

— Et ? demanda-t-elle.

— Ton père ne cite pas le nom de Wesley, mais la police de San Antonio était impliquée dans l'une de ses enquêtes. Il avait arrêté des types pour trafic de drogues et les avait trouvés en possession d'armes qui avaient été confisquées au cours d'un raid à San Antonio. Elles étaient censées avoir été détruites.

— Tu crois qu'un policier de San Antonio les a vendues à ces trafiquants ?

Theo haussa les épaules.

— Ça peut aussi être une erreur administrative, répondit-il. Ce sont des choses qui arrivent. J'ai l'intention de creuser, mais je n'ai trouvé aucun lien entre Wesley et ces armes pour le moment.

Ce qui rendait quasiment impossible de relier Wesley au meurtre de son père...

Ivy secoua la tête.

— Je deviens peut-être parano, admit-elle en baissant les yeux. Ton père a été condamné pour les meurtres, et il n'a pas contesté cette décision, après tout.

Même si Travis n'avait pas protesté parce qu'il ne se souvenait pas de cette nuit-là.

— Wesley n'a peut-être rien à se reprocher, ajouta t elle. Il est possible que cette histoire d'armes ne fasse que brouiller des pistes qui le sont déjà bien assez.

Theo ne protesta pas. Ce qui les ramenait à Lacey et à Auguste. À propos de ce dernier, Ivy entendit sa voix dans l'entrée. Une voix très agacée. Mais il n'était pas étonnant qu'Auguste soit contrarié par une nouvelle convocation.

— J'espère que vous avez une bonne raison de m'avoir demandé de revenir ! cria-t-il. Parce que j'en ai assez d'être accusé de crimes que je n'ai pas commis !

Gabriel, qui parlait à l'un de ses hommes, se tourna vers Auguste et l'invita à le suivre. Son frère ne cria pas, mais il fronçait les sourcils.

Theo et Ivy s'écartèrent pour les laisser entrer dans le bureau de Gabriel, où ils les suivirent. La montre, l'enveloppe et le rapport avaient été envoyés au laboratoire.

— Commençons par le commencement, suggéra Gabriel. Parle-moi de Belinda Travers.

— De qui ? s'écria Auguste. Je ne connais pas cette personne.

— Eh bien *elle* te connaît, répondit Gabriel. Elle a dit que vous étiez censés vous retrouver dans le bar de McKenzie, où elle s'est fait enlever.

— Quoi ? rugit Auguste. Elle ment !

Theo et Gabriel échangèrent un regard, contrariés. La dénégation d'Auguste ne leur simplifiait pas les choses. Était-il sincère ? Se moquait-il d'eux ? Quand Belinda Travers erait en état de leur parler, elle pourrait peut-être prouver que c'était lui qui mentait.

Gabriel inspira profondément et tourna l'écran de son ordinateur vers Auguste.

— Parle-moi de ça, alors, dit-il.

C'était une photo de la montre de son père.

Auguste avait ouvert la bouche — sans doute pour protester de son innocence — avant même que ses yeux tombent sur l'écran. Non seulement il ferma la bouche, mais il s'approcha du bureau pour mieux voir la photo.

— D'où ça sort ? demanda-t-il.

— Réponds d'abord à ma question, répliqua Gabriel avec autorité.

Auguste jura, mais il avait perdu toute sa fureur. Ses épaules s'affaissèrent, et il s'appuya sur le bureau de Gabriel en secouant la tête.

— Merde, grommela-t-il. Il faut que je sache où vous avez trouvé cette montre.

Il n'exigeait plus rien. Il n'avait pas ajouté « s'il vous plaît », mais presque.

— Je croyais que c'était toi qui nous l'avais fait parvenir, répondit Gabriel.

Comme Auguste avait un tempérament colérique, il aurait été logique qu'il s'emporte. Il ne le fit pas. Cela voulait-il dire que la montre venait effectivement de lui ? Si oui, comment l'avait-il récupérée et pourquoi s'en était-il servi pour incriminer Lacey ?

— Parle ! ordonna Theo en s'approchant de son oncle avec un air menaçant.

— J'ai trouvé la montre peu après le procès de Travis, répondit Auguste, les yeux baissés. Elle était dans sa grange.

Il releva la tête.

— Tu te souviens du coin où ton père entreposait les sacs de grain pour la volaille ? demanda-t-il à Theo, qui acquiesça. Certaines planches du mur étaient mal fixées. J'ai regardé derrière et j'ai trouvé la montre.

Theo pinça les lèvres. Gabriel et lui avaient l'air aussi sceptiques l'un que l'autre.

— La police a fouillé cette grange, lui rappela Theo. Gabriel et Jameson aussi.

Auguste acquiesça.

— Moi aussi, et je n'avais rien trouvé. Je n'ai fini par la découvrir que parce que des clous étaient tombés et que les planches s'étaient disjointes.

Ivy supposait que Travis pouvait l'avoir cachée là. Si l'on faisait abstraction du fait qu'il était ivre mort le soir des meurtres. Il était dans un tel état d'ébriété qu'il s'était évanoui peu de temps après. Elle avait du mal à croire qu'il ait eu la présence d'esprit de cacher une montre derrière des planches.

— Comment la montre de mon père est-elle arrivée là, à ton avis ? demanda-t-elle à Auguste.

— Je n'en ai aucune idée, répondit-il. Mais ça ne prouve pas la culpabilité de mon frère. Le tueur peut l'avoir cachée là plusieurs heures, voire plusieurs jours après le crime. Comme je vous l'ai dit, je l'ai trouvée après le procès, des mois plus tard.

— Pourquoi ne l'as-tu pas donnée à Gabriel ? demanda sèchement Theo.

— Je ne voyais pas l'intérêt de le faire, répondit Auguste sans hésiter. Travis venait d'être condamné à perpétuité. Ça ne pouvait pas servir sa cause qu'on trouve la montre de la victime dans la grange de l'assassin présumé.

— Pas présumé, le corrigea Gabriel. Il a été condamné. Et tu aurais dû me donner la montre au lieu de t'en servir pour tendre un piège à Lacey Vogel.

La colère qui avait abandonné Auguste depuis quelques minutes réapparut.

— Quoi ? s'écria-t-il. C'est ce qu'elle a dit ? C'est un mensonge !

Theo et Gabriel échangèrent un regard surpris. Ivy était aussi perturbée qu'eux par les réactions d'Auguste.

— Quelqu'un a posé la montre sur la voiture de Lacey, expliqua Theo. Elle l'en a retirée et l'a laissée par terre. Cette personne a ensuite ramassé la montre pour la faire analyser par un laboratoire. Il y a des traces de sang de Sherman Beckett et les empreintes de Lacey dessus. Mais il n'y a pas les tiennes. Comment cela se fait-il si tu as trouvé la montre ?

Auguste jura.

— Mes empreintes ne sont pas dessus parce que je l'ai ramassée avec une serviette en papier, répondit-il. Je l'ai déposée chez Travis, sur la table basse du salon. Je me suis dit que si Jodi ou Theo revenaient, ils la trouveraient et la donneraient à la police.

— Pourquoi as-tu fait ça ? demanda Theo.

À la connaissance d'Ivy, ni Theo ni Jodi n'étaient retournés dans la maison de Travis ces dix dernières années. Comme celle de ses parents, elle était abandonnée depuis les meurtres.

— Je ne voulais pas garder la montre chez moi, répondit Auguste en haussant les épaules comme si cela expliquait tout. Je me suis dit qu'il valait mieux qu'elle soit chez Travis.

— De cette manière cela aurait incité la police à penser que le meurtrier courait toujours et l'avait mise là par provocation, commenta Theo. Si tu dis la vérité, tu as essayé de fabriquer une fausse preuve dans l'espoir d'innocenter Travis.

— Oui, je dis la vérité, grommela Auguste.

Il ne chercha même pas à se défendre contre les accusations de Theo.

— Quelqu'un a dû récupérer la montre dans la maison de Travis, poursuivit Auguste. Mais pourquoi cette personne a-t-elle essayé de piéger la belle-fille d'Ivy ? Quel rapport a-t-elle avec tout ça ?

Ivy avait une théorie.

— Lacey me déteste, dit-elle. Elle ferait n'importe quoi pour me nuire. Je ne serais pas surprise qu'elle ait engagé quelqu'un pour fouiller les maisons de mes parents et de Travis. Elle rêve sans doute de trouver quelque chose qu'elle pourrait utiliser contre moi — quelque chose qui l'aiderait à gagner le procès qu'elle m'a intenté et à mettre la main sur l'argent de son père.

Les trois hommes la regardèrent avec l'air d'attendre qu'elle développe sa théorie, mais elle n'avait rien à ajouter. Elle ne comprenait pas pourquoi Lacey aurait fait semblant de se tendre un piège, si c'était elle qui avait trouvé la montre.

Elle y réfléchit encore quelques instants, puis secoua la tête.

— Tout ça paraît bien compliqué si le but de Lacey est de salir ma réputation, soupira-t-elle.

Theo haussa les épaules.

— Si elle n'a rien trouvé d'autre…, répondit-il. Elle espérait peut-être écarter les soupçons d'elle-même en se présentant comme la victime d'un coup monté. Si c'est le cas, ça n'a pas marché.

Il tourna la tête vers Auguste.

— Toi aussi, tu es encore suspect, lui dit-il. Et Gabriel peut t'arrêter pour obstruction à la justice. Si j'étais à sa place, je le ferais.

Auguste resta bouche bée quelques instants.

— Le procès était terminé quand j'ai trouvé la montre ! protesta-t-il.

— Tu aurais quand même dû me la donner, répondit Gabriel.

— Que gagneriez-vous à m'arrêter ? s'emporta Auguste. Ça remonte à des années !

— J'appliquerais la loi, répondit Gabriel sans hésiter. Et nous ne serions pas dans cette situation, à nous demander qui se moque de nous, si tu m'avais donné la montre quand tu l'as trouvée.

Auguste s'apprêtait sans doute à se défendre avec véhémence, mais le téléphone de Theo sonna. Ivy comprit que quelque chose n'allait pas dès qu'il consulta l'écran.

— C'est Jameson, dit-il avant de décrocher.

Ivy s'approcha de Theo pour entendre ce que son frère avait à dire, mais la conversation fut brève. Quand il raccrocha, Theo jura et lui prit le bras.

— Nous devons partir immédiatement, dit-il. Jameson a repéré un homme armé près de la planque.

12

Theo avait fait face à de nombreux criminels, mais cela lui semblait peu de chose en comparaison de la situation dans laquelle il se trouvait.

Son fils était en danger.

Et il était possible que la présence d'un tireur près de la planque ne vise qu'à les attirer dans un piège, Ivy et lui. Mais cette hypothèse le terrifiait moins que la possibilité que le tireur ait pris Nathan pour cible.

— Restez calmes, dit Jodi, qui l'avait appelé dès que Jameson lui avait passé son téléphone.

Elle chuchotait depuis le début de leur conversation. Elle s'était enfermée dans la salle de bains du premier étage avec Nathan tandis que Jameson montait la garde au rez-de-chaussée.

— Sais-tu où se trouve l'intrus ? demanda Gabriel.

Il avait insisté pour conduire parce qu'il craignait qu'Ivy et lui ne soient trop agités pour rouler vite sur des routes de campagne.

De fait, Theo maîtrisait difficilement ses nerfs, mais ce n'était rien en comparaison d'Ivy, qui était au bord de la panique. C'était sans doute pour cela que Jodi leur répétait de rester calmes.

— Jameson vient de le repérer dans le fossé, près de la route, répondit Jodi à Gabriel.

Jameson avait sans doute été averti par le détecteur de mouvement qu'il avait installé. Maintenant qu'il savait où se trouvait l'intrus, il avait une chance de l'abattre ou de le forcer à rester à couvert jusqu'à leur arrivée. Theo aurait préféré qu'ils le capturent pour avoir l'occasion de l'interroger, mais la sécurité de Nathan, de Jodi et de Jameson était prioritaire.

— Ce fossé ne va pas jusqu'à la maison, ajouta Jodi. Il s'arrête à une vingtaine de mètres.

C'était quand même bien trop près. De là, l'homme pouvait tirer dans la maison avec de bonnes chances que ses balles traversent les murs. Heureusement, Jameson pourrait lui tirer dessus s'il se redressait.

À condition que ce ne soit pas l'intrus qui abatte Jameson... Comme la panique le gagnait, Theo se répéta que Jameson était un ranger expérimenté et qu'il ferait tout pour protéger son neveu et la fiancée de son frère. Nathan était en bonnes mains.

— Comment cet homme a-t-il trouvé la planque ? demanda Ivy d'une voix tremblante. Tu penses qu'il nous a suivis ?

Elle s'agrippait si fermement au bord de la banquette que ses articulations étaient blanches.

Il était peu probable qu'on les ait suivis. Theo était presque sûr qu'il s'en serait aperçu sur les routes désertes qu'ils avaient empruntées.

— Peut-être grâce au micro, répondit-il. Même si on a pris soin de chuchoter, il était peut-être assez puissant pour capter nos voix. Et nos trois suspects se sont retrouvés dans le bâtiment à un moment ou à un autre. L'un d'eux a pu entendre quelque chose.

Ivy murmura le juron qu'il avait en tête. Ils savaient qu'il pouvait y avoir des micros dans le bâtiment, mais ils n'avaient peut-être pas été aussi prudents qu'ils l'avaient cru. Il était aussi possible que quelqu'un ait fixé des traceurs GPS sur les voitures de patrouille. Pourquoi n'avaient-ils pas vérifié ?

— Jameson est sûr qu'il n'y a qu'un seul homme ? demanda Ivy.

— Il n'en a pas vu d'autre, répondit Jodi.

Elle espérait sans doute apaiser Ivy, mais seul le fait qu'elle voie Nathan pourrait produire cet effet. Et ce n'était peut-être pas pour tout de suite. D'une part, ils étaient encore à plusieurs kilomètres de la planque, d'autre part, on risquait de leur tirer dessus quand ils arriveraient. Ils fonçaient peut-être dans un piège. Theo dégaina son arme de secours et la tendit à Ivy.

— Ce n'est qu'une précaution, lui assura-t-il en la voyant écarquiller les yeux.

Une précaution nécessaire, songea Theo, parce qu'ils traversaient régulièrement de petits bois et qu'il y avait des fossés des deux côtés de la route.

Theo eut l'impression qu'il leur fallut une éternité pour parcourir les derniers kilomètres même s'il était sûr que Gabriel allait aussi vite qu'il le pouvait. Quand ils eurent enfin franchi le dernier virage, Gabriel s'arrêta et scruta les abords de la maison.

Il prit le téléphone de Theo.

— Je vais raccrocher pour envoyer un texte à Jameson, dit-il à Jodi. Je vois la maison et le fossé, mais je ne vois pas le tireur.

Jameson répondit presque immédiatement au texto qu'il lui envoya :

Il est près de la boîte aux lettres.

— Couche-toi sur la banquette, ordonna Theo à Ivy avant de baisser sa vitre de quelques millimètres. Rapproche-toi, Gabriel. Je vais voir si j'arrive à convaincre cet idiot de se rendre.

Alors que Gabriel redémarrait, son téléphone sonna.

— C'est l'hôpital, leur dit-il. Je rappellerai quand on aura réglé ce problème.

— Montre-toi ! cria Theo à l'intrus. Lève-toi les mains en l'air !

Cela avait peu de chances de marcher, et en effet cela ne fonctionna pas. L'homme se redressa presque aussitôt, mais il ne mit pas les mains en l'air. À la place, il leur tira dessus. La balle frappa le pare-brise. Celui-ci tint bon, mais il valait mieux qu'ils neutralisent vite le tireur.

— Reste couchée ! ordonna-t-il à Ivy avant de baisser un peu plus sa vitre.

Quand l'homme se redressa pour faire feu une nouvelle fois, Theo tira le premier.

Il atteignit l'homme en plein torse.

Celui-ci lâcha son arme et tomba à la renverse. Alors que Gabriel se garait à côté de lui, Jameson sortit de la maison, mais il resta sous le porche pour ne pas trop s'exposer à un éventuel autre tireur.

Theo s'empressa d'ouvrir sa portière et de ramasser l'arme. L'homme pouvait en avoir une autre, bien sûr, mais il n'essayait pas de dégainer pour le moment. Il se tenait le torse.

Et il se vidait de son sang.

Gabriel appela une ambulance, mais elle n'arriverait sans doute pas à temps pour le sauver. S'ils voulaient lui soutirer quelque information, c'était maintenant ou jamais.

— Qui es-tu ? demanda Theo.

L'homme secoua la tête.

— Mon nom ne vous dirait rien, gémit-il.

— Donne-le quand même, insista Theo en le gardant en joue.

— Morris Carlyn, répondit l'homme, les traits déformés par la douleur.

Non, ce nom ne disait rien à Theo, mais cela ne durerait

pas. Gabriel était déjà en train d'envoyer un texto pour demander des informations sur ce type.

— Qui t'envoie, Carlyn ?

L'homme secoua encore la tête.

— Vous ne pouvez rien me faire de pire que ce qui se passera si je parle.

— Tu veux parier ? répliqua Theo avant de viser sa jambe. Tu ne mourras pas plus vite si je tire, mais tes dernières minutes seront bien plus douloureuses avec une rotule en bouillie.

Il bluffait, bien sûr. Il ne pouvait pas tirer sur un homme désarmé et mourant, même si ce n'était pas l'envie qui lui en manquait.

— Ils feraient du mal à ma famille, dit l'homme. C'est pour ça que je ne peux rien vous dire. C'est pour ça que je leur ai obéi.

Soit. Il était possible qu'on lui ait forcé la main. Theo jeta un coup d'œil à Gabriel, qui envoyait déjà un nouveau texto, sans doute pour charger quelqu'un d'aller voir ce qui se passait chez Carlyn.

— Comment as-tu trouvé cet endroit ? demanda Theo. Qui t'a fourni tes instructions ?

— On m'a donné l'adresse et on m'a ordonné d'enlever une femme nommée Ivy Beckett, répondit Morris.

Merde. Ivy étouffa un cri derrière lui.

Si cet homme ne mentait pas, n'importe lequel de leurs suspects pouvait avoir fait le coup. Pour Wesley comme pour Lacey, il valait mieux qu'Ivy reste en vie pour qu'ils obtiennent ce qu'ils voulaient. Dans le cas de Lacey, il s'agissait de l'argent de Chad. Quant à Wesley, il voulait peut-être le forcer à organiser une mission de sauvetage qui lui offrirait l'occasion de le tuer. Tout le monde savait qu'il ferait tout pour retrouver Ivy si elle était enlevée.

Wesley faisait-il réellement tout cela parce qu'il avait peur de ce que Theo savait sur la fusillade qui avait coûté la vie à leur collègue ? C'était absurde. Il n'avait qu'une intuition, et cela ne suffisait pas pour arrêter quelqu'un.

— Protégez ma famille, murmura Carlyn avant de fermer les yeux.

Il était sans doute mort. Theo ne se donna pas la peine d'aller tâter son pouls pour s'en assurer.

Cela ne devait pas intéresser Gabriel beaucoup plus que lui, parce qu'il redémarra pour aller se garer devant le porche. Ivy jaillit aussitôt de la voiture et se précipita dans la maison.

— As-tu vu quelqu'un d'autre ? demanda Gabriel à son frère alors que tout le monde la suivait.

— Non, répondit Jameson. Et les détecteurs fonctionnent encore puisque l'alarme s'est déclenchée quand vous êtes arrivés. Est-il mort ?

— Sans doute.

Gabriel se posta près d'une fenêtre et passa un coup de téléphone. Il voulait sûrement savoir si ses hommes avaient découvert quelque chose sur la famille du tireur.

— Va rejoindre Nathan, suggéra Jameson à Theo, qui ne pouvait pas s'empêcher de fixer la porte de la salle de bains. Ça le rassurera de te voir. On s'en ira dès que les renforts seront là.

Cela convenait parfaitement à Theo. Il voulait des renforts, et il voulait emmener Ivy et Nathan loin d'ici. La planque était compromise. Il pouvait se produire une nouvelle attaque n'importe quand.

Dès que Theo entra dans la salle de bains, Jodi en sortit pour rejoindre Gabriel. Theo la regarda s'approcher de l'homme dont elle était amoureuse avec un mélange de peur et de soulagement dans les yeux.

Theo éprouva le même sentiment quand il regarda Nathan. Ce qu'il pouvait en voir, du moins, parce que les bras d'Ivy étaient enroulés autour de lui. Elle ne pleurait pas, mais clignait rapidement des yeux pour refouler ses larmes.

— As-tu fait quelque chose au méchant ? demanda Nathan en se penchant sur le côté.

Theo hocha la tête et espéra que cette réponse suffirait. Il n'avait pas envie de dire à son fils qu'il venait de tuer quelqu'un.

— Ça veut dire qu'on doit partir de cette maison ? demanda Nathan.

— Oui, répondirent Ivy et Theo à l'unisson.

Nathan les regarda tour à tour.

— Allez-vous vous remettre ensemble, oui ou non ? demanda-t-il.

C'était une question qu'il avait déjà posée, et il était compréhensible qu'il veuille le savoir. Après tout, ce qu'Ivy et lui décideraient de faire aurait un impact sur l'avenir de leur fils.

— Je veux dire… Comme Chad est mort et que vous êtes mes parents, ce serait logique, ajouta Nathan.

Theo, qui était encore préoccupé par l'attaque, eut du mal à aborder un sujet aussi important. Il jeta un regard désemparé à Ivy.

Non, elle ne semblait pas mieux savoir que lui comment répondre.

— On en parlera bientôt, promit-il. En attendant, si on allait rassembler tes affaires pour être prêts à partir quand les autres policiers arriveront ?

Nathan fila dans la chambre. Ivy et lui le suivirent pour s'assurer qu'il ne s'approchait d'aucune fenêtre. Les volets étaient fermés et les rideaux tirés, mais il serait absurde de prendre le moindre risque.

— Je ne peux pas l'accompagner dans la nouvelle planque, chuchota Ivy dont les mains tremblaient. Si je suis bien la cible, je ne dois pas le mettre en danger en étant sous le même toit que lui.

Theo y avait déjà songé, mais il doutait que Gabriel ait deux planques disponibles. Tout mettre en place prendrait du temps.

Ivy lui prit le bras et l'entraîna dans le couloir.

— Écoute-moi jusqu'au bout avant de protester, commença-t-elle.

Theo grogna. Il était sûr que ce qui suivrait ne lui plairait pas.

— Je pense que Jodi et Jameson devraient emmener Nathan dans la planque de secours immédiatement, continua Ivy, le front plissé. Les policiers qu'on attend devraient les accompagner.

Il n'avait rien à objecter jusque-là, mais commençait à voir où elle voulait en venir.

— Il n'est pas question que tu joues les appâts, déclara-t-il fermement.

— Ce n'est pas ça..., se défendit-elle avant de l'entraîner encore plus loin. Mais on ne peut pas continuer comme ça. Si celui qui veut m'enlever ne peut pas m'atteindre, il risque de s'en prendre à Nathan.

L'estomac de Theo se noua. Il ne pouvait pas le nier.

— Il n'est quand même pas question que tu serves d'appât, insista-t-il.

— Dans un environnement maîtrisé, précisa Ivy. Pendant que Jodi, Jameson... et toi emmènerez Nathan dans la planque, je retournerai au ranch avec Cameron et Gabriel. Nous aurons les employés en renfort. Et Gabriel peut peut-être installer des détecteurs de mouvement, comme il y en a ici...

Il n'attendit pas qu'elle finisse sa phrase pour secouer la tête. Ivy prit son menton entre ses doigts pour le forcer à arrêter.

— On prendra toutes les précautions possibles, promit-elle. Je serai bien protégée.

Cela ne lui suffisait pas, mais il devait admettre qu'aucun endroit n'était parfaitement sûr. Avec les employés du ranch sur le qui-vive et des détecteurs de mouvement, les risques seraient limités — mais peut-être pas assez.

— Je ne dis pas que je suis d'accord avec ton plan, mais je n'accompagnerai pas Nathan dans la planque si tu arrives à convaincre Gabriel, dit-il. Je resterai avec toi, puisque c'est toi qui seras le plus en danger. Mais j'espère que nous démasquerons le coupable avant d'adopter une stratégie aussi risquée.

Ivy hocha la tête.

— Tu espères que Belinda Travers pourra nous apprendre quelque chose, répondit-elle. Gabriel a reçu un appel de l'hôpital, tout à l'heure. Elle est peut-être en état de nous parler.

— Attends ici avec Nathan, dit-il. Je vais me renseigner.

Il trouva Jodi, Jameson et Gabriel dans le salon, tous trois postés près d'une fenêtre.

— Comment va Nathan ? lui demanda Gabriel.

— Bien, répondit-il. Ivy veut que Jodi et Jameson l'emmènent dans la planque de secours dès que les renforts arriveront.

Gabriel parut comprendre ce que projetait Ivy avant que Theo le lui explique, car il pinça les lèvres. Mais il n'accusa pas sa sœur d'avoir perdu la raison.

Theo se retint de jurer.

— Belinda Travers n'a rien dit d'utile ? demanda-t-il.

Gabriel soupira.

— Elle est morte.

Bon sang ! Non seulement, une innocente s'était fait tuer, mais ils n'avaient obtenu d'elle aucun renseignement.

— Dis-moi que personne n'a réussi à s'introduire dans

l'hôpital pour l'achever, grogna-t-il. Je ne me le pardonnerais pas.

— Non. Elle est morte d'un arrêt cardiaque, répondit Gabriel. Le chirurgien m'a dit que cela pouvait se produire après une grosse opération.

Oui, des malheurs se produisaient en permanence. Theo devait juste s'assurer qu'aucun ne frappe Ivy ni Nathan.

— Je pense que c'est trop tard pour le type dans le fossé, mais l'ambulance arrive, poursuivit Gabriel. Mes hommes ne devraient plus tarder non plus.

— Et la famille du tireur ? demanda Theo. Est-elle réellement en danger ?

— J'ai appelé les collègues de San Antonio, répondit Jameson. Ils vont vérifier.

Theo pria pour qu'il n'arrive rien de tragique à ces gens, mais la mort de Belinda Travers le rendait pessimiste. Ils avaient affaire à un ennemi impitoyable.

— Avez-vous une autre planque ? demanda Theo.

Ivy entra dans la pièce avec Nathan à cet instant.

— Il y en a une de prête, répondit Gabriel. Mais il me faudra un peu de temps pour en trouver une autre et l'équiper.

— Peux-tu attendre dans la chambre encore quelques minutes ? demanda Ivy à Nathan.

À en juger par la grimace du garçon, c'était la dernière chose qu'il avait envie de faire. Il n'était pas stupide. Il sentait bien qu'il se passait des choses graves autour de lui. Il quitta quand même la pièce sans protester. Quand Ivy s'approcha d'eux, Theo vit qu'elle avait de nouveau des larmes dans les yeux.

— Je n'ai aucune envie d'être séparée de mon fils, dit-elle d'une voix tremblante. Et je n'ai pas non plus envie de mourir.

Une larme roula sur sa joue. Elle s'empressa de l'essuyer du dos de la main.

Theo s'approcha d'elle et glissa un bras autour de sa taille.

Il n'espérait pas vraiment la réconforter. Il doutait que quoi que ce soit ait ce pouvoir dans ces circonstances.

— Nous devons mettre un terme à ce délire, reprit Ivy. Ce qui veut dire que vous devez vous servir de moi pour forcer ce salaud à se montrer.

Comme Theo avait déjà exprimé son opinion, il attendit que Gabriel lui réponde qu'il n'en était pas question. Mais Gabriel n'eut pas le temps de dire un mot avant que le téléphone de Jameson sonne.

— C'est la police de San Antonio, leur dit-il avant de décrocher.

L'échange ne dura que quelques secondes, et Jameson jura en raccrochant.

— La maison du tireur a été saccagée, leur dit-il. Sa femme et ses deux enfants ont disparu. Et ce n'est pas tout : il y avait un message cloué sur la porte.

— Un message ? répéta Ivy. Qui me concerne ?

Jameson hocha la tête.

— Il était écrit : « Dites à Theo qu'Ivy sera la suivante. Elle mourra ce soir. »

13

Le message avait glacé le sang d'Ivy. Elle ne s'en était pas encore remise alors que plusieurs heures s'étaient écoulées. Mais cela avait convaincu Theo et ses frères qu'ils devaient pousser le tueur à agir.

Non seulement dans leur intérêt, mais aussi dans celui de la famille du tireur.

La femme et les enfants de Morris Carlyn avaient bien été enlevés. La police ne pensait pas que le saccage de la maison soit une mise en scène. Quelqu'un avait enlevé cette famille pour obliger Carlyn à coopérer. Sauf que ce dernier ne pouvait plus leur être utile maintenant qu'il était mort. Ivy pria pour que sa famille soit bientôt libérée. Pendant qu'elle y était, elle pria aussi pour leur sécurité à tous.

« Elle mourra ce soir ».

Si c'était vrai, elle n'avait plus que cinq ou six heures pour s'assurer que Nathan ne risquait rien et se préparer au pire.

— Il est temps d'y aller, dit Gabriel avant de désactiver l'alarme.

C'était le moment de serrer Nathan dans ses bras une dernière fois avant qu'il s'en aille avec Jameson, Jodi et Cameron. Ivy avait confiance en eux, et Nathan n'était pas censé être la cible du tueur, mais rien ne garantissait que celui-ci n'essayerait pas de l'enlever pour s'en servir comme d'un moyen de pression, comme il l'avait fait avec la famille de Carlyn.

— Tout ira bien ? demanda Nathan.

Il fallut quelques instants à Ivy pour comprendre que ce n'était pas à elle qu'il s'adressait, mais à Theo, qu'il regardait par-dessus son épaule.

— Tu protégeras maman ? ajouta son fils.

Theo fronça les sourcils.

— Je te le promets, répondit-il d'un air grave.

Cette réponse parut suffire à Nathan, qui s'approcha de Theo pour l'enlacer. Ce geste surprit tout le monde — surtout Theo. Mais il n'hésita qu'une seconde avant de serrer son fils dans ses bras.

De nouvelles larmes brouillèrent la vue d'Ivy. Elle ne s'était jamais demandé comment Theo se comporterait avec son fils si elle le lui présentait. Il était évident qu'il l'aimait déjà.

Theo déposa un baiser sur le front de Nathan avant de le lâcher.

— Tu m'apprendras à faire du rodéo ? demanda Nathan. Tante Jodi m'a dit que tu en avais fait et que tu étais très doué.

Theo jeta un regard lourd de reproches à sa sœur avant de répondre :

— Quand tu seras un peu plus grand, peut-être.

Nathan lui offrit un sourire avant de rejoindre Gabriel près de la porte.

— Je sais : il faudra courir quand on sera dehors, dit-il à son oncle.

Ivy fut soulagée qu'il ait intégré cette consigne. Elle s'approcha d'une fenêtre et vit que Cameron avait garé une voiture banalisée près du porche. Il avait déjà chargé les affaires de Nathan dans le coffre et avait ouvert les portières.

Jodi et Jameson firent monter Nathan dans la voiture sans perdre un instant sur le trajet. Cameron démarra aussitôt. Deux policiers le suivirent dans une autre voiture banalisée.

— La nouvelle planque est à une quinzaine de kilomètres d'ici, mais il leur faudra un moment pour y arriver, dit Gabriel.

Parce que Cameron ferait des détours pour s'assurer qu'ils n'étaient pas suivis. Gabriel le lui avait déjà expliqué. Il lui avait aussi assuré que les deux véhicules avaient été fouillés méticuleusement et qu'on n'y avait trouvé ni micro ni balise GPS. Gabriel et ses hommes avaient pris toutes les précautions nécessaires.

— C'est à nous, maintenant, annonça Gabriel.

Un autre policier de Blue River, Edwin Clary, se gara devant le porche. La voiture qu'il conduisait n'était pas banalisée, et celle qui se gara derrière non plus. En comptant Gabriel et Theo, elle ferait le trajet avec quatre membres des forces de l'ordre.

Comme Nathan et les autres l'avaient fait, ils se précipitèrent dans la voiture. Edwin démarra dès qu'ils eurent attaché leur ceinture. Ivy se retrouva prise en sandwich entre Gabriel et Theo. Elle s'enfonça dans la banquette parce qu'elle était certaine que l'un d'eux lui ordonnerait bientôt de le faire, mais elle garda la tête assez haut pour voir ce qui se passait dehors.

— Nous irons droit au ranch même si quelqu'un nous suit, dit Gabriel.

Un frisson parcourut Ivy même si elle savait déjà que c'était le plan.

— Que se passera-t-il quand on y sera ? demanda Edwin en jetant un coup d'œil à Gabriel dans le rétroviseur. On est attendus, j'imagine.

— Les employés savent qu'on arrive répondit Gabriel. Ils sont armés. Et je leur ai fait apporter du matériel. Ils ont déjà dû installer des détecteurs de mouvement et des caméras sur les sentiers qui mènent à la maison.

C'était prudent, songea Ivy. La route était bien visible depuis le ranch, mais ce n'était pas le seul moyen de s'y rendre. Les deux sentiers que Gabriel venait de mentionner étaient bordés d'arbres et de buissons. C'était par là qu'était passé l'agresseur de Jodi — et peut-être aussi Travis — dix ans plus tôt.

— J'aimerais qu'on essaye de faire un prisonnier, cette fois, poursuivit Gabriel. C'est le seul moyen de découvrir qui tire les ficelles.

Parce que Belinda Travers et Carlyn étaient morts et que la famille de ce dernier n'avait toujours pas été retrouvée.

— C'est pour ça que j'ai demandé aux employés de rester discrets, expliqua Gabriel. Je ne veux pas que nos ennemis voient trop de fusils et renoncent à nous attaquer.

En d'autres termes, Gabriel voulait faire croire à leurs ennemis qu'il leur serait facile de l'enlever ou de la tuer. Mais l'homme qui tirait les ficelles devait déjà savoir que ce ne serait pas le cas. Il avait sans doute prévu de tout faire pour que son plan fonctionne.

Ivy rencontra le regard de Theo. Ce qu'elle lut dans ses yeux devait aussi se lire dans les siens, c'était l'inquiétude d'un parent. Un sentiment nouveau pour Theo. Elle aurait aimé lui dire que cela passerait, mais elle savait que cela n'arriverait pas. Elle s'inquiétait toujours pour Nathan, même quand le danger n'était pas aussi évident que depuis deux jours.

Theo esquissa un sourire.

— Ne t'en fais pas, je ne lui ferai pas faire de rodéo, dit-il. Pas avant qu'il soit beaucoup plus grand et musclé, en tout cas.

Ivy apprécia son effort pour détendre l'atmosphère. Elle eut envie de lui dire qu'elle était contente qu'il soit là, mais s'abstint parce qu'elle connaissait les risques qu'il prenait en étant à ses côtés.

— Comment Nathan s'en sort-il à l'école ? demanda Theo sans cesser de scruter les abords de la route.

C'était une question si... normale qu'elle la dérouta un moment.

— Il a de bonnes notes, répondit-elle. Les maths lui donnent un peu de fil à retordre, mais il est très bon en lecture. En sport, aussi. Il adore le base-ball.

Ivy se rendit compte qu'elle souriait à son tour — et que c'était sans doute pour cela que Theo la faisait parler de Nathan. C'était probablement le seul sujet de conversation qui avait une chance de l'apaiser... Même si ce n'était que pour quelques secondes. De nouvelles larmes lui vinrent aux yeux.

Theo soupira, passa un bras autour de ses épaules et déposa un baiser sur son front.

— Merci, murmura-t-elle en se blottissant contre lui.

— Ne me remercie pas encore, répondit-il.

Elle eut l'impression qu'il ne parlait pas seulement des dangers qui les guettaient toujours.

Elle en eut la confirmation quand elle leva la tête. Les yeux de Theo étincelaient de désir. Oui, leur baiser dans la salle de repos avait ravivé la flamme de leur passion qui ne s'était jamais vraiment éteinte. Heureusement, la sonnerie du téléphone de Gabriel la ramena à la réalité.

— Ça n'a rien à voir avec Nathan, s'empressa de dire son frère quand il eut lu le texto qu'il venait de recevoir. C'est l'un des employés du ranch qui me fait son rapport. Il m'informe que tout est en place et qu'ils sont en train de se mettre en position.

Il était temps, songea Ivy, parce qu'ils n'étaient plus très loin du ranch.

— Edwin se garera devant le porche, poursuivit son frère. Theo, toi et moi entrerons dans la maison le plus vite possible. Edwin s'en ira immédiatement. Il fera semblant de retourner à Blue River, mais il se cachera sur un sentier, pas très loin, pour revenir nous prêter main-forte en cas de besoin.

Ivy espéra qu'Edwin serait assez rapide.

— Theo et toi, vous vous enfermerez dans la salle de bains du premier étage, continua Gabriel. Les employés y ont mis un ordinateur qui vous permettra de voir ce qu'enregistrent les caméras.

Quelque chose chiffonnait Ivy dans les dispositions de son frère.

— Si une attaque se produit, ce sera sans doute au rez-de-chaussée, là où tu seras, dit-elle à Gabriel.

Il acquiesça.

— Mais si quelqu'un approche, je le saurai. Il y a aussi une voiture cachée dans la grange. Si les choses tournent mal, je veux que Theo et toi la preniez pour vous enfuir. Ne t'en fais pas : les employés et moi avons aussi prévu des procédures d'urgence.

Ivy se raidit. Elle ne voulait pas que son frère — ou qui que ce soit d'autre — se retrouve dans la ligne de mire de tueurs, mais cela risquait de se produire où qu'ils soient dans le ranch. Mais il fallait bien qu'il y ait une première ligne de défense. L'idéal aurait été de capturer le ou les assaillants avant qu'ils appuient sur la détente, mais elle n'osa pas l'espérer.

— Les employés se sont-ils assurés qu'il n'y avait pas déjà quelqu'un de planqué quelque part ? demanda Theo à son frère.

— Autant qu'il était humainement possible de le faire, répondit Gabriel. Ils ont fouillé le ranch pendant plusieurs heures et fermé tous les bâtiments.

Mais ils avaient pu manquer un tueur embusqué, songea Ivy. Le ranch était immense, et il y avait de nombreux endroits où l'on pouvait se cacher.

— Merde, grommela Gabriel.

Ivy se redressa un peu pour voir ce qui avait provoqué cette réaction. Il y avait une voiture arrêtée au milieu de la route, juste avant le dernier virage.

Adossé au capot, Wesley semblait les attendre.

Ce n'était pas un endroit idéal pour tendre une embuscade, car il n'y avait aucun arbre dans les environs, mais cela ne prouvait pas que Wesley n'avait pas de mauvaises intentions.

— Que veut-il ? grommela Theo en pointant son arme vers son collègue.

— Voulez-vous que je m'arrête ? demanda Edwin en jetant un coup d'œil dans le rétroviseur.

— Oui. Arrête-toi ici, répondit Theo, les mâchoires crispées.

Edwin stoppa la voiture aussitôt. Ils étaient encore à une bonne vingtaine de mètres de Wesley. Theo sortit son téléphone, appela son collègue et mit le haut-parleur.

— Vous pouvez approcher, dit Wesley. Je ne vous tirerai pas dessus.

— On est assez près comme ça, grogna Theo. Que fais-tu là ?

Depuis combien de temps Wesley les attendait-il ? Comme il s'était arrêté à plusieurs centaines de mètres du ranch, les employés ne l'avaient sans doute pas repéré. Pour quelqu'un qui avait fait tout ce chemin dans le but de les voir, il ne se pressa pas pour répondre à la question de Theo.

Il grommela quelques vulgarités avant de dire :

— Je suis là pour m'excuser. J'ai eu tort de t'accuser d'actes criminels.

— Oui, tu as eu tort, mais il n'était pas nécessaire que tu viennes jusqu'ici pour me le dire, répondit Theo. Comment savais-tu où nous trouver, d'abord ?

Wesley haussa les épaules.

— Personne n'a voulu me dire où vous étiez au poste de police, mais je tenais à te voir. Je me suis douté qu'Ivy voudrait rentrer au ranch à un moment ou à un autre et que tu l'accompagnerais.

Dans la bouche de Wesley, cela résonna comme une menace — sans doute parce qu'il était toujours l'un de leurs suspects.

— Ce n'est pas moi qui ai provoqué la fusillade, poursuivit Wesley. Il est important que tu le saches.

— Pourquoi ? grogna Theo.

Wesley jura encore avant de répondre :

— Je ne veux pas qu'on surveille mes moindres gestes. Je tiens à ma vie privée et je ne veux pas qu'on me prenne pour un flic véreux.

— Trop tard, ironisa Theo. C'est déjà le cas. Laisse-moi deviner... Dwight Emory a ouvert une enquête interne sur toi, c'est ça ?

Bingo ! Wesley ne le confirma pas, mais sa grimace s'en chargea. Non seulement c'était vrai, mais cela mettait Wesley hors de lui. Il n'avait plus du tout l'air désolé.

— Je ne laisserai pas cette histoire gâcher ma carrière, cracha-t-il. Je ne laisserai pas cette histoire gâcher ma vie ! Je compte sur toi pour arranger les choses. Tu dois dire à Emory que je n'ai rien fait de mal.

Ivy savait qu'il y avait peu de chances pour que cela se produise. Alors quelle était la véritable raison de la présence de Wesley ? Voulait-il s'assurer qu'ils étaient au ranch ? Dans ce cas — et s'il était le coupable — la situation se clarifierait vite.

— Redémarre, ordonna Theo à Edwin. On a perdu assez de temps comme ça.

Il raccrocha — mais pas avant que Wesley ait ajouté quelques jurons.

Ivy s'enfonça dans la banquette quand ils passèrent près de Wesley, au cas où il leur tirerait dessus, mais il ne le fit pas. Il monta dans sa voiture et démarra — en direction de Blue River. Bien sûr, rien ne l'empêchait de faire demi-tour un peu plus loin.

— Qu'est-ce que c'était que ça ? grommela Gabriel.

Theo secoua la tête.

— Emory a ouvert une enquête sur lui, apparemment. Il a aussi dû le suspendre.

Une enquête qui pouvait révéler un lien entre Wesley et les tireurs qui les avaient attaqués… S'ils avaient de la chance, Emory résoudrait le problème avant que les choses dégénèrent encore.

Edwin franchit le dernier virage et passa le portail du ranch. Ivy ne vit ni caméra ni détecteur, mais elle supposa que les employés les avaient bien dissimulés. Elle ne vit pas non plus les décorations du mariage. Quelqu'un avait retiré les rubans bleus des clôtures. Cela lui rappela que les vies de Gabriel et de Jodi avaient été chamboulées par les événements. Ils auraient dû être en lune de miel… et Gabriel s'apprêtait à affronter un tueur.

Un employé armé montait la garde devant la porte ouverte de la maison. Gabriel, Theo et elle se précipitèrent à l'intérieur dès qu'Edwin s'arrêta. Gabriel commença par activer l'alarme.

— Je pense que l'attaque ne se produira pas avant qu'il fasse nuit, mais je ne veux pas que vous sortiez de la salle de bains, dit Gabriel. Si vous avez besoin de quelque chose, demandez-le-moi. Vous pourrez voir ce qui se passe sur l'ordinateur. Les détecteurs de mouvement ont été réglés pour ne pas être déclenchés par de petits animaux. S'ils bipent, c'est que quelqu'un se trouve à un endroit où il n'est pas censé être.

Et ce quelqu'un aurait sans doute l'intention de les tuer, compléta mentalement Ivy.

Theo et elle montèrent à l'étage sans perdre une seconde. Ils s'enfermèrent dans la salle de bains et verrouillèrent la porte.

— N'allume pas ! dit Theo en lui prenant le bras alors qu'elle s'apprêtait à le faire.

Elle tressaillit. Ce simple contact avait suffi à faire manquer un battement à son cœur.

Bien sûr, ce n'était pas le moment de se laisser étourdir par le charme de Theo. Elle s'empressa de s'écarter de lui. Cette salle de bains destinée aux invités était spacieuse. Il y avait une grande baignoire, un dressing et des toilettes dans une pièce séparée. Mais ce n'était sans doute pas pour qu'ils soient à l'aise que son frère leur avait demandé de rester là : c'était parce que la douche était tapissée de carreaux en pierre. Ces murs-là devaient être trop épais pour que des balles les traversent.

La pièce avait été bien préparée : on avait posé des bouteilles d'eau, des en-cas, un revolver, des munitions et un ordinateur au milieu de la pièce. Theo s'assit par terre et alluma l'ordinateur.

— Ne t'approche pas de la fenêtre, lui ordonna-t-il.

Elle n'aurait rien pu voir, de toute façon, puisque la fenêtre était bouchée par des cubes de verre opaques. Malgré leur épaisseur, c'était le point faible de la pièce. Des balles n'auraient sans doute aucun mal à faire voler ces cubes en éclats.

Ivy se plaça derrière Theo. Quelques secondes plus tard, six images apparurent sur l'écran de l'ordinateur. Les caméras couvraient une large partie du ranch, mais il y avait plusieurs angles morts. Elle se rassura en songeant que les détecteurs de mouvement les préviendraient si quelqu'un réussissait à approcher sans qu'ils le voient.

— Je passais par là quand je venais te voir en cachette, dit Theo en tapotant le côté droit de l'image sur laquelle on voyait la maison de ses parents.

Quand elle était encore habitée, il y avait un sentier

rudimentaire à cet endroit. Il menait jusqu'à la porte de derrière, là où elle attendait Theo.

Elle le faisait entrer dans la maison en cachette. Et comme ses parents ne voulaient pas qu'elle le voie et qu'elle ne voulait pas se disputer avec eux, elle leur avait fait croire qu'ils avaient rompu.

— Ma chambre était de ce côté de la maison. Il m'est arrivé de passer des heures à la fenêtre à guetter ton arrivée, avoua-t-elle.

Cela lui arrivait même certains soirs où il n'était pas censé venir. Elle rêvassait, le sourire aux lèvres. Il ne quittait pas ses pensées, à cette époque.

En un sens, il les habitait encore.

C'était particulièrement vrai à cet instant.

Elle ne put s'empêcher de repenser à leur premier baiser, puis à la première fois qu'ils avaient fait l'amour. Elle était vierge. Même si Theo ne l'était pas, cela lui avait semblé être un moment magique, comme si une telle chose ne s'était jamais produite de toute l'histoire de l'humanité.

Qu'elle était naïve, à cette époque… C'était sans doute ce que ressentaient la plupart des couples — et certains réussissaient à rester unis au lieu de se laisser déchirer par une tragédie.

Theo agrandit une image sur laquelle on voyait l'un des chemins qui menaient à la maison de Gabriel. Quelque chose attira l'attention d'Ivy. Celle de Theo aussi, visiblement, parce qu'il zooma sur l'objet tandis qu'elle s'asseyait à côté de lui.

Ivy ne prit conscience du fait qu'elle avait retenu son souffle que lorsqu'elle le relâcha.

— C'est l'un des rubans qui étaient accrochés aux clôtures pour le mariage, dit-elle. Le vent a dû le décrocher et le poser là.

Theo hocha la tête, mais zooma encore, sans doute pour s'assurer qu'il n'y avait rien de caché sous le ruban. Ils en eurent la certitude quelques instants plus tard, quand le vent souleva le ruban pour le plaquer contre un buisson un peu plus loin.

— Bleu... La couleur préférée de Jodi, murmura Theo. Elle organisait déjà son mariage avec Gabriel dans sa tête quand elle était enfant. Elle avait un cahier, dans lequel elle collait des photos de robes et de gâteaux découpées dans des magazines.

Ivy pouffa.

— Je m'en souviens, répondit-elle. Je me rappelle aussi que Gabriel passait son temps à lui dire qu'il était trop vieux pour elle.

— À l'époque, il l'était. Cinq ans font une grande différence entre treize et dix-huit ans.

C'était vrai. Mais cela n'avait pas empêché Jodi d'aimer Gabriel et de tirer des plans sur la comète. Elle avait bien fait. Elle était maintenant sur le point d'épouser l'homme qu'elle aimait depuis toujours.

— Je rêvais de notre mariage, moi aussi...

Mon Dieu ! Avait-elle prononcé cette phrase ?

— Quand j'étais petite, ajouta-t-elle.

Elle mentait. Elle en avait rêvé jusqu'à la nuit des meurtres.

Theo tourna la tête vers elle. La libido d'Ivy se réveilla dès que leurs regards se rencontrèrent. Comme c'était un très mauvais moment, elle baissa les yeux.

Pas Theo.

En l'observant à la dérobée, elle s'aperçut qu'il la fixait toujours. Sans doute parce qu'il était surpris par son aveu. Son mariage éventuel devait être le cadet de ses soucis quand il était adolescent.

— Tu m'as haï quand je suis parti ? demanda-t-il.

Ce fut au tour d'Ivy d'être surprise.

— Non, répondit-elle aussitôt.

Elle aurait sans doute dû faire semblant d'y réfléchir.

Cela lui aurait donné un peu de temps pour reprendre ses esprits. Le désir qu'ils s'efforçaient d'ignorer depuis leur retour à Blue River les submergea.

Theo glissa une main derrière sa nuque, l'attira vers lui et l'embrassa.

Ce baiser était une erreur. Pis : Theo avait compris qu'il la commettrait dès qu'Ivy s'était assise à côté de lui. Il savait également qu'il allait aimer la commettre.

C'était aussi bon qu'il l'avait imaginé.

Mais c'était quand même une erreur. D'abord, c'était ce qui pouvait le plus le déconcentrer. Les détecteurs de mouvement les préviendraient s'il se passait quelque chose, mais il lui faudrait réagir vite. Ensuite, ce n'était ni le bon moment ni le bon endroit. Mais la femme qu'il embrassait, elle, était la bonne.

Une part de lui le savait depuis toujours. Il oublia les dix ans qu'ils avaient passés loin l'un de l'autre comme par magie. Un bon baiser avait ce pouvoir.

Il avait aussi celui de le rendre stupide.

Il aurait dû interrompre leur baiser et se concentrer sur l'ordinateur. Il ne le fit pas. Au lieu de cela, il attira Ivy plus près de lui.

Elle n'opposa pas une résistance farouche. Ce fut elle qui écarta l'ordinateur pour que rien ne les gêne. Du coup, il n'avait plus aucune raison de ne pas presser le torse contre ses seins.

Finalement, Ivy se retrouva sur ses genoux. C'était plutôt une bonne position s'ils devaient faire l'amour, mais il continuait à penser que c'était une mauvaise idée. Bien sûr, il pensait déjà que le baiser était une erreur, et cela ne l'avait pas retenu.

Ce fut Ivy qui interrompit leur baiser pour plonger le regard dans le sien pendant quelques instants. Il s'attendit qu'elle le rappelle à l'ordre avant de s'écarter, mais elle ne le fit pas.

— Ne réfléchis pas trop, lui conseilla-t-elle.

Comme c'était exactement ce qu'il faisait, il hésita. Cela ne dura qu'un instant. Tout à coup, il eut l'impression d'avoir de nouveau dix-neuf ans. Cela le priva du peu de volonté qu'il lui restait.

Il l'embrassa passionnément.

Cette fois, il ne réfléchissait pas trop. Il ne réfléchissait même plus du tout. Il continua à embrasser Ivy jusqu'à ce qu'il acquière la certitude qu'ils allaient faire l'amour même s'ils n'auraient pas dû.

Ivy était sur la même longueur d'onde que lui. Elle entreprit de déboutonner sa chemise. Comme il essayait à son tour de la déshabiller, ils multiplièrent les maladresses. Quand il réussit enfin à la débarrasser de son T-shirt, il le jeta dans un coin et allongea Ivy par terre.

Parce qu'ils s'étaient aimés à l'adolescence, ils avaient rarement connu le luxe de coucher ensemble dans un lit. Theo était navré qu'ils n'en aient toujours pas un sous la main. Ivy méritait mieux que d'être allongée sur du carrelage, mais il ne pouvait pas courir le risque de l'emmener dans la chambre.

— Ne réfléchis pas trop, répéta-t-elle.

Elle venait de réussir à lui retirer sa chemise et s'attaqua à sa braguette. Comme tout allait très vite, il essaya de réaliser un minimum de préliminaires en embrassant sa gorge, puis sa poitrine. Cela lui rappela des souvenirs délicieux. D'autres encore plus doux lui revinrent quand il eut dégrafé son soutien-gorge et qu'il put l'embrasser comme il en avait envie.

Ivy poussa un gémissement de plaisir et l'attira sur elle. C'était plutôt un endroit agréable, mais il n'en avait pas fini avec les préliminaires. Il redescendit le long de son corps et déposa une série de baisers sur son ventre tout en lui retirant son jean.

Sa culotte suivit.

Il l'aurait sans doute embrassée encore quelques secondes, mais elle avait d'autres projets. Elle le força à revenir au-dessus d'elle, recommença à l'embrasser et ouvrit sa braguette.

Il ne restait plus beaucoup de lucidité à Theo, mais il pensa à sortir un préservatif de son portefeuille avant qu'Ivy ait raison de son jean. Il se souvint aussi de ce qu'il fallait en faire — ce qui ne fut pas facile alors qu'Ivy essayait de l'attirer en elle.

Dès que le préservatif fut en place, il cessa de résister et la pénétra. D'autres souvenirs jaillirent de sa mémoire et vinrent alimenter sa passion. Ce n'était pas une bonne chose, parce que tout allait déjà trop vite à son goût. C'était toujours trop bref à son goût avec Ivy. Comme les fois précédentes, il essaya de faire durer le plaisir.

Quand elle souleva les hanches pour l'accueillir plus profondément, il ne fut plus question de savourer. Il prit le contrôle de leur rythme du mieux qu'il put sans cesser de l'embrasser...

Jusqu'à ce qu'il ne soit plus possible de contrôler quoi que ce soit.

Quand Ivy atteignit la jouissance, il la laissa l'entraîner avec elle.

14

Ivy se rhabilla pendant que Theo était aux toilettes. Comme il n'y resterait sans doute pas longtemps, elle devait vite recouvrer ses esprits.

Il lui avait donné beaucoup de plaisir. Son corps en vibrait encore, mais elle était sûre qu'il n'en était pas de même pour Theo. Non, il devait déjà le regretter.

Il voyait sûrement ce qu'ils venaient de faire comme une erreur qui lui avait fait perdre sa concentration. Il le regrettait peut-être aussi parce qu'ils étaient allés trop vite. Dans tous les cas, elle ne voulait pas lui donner l'impression qu'elle attendait autre chose de lui.

« Ne réfléchis pas trop », lui avait-elle dit.

C'était un conseil qu'elle-même ferait bien de suivre. Ce qui était fait était fait. Elle se soucierait des conséquences plus tard. Mais elle devait bien admettre, rétrospectivement, qu'ils auraient peut-être dû discuter de certaines choses avant de coucher ensemble.

Elle chassa cette pensée de son esprit et s'assit par terre devant l'ordinateur. Personne n'avait essayé de s'introduire dans le ranch pendant leurs ébats. C'était à la fois une bonne et une mauvaise nouvelle. Une part d'elle voulait que tout se termine vite pour qu'elle aille retrouver Nathan et qu'ils tournent la page. Une autre part d'elle aurait aimé qu'ils puissent s'y prendre autrement, sans mettre en danger son frère et les employés du ranch.

Le téléphone de Theo sonna. Comme c'était Jameson, elle décrocha au lieu d'appeler Theo.

— Est-ce que Nathan va bien ? lui demanda-t-elle.

Jameson hésita, sans doute parce qu'il ne s'attendait pas qu'elle réponde. Theo sortit des toilettes à cet instant, entièrement rhabillé.

— Nathan va bien, finit par répondre Jameson.

Elle soupira de soulagement, mit le haut-parleur et tendit le téléphone à Theo.

— Il est en train de manger avec Jodi, poursuivit Jameson. Je suis allé dans la chambre pour vous appeler sans qu'il m'entende. J'ai eu des nouvelles de la famille de Carlyn. J'ai prévenu Gabriel, qui m'a suggéré de vous appeler parce qu'il vous a enfermés… ensemble dans la salle de bains, si j'ai bien compris.

Son frère avait dû hausser un sourcil en prononçant cette phrase. Il savait que Theo et elle avaient tendance à se jeter l'un sur l'autre. C'était bien ce qu'ils avaient fait, mais il n'était pas question qu'elle l'admette.

— Alors ? A-t-on retrouvé sa famille ? demanda Theo.

— Oui. Dans un motel, à la sortie de l'autoroute, répondit Jameson. C'est une femme de ménage qui les a trouvés. Ils étaient ligotés, bâillonnés et avaient les yeux bandés, mais ils étaient indemnes.

Mais traumatisés, probablement — si ce n'était pas une mise en scène.

— Ont-ils dit qui les avait enlevés ? demanda-t-elle.

— Ils ne le savent pas. La femme a expliqué qu'il y avait quelqu'un dans la maison quand elle est rentrée des courses avec ses deux enfants. L'intrus s'est servi d'un taser pour les neutraliser. Il les a mis dans un fourgon et a roulé pendant des heures — si longtemps qu'il a dû s'arrêter pour prendre de l'essence.

— A-t-il passé ou reçu des appels pendant qu'il conduisait ? demanda Theo.

— Il en a passé un au début pour informer quelqu'un qu'il avait récupéré la « marchandise ». Il a assuré à son interlocuteur qu'il roulerait jusqu'à ce qu'il reçoive de nouvelles instructions.

Cela se passait sans doute pendant que Carlyn allait à la planque pour les attaquer.

— Après ça, le kidnappeur a reçu un appel juste avant de les abandonner au motel, sans doute quand son patron a appris que Carlyn avait échoué. Sa famille ne leur servait plus à rien.

Et le chef du kidnappeur devait déjà préparer l'attaque suivante. Dieu merci, il n'avait pas fait exécuter la femme et les enfants de Carlyn. Bien sûr, il était encore possible qu'il ait collaboré de son plein gré et que sa famille ait menti. Ils ne connaîtraient sans doute la vérité que lorsqu'ils auraient mis la main sur le responsable.

— L'homme portait-il un masque ? demanda Theo. Ont-ils vu son visage ?

— Non, il ne portait pas de masque, répondit Jameson. La femme de Carlyn nous a fourni une description de lui, mais elle est assez vague. On ne pourra pas en faire grand-chose, à mon avis.

Et même s'ils parvenaient à identifier le kidnappeur, il était sûrement déjà loin.

— Je vous tiendrai au courant s'il y a du nouveau, promit Jameson. J'imagine que vous aurez pas mal de choses à vous dire, tous les deux, quand ce sera terminé… Si je peux vous aider en quoi que ce soit, n'hésitez surtout pas à me le demander.

Il raccrocha sans leur laisser le temps de répondre.

Theo rangea son téléphone dans sa poche. Il reporta son attention sur l'ordinateur, mais Ivy était sûre qu'il pensait à ce que son frère venait de dire. Elle y pensait, en tout cas… Jusqu'à ce qu'on frappe à la porte.

— C'est moi, dit Gabriel.

Ivy s'empressa de lui ouvrir. Son frère entra dans la salle de bains et les regarda, Theo et elle, tour à tour avec un air suspicieux.

— Tout va bien ? demanda-t-il.

Elle hocha la tête en espérant que rien ne trahissait le fait que Theo et elle avaient fait l'amour, mais le froncement de sourcils de son frère prouvait le contraire.

— La dernière fois qu'il s'est passé quelque chose entre vous, tu es partie pendant dix ans, lui rappela Gabriel. Je préférerais que ça ne se reproduise pas. À vrai dire, j'aimerais même que tu songes à revenir vivre parmi nous. Je suis sûr que Nathan serait ravi de grandir dans un ranch, avec sa famille.

Sans doute. Et même si sa maison était confortable, elle ne s'y était jamais vraiment sentie chez elle.

— Tu n'aurais pas à t'installer chez moi, ajouta Gabriel, qui avait dû prendre son silence pour de la réticence. On pourrait te construire une maison, ou tu occuperais celle de nos parents.

— Ça non, répondit-elle. J'ai trop de mauvais souvenirs dans cet endroit.

Si elle revenait à Blue River, ce serait pour commencer une nouvelle vie, sans le poids du passé sur les épaules. Cette pensée la mena naturellement à la grande inconnue de l'équation.

Quelle place Theo voudrait-il occuper dans cette nouvelle vie ?

Il avait parlé d'un travail de bureau à San Antonio, mais était-ce une bonne idée ? C'était une chose de vouloir passer du temps avec son fils, c'en était une autre de changer de vie du jour au lendemain.

— Y a-t-il un problème ? demanda Theo à Gabriel.

Cela fit prendre conscience à Ivy que son frère n'était sans doute pas venu pour parler de leur avenir. Elle recommença à avoir peur.

— Regarde la maison de mes parents, répondit Gabriel. Tu ferais bien de zoomer.

Ivy scruta l'image avec Theo pendant quelques secondes avant de secouer la tête. Elle ne voyait personne tapi dans l'ombre... Mais elle finit par remarquer une fenêtre entrouverte au premier étage.

— Je suis presque sûr que cette fenêtre était fermée il y a encore quelques minutes, dit Gabriel.

La vitre n'était relevée que de quelques centimètres. Comme il n'y avait pas de lumière à l'intérieur, on ne voyait qu'une bande obscure. Mais Ivy comprit ce qui inquiétait son frère : on pouvait facilement tirer sur sa maison depuis cette fenêtre.

— Les employés ont fouillé la maison avant notre arrivée, évidemment, mais si quelqu'un était bien caché..., ajouta son frère.

C'était possible. Il y avait un immense grenier et assez de placards pour que quelqu'un ait échappé à l'attention des employés.

— As-tu vu quelqu'un bouger derrière la fenêtre ? demanda Theo sans quitter l'écran des yeux.

— Non, répondit Gabriel. J'ai songé à envoyer des hommes pour jeter un coup d'œil, mais j'y ai renoncé. C'est trop risqué, au point où on en est.

Parce que ceux qui sortiraient risquaient de se faire tirer dessus.

— Surveille cette fenêtre, s'il te plaît, ajouta son frère. Je me concentrerai sur les autres caméras.

C'était une bonne idée parce qu'il pouvait s'agir d'une diversion. On n'avait peut-être ouvert cette fenêtre que pour détourner leur attention.

— Merde ! s'écria Theo alors que Gabriel sortait de la salle de bains.

Ivy et son frère se retournèrent pour voir ce qui avait provoqué cette réaction.

Le cœur d'Ivy manqua un battement.

Le canon d'un fusil dépassait de la fenêtre ouverte.

Theo savait depuis le début qu'une attaque était possible — probable, même. Mais cela ne l'empêcha pas d'avoir une poussée d'adrénaline quand il vit le fusil.

— Va dans la douche ! ordonna-t-il à Ivy.

Gabriel se précipita hors de la salle de bains, sans doute pour reprendre position à l'une des fenêtres du rez-de-chaussée. Theo verrouilla la porte derrière lui, ramassa l'ordinateur et rejoignit Ivy, qui avait pris l'arme de secours avant d'entrer dans la douche.

Elle respirait trop vite et était trop pâle. Il eut envie de faire quelque chose pour l'apaiser, mais il ne pouvait pas la prendre dans ses bras parce qu'il devait continuer à surveiller l'écran.

La nuit était tombée, mais le ciel était assez dégagé pour que les rayons de la lune se reflètent sur l'arme — et pour que Theo voie la lunette qui était fixée dessus. Ce n'était pas un fusil d'amateur. Le canon bougea légèrement vers la droite. Le tireur visait quelque chose… Theo pria pour que ce ne soit pas un employé du ranch qui n'était pas assez bien caché.

— On peut atteindre la maison en tirant de cette fenêtre, dit Ivy.

Ce n'était pas une question. Elle le savait. Il détesta le

tremblement de sa voix d'autant plus qu'il ne pouvait pas la rassurer.

Le canon du fusil bougea encore, et Theo se prépara à ce qui allait suivre. L'attente ne fut pas longue.

L'homme tira.

Trois fois, coup sur coup. Theo ne sut pas au juste où les balles avaient atterri, mais il était sûr qu'elles avaient atteint la maison.

Le canon du fusil bougea de nouveau avant le coup suivant. Le tireur ne visait plus dans la même direction... Il ne fallut pas longtemps à Theo pour comprendre quelle était sa nouvelle cible.

L'une des caméras.

C'était celle qui se trouvait dans la cour. L'image correspondante disparut de l'écran.

Ivy tressaillit.

— L'alarme est activée, lui rappela-t-il. Elle se déclenchera si quelqu'un entre dans la maison.

Et ils avaient encore cinq caméras et les détecteurs de mouvement. Bien sûr, l'homme avait sans doute l'intention de les détruire.

La balle suivante atteignit la caméra fixée à la façade — celle qui faisait face à la maison des parents d'Ivy et qui leur permettait de voir leur assaillant.

— Il prépare son attaque, murmura Ivy.

Sa voix tremblait, mais elle tenait fermement son arme à deux mains.

Theo pria pour qu'elle n'ait pas besoin de s'en servir. Pendant qu'il y était, il pria aussi pour que les employés du ranch capturent ce salaud avant qu'il s'approche de la maison.

Ils perdirent vite une troisième caméra, celle qui se trouvait près du porche. La zone qui séparait la maison de Gabriel de celle de ses parents n'était plus qu'un vaste angle mort. Oui, le tireur préparait son attaque.

Le silence qui s'ensuivit fut plus oppressant que les tirs. Tant que l'homme tirait, Theo pouvait le localiser à l'ouïe. Il ne savait plus du tout où il était, à présent. Il fixa les trois dernières images au cas où on les attaquerait de deux côtés à la fois.

Il vit quelque chose bouger sur l'une des images et zooma sur une silhouette. Ce n'était pas un intrus : c'était Al Talley, l'un des employés du ranch. Comme Theo ne l'avait pas remarqué avant, il devait être caché dans la cabane à outils. C'étaient peut-être les coups de feu qui lui avaient fait quitter sa position.

À moins qu'il n'ait entendu quelqu'un approcher de l'autre côté.

Theo s'apprêtait à envoyer un texto à Gabriel pour lui demander s'il savait ce qui se passait quand un nouveau coup de feu retentit. Ce n'était pas une caméra qui était visée, cette fois. La balle traversa la fenêtre de la salle de bains. Des éclats de verre tombèrent sur le carrelage.

— Il sait qu'on est là, chuchota Ivy, les doigts crispés sur son arme.

Oui. Ce qui signifiait qu'il devait avoir une caméra thermique qui lui permettait de les localiser. L'homme se remit à tirer, et chaque balle emporta un nouveau morceau de la fenêtre. Le carrelage fut vite couvert de bris de verre.

— Pourquoi l'alarme ne s'est-elle pas déclenchée ? demanda Ivy.

— Sans doute parce que cette fenêtre n'y est pas reliée, répondit-il.

Puisqu'il n'était pas possible de l'ouvrir, ce n'était pas censé être un point d'entrée. Et ce n'en serait toujours pas un tant que des morceaux de verre dépasseraient de tous les bords.

L'homme tira ensuite sur le mur.

— Ne bougeons pas, dit-il. Les balles ne peuvent pas traverser les murs de la douche.

Il l'espérait, du moins.

Des débris de plâtre se mirent à voler dans la salle de bains. Comme si le tireur essayait de se fabriquer une entrée à coups de balles.

Le téléphone de Theo tinta. Il ouvrit le texto de Gabriel :

Ça va, vous deux ?

Sa réponse fut brève :

Pour le moment.

Il demanda à Ivy de s'allonger par terre et en fit autant. Même si la douche était grande, ils se retrouvèrent collés l'un à l'autre.

Gabriel lui envoya un nouveau texto :

J'ai demandé à deux hommes de l'attaquer par-derrière. Je crois qu'on peut l'avoir.

Theo s'apprêtait à répondre quand il entendit un bruit étrange. Ce n'était pas une balle qui venait d'entrer dans la pièce. C'était quelque chose qui allait rendre leur situation bien plus compliquée et dangereuse.

Un cylindre en métal… qui se mit immédiatement à projeter du gaz lacrymogène.

Il glissa l'ordinateur sous son bras, aida Ivy à se relever et la poussa vers la porte, mais il était déjà trop tard. Le gaz les aveuglait et les étouffait. Il les ralentissait également, alors que l'homme avait recommencé à tirer et que plus rien ne les protégeait.

Ils traversèrent la salle de bains en restant accroupis sans recevoir aucune balle. Dès que Theo eut déverrouillé, il poussa Ivy dans le couloir, sortit et claqua la porte derrière lui. Cela leur permit d'échapper au gaz, mais pas complètement. Il en passait déjà sous la porte.

Ivy toussait si fort qu'elle n'arrivait pas à reprendre son souffle. Comme lui, elle devait avoir l'impression que ses yeux étaient en feu. Il n'attendit pas qu'elle ait fini de tousser pour l'entraîner vers la salle de bains attenante à la chambre de Gabriel. Même si cela valait mieux que le rez-de-chaussée, ils y seraient beaucoup moins en sécurité que dans la pièce qu'ils venaient de quitter. Il y avait une immense fenêtre au-dessus du lavabo.

Il suffisait qu'une balle la touche pour que cette vitre vole en éclats.

Mais Al se trouvait de ce côté de la maison. Il réussirait peut-être à empêcher le tireur d'attaquer par là.

— Prends des nouvelles de Gabriel, dit-il à Ivy en lui tendant son téléphone. Je vais voir s'il nous reste des caméras.

Il ouvrit l'ordinateur et vit que les trois caméras qui couvraient l'arrière de la maison étaient encore intactes. Il ne se passait rien sur cette partie du terrain, mais d'autres coups de feu retentirent. Deux personnes tiraient, à présent. L'un des employés du ranch avait-il enfin l'intrus en ligne de mire ?

— Gabriel ne répond pas, chuchota Ivy d'une voix tremblante.

Alors que Theo s'apprêtait à lui dire que c'était sans doute parce qu'il montait la garde, l'alarme se mit en route.

Malgré son sifflement assourdissant, il entendit Gabriel crier :

— Quelqu'un est entré !

15

Ivy n'avait pas pensé que son cœur pourrait battre plus vite, mais elle s'était trompée. Il se mit à tambouriner furieusement dans sa poitrine quand elle entendit l'avertissement de son frère.

Son premier réflexe fut de se précipiter au rez-de-chaussée pour l'aider, mais Theo la retint par le bras, sans doute pour l'empêcher de commettre cette erreur. Car non seulement elle risquait de recevoir une balle, peut-être même par accident, mais elle ne manquerait pas de distraire son frère, ce qui pourrait lui être fatal. Même si elle avait bien conscience de tout cela, il lui était presque impossible de rester immobile alors que l'adrénaline lui ordonnait de se battre.

L'alarme s'arrêta. Gabriel avait dû la couper pour entendre ce qui se passait dans la maison. Son frère ne savait peut-être pas où se trouvait l'intrus. Elle prit l'ordinateur à Theo pour essayer de le découvrir. Il n'y avait aucune caméra dans la maison, mais elle pouvait peut-être repérer l'endroit par lequel il était entré.

Theo la lâcha et entrouvrit la porte de la salle de bains pour voir ce qui se passait dans le couloir. Il pointa son arme vers l'escalier. Mais l'intrus devrait franchir l'endroit où se trouvaient Gabriel et les autres pour arriver là… Ivy se concentra sur l'écran pour ne pas trop réfléchir à cette hypothèse.

Ce qu'elle ne vit pas lui apprit quelque chose.

— Il n'y a ni porte ni fenêtre ouverte sur les trois côtés de la maison qu'on voit encore, chuchota-t-elle. Il n'est donc pas passé par là.

En d'autres termes, l'intrus était entré par le côté qui donnait sur la maison de ses parents. Comme elle n'entendait plus tirer, il était possible qu'il ait juste voulu détruire les caméras et les chasser, Theo et elle, de la salle de bains grâce à une bombe lacrymogène.

Avait-il donc échappé à tous les employés qui montaient la garde ?

Ivy scruta l'écran au cas où il y aurait quelqu'un d'autre dehors, prêt à leur tomber dessus. Al ne se trouvait plus près de la cabane à outils. Il lui fallut un moment pour le repérer, accroupi derrière un buisson, à une dizaine de mètres du porche de la cuisine. Il se retourna brusquement, visa quelque chose qu'elle ne pouvait pas voir et tira. Avait-il abattu un autre agresseur ?

Theo grommela un juron. Elle crut d'abord que c'était à cause du tir d'Al, qui avait peut-être tué quelqu'un qui aurait pu leur fournir des réponses, mais ce n'était pas cela qui le contrariait.

Elle le comprit dès qu'elle sentit le gaz lacrymogène. Et il ne venait pas de la salle de bains qu'ils avaient quittée : il venait de l'escalier.

— Il faut qu'on sorte, dit Theo.

Elle était tout à fait d'accord avec lui, car elle recommençait déjà à tousser. Il ne faudrait pas longtemps avant qu'ils soient trop asphyxiés pour tenter quoi que ce soit.

Gabriel était-il déjà sorti ? Elle eut vite la réponse. Sur l'une des images, elle le vit courir du porche de la cuisine à la cabane à outils.

Il pianotait sur son téléphone tout en courant. Quelques

instants plus tard, le téléphone de Theo tinta. Elle lut le texto de Gabriel :

Vous trouverez une échelle de corde dans ma chambre, sur l'étagère du haut. Servez-vous-en pour sortir par la fenêtre.

Elle montra le message à Theo, qui hocha la tête sèchement avant de récupérer son téléphone pour le glisser dans sa poche.

Comme il ne savait pas où se trouvait la chambre de Gabriel, elle lui indiqua la porte tout au bout du couloir. La fenêtre donnait sur le côté « sûr » de la maison, là où Gabriel et Al se trouvaient.

Mais ils avaient un très long couloir à emprunter avant de pouvoir s'échapper.

Theo passa le premier, sans doute pour lui faire un rempart de son corps si quelqu'un montait l'escalier. S'il y avait bien un intrus dans la maison, il devait porter un masque à gaz, parce qu'un brouillard de gaz lacrymogène avait envahi toutes les pièces.

Elle toussa jusqu'à la chambre de Gabriel, de plus en plus terrifiée à chaque pas. Quelqu'un pouvait apparaître et tirer sur Theo à tout instant.

Elle songea à Nathan et pria pour que tout aille bien dans la nouvelle planque. S'ils avaient de la chance, tout serait fini ce soir. Bien sûr, cela supposait qu'ils capturent leur agresseur, ce qui ne semblait pas le résultat le plus probable de l'opération pour le moment.

Ils atteignirent enfin la chambre de Gabriel. Theo verrouilla la porte derrière eux. Ivy courut ouvrir le placard pendant qu'il montait la garde près de la porte, l'arme au poing. Il lui fallut un moment pour trouver l'échelle enroulée dans un coin. Elle la glissa sous son bras et courut jusqu'à la fenêtre.

Alors que Theo s'apprêtait à la rejoindre, une balle passa à travers la porte. La détonation fut si assourdissante qu'Ivy crut un instant avoir été touchée. Elle se ressaisit presque aussitôt. Paniquer ne les aiderait pas. Elle ouvrit la fenêtre, accrocha un bout de l'échelle au rebord et la laissa se dérouler jusqu'au sol.

Gabriel était toujours près de la cabane. Elle espéra qu'il était bien placé pour les protéger pendant leur évasion. Même s'il ne l'était pas, Theo et elle ne pouvaient pas rester là. Une autre balle traversa la porte pour aller s'enfoncer dans le mur, à quelques centimètres d'elle.

— Vas-y ! cria Theo. Laisse l'ordinateur pour avoir une main libre au cas où tu devrais tirer.

Il se retourna vers la porte et riposta.

Il ne pouvait pas voir l'intrus, mais il devait avoir une idée générale de l'endroit où il se trouvait en se basant sur l'angle des tirs.

Ivy passa à travers la fenêtre et commença à descendre. Quand elle fut à mi-chemin du sol, Theo la suivit. Elle savait que c'était le moment idéal pour que le tireur s'engouffre dans la chambre et les abatte.

Elle pria pour que Gabriel tire le premier.

Elle entendit encore quelques coups de feu, puis le silence revint dans la maison. Le tireur était-il entré dans la chambre ? Cette seule idée l'incita à descendre encore plus vite. Quand elle eut atteint le sol, elle tint l'échelle pour aider Theo, puis elle se tourna vers la cabane à outils.

Le cri de Theo la paralysa alors qu'elle allait s'élancer vers son frère.

— Attention, Gabriel !

Elle tourna la tête et vit un homme au visage dissimulé par une cagoule qui visait Gabriel.

Theo plaqua Ivy au sol, même s'il n'y avait pas grand-chose derrière quoi s'abriter de ce côté de la maison — juste quelques buissons que des balles traverseraient facilement.

Mais ce n'était pas le problème le plus urgent tant qu'ils n'étaient pas visés.

Gabriel...

Le frère d'Ivy plongea derrière la cabane juste à temps pour échapper aux balles de l'homme cagoulé.

Theo se redressa pour faire feu et réussit à forcer l'homme à se mettre à couvert. Il cessa de tirer quand il ne l'eut plus dans sa ligne de mire, de peur de blesser un policier ou un employé du ranch par accident.

— Al est là-bas, chuchota Ivy.

Elle avait peur — sans doute autant que lui avait peur pour elle.

Il tourna la tête dans la direction qu'elle lui indiquait et vit Al à mi-chemin entre la cabane à outils et la grange où se trouvait une voiture... Il devait trouver un moyen d'y emmener Ivy. C'était l'endroit le plus sûr pour le moment. Gabriel pensait la même chose, comme le prouva le texto qu'il lui envoya.

Al et moi allons occuper le tireur pendant que tu emmènes Ivy dans la grange.

C'était un message collectif. Tous les policiers et les employés qui se trouvaient dans les environs savaient ce qu'il s'apprêtait à faire.

Tant mieux. Ils ne risquaient pas de se faire tirer dessus par quelqu'un qui était dans leur camp. Bien sûr, c'étaient les tirs de leurs ennemis qui l'inquiétaient le plus.

Al épaula son arme tandis que Gabriel disparaissait derrière la cabane à outils. Quelques secondes plus tard, ce dernier tira dans la direction où l'intrus avait battu en retraite depuis l'autre côté de la cabane. Al tira aussi. C'était le moment d'emmener Ivy à couvert.

Il l'aida à se relever, et ils s'élancèrent en direction de la grange en restant courbés. Elle n'était pas très loin, mais il se disait à chaque pas que cela pouvait être le dernier. Ce plan était trop dangereux… Sauf qu'ils ne pouvaient plus faire marche arrière.

Ils s'arrêtèrent à l'angle de la maison, le temps qu'il s'assure qu'il n'y avait personne de l'autre côté. Il ne vit rien, mais il garda son arme pointée dans cette direction quand il se remit à courir. Il soupira quand ils atteignirent la grange.

— Reste derrière moi, ordonna-t-il à Ivy en ouvrant la porte.

Même si l'on tirait derrière eux, il prit un moment pour balayer la grange du regard. Il n'y avait de la lumière que dans la sellerie, mais cela lui offrait une visibilité correcte. Il ne repéra personne. Malheureusement, les endroits où se cacher ne manquaient pas.

La voiture en faisait partie.

— Mettons-nous dos à dos, suggéra-t-il à Ivy conscient du fait qu'il ne pouvait pas tout surveiller en même temps.

Ce n'était pas la position idéale, parce qu'Ivy pouvait se retrouver face à un tireur, mais il n'y avait pas de meilleure solution dans cette situation.

— Tire sur tout ce qui bouge, ajouta-t-il.

En théorie, il n'y avait ni policier ni employé dans la grange.

Il ferma la porte. Cela le priva du peu de lumière de la lune qui entrait, mais il ne voulait pas courir le risque que l'un d'eux reçoive une balle perdue.

— Tu vois quelqu'un ? chuchota Ivy.

Non, il ne voyait toujours personne, mais cela ne prouvait rien.

— Non, répondit-il. Approchons-nous de la voiture. Lentement.

Le calme revint dehors, et il n'osa pas penser à ce que cela pouvait vouloir dire. Il espérait de tout cœur que ni Gabriel ni Al n'avaient été touchés. Ils avaient peut-être arrêté de tirer parce que les agresseurs s'étaient enfuis. Cela l'aurait un peu soulagé, mais il ne voulait pas que les tireurs aient l'occasion de se réorganiser pour attaquer encore.

— Je ne vois personne dans la voiture, dit Ivy.

Sa voix tremblait encore plus que quelques secondes plus tôt, ce qu'il n'aurait pas cru possible.

Il jeta un coup d'œil dans la voiture. Non, apparemment, il n'y avait personne — mais ils n'auraient pas pu voir quelqu'un qui aurait été couché par terre. Un mauvais pressentiment le gagna.

— Quand j'aurai ouvert la portière, entre et va sur le siège du passager pour que je puisse me mettre au volant, dit-il à Ivy.

Elle hocha la tête. Même si elle tremblait comme une feuille, elle tenait toujours fermement son arme. Il espéra qu'elle n'hésiterait pas à s'en servir si quelqu'un les attaquait.

Ivy s'engouffra dans le véhicule dès qu'il ouvrit la portière. Elle glissa sur le siège du passager, déverrouilla l'autre portière et jeta un coup d'œil à l'arrière.

— Personne ! dit-elle.

Il se mit au volant, claqua sa portière et la verrouilla. La clé était sur le contact, mais il ne démarra pas tout de suite. Il ne voulait pas courir le risque que la grange s'emplisse de monoxyde de carbone pendant qu'il essayait de contacter Gabriel, ni que le bruit du moteur l'empêche d'entendre quelqu'un approcher.

— Reste vigilante, dit-il à Ivy.

Elle n'avait sans doute pas besoin de ce conseil, mais lui-même allait consacrer une partie de son attention au texto qu'il s'apprêtait à envoyer.

On est dans la voiture.

Il attendit la réponse du frère d'Ivy.

Plusieurs minutes s'écoulèrent. Theo finit par admettre la possibilité que Gabriel ne soit pas en état de lui répondre.

Ivy devait y penser aussi, parce que son souffle était de plus en plus court.

Le silence parut brusquement oppressant à Theo. Son instinct lui criait que quelque chose était sur le point de se produire…

De nouveaux coups de feu retentirent.

C'était sur la grange qu'on tirait — de deux côtés à la fois — et les tireurs semblaient se rapprocher. Il ne pouvait plus attendre la réponse de Gabriel. Il devait sortir de la grange. Les tireurs n'étaient peut-être pas armés que de fusils. Ils pouvaient avoir des explosifs.

— Accroche-toi ! conseilla-t-il à Ivy.

Il démarra, écrasa l'accélérateur et défonça la porte de la grange. Il dut piler presque immédiatement parce qu'il y avait deux hommes armés devant lui.

Et surtout parce qu'ils avaient un otage.

16

Comme elle n'avait pas attaché sa ceinture, Ivy se retrouva projetée contre le tableau de bord quand Theo s'arrêta net au bout de quelques mètres. Elle comprit aussitôt pourquoi il l'avait fait.

Il y avait deux hommes armés devant eux.

Ils portaient des cagoules noires, et l'un d'eux avait une arme posée sur la tempe d'Al. Les deux hommes le tenaient devant eux pour qu'il leur serve de bouclier humain.

La terreur la pétrifia. Ces hommes étaient des tueurs, et ils les tenaient.

Elle posa une main sur sa poitrine pour tenter de calmer les battements de son cœur affolé et essaya d'apaiser sa respiration. Céder à la panique ne les aiderait pas. Elle devait garder les idées claires et trouver comment ils pouvaient survivre à cette situation.

Comment ?

Ils ne pouvaient pas tirer sur ces hommes et tueraient Al s'ils leur fonçaient dessus. Au moins, ils étaient dans une voiture blindée... Ils ne risquaient rien pour le moment. Mais cela n'aidait pas ceux qui se trouvaient dehors — et surtout pas Al. Elle ne le connaissait pas bien, mais elle savait que Gabriel l'appréciait, et il était là pour la protéger. Cette idée lui noua l'estomac. De nouveau, il lui fallut quelques instants pour retrouver son calme.

— Sortez de la voiture ! cria l'homme qui avait son arme pointée sur Al.

— Ne bouge pas, lui ordonna Theo avant d'entrouvrir sa vitre pour répondre. Lâchez vos armes ! Vous ne vous en tirerez pas vivants.

Si la menace de Theo inquiéta les deux hommes, ils n'en montrèrent rien. Pour commencer, ils ne lâchèrent pas leurs armes. Étaient-ils dans la même situation que Carlyn, forcés à coopérer parce que leurs familles étaient menacées, ou étaient-ils de simples hommes de main ?

Ils étaient dangereux dans tous les cas.

— Sortez de la voiture ! répéta l'homme. Sinon on tire sur votre ami.

Theo jura sourdement en balayant les environs du regard. Il devait essayer de localiser Gabriel et les autres membres de leur équipe.

Ivy en fit autant et repéra Gabriel près de la cabane à outils. Il ne pouvait pas atteindre les deux hommes de là où il se trouvait et avait de grandes chances de se faire tirer dessus s'il se déplaçait.

Quelqu'un pouvait peut-être les abattre depuis la maison, à laquelle ils tournaient le dos... Elle secoua la tête. Non, l'intérieur devait être encore rempli de gaz lacrymogène.

— Qui vous a engagés ? demanda Theo. Parce que vos vies valent plus que ce qu'il vous paye. Vous allez vous faire tuer si vous ne vous rendez pas maintenant. Ce serait un calcul stupide.

Ivy eut l'impression que celui qui parlait depuis le début pouffait.

— Sortez de la voiture immédiatement ! hurla à nouveau l'homme. Ça m'étonnerait que tu veuilles que ta copine nous voie tuer ce type.

Non, elle n'avait pas envie d'assister à ce spectacle. Mais elle était sûre que ces hommes leur tireraient dessus dès qu'ils sortiraient de la voiture. Elle n'avait pas envie de vivre cela non plus. Malheureusement, ils n'avaient pas beaucoup d'options.

— Lequel de nous vous intéresse ? demanda Theo. Ivy ou moi ?

Les deux hommes se parlèrent en chuchotant.

— Ivy, répondit celui qui semblait être le chef. Qu'elle sorte de la voiture si elle veut qu'on épargne les autres !

— Il n'est pas question que tu sortes, s'empressa de dire Theo. Ils n'épargneront personne pour ne pas laisser de témoins.

Elle ne l'avait pas encore compris elle-même parce que la terreur lui brouillait les idées, mais il avait raison, bien sûr. Ces deux hommes avaient sans doute reçu l'ordre de les tuer tous.

Mais pourquoi ?

Cette question n'avait toujours pas de réponse. N'importe lequel de leurs suspects pouvait avoir engagé ces hommes. Le coupable était peut-être même dans le coin pour s'assurer que ses ordres étaient bien exécutés.

— J'ai des hommes sur tout le terrain ! cria Gabriel. Vous êtes cernés.

Son frère s'était un peu déplacé, mais il était toujours à couvert — à condition qu'on ne l'attaque pas par-derrière.

— Nous aussi, on a des renforts ! Et votre temps de réflexion est écoulé, répondit l'homme en posant son arme sur le bras d'Al. Soit Ivy sort de la voiture, soit je tire ! Quelle quantité de sang peut-il perdre avant de mourir, à votre avis ?

Elle repensa à Belinda Travers. Il ne fallait pas qu'Al connaisse le même sort…

— Je ne peux pas le regarder mourir sans rien faire, dit-elle.

Theo jura.

— Enfonce-toi dans le siège et ne bouge plus, lui ordonna-t-il.

Dès qu'elle lui eut obéi, il cria aux deux hommes :

— Laissez-nous juste quelques secondes. Ivy a été touchée quand on est entrés dans la grange. J'essaye d'arrêter l'hémorragie. Elle n'est pas en état de se lever pour le moment.

Ivy doutait que les deux hommes le croient, mais ils se remirent à chuchoter, ce qui leur offrit un peu de temps pour réfléchir.

— Ils portent des cagoules, dit Theo comme s'il pensait à voix haute. L'homme qui a enlevé la famille de Carlyn n'en portait pas.

Elle fronça les sourcils.

— Tu crois que tu les connais ?

— Peut-être, répondit Theo avant de secouer la tête. Mais ils sont peut-être juste prudents.

Il se tourna vers la vitre.

— Ivy a besoin d'une ambulance ! cria-t-il.

Il envoya un texto à quelqu'un — sans doute à Gabriel, parce qu'elle vit son frère consulter son téléphone.

— Attache ta ceinture, ordonna Theo.

Elle écarquilla les yeux.

— Que comptes-tu faire ? s'inquiéta-t-elle.

— Semer la panique pour que Gabriel puisse agir, répondit Theo. Attache-toi et reste bien baissée, au cas où ça tournerait mal.

Ce qui était tout à fait possible.

Ivy hocha la tête, obéit et assura sa prise sur son arme.

— Accroche-toi ! ajouta Theo avant d'appuyer sur l'accélérateur.

La voiture prit de la vitesse. Ivy ne voyait pas ce qui se passait, mais elle entendit les hommes jurer.

Elle sursauta quand une balle frappa le pare-brise.

Theo s'attendait à cette balle qui arriva juste au niveau de ses yeux. À celles qui suivirent aussi. Il donna un coup de volant si brusque que l'arrière du véhicule percuta le porche. L'impact secoua la voiture, qui cala, et parut ébranler la maison tout entière.

Mais il ne perturba pas les tireurs.

Quatre balles frappèrent la vitre du véhicule, qui se fendilla tellement qu'il ne distingua presque plus rien à travers.

Mais il entendait ce qui se passait.

Gabriel ripostait. Parfait. C'est ce qu'il lui avait demandé de faire dans le texto.

D'après l'angle des tirs, Gabriel avait trouvé une position d'où il avait une chance d'atteindre les deux hommes. Theo pria intérieurement pour qu'Al ait réussi à leur échapper et à se mettre à l'abri.

Comme le côté de la voiture était maintenant collé au porche, il essaya de voir à travers sa vitre craquelée. Cela prit quelques secondes, mais il distingua les deux hommes. Ils s'étaient retranchés dans l'embrasure de la porte de la cuisine. Puisque le gaz lacrymogène ne semblait pas les déranger, il devait y avoir une sorte de filtre sous leurs cagoules.

L'homme de gauche tirait sur la voiture, celui de droite visait Gabriel.

Theo ne vit pas Al.

Les deux hommes pouvaient l'avoir tiré dans la maison avant le choc. Theo n'avait aucun moyen de savoir s'il était en état de les aider — ou même s'il était encore en vie. Il s'en soucierait dès qu'il le pourrait, mais il avait des problèmes plus immédiats à régler.

Les balles suivantes frappèrent le capot jusqu'à ce qu'un gros nuage de vapeur s'en échappe. Le radiateur était percé, ce qui signifiait que la voiture ne démarrerait plus. C'était un risque qu'il avait pris en compte et accepté depuis le début. C'était ici qu'ils devaient livrer leur grande bataille. Il ne lui restait plus qu'à espérer qu'ils la gagneraient.

Puisque le moteur était cuit, le tireur recommença à viser

la vitre. Il finit par y faire un trou assez gros pour qu'une balle passe au travers. Ces types ne devaient pas manquer de munitions… Tant qu'ils empêchaient Gabriel d'approcher, ils pouvaient tranquillement cribler la voiture de balles jusqu'à ce qu'ils aient leur peau.

Il dut se pencher pour éviter un morceau de verre, mais se redressa vite et se servit du trou pour riposter. Il tira quelques balles qui forcèrent les deux hommes à rentrer dans la cuisine.

Le répit fut de courte durée.

Ils recommencèrent à tirer au bout de quelques secondes. Cette fois, ce fut Ivy qui reçut un éclat de verre. Elle posa la main sur sa tête par réflexe, même si c'était une protection bien dérisoire.

Theo entendit d'autres coups de feu se mêler à ceux des deux hommes. Ceux-là étaient tirés depuis le pâturage qui s'étendait derrière la grange. Ce devait être des employés du ranch.

— Ne bouge pas, dit-il à Ivy.

Comme il s'y attendait, elle lui jeta un regard en coin et secoua la tête.

— Tu ne vas quand même pas sortir ?

Il n'en avait aucune envie. Des balles fusaient dans toutes les directions. Mais il n'allait pas rester planté là jusqu'à ce qu'Ivy soit touchée. Ce n'était plus qu'une question de temps, maintenant que des balles pouvaient entrer dans la voiture.

— Je m'abriterai derrière la portière, promit-il.

Elle secoua encore la tête. Il avait envie de la rassurer, mais il n'en avait pas le temps et doutait que cela soit possible dans un moment pareil. Il posa la main sur la poignée de la portière.

Alors il entendit un craquement.

Ce n'était pas une balle. C'était l'amorce de la bombe lacrymogène qui roula juste à côté de la voiture.

Bon sang !

Il abandonna l'idée d'ouvrir la portière et, dans une dernière tentative désespérée, essaya de démarrer... en vain. Il ne tirerait rien de la voiture. Il n'avait plus d'autre choix que de faire sortir Ivy — ce à quoi ces hommes voulaient le contraindre depuis le début.

— On va sortir de ton côté, lui dit-il. Reste accroupie. Attends que je sois dehors, moi aussi, pour courir jusqu'à la cabane à outils.

Ce n'était pas un très bon plan, mais il n'en avait pas d'autre. Il ne lui restait plus qu'à espérer que le gaz masquerait leur fuite. Ils n'avaient pas beaucoup de mètres à parcourir, mais ils auraient l'impression de courir un marathon parce qu'ils auraient les yeux et les poumons en feu.

Ivy, qui toussait déjà, ouvrit la portière et se laissa presque tomber dehors. Il la rejoignit en rampant.

— Attention ! cria Gabriel.

Theo entendit parfaitement la voix du frère d'Ivy malgré les coups de feu, mais ne comprit pas contre quel danger il les mettait en garde.

Il ne le comprit que lorsqu'il vit quelqu'un émerger du nuage de gaz lacrymogène.

Ce quelqu'un arracha l'arme des mains d'Ivy et la visa avec la sienne.

Puis il appuya sur la détente.

Le coup de feu avait été tiré si près d'Ivy que le son l'étourdit. Elle se prépara à souffrir, mais rien ne vint.

Seuls ses tympans la faisaient souffrir.

La balle avait dû atterrir juste à côté d'elle. Le tireur l'avait-il manquée ? N'était-ce qu'un avertissement ? Dans ce cas, il avait réussi son coup.

L'homme la tenait, mais elle était en vie. Elle devait

faire quelque chose pour que cela continue. Elle essaya de pousser son agresseur pour lui échapper, mais il était déjà trop tard. Il enroula un bras autour de ses épaules et posa son arme sur sa tempe. Vu leur position, ni Theo ni son frère ne devaient pouvoir l'atteindre sans la blesser.

Elle essaya de lui donner un coup de coude dans l'estomac, mais ne réussit qu'à faire glisser son bras de ses épaules à sa gorge, menaçant ainsi de l'étouffer — comme si le gaz lacrymogène ne suffisait pas.

— Lâche-la ! grogna Theo, qui s'était mis à couvert derrière la voiture.

Bien sûr, l'homme ne la lâcha pas. Il ne daigna même pas répondre à Theo. Il se contenta d'entraîner Ivy vers la cuisine, dans laquelle se trouvaient les deux hommes qui leur avaient tiré dessus.

Elle s'efforça de rester le plus calme possible. Elle avait besoin de réfléchir. Il fallait qu'elle tente quelque chose pour empêcher un massacre.

— S'il s'agit de l'argent de mon mari, on peut s'arranger, dit-elle.

L'homme ne répondit pas. Si c'était Lacey qui l'avait engagé, elle lui avait sans doute interdit de négocier. Elle menaçait peut-être sa famille, ou l'avait simplement bien payé.

Ils entrèrent dans la cuisine. Les deux tireurs étaient postés de part et d'autre de la porte. Ils la laissèrent ouverte pour pouvoir faire feu sur quiconque essayerait de venir à son secours.

— Je suis la mère du seul petit-fils de Travis, essaya-t-elle encore. Je suis sûre qu'il n'aimerait pas qu'il m'arrive quelque chose.

Elle avait besoin de toucher une corde sensible pour savoir à qui elle avait affaire.

L'homme ne répondit pas plus. Cela ne prouvait pas qu'il ne travaillait pas pour Auguste. Cela ne prouvait rien.

— Tout est prêt, dit l'un des tireurs.

Sa voix ne lui était pas familière. Theo l'aurait-il reconnue ? Elle jeta un coup d'œil dehors sans le voir. Faisait-il le tour de la maison pour les intercepter quand ils sortiraient par la porte d'entrée ? Cela semblait être l'intention de son ravisseur.

Il n'y avait aucune lumière dans la maison. Tandis que l'homme l'entraînait, elle scruta l'obscurité à la recherche d'un objet qui pourrait servir d'arme. Ils passèrent près d'un vase, mais elle ne put que tendre la main avant que l'homme lui serre la gorge si fort qu'elle faillit s'évanouir. Il la tuerait sans doute si elle tentait autre chose. Mais elle ne pouvait pas ne rien faire...

Où cet homme l'emmenait-il ?

Comment comptait-il quitter le ranch ?

Elle eut vite la réponse à la deuxième question. Près de la porte d'entrée se trouvait un quatrième homme cagoulé. Il ouvrit sur un signal du chef, et ils se dirigèrent vers une grosse voiture noire garée devant le porche. Comment avaient-ils pu arriver là sans être repérés par les employés du ranch ? Devait-elle en déduire que ces monstres les avaient tués ?

Une boule se forma au creux de son estomac. Combien y aurait-il de victimes ?

De nouveau coups de feu retentirent à l'arrière de la maison, du côté où se trouvait Gabriel. Elle pria pour qu'il ne soit pas touché.

Dans l'espoir de déséquilibrer son ravisseur, elle essaya de se laisser tomber. Il se contenta d'enrouler son autre bras autour de sa taille et continua à l'entraîner vers la voiture noire.

— Wesley ? appela quelqu'un.

Theo.

Ivy ne pouvait pas le voir d'où elle était, mais sa voix venait du côté droit de la maison, près de l'avant de la voiture.

L'homme ne répondit pas plus à Theo qu'à elle, mais elle

le sentit se raidir. Theo avait raison. C'était donc Wesley ou quelqu'un qui travaillait pour lui.

Mais pourquoi voulait-il l'enlever ?

— Ivy n'a rien à voir avec ton problème, lui lança Theo. C'est une histoire entre toi et moi.

Le ravisseur se raidit de nouveau.

— Tu ne veux pas que j'entende ta voix, mais j'ai reconnu celle de l'un de tes hommes de main, poursuivit Theo. C'est un informateur. J'ai eu moi-même recours à ses services. Comment l'as-tu fait entrer dans ta combine ? L'as-tu payé ou l'as-tu menacé de l'arrêter ? Mais peu importe. Tu n'iras pas plus loin.

L'homme qui montait la garde à la porte sortit un instant pour tirer à nouveau. Le cœur d'Ivy manqua un battement. Heureusement, Theo s'était mis à couvert juste à temps. Il n'avait pas été touché.

Mais il risquait de l'être.

Cela pouvait mal finir pour eux tous. Elle devait essayer de négocier une fois de plus.

— Je vous suivrai sans résister si vous laissez Theo et les autres tranquilles, proposa-t-elle.

L'homme qui la tenait — Wesley ou l'un de ses sbires — la tira dehors sans répondre. Ils seraient dans la voiture d'ici quelques secondes. Alors Dieu seul savait où il l'emmènerait et ce qu'il lui ferait. Et Gabriel, Theo et les autres étaient toujours en danger.

Theo se redressa pour riposter. L'homme qui venait de lui tirer dessus tomba à la renverse même s'il portait une veste en Kevlar. Quand Ivy vit du sang se répondre autour de sa tête, elle comprit qu'il avait été touché à la gorge. S'il n'était pas déjà mort, il le serait bientôt.

Son ravisseur jura et pressa le pas. C'était une erreur, car cela permit à Ivy de trébucher sur la dernière marche du perron. Elle le paya d'un coup de crosse de revolver sur la tête, mais cela en valait la peine.

Cela fournit à Theo une occasion de tirer.

Il n'hésita pas. Il tira trois fois, et les trois balles frappèrent le ravisseur d'Ivy en plein torse. Lui aussi portait une veste en Kevlar, mais les impacts avaient dû lui couper le souffle car il s'effondra contre la voiture.

Un cinquième homme, qui attendait au volant, baissa sa vitre pour tirer sur Theo. Il eut à peine le temps de lever son arme avant de recevoir une balle dans la tête. Ce n'était pas Theo qui avait tiré. C'était Gabriel, qui se tenait dans l'embrasure de la porte.

Tandis que Theo accourait, Ivy éloigna le revolver qui était tombé de la main de son ravisseur d'un coup de pied. Theo l'entraîna derrière la rambarde du porche, où elle serait relativement protégée en cas de nouvelle attaque, puis retourna auprès de l'homme qui se tenait le torse. Il lui arracha sa cagoule.

C'était bien Wesley.

Il décocha un sourire cruel à Theo.

— Tu viens de signer leur arrêt de mort, dit-il.

Theo allait sans doute lui demander de quoi il parlait, mais à ce moment une explosion l'en empêcha.

Ivy tourna vivement la tête du côté de la déflagration. La maison de ses parents était en feu.

17

Theo jura. Sans se sentir tout à fait détendu, il avait eu l'impression que le pire était derrière eux. Mais il en doutait à présent. Son instinct l'incitait à se précipiter dans la maison en flammes pour s'assurer qu'il n'y avait personne à l'intérieur, mais cela pouvait être un piège. Dans tous les cas, c'était le plan de secours de Wesley au cas où il échouerait à enlever Ivy.

Ce qu'il avait fait.

Son collègue gémissait de douleur, mais cela ne l'empêchait pas de sourire cruellement. Peut-être parce qu'il y avait quelqu'un dans cette maison. L'incendie gagnait rapidement du terrain. Même si les pompiers se dépêchaient, ils risquaient d'arriver trop tard pour sauver la victime, s'il y en avait une.

— Trois des employés nous rejoignent, lui lança Gabriel après avoir lu un texto. Et j'ai appelé Edwin. Il sera là dans deux minutes.

Theo espéra que Wesley n'avait pas posté d'autres hommes dans le ranch qui tireraient sur les leurs quand ils approcheraient.

Il jeta un coup d'œil dans la voiture pour s'assurer qu'il n'y avait personne d'autre à l'intérieur, ramassa le revolver de Wesley et le glissa à sa ceinture.

— Où sont les tireurs qui étaient à la porte de la cuisine ? demanda-t-il à Gabriel.

— Ils sont morts, répondit le frère d'Ivy avant de lui lancer une paire de menottes. Al est resté monter la garde de l'autre côté. Et les employés qui étaient dans les pâturages ont tué ou capturé tous les intrus qu'ils avaient repérés.

Theo poussa un soupir de soulagement. Bien sûr, il pouvait y avoir encore un tireur caché quelque part, mais il aurait peut-être la sagesse de se rendre, maintenant que l'opération avait échoué.

Il vit une voiture de patrouille s'approcher de la maison en feu. Ce devait être Edwin.

Pendant que Gabriel appelait quelqu'un, Theo menotta Wesley. Comme il était trop dangereux qu'Ivy reste dehors, il la fit entrer dans la voiture noire.

— Baisse-toi ! lui ordonna-t-il.

Elle hocha la tête, mais le retint par le bras quand il voulut se retourner. Les yeux de Theo tombèrent sur les marques rouges qu'elle avait autour de la gorge. L'idée qu'elle avait failli mourir lui donna la nausée, et il eut envie de démolir le portrait de Wesley.

Mais c'était surtout sa faute. Il n'avait pas su la protéger.

— Je suis désolé, murmura-t-il.

Ivy secoua la tête et l'attira vers elle pour l'embrasser tendrement. Leur baiser fut bref, mais il calma un peu les nerfs de Theo.

Il se tourna vers Wesley.

— Qui est dans la maison ? lui demanda-t-il.

— Je règle juste quelques détails, répondit Wesley avant de perdre son sourire. Tue-moi tout de suite, qu'on en finisse. J'aime autant ça. Tu sais ce qui arrive aux anciens flics en prison.

Oui, Theo le savait, mais il se moquait éperdument de ce qui attendait Wesley.

— Quels détails ? insista-t-il.

Wesley gémit de douleur. Il devait avoir au moins une côte cassée.

— Cela concerne la personne qui m'a aidé en finançant cette petite opération, répondit-il. Ne t'en fais pas : j'ai envoyé des documents au bureau du shérif. Vous saurez qui a payé tous ces hommes.

Il pouvait aussi bien s'agir d'Auguste que de Lacey. Theo pria pour que ce ne soit que du bluff.

— Ce n'était pas censé se passer comme ça, grommela Wesley.

— Non, répondit Theo. Si les choses s'étaient passées comme tu le voulais, tu aurais enlevé Ivy pour me forcer à t'aider.

Il s'agissait peut-être de détruire des preuves ou de tuer quelqu'un. Wesley savait qu'il aurait fait n'importe quoi pour sauver Ivy.

Mais ce n'était peut-être pas tout.

Si c'était Lacey qui avait financé l'opération, Ivy n'était peut-être pas seulement un moyen de pression. Wesley avait peut-être l'intention de les tuer l'un et l'autre pour en finir une bonne fois pour toutes.

— Les pompiers, une ambulance et des renforts approchent, annonça Gabriel après avoir raccroché. Espérons qu'ils arriveront à temps. Je reste avec Ivy et toi jusqu'à ce qu'on soit sûrs qu'elle ne risque plus rien.

Tant mieux. D'après les regards qu'il jetait à la maison en flammes, Gabriel regrettait de ne pas pouvoir s'y précipiter. Theo aussi, mais ils ne pouvaient pas laisser Ivy seule. Dès que les renforts seraient là, il l'emmènerait en lieu sûr. En attendant, il pouvait essayer de soutirer des explications à Wesley.

— Je ne pouvais pas prouver que tu avais quelque chose à voir avec cette maudite fusillade, lui dit-il.

— Mais tu te doutais de quelque chose depuis le début, j'en suis certain, répondit Wesley. Tu aurais fini par trouver une preuve.

Theo secoua la tête.

— Je ne me doutais de rien avant la première attaque du ranch.

Wesley ricana. Il ne le croyait pas, apparemment. Et il avait peut-être raison. Dans le fond, Theo avait toujours senti qu'il y avait anguille sous roche dans cette affaire. Son intuition ne l'aurait pas laissé en paix. Il aurait fini par enquêter et par trouver quelque chose de compromettant sur Wesley.

— Vous avez réellement cru que vous pourriez éliminer tous ceux qui vous suspectaient d'être un flic véreux ? demanda Ivy.

Wesley lui accorda à peine un regard.

— Oui. Vous ne comprenez pas. Je ne peux pas aller en prison. J'y mourrais.

— Tu as préféré tuer des innocents pour sauver ta peau, ce qui fait de toi un lâche, dit Theo. L'enlèvement et le meurtre de Belinda Travers te vaudront la peine de mort.

Le téléphone de Gabriel sonna. Il décrocha, mais ne prononça pas un mot pendant de longues secondes. Il écouta ce que disait son interlocuteur les sourcils froncés.

— C'était Lacey, déclara-t-il après avoir raccroché.

— Elle est venue ici avec Wesley ? demanda Ivy à son frère.

— Pas de son plein gré, à ce qu'elle dit. Elle est en vie. Elle prétend que Wesley l'a étourdie avec un taser, puis qu'il l'a laissée ligotée dans la maison avec une bombe incendiaire à retardement. Elle n'est pas brûlée, mais elle a inhalé beaucoup de fumée avant que des employés la tirent de là.

Ivy jura.

— Alors c'est elle qui a payé tous ces hommes..., dit-elle.

Gabriel acquiesça.

— Une idée de Wesley, d'après elle. Mais elle jure qu'elle ne voulait pas qu'il y ait des morts. Quand Wesley l'a laissée dans la maison, il lui aurait dit qu'il lui ferait porter le chapeau en faisant croire qu'elle était morte alors qu'elle supervisait l'attaque.

Et cela aurait pu marcher, songea Theo.

— Je ne me doutais pas qu'elle était capable d'aller aussi loin, murmura Ivy avant d'étouffer un sanglot. Nathan aurait pu être blessé... ou tué. Nous aurions tous pu être tués.

Même s'il doutait que cela suffise à la réconforter, Theo la prit dans ses bras et l'embrassa.

— Je t'aime, lui dit-il. On se remettra de cette épreuve, tu verras.

Elle cligna des yeux, clairement surprise par son aveu. Comme il ne lui avait jamais dit qu'il l'aimait, elle devait croire que c'était l'adrénaline qui le faisait parler ainsi. Mais il avait toujours aimé Ivy... Sauf que ce n'était peut-être pas le meilleur moment pour le lui dire.

Comme elle ne répondait rien, ce devait même être un très mauvais moment.

Des sirènes l'arrachèrent à son malaise grandissant. Il allait enfin pouvoir emmener Ivy loin d'ici. Il sortit son téléphone et le lui tendit.

— Appelle Jameson et parle à Nathan, lui dit-il.

Une première voiture de patrouille se gara près d'eux.

— Arrêtez-le ! ordonna Gabriel aux deux policiers qui en sortirent en indiquant Wesley d'un signe de tête.

L'ambulance devait avoir des instructions précises, parce qu'elle fonça vers la maison en feu avec le camion des pompiers. Mais les deux voitures de patrouille qui les suivaient vinrent se garer derrière la première. Deux policiers sortirent de l'une d'elles et un troisième de l'autre.

Ivy parlait au téléphone. Jameson devait être fou d'inquiétude, car elle lui répétait qu'elle allait bien — même si Theo en doutait alors qu'elle avait échappé de peu à la mort.

— Wesley prétend qu'il a envoyé quelque chose au bureau du shérif, dit Theo à la policière qui s'approcha de lui.

Elle s'appelait Susan Bowie, et ils se connaissaient depuis l'enfance.

Susan acquiesça.

— Un coursier nous a livré une enveloppe il y a une demi-heure, répondit-elle.

Au début de l'attaque, donc — même si Theo avait l'impression que la fusillade avait duré bien plus longtemps que cela.

— Ces documents concernent bien Lacey Vogel ? demanda-t-il.

Susan hocha encore la tête.

— Ce sont des relevés bancaires qui prouvent qu'elle a fait des virements importants depuis un compte à l'étranger. Il y a aussi les relevés des comptes sur lesquels l'argent a atterri.

Sans doute les comptes des hommes dont les cadavres étaient éparpillés dans le ranch. Lacey avait été stupide de les payer par virement. Sa soif de vengeance lui avait fait oublier toute prudence. Et Wesley ne l'avait pas aidée à effacer ses traces puisqu'il devait avoir l'intention de la piéger depuis le début. Elle lui avait rendu les choses faciles.

Gabriel resta près de Wesley jusqu'à ce que Susan et l'un de ses collègues le fassent entrer dans une voiture. Gabriel, Ivy et Theo les suivirent des yeux. Wesley ne souriait plus. Il devait avoir enfin compris qu'il ne pouvait plus leur faire de mal.

Tout comme Lacey.

L'ambulance la conduirait à l'hôpital, mais elle serait arrêtée dès que les médecins la laisseraient sortir. Les preuves étaient accablantes. Elle n'échapperait pas aux conséquences de ses actes.

— Susan et Mick, emmenez Wesley en cellule, ordonna Gabriel. Lisez-lui ses droits. Faites tout dans les règles.

Quand Susan eut acquiescé, il se tourna vers les autres policiers.

— Vous, vous restez ici pour aider Edwin à mettre de l'ordre dans tout ça, leur dit-il. Je prends une voiture pour emmener ma sœur quelque part.

Gabriel ne précisa pas où, mais Theo supposa qu'il voulait conduire Ivy à la planque. Il savait qu'elle ne se détendrait vraiment que lorsqu'elle aurait vu son fils.

Leur fils, se corrigea-t-il mentalement.

Lui aussi serait soulagé de le voir.

Ivy raccrocha. Il l'aida à sortir du véhicule noir et à monter dans l'une des voitures de patrouille. Il s'installa à l'arrière avec elle. Gabriel se mit au volant et démarra aussitôt.

— Dis-moi qu'on va à la planque, le supplia Ivy.

— Oui, répondit Gabriel. Je vous y dépose, puis je reviendrai mettre de l'ordre dans ce chaos.

De fait, il y avait beaucoup à faire. Dieu seul savait combien de cadavres il y avait dans le ranch. La zone à contrôler était gigantesque. Gabriel devrait aussi interroger ceux qui avaient été capturés. Il ne dormirait pas beaucoup ces prochains jours... Tout cela à cause d'un flic véreux et d'une belle-fille cupide.

— Wesley a envoyé des documents à ton bureau, dit Theo, au cas où Susan n'aurait pas eu le temps de l'en informer. Des relevés bancaires. Ils permettront d'arrêter Lacey pour meurtre.

— Pour meurtre ? demanda Ivy.

— Oui. Ceux de Belinda Travers, de McKenzie et de notre informateur. Puisqu'elle a payé les tueurs, elle devra s'expliquer.

Les yeux d'Ivy s'emplirent de larmes.

— C'est fini, soupira-t-elle.

Theo fut soulagé. Ce n'était ni l'inquiétude ni le chagrin qui la faisait pleurer, cette fois.

— Oui, c'est fini, lui assura-t-il.

Gabriel franchit le portail, s'engagea sur la route et accéléra.

— La planque n'est pas très loin, leur dit-il. On y sera dans dix minutes. Mais ça vous laisse un petit moment pour parler ou... faire autre chose.

Theo rencontra le regard de Gabriel dans le rétroviseur. Il l'encourageait à se déclarer... Mais Gabriel ne savait pas qu'il l'avait déjà fait. Il avait dit à Ivy qu'il l'aimait, et cela n'avait provoqué aucune réaction.

Leur passé la faisait peut-être trop souffrir pour qu'elle tourne la page. Peut-être ne voulait-elle pas de lui dans sa vie et dans celle de Nathan. Dans ce cas, ils auraient un problème à résoudre, parce qu'il avait l'intention de voir grandir Nathan.

— Je vais demander à être affecté dans un bureau à San Antonio, déclara-t-il d'une voix un peu trop sèche. Ou bien à Houston, si tu ne veux pas déménager...

Ivy glissa une main derrière sa nuque et pressa les lèvres contre les siennes. Brutalement. C'était sans doute le moyen le plus rapide de le faire taire.

— Je t'aime, dit-elle quelques secondes plus tard, quand elle s'écarta pour reprendre son souffle.

Elle l'empêcha de répondre en recommençant à l'embrasser. Il avait mille et une choses à lui dire, mais se contenta de savourer les mots qu'elle venait de prononcer.

Il n'avait pas compris jusqu'ici à quel point il avait besoin de les entendre. Et il en avait besoin depuis des années, parce qu'il n'avait jamais cessé d'être amoureux d'Ivy.

— Je veux m'installer au ranch, ajouta-t-elle, le souffle court. Qu'on se construise une maison, Nathan, toi et moi.

Il eut l'impression de recevoir un coup de poing dans l'estomac, mais ce devait être une bonne chose, parce qu'il se sentit sourire comme un idiot.

— Tu as intérêt à l'épouser, grommela Gabriel. Tu l'as mise enceinte il y a dix ans, après tout... Elle est folle de toi, et Nathan a besoin d'un père.

Gabriel avait raison. Ivy et lui étaient faits l'un pour l'autre. Leur passé ne pouvait rien changer à cela.

— Alors ? demanda-t-il à Ivy. Veux-tu être ma femme ?

Au cas où elle aurait envisagé de refuser, il l'embrassa longuement et passionnément. Il mit tout son cœur dans ce baiser — ce qui ne fut pas difficile, parce qu'Ivy le possédait déjà.

— Oui, répondit-elle contre ses lèvres.

Plus tard, ils célébreraient leurs fiançailles, il lui offrirait une bague, puis ils passeraient le reste de leur vie ensemble. Mais ils devraient attendre un peu parce que Gabriel venait de s'engager dans une allée.

Quand il se gara devant une maison, la porte de celle-ci s'ouvrit, et ce que Theo vit compléta son bonheur.

Nathan.

Son fils était là, entre Jameson et Jodi, et il souriait.

— Maman ! cria-t-il.

Ivy jaillit de la voiture pour courir vers lui. Elle avait encore les yeux emplis de larmes, mais Theo était certain que c'étaient des larmes de joie. Elle serra Nathan contre son cœur et le couvrit de baisers jusqu'à ce qu'il éclate de rire.

— Papa ! lança Nathan quand Ivy finit par le libérer.

Son fils accourut pour se jeter dans ses bras.

La vue de Theo se brouilla. Il avait bien conscience qu'il n'était pas très viril de pleurer, mais tout ce qu'il désirait depuis toujours venait de lui être accordé.

Il entraîna Nathan vers sa mère et les serra tous les deux dans ses bras, pris d'une envie folle de ne plus jamais les lâcher.

JENNIFER D. BOKAL

La tentation du danger

Traduction française de
FABRICE CANEPA

BLACK ROSE

HARLEQUIN

Titre original :
HER ROCKY MOUNTAIN DEFENDER

Ce roman a déjà été publié en 2019.

Prologue

Roman DeMarco était assis dans la cuisine du minuscule appartement qu'il avait loué, le temps de cette mission sous couverture. C'était l'un des endroits les plus déprimants où il lui ait jamais été donné de vivre.

Les murs étaient fins comme du papier à cigarette, laissant filtrer les hurlements de bébé comme les disputes ou les étreintes passionnées de ses voisins. Il flottait dans le hall une vague odeur de friture mêlée de tabac froid. Quant à la vue qu'il avait depuis ses fenêtres, elle se limitait à un grand mur gris et lézardé qui l'empêchait de distinguer le ciel.

Cela faisait aujourd'hui six mois qu'il vivait là sous le pseudonyme hautement imaginatif de Roman Black et il n'avait qu'une hâte : en finir.

Il considéra attentivement l'appareil qu'il venait de mettre au point. C'était un mouchard électronique très puissant. En théorie, la conception et la fabrication d'un tel appareil auraient dû être un jeu d'enfant pour lui.

Durant ses années de service au sein de l'unité Delta Force, il avait élaboré et posé des dizaines de mouchards. Mais, dans ce cas précis, un certain nombre de complications se présentaient. La pièce qu'il voulait espionner était située au sous-sol et entièrement faite de béton, ce qui gênait doublement la circulation des ondes.

Le signal devait donc être très puissant, ce qui empêchait

Roman d'utiliser l'un des micro-boîtiers qu'il employait généralement. Profitant de la taille plus importante de son dispositif, il avait cependant pu l'équiper d'une batterie qui garantirait le fonctionnement pendant une quinzaine de jours.

Au dos de l'engin, il avait disposé quatre petits aimants qui lui permettraient de l'accrocher facilement sous le bureau métallique d'Oleg Zavalov. Ensuite, il ne lui resterait plus qu'à s'installer confortablement pour obtenir toutes les informations qu'il avait été chargé de récupérer. Et il pourrait enfin retrouver une vie normale...

1

Boulder, Colorado,
5 mai, 21 h 45

— Et un whisky, un ! s'exclama Roman en faisant glisser sur le bar le verre qu'il venait de remplir.

Il prit la commande suivante tout en observant les clients présents ce soir-là. Il était encore tôt, mais il y avait déjà plus d'une vingtaine de personnes. La Proue était souvent très fréquentée, peut-être parce que le bar ne refusait personne.

Ceux qui venaient boire ici étaient pour la plupart des exclus, des âmes perdues qui n'attendaient plus grand-chose de l'existence et cherchaient à noyer leur accablement dans l'alcool bon marché ou les substances moins licites qui se vendaient ici presque ouvertement.

Une odeur de bière, de transpiration et de désespoir flottait dans l'air. La musique était le plus souvent assourdissante, faisant vibrer le sol sous leurs pieds. Quelquefois, un éclat de rire fêlé ou aviné parvenait à franchir ce mur de son, trahissant généralement plus d'hystérie que de véritable bonne humeur.

Ceux qui étaient venus seuls couvaient jalousement leurs verres, comme s'ils craignaient qu'on ne les leur vole. Les couples s'enlaçaient dans les recoins les plus sombres de la pièce.

L'enseigne lumineuse qui était accrochée près du billard représentait un vaisseau qui fendait les flots. C'était elle qui avait inspiré le nom du bar. Autour de la table au tapis de velours fatigué, plusieurs membres d'un gang de motards local jouaient en avalant bière sur bière.

Roman se demanda comment ils auraient réagi en apprenant qui il était réellement. Nombre d'entre eux avaient probablement déjà eu affaire aux membres de la Rocky Mountain Justice, qui étaient régulièrement chargés de localiser des criminels ou d'anciens prisonniers qui avaient enfreint les conditions de leur libération conditionnelle.

Cette fois-ci, Roman s'était vu confier une mission très différente — et nettement plus délicate. Cinq mois auparavant, RMJ avait obtenu des informations cruciales au sujet de Nikolai Mateev, un parrain de la mafia russe qui avait plus ou moins pris le contrôle du trafic de drogue dans la région.

Leur informateur avait signalé que c'était Oleg Zavalov qui était chargé de blanchir les profits colossaux générés par ces activités. Ils avaient également appris que Zavalov employait le petit-neveu de Mateev, qui se trouvait également être son héritier présomptif.

Roman s'éfforçait d'espionner Zavalov afin d'en apprendre plus sur son organisation. Mais ce dernier se montrait particulièrement méfiant.

Seuls ses deux hommes de confiance devaient être au courant de ses véritables activités. Pour tous les autres, il était seulement le propriétaire d'un bar miteux de ce quartier mal famé.

Roman s'était donc résolu à placer un micro à l'aide duquel il pourrait espionner Zavalov. De cette façon, il obtiendrait peut-être enfin les informations qu'il cherchait. Tout ce qu'il lui fallait, désormais, c'était une bonne excuse pour descendre au sous-sol où se trouvait le bureau de Zavalov.

— Sers-moi une autre bière, Roman, lui dit alors Jackson, un policier qui avait ses habitudes à La Proue, où il buvait gratuitement.

Roman était convaincu qu'en retour il évitait de s'intéresser de trop près aux affaires de Zavalov. C'était le genre d'attitude qui le révoltait profondément. Il se gardait bien de le laisser paraître, évidemment, mais s'était promis que, le moment venu, il ferait regretter à Jackson cette complaisance coupable.

— Bien sûr, répondit-il en prenant le verre que l'autre lui tendait.

Lorsqu'il le plaça sous le robinet, un flot de mousse sortit en gargouillant du tuyau.

— Désolé, s'excusa-t-il. On dirait que c'est la fin du fût. Donne-moi cinq minutes.

— Pas de problème, grommela Jackson, dont l'attention avait déjà été accaparée par un groupe de jeunes femmes qui venait de pénétrer dans le bar.

— Patron, il faut que j'aille changer le fût, indiqua Roman à Zavalov qui était assis au bar, face à l'écran de son ordinateur portable dernier cri.

Zavalov hocha la tête et lui tendit un trousseau de clés. Roman se dirigea vers une porte sur laquelle était accrochée une affiche barrée du mot « PRIVÉ ». Il l'ouvrit et alluma la lumière, révélant une volée de marches qui conduisaient au sous-sol.

Au bas de l'escalier, une pièce de béton gris aux murs percés de quatre portes. Celle du fond, protégée par un verrou électronique, donnait sur un autre escalier qui débouchait dans une allée, à l'arrière du bâtiment.

La première porte à gauche permettait d'accéder à la chambre froide située juste sous le bar et dans laquelle se trouvaient les fûts. Celle d'à côté s'ouvrait sur une réserve où étaient stockés les bouteilles et les quelques snacks qui figuraient sur la carte.

La dernière porte, qui se trouvait sur la droite, donnait sur le bureau de Zavalov. Roman n'hésita pas un seul instant et utilisa l'une des clés pour pénétrer dans le bureau. Il sortit de sa poche le mouchard qu'il avait bricolé et l'alluma. Sur le petit écran apparurent les mots :

« Recherche réseau ».

Il attendit avec impatience que l'appareil finisse par se connecter au réseau. Les yeux rivés sur le cadran de sa montre, il se demandait combien de temps Zavalov mettrait avant de s'inquiéter de son absence prolongée.

Alors même qu'il s'apprêtait à renoncer, un nouveau message s'afficha à l'écran :

« Communication établie ».

Malheureusement, son soulagement fut de courte durée. Car des pas se faisaient entendre dans l'escalier. Le cœur battant à tout rompre, Roman colla le mouchard sous le bureau du mafieux.

Le positionnement n'était peut-être pas idéal, mais il n'avait plus le temps de se montrer trop exigeant. Il ne lui restait plus désormais qu'une poignée de secondes pour trouver une raison convaincante expliquant sa présence en ces lieux...

Madelyn Thompkins n'avait pas pour habitude d'explorer en catimini les sous-sols des bars louches. À vrai dire, elle ne serait probablement jamais entrée dans un établissement tel que celui-ci si sa sœur ne s'y était pas trouvée, moins d'une heure auparavant.

Quatre mois plus tôt, Ava s'était enfuie du centre de

désintoxication dans lequel elle séjournait à Cheyenne, dans le Wyoming. Depuis, elle n'avait pas donné signe de vie. Madelyn avait donc été très étonnée lorsque sa sœur avait signalé sur les réseaux sociaux qu'elle se trouvait dans un bar appelé La Proue.

Constatant que l'établissement se trouvait à Boulder, où elle-même poursuivait ses études de médecine, Madelyn n'avait pas hésité un seul instant. Hélas, elle n'avait trouvé trace d'Ava ni dans la salle principale ni dans les toilettes du pub.

C'est alors qu'elle avait remarqué cette porte ouverte qui donnait sur un escalier métallique. Elle n'avait hésité qu'un instant avant de l'emprunter. S'il existait la moindre chance de retrouver sa sœur, elle ne pouvait se permettre de négliger aucune piste.

Parvenue au bas de l'escalier, elle avisa plusieurs portes, dont l'une était ouverte. Lorsqu'elle s'en approcha, elle remarqua une silhouette qui se détachait dans la pénombre.

— Bonjour, fit-elle d'une voix qui manquait singulièrement d'assurance. Je cherche Ava Thompkins. Est-ce que vous l'auriez vue, par hasard ?

— Vous n'êtes pas censée vous trouver là, répondit l'homme qui se trouvait dans la pièce attenante. Le sous-sol est réservé aux employés. C'est indiqué sur la porte.

Mais Madelyn était bien décidée à ne pas se laisser éconduire aussi facilement. Sortant son téléphone portable de son sac à main, elle afficha une photo de sa sœur, qu'elle montra à son interlocuteur.

— C'est Ava, reprit-elle sans tenir compte de son admonestation. Est-ce que vous la reconnaissez ?

L'homme s'avança dans la lumière. Il était très grand, très athlétique, avec de larges épaules et des bras musclés que mettait en valeur son T-shirt noir. Le jean qu'il portait était de la même couleur. Ses cheveux bruns étaient coupés court et ses yeux étaient couleur émeraude.

— Je suis le barman, lui indiqua-t-il. Je vois donc défiler pas mal de monde. Qui est cette fille, pour vous ?

— C'est ma sœur. Elle était ici il y a moins d'une heure. Est-ce que vous l'avez aperçue ?

— Qu'est-ce que vous lui voulez, exactement ?

— C'est ma sœur, répéta Madelyn.

— Vous l'avez déjà dit.

Madelyn fronça les sourcils. L'idée de raconter sa vie et celle d'Ava à un parfait étranger ne lui plaisait guère. Mais cela lui permettrait peut-être de faire comprendre l'urgence de la situation.

— Elle s'est enfuie d'un centre de désintoxication et je n'ai plus de nouvelles d'elle depuis.

— Peut-être ne tient-elle pas à être retrouvée, répliqua le barman.

— C'est probablement le cas, concéda Madelyn. Mais je veux m'assurer qu'elle va bien.

— Vous savez, il y a beaucoup de gens qui passent par ici. Je ne me les rappelle pas tous.

— Vous êtes sûr que vous ne l'avez jamais vue ? insista Madelyn, dont la voix laissait transparaître le désarroi.

— Vous semblez être quelqu'un de bien, lui dit-il gentiment. Alors je vais être honnête avec vous : cet endroit est très mal famé. Vous devriez partir d'ici rapidement.

— Si ce bar est dangereux pour moi, il l'est aussi pour ma sœur, objecta-t-elle.

— Écoutez, déclara-t-il en la prenant par le bras. Voici ce que nous allons faire : je vais vous raccompagner jusqu'à votre voiture. Et, quand je verrai votre sœur, je lui indiquerai que vous êtes à sa recherche.

— Est-ce que vous la connaissez ?

— Pas vraiment, répondit-il. Mais je l'ai déjà aperçue une fois ou deux dans le bar...

Madelyn dégagea doucement son bras. Les mots du barman lui redonnaient espoir. Mais simultanément elle prit conscience d'une chose étrange : l'homme n'avait pas allumé la lumière de la pièce où il se trouvait lorsqu'elle était descendue. Se pouvait-il qu'il lui cache quelque chose ?

Elle fit mine d'y entrer, mais il lui barra aussitôt le passage.

— Est-ce qu'elle est là ? demanda-t-elle.

— Dans ce bureau ? s'exclama le barman. Bien sûr que non !

Madelyn le considéra d'un air méfiant.

— Parole de scout, ajouta-t-il.

— Je doute qu'il y ait beaucoup d'anciens scouts qui fréquentent cet endroit, rétorqua-t-elle.

— Au risque de vous surprendre, il se trouve que j'ai vraiment été scout, répondit-il en riant.

— Et un scout comme vous accepterait-il d'aider un docteur comme moi à retrouver sa sœur malade ?

— Vous êtes vraiment médecin ?

— Interne en médecine, à vrai dire, reconnut-elle. À l'université du Colorado.

— Quelle est votre spécialité ?

— La psychiatrie.

— C'est à cause de votre sœur ?

— Peut-être, acquiesça-t-elle.

— Comment vous appelez-vous ?

— Madelyn, répondit-elle. Madelyn Thompkins.

— Enchanté, Madelyn. Je suis Roman Black...

Il s'interrompit brusquement, semblant tendre l'oreille.

— Que se passe-t-il ? lui demanda-t-elle, curieuse.

— Chut ! s'exclama soudain le barman en posant la main sur ses lèvres.

Elle sentit les battements de son cœur s'emballer dans sa

poitrine. Mais alors qu'elle s'apprêtait à repousser sa main, elle entendit ce que lui-même avait dû percevoir. Deux voix d'hommes qui se rapprochaient. Elles s'exprimaient dans une langue étrangère aux consonances slaves.

— Ils vont entrer d'une minute à l'autre, souffla Roman. Et ni vous ni moi ne sommes censés nous trouver dans ce bureau. Alors laissez-moi faire...

Avant que Madelyn ait eu le temps de l'interroger sur ses intentions, Roman passa les bras autour de sa taille et se pencha vers elle pour l'embrasser. Elle se raidit brusquement et fit mine de se dégager. Posant l'une de ses mains sur sa joue, il l'en empêcha.

Il la sentit frissonner contre lui et ne put s'empêcher de remarquer à quel point ses lèvres étaient chaudes et douces contre les siennes. Derrière eux, les voix se rapprochaient, suivies de bruits de pas dans l'escalier.

— Roman ! s'exclama Oleg Zavalov. Puis-je savoir ce qui se passe ici ?

Roman s'arracha comme à regret aux bras de Madelyn et se tourna vers son employeur. Comme à son habitude, Zavalov était vêtu d'un élégant complet qui tranchait avec la tenue négligée de la plupart des clients. Derrière lui se tenaient ses acolytes, Anton et Serge. Tous deux étaient des brutes épaisses, prêtes à tout et entièrement soumises à la volonté de leur chef.

— Je suis désolé, Oleg, s'excusa-t-il. Nous avions besoin d'un peu d'intimité et je me suis permis d'utiliser ton bureau.

Zavalov observa Madelyn d'un œil approbateur et décocha une bourrade à Roman.

— Je commençais à me poser des questions à ton sujet, lui dit-il d'un ton moqueur. Je suis content que tu aies trouvé quelqu'un qui te plaise. Mais la prochaine fois va dans la réserve, comme tout le monde.

— D'accord, acquiesça Roman en prenant la main de Madelyn.

Il fit mine de se diriger vers l'escalier.

— Apparemment, le fût de bière est vide, lui rappela alors Zavalov, qui avait allumé la lumière du bureau et s'était laissé tomber dans son fauteuil. Remplace-le puis accorde-toi une pause bien méritée.

— Merci, patron, lui dit Roman. Attends-moi ici, dit-il à Madelyn.

Elle hocha la tête, visiblement mal à l'aise. Les regards insistants de Zavalov et de ses gorilles y étaient sans doute pour beaucoup.

Roman alla changer le fût dans la chambre froide aussi rapidement qu'il le put avant de venir la rejoindre.

— Allons-y, lui dit-il.

Ils montèrent l'escalier qui conduisait à la salle du bar. Mais, alors qu'ils étaient parvenus à mi-hauteur, ils entendirent Zavalov pousser un juron en russe.

— Qu'est-ce que c'est que ce truc ?

Roman sentit sa gorge se serrer.

— Roman ! appela Zavalov.

— Courez, souffla-t-il à Madelyn.

Elle ne se fit pas prier et monta quatre à quatre les marches qui restaient. Il la suivit de près.

— Rattrapez-les ! s'écria alors Zavalov.

Jetant un coup d'œil en arrière, Roman vit déboucher au pied de l'escalier les deux gorilles de Zavalov, arme au poing.

Suivant le regard de Roman, Madelyn aperçut les hommes qui s'étaient élancés derrière eux dans l'escalier. En avisant leurs pistolets, elle sentit un frisson glacé dévaler le long de sa colonne vertébrale.

Poussant la porte qui se trouvait en haut des marches, elle se rua dans la salle du bar. Un instant plus tard, un coup de feu assourdissant retentit derrière elle, suivi d'un bruit de verre brisé.

Terrifiée, elle se retourna juste à temps pour voir Roman s'emparer d'un tabouret de bar et l'abattre sur le bras de l'homme qui venait de faire feu. Son arme vola à travers la pièce. Mais le deuxième gorille surgit à son tour. Avant qu'il ait eu le temps de tirer, Roman lui décocha un coup de pied qui l'atteignit en plein plexus.

Son assaillant se plia en deux, le souffle coupé par la violence de l'impact.

— Roman, attention ! cria-t-elle en désignant le premier homme, qui s'était précipité pour essayer de récupérer son pistolet.

Roman lui fonça dessus et lui décocha un violent coup de poing qui le cueillit au menton, l'envoyant au tapis. Mais l'autre agresseur, qui était parvenu à reprendre son souffle, leva son arme.

Comprenant que Roman n'aurait pas le temps de l'atteindre avant qu'il ne fasse feu, Madelyn s'empara d'une pinte de bière posée sur la table la plus proche et la lança de toutes ses forces sur le tireur.

Le verre l'atteignit en pleine tête et, si le choc ne fut pas assez puissant pour lui faire perdre connaissance, il dévia le tir, qui alla se perdre au plafond.

— Filez ! hurla Roman à Madelyn.

Sans même réfléchir, elle s'élança à toute vitesse en direction de la porte du bar. Mais, alors même qu'elle la franchissait au pas de course, elle sentit des bras se refermer autour de sa taille, la tirant violemment en arrière.

Déséquilibrée, elle bascula et tomba lourdement sur le

sol. Un pied vint se poser sur sa poitrine, la maintenant fermement à terre.

— Laissez-moi partir, protesta-t-elle. Il faut appeler la police...

— La police ? répéta l'homme qui venait de l'intercepter. Vous tombez bien. J'en fais justement partie.

— Bien joué, Jackson ! fit la voix de l'homme que Roman avait appelé Zavalov. Tu peux la laisser se relever.

Le pied de l'homme quitta sa poitrine et Madelyn se redressa en position assise. Elle constata aussitôt que Zavalov pointait le canon d'une arme droit sur elle. Quant à Roman, il était agenouillé sous la menace d'un autre pistolet. Son visage était tuméfié et couvert de sang.

Elle espéra que l'un des clients au moins allait s'élever contre le traitement dont ils faisaient l'objet. Mais personne ne bougeait. Tous ceux qui se trouvaient là gardaient les yeux obstinément fixés sur leurs verres.

— Ce n'est qu'un petit malentendu, déclara Zavalov à la cantonade. Nous allons régler ça tranquillement en bas. En attendant, j'offre une tournée générale.

Cette annonce fut accueillie par un murmure approbateur et même quelques applaudissements. L'homme qui l'avait interceptée lui tordit le bras derrière le dos et la prit par l'épaule pour la forcer à se mettre debout. Il la guida ensuite vers l'escalier qui conduisait à la cave.

Madelyn sentit monter en elle un mélange de terreur et de désespoir. Elle aurait sans doute mieux fait de suivre les conseils de Roman et de quitter le bar.

— Je m'occupe d'elle, dit Zavalov à Jackson.

— Pas de problème, acquiesça le policier. De toute façon, il faut que j'y aille. Je suis de service.

Zavalov prit le poignet et l'épaule de Madelyn et la poussa vers les marches, qu'ils commencèrent à descendre à la suite de Roman et des deux gorilles. Elle entendit claquer la porte derrière elle et comprit que sa situation était sur le point de devenir critique.

Qui étaient ces hommes ? Que leur voulaient-ils ? Avaient-ils joué un rôle dans la disparition d'Ava ? Toutes ses questions se bousculaient dans sa tête sans qu'elle puisse espérer y apporter la moindre réponse.

Une évidence lui apparut cependant. Aucun de ces hommes n'avait pris la peine de dissimuler son apparence. Cela ne pouvait signifier qu'une chose : qu'ils ne craignaient pas qu'elle puisse témoigner contre eux ultérieurement. Était-ce parce qu'ils comptaient l'éliminer ?

Cédant enfin à la panique, elle commença à se débattre si violemment qu'elle parvint à échapper à Zavalov. Malheureusement, en s'arrachant à son emprise, elle se trouva totalement déséquilibrée et roula au bas de l'escalier. Son crâne percuta violemment la dernière marche et tout se mit à tourner autour d'elle.

— Madelyn...

Elle reconnut la voix de Roman et le vit se pencher sur elle.

— Madelyn, est-ce que ça va ?

Il l'aida doucement à se redresser.

— Qu'est-ce qui se passe ? murmura-t-elle, incapable de contenir la détresse qui perçait dans sa voix.

Roman releva les yeux en direction de Zavalov.

— Laisse-la partir, lui dit-il. Elle n'a rien à voir avec cette histoire.

— Vraiment ? Alors comment se fait-il que j'aie trouvé ça dans mon bureau ? s'enquit Zavalov en sortant de la poche de sa veste un boîtier en plastique muni d'un minuscule écran. Pour qui travaillez-vous ? ajouta-t-il à l'intention de Madelyn. Qui vous paye ?

— Je n'ai jamais vu ce truc, protesta-t-elle faiblement. Je ne sais même pas ce que c'est...

— Elle dit la vérité, déclara Roman. Madelyn est juste une cliente. C'est moi qui suis responsable.

Zavalov lui jeta un regard haineux.

— Toi ? lâcha-t-il d'une voix glacée. Tu me trahis alors que je t'ai offert un boulot ? Alors que je t'ai fait confiance ? Et pour le compte de qui ? Pas des flics, ou Jackson me l'aurait dit. Alors, qui ?

Roman aida Madelyn à se remettre debout. Elle avait du mal à tenir sur ses jambes et dut prendre appui sur son épaule.

— Je ne dirai rien tant que tu ne l'auras pas laissée partir, déclara son compagnon d'une voix étonnamment assurée.

— Qui t'a donné ce micro ? lui demanda de nouveau Zavalov.

— Laisse-la partir et je te raconterai tout. Elle n'a rien à voir avec cette histoire. Elle se trouvait juste au mauvais endroit au mauvais moment.

Zavalov laissa échapper un rire cruel.

— C'est le moins qu'on puisse dire, acquiesça-t-il. Et, si tu veux qu'elle meure vite et sans douleur, je te conseille de te mettre à table très vite. Conduisez-les dans mon bureau, ajouta-t-il à l'intention de ses gorilles.

— Je vous en prie, dit Madelyn, les larmes aux yeux. Laissez-moi partir...

Elle détestait faire preuve de faiblesse mais, étant donné les circonstances, elle ne voyait vraiment pas ce qu'elle aurait pu faire d'autre que d'implorer la pitié de ces hommes.

— Je vous jure que je ne dirai rien à personne, ajouta-t-elle.

— Cessez de chouiner et entrez dans mon bureau, ordonna Zavalov d'une voix glaciale.

— Il n'est pas question qu'elle le fasse, déclara Roman.

— Vous commencez à me fatiguer, tous les deux, répliqua son patron en sortant de nouveau son arme.

Il plaqua le canon du pistolet contre le front de Madelyn. Le contact de l'acier la fit frissonner convulsivement.

— Si tu tiens un tant soit peu à elle, parle et je l'abattrai proprement. Si tu refuses de le faire, je peux t'assurer que nous lui ferons regretter d'être née...

Madelyn ne pouvait maîtriser les tremblements qui couraient le long de ses membres.

— Je vous en prie, Roman..., murmura-t-elle sans trop savoir ce qu'elle attendait de lui.

— D'accord, soupira ce dernier. Je vais tout te dire.

— Dans mon bureau, exigea Zavalov.

Roman franchit la porte, suivi par Madelyn qui se trouvait toujours sous la menace du pistolet de Zavalov.

— Asseyez-vous ! lui ordonna-t-il.

Luttant contre les sanglots qui menaçaient de l'étouffer, Madelyn se laissa tomber sur l'un des sièges métalliques disposés devant la table de travail. Jamais elle ne s'était sentie aussi vulnérable de toute sa vie.

2

Roman considéra la situation dans laquelle ils se trouvaient. Ellc ne lui disait vraiment rien de bon. Ils n'étaient que deux face à trois hommes armés et Madelyn semblait être au bord de la crise de nerfs. Il ne pouvait espérer de l'aide ni des clients à l'étage ni du policier véreux qui avait contribué à leur capture.

Il ne pouvait donc compter que sur lui-même, ce qui, en de telles circonstances, n'augurait rien de bon.

— Je te laisse une dernière chance avant de commencer à charcuter ta petite amie, lui dit Zavalov. Pour qui travailles-tu ?

Roman sentit monter en lui une sensation de dégoût. Il était entièrement responsable de la situation dans laquelle Madelyn et lui se trouvaient. En la trouvant au sous-sol, il aurait dû la reconduire directement au rez-de-chaussée — et en profiter pour quitter les lieux.

Au lieu de cela, il avait engagé la discussion avec elle, se laissant aller à flirter avec elle. C'était une attitude parfaitement indigne d'un professionnel. Non seulement il l'avait mise en grand danger mais, de plus, il avait perdu le bénéfice de six mois de travail sous couverture.

Zavalov savait désormais que quelqu'un enquêtait sur lui et il ne tarderait pas à se débarrasser de tous les éléments compromettants. La seule chose qu'il pouvait espérer, à présent, c'était limiter l'étendue des dégâts.

— Écoute, Oleg, je n'ai jamais vu cet engin. Si tu ne m'avais pas dit ce que c'était, je ne l'aurais jamais deviné.

— C'est bien ce que je pensais, acquiesça Zavalov. Je suis convaincu que c'est elle qui a installé ce mouchard.

— Vous vous trompez, protesta Madelyn.

— Dans ce cas, pourquoi avez-vous cherché à vous enfuir ?

— Parce que Serge et Anton l'ont poursuivie, répondit Roman à sa place. C'est moi qui lui ai dit de courir. C'est la meilleure chose à faire lorsque quelqu'un vous menace avec une arme à feu.

Zavalov joignit les mains devant lui, paraissant plongé dans ses pensées. Il était évident que ce qu'ils venaient de lui dire avait ébranlé ses certitudes. Roman réprima le sourire qui lui montait aux lèvres et observa Madelyn à la dérobée.

Il se prit à songer que c'était l'une des femmes les plus charmantes qu'il ait croisée, depuis longtemps. Elle était plutôt petite et assez mince, avec des cheveux noirs coupés court et de grands yeux bruns qui la faisaient paraître plus jeune qu'elle ne l'était réellement.

Il émanait d'elle en cet instant une impression assez paradoxale de vulnérabilité mêlée de courage, comme si elle était bien décidée à affronter l'angoisse terrible qui l'habitait certainement.

— Une chose est sûre, déclara alors Zavalov. L'un de vous deux a forcément placé ce mouchard. Je vous laisse une dernière chance de me dire qui est responsable.

Il attendit quelques instants, mais tous deux gardèrent le silence.

— Je vois, reprit-il enfin. Ce qu'il vous faut, c'est un zeste de motivation. Serge, délie la langue de cette jeune femme, je te prie...

Un sourire se dessina sur les lèvres de son acolyte qui fit craquer ses phalanges d'un air menaçant. S'approchant de

Madelyn, il lui décocha un coup de poing au visage si violent qu'elle tomba au bas de sa chaise.

Cette fois, c'en fut trop pour Roman. Il ne pouvait laisser Madelyn souffrir par sa faute. Quittant son siège, il s'interposa entre Serge et la jeune femme.

— Très bien, dit-il à Zavalov. Je vais tout te dire…

Avant que le mafieux n'ait eu le temps de lui répondre, le téléphone de Serge sonna et il décrocha.

— *Da ?*

Pendant qu'il servait au sein de l'unité Delta Force, Roman avait étudié plusieurs langues. Il parlait ainsi couramment l'allemand, l'espagnol, le français, le farsi et le russe. C'était d'ailleurs l'une des raisons pour lesquelles Ian, le patron de RMJ, lui avait confié cette mission.

— Oleg, fit Serge après avoir écouté longuement ce que lui disait son interlocuteur. *Vy khotite, chtoby prinyat eto.*

Oleg, tu devrais prendre l'appel, traduisit mentalement Roman.

— *Ne seychas.*

Pas maintenant.

— *Seychas. Eto moy dyadya Nikolay.*

Tout de suite. C'est mon oncle Nikolai…

Roman se figea. Il tenait enfin l'une des informations qu'il cherchait à vérifier depuis des mois : Serge était bien le petit-neveu de Nikolai Mateev.

Zavalov tendit la main vers Serge, qui lui remit son portable. Mais avant de répondre il jeta un regard suspicieux en direction de Roman. Avait-il deviné que ce dernier comprenait ce qu'ils se disaient ? Ou faisait-il seulement preuve de sa prudence coutumière ?

— Enfermez-les dans la chambre froide, ordonna-t-il. Je m'occuperai d'eux plus tard.

Serge attrapa Madelyn par le bras et la releva sans

ménagement. Anton, lui, se contenta de sortir son arme et de la braquer sur Roman.

— Exécution, lui dit-il.

Ils sortirent du bureau et Serge déverrouilla la chambre froide, dans laquelle il poussa violemment Madelyn. Roman la suivit à l'intérieur, prenant le temps de s'arrêter devant Serge, qu'il défia du regard.

— Si je m'en sors, je te jure que je te ferai payer très cher d'avoir levé la main sur elle.

— Stupide Américain, répliqua Serge avec un sourire méprisant. Tu n'as aucune chance de t'en sortir vivant. Tu es juste trop bête pour t'en rendre compte.

Sur ce, il referma la porte sur eux, et ils se retrouvèrent dans l'obscurité la plus totale.

Madelyn se redressa péniblement sur le sol métallique et froid. Elle fouilla dans son sac et trouva son téléphone portable, qu'elle alluma. L'éclat du petit écran dissipa en partie les ténèbres.

— Vous ne capterez pas ici, la prévint Roman. Si c'était le cas, les hommes de Zavalov nous auraient pris nos téléphones avant de nous enfermer.

Elle l'ignora et composa le numéro des urgences. Malheureusement, la remarque de Roman s'avéra fondée. Elle se déplaça à travers la pièce dans l'espoir de capter le réseau.

— Nous sommes sous terre, lui rappela Roman. Les murs sont très épais. Et les parois métalliques font office de cage de Faraday.

La lueur du téléphone de Madelyn illuminait le visage de Roman. En apercevant ses lèvres tuméfiées, elle se rappela soudain leur baiser et se demanda avec angoisse si ce serait le dernier qu'il lui serait donné de recevoir.

— Comment pouvez-vous être aussi calme alors qu'ils vont nous tuer ? lui demanda-t-elle.

— Ils ne vont pas nous tuer, lui assura-t-il.

— Bien sûr que si ! protesta-t-elle. Ils n'ont même pas cherché à le cacher.

— Je ne compte pas laisser à une ordure comme Oleg Zavalov le plaisir de m'abattre, rétorqua Roman avec une assurance qui la déconcerta. Mais, si nous voulons sortir d'ici vivants, je vais avoir besoin de vous. Est-ce que vous vous sentez prête à m'aider, Maddie ?

Surprise par l'emploi de ce diminutif, Madelyn jeta un dernier coup d'œil à son portable, qui lui confirma l'absence de réseau. De toute évidence, Roman était sa seule chance de sortir d'ici.

— D'accord, soupira-t-elle en s'efforçant de dominer l'angoisse qui la rongeait. Que suggérez-vous ?

— Approchez-vous de la porte et éclairez la serrure, lui demanda-t-il. Je vais voir si je peux la crocheter.

Elle s'exécuta et Roman s'agenouilla pour observer le mécanisme.

— Est-ce que vous avez une carte de crédit ? lui demanda-t-il. Si Serge a juste repoussé la porte et qu'il n'a pas fermé à double tour, nous avons peut-être une chance de repousser le pêne.

Elle sentit l'ombre d'un espoir se dessiner en elle. Fouillant fébrilement son sac à la recherche de son portefeuille, elle le laissa malencontreusement tomber. Le contenu se répandit sur le sol.

L'espace de quelques instants, elle demeura immobile, les yeux fixés sur ces objets si familiers et qui lui paraissaient brusquement totalement déplacés, presque irréels dans cet environnement hostile.

Elle ne put réprimer les larmes qui lui montaient aux yeux en voyant ces débris épars de ce qui avait constitué sa vie jusqu'à ce soir : ses clés de voiture, celles de son appartement, sa carte d'étudiante, un tube de rouge à lèvres qu'elle n'utilisait quasiment jamais, un petit paquet de bonbons à la menthe forte…

— Tenez, souffla-t-elle en tendant à Roman la carte de crédit qu'il lui avait demandée.

Elle éclaira Roman tandis qu'il la faisait glisser dans l'interstice séparant la porte du mur. Après avoir donné quelques coups d'épaule, il secoua la tête.

— Il y avait peu de chances, avoua-t-il. Ils ont bien fermé le verrou.

— Alors c'est fini ? lâcha-t-elle d'un ton accablé.

— Je ne compte pas renoncer aussi facilement, objecta Roman. Utilisez votre téléphone pour inspecter la pièce.

— Qu'est-ce que je suis censée chercher ? lui demanda-t-elle.

— N'importe quoi qui serait susceptible de nous aider, répondit-il.

Ils se mirent donc à parcourir la chambre froide. Mais Madelyn n'avait vraiment aucune idée de ce qu'elle pourrait bien trouver d'utile.

— Bingo ! s'exclama alors Roman.

Suivant son regard, elle avisa un thermomètre accroché à la paroi.

— Cela ne vaut pas une épingle de nourrice, déclara-t-il. Mais nous devrons nous en contenter.

Elle se demanda si les coups qu'il avait pris sur la tête ne l'avaient pas affecté plus qu'elle ne l'avait pensé. Mais il commença à démonter le thermomètre et en détacha une tige métallique.

— Voici notre clé, annonça-t-il à l'intention de Madelyn. Je vais avoir de nouveau besoin de vous. Mais cette fois vous devrez maintenir votre carte de crédit en place tout en m'éclairant.

— D'accord, murmura-t-elle.

Elle s'agenouilla à côté de lui près de la porte comme il le lui demandait et il prit sa main qu'il plaça sur la carte bleue insérée entre la porte et le mur.

— Tenez-la bien droite, en poussant légèrement vers le haut. Si tout se passe comme je l'espère, vous sentirez la résistance céder. Glissez-la alors sous le pêne.

— D'accord, acquiesça-t-elle.

Avisant le regard empli de sympathie que Roman posait sur elle, elle céda à une brusque impulsion et effleura ses lèvres d'un baiser.

— Pour nous porter chance, lui dit-elle en voyant la surprise qui se peignait sur son visage.

— Ne vous en faites pas. Nous allons nous en sortir, lui assura-t-il d'une voix très douce.

Elle se força à lui sourire, n'osant s'abandonner complètement à l'espoir qu'il faisait renaître en elle. Roman se tourna alors vers la serrure et y glissa le fin morceau de métal qu'il avait arraché au thermomètre. Elle remarqua alors le tatouage qui ornait son avant-bras. Il représentait un aigle aux ailes déployées qui tenait entre ses serres une bannière frappée d'une devise latine.

— *Hoc defendam*, lut-elle. Ceci, nous le défendrons...

— C'est la devise de l'armée américaine, précisa Roman.

Madelyn hocha la tête. Le fait qu'il ait servi dans l'armée expliquait certaines choses : son aptitude au combat au corps à corps ainsi que le self-control dont il faisait preuve face à une arme à feu.

En revanche, cela n'expliquait ni comment il s'était retrouvé barman dans ce pub, ni pourquoi il avait placé un micro dans le bureau de son employeur. Mais, avant qu'elle n'ait le temps de formuler ces questions, la serrure fit entendre un petit cliquetis encourageant.

Suivant les instructions de Roman, elle fit aussitôt remonter la carte de crédit, qui repoussa le pêne. La porte s'entrouvrit et elle retint à grand-peine l'exclamation de joie qui lui montait aux lèvres.

À tâtons, elle rassembla ses affaires éparpillées sur le sol et les fourra dans son sac à main. Pendant ce temps, Roman repoussa légèrement la porte pour jeter un coup d'œil dans le couloir. Se redressant, elle regarda par-dessus son épaule et constata que le bureau de Zavalov était fermé. Il n'y avait pas trace de ses hommes.

— La porte qui se trouve au fond de la cave donne sur un escalier qui débouche dans une allée derrière le pub, lui indiqua Roman. Nous allons tenter notre chance de ce côté-là. Suivez-moi et ne faites surtout pas de bruit.

Il sortit et elle le suivit en retenant son souffle. Il referma précautionneusement la porte de la chambre froide derrière eux. En quelques pas, ils traversèrent la cave et parvinrent devant une porte métallique qui était fermée par un verrou électronique.

Le cœur battant à tout rompre, elle regarda Roman composer le code. À son grand soulagement, la petite diode rouge qui surmontait le pavé numérique passa au vert. Mais au même instant la porte de la réserve s'ouvrit, laissant apparaître l'homme de main qui l'avait frappée un peu plus tôt.

— *Chuto, chert voz mi, ty delayesh ?*

Madelyn n'avait aucune idée de ce que cela pouvait bien signifier. En revanche, le pistolet qu'il tenait à la main était parfaitement explicite.

Comprenant que ses interlocuteurs ne parlaient probablement pas russe, Serge passa à l'anglais.

— Qu'est-ce que vous faites ici, tous les deux ?

Un seul homme. Une seule arme. Roman se prit à songer que ses chances de survie étaient nettement meilleures, à présent. D'un pas, il vint se placer devant Madelyn, faisant écran de son corps. Il leva les mains, comme s'il avait l'intention de se rendre.

D'un geste de son pistolet, Serge lui indiqua la chambre froide. Roman hocha la tête et se déplaça dans cette direction sans quitter des yeux le petit-neveu de Nikolai Mateev. Ainsi qu'il l'espérait, ce dernier lui emboîta le pas.

Il se figea, le laissant se rapprocher légèrement. Dès qu'il fut à portée, il projeta son pied en arrière, cueillant Serge au niveau du plexus solaire. Profitant de l'effet de surprise, il attrapa le canon de l'arme de son adversaire tout en lui assenant un violent atémi au poignet.

Tandis que Serge se remettait du coup qu'il venait de recevoir, Roman le mit en joue.

— *Opustoshit vashi karmany !* lui ordonna-t-il.

Serge le considéra avec stupeur.

— *Ty govorish' po-russki ?* s'enquit-il.

— Oui, je parle russe, répondit Roman. Maintenant, fais ce que je t'ai dit et vide tes poches ! *Opustoshit vashi karmany !*

— *Da, da*, acquiesça Serge, qui sortit tour à tour son téléphone portable, son portefeuille, un paquet de cigarettes et un briquet qu'il laissa tomber sur le sol.

Il termina par un trousseau de clés.

— Avance, ordonna Roman en désignant la porte de la chambre froide. Et si tu fais un seul bruit je te fais exploser le crâne.

Serge se dirigea vers la chambre froide. Mais, au moment où sa main se posa sur la poignée, il décocha à son tour un puissant coup de pied en direction de Roman. Ce dernier s'écarta de justesse, mais pas suffisamment rapidement pour éviter que le pistolet ne lui soit arraché des mains.

L'arme vola à travers la cave et atterrit non loin de l'endroit où se trouvait Madelyn. Roman aurait voulu lui crier de s'enfuir sans attendre, mais il craignit que Zavalov ne l'entende. Ce dernier se trouvait toujours dans son bureau et le son étouffé de sa voix parvenait jusqu'à eux.

Redoutant que Serge ne donne l'alerte, Roman passa immédiatement à l'attaque, le frappant à la gorge. Le Russe tituba sous le coup, peinant à retrouver son souffle. Avant que Roman ne puisse le toucher de nouveau, il parvint pourtant à contre-attaquer, utilisant son corps comme un bélier et tirant avantage de sa masse corporelle nettement supérieure.

Déséquilibré, Roman bascula à l'intérieur de la chambre froide. Serge se jeta sur lui, mais il avait mésestimé l'agilité et la vitesse de son adversaire et Roman roula sur lui-même, échappant à son placage. Serge poussa un grognement et ouvrit la bouche pour crier.

Roman ne lui en laissa pas le temps. Bondissant à califourchon sur son adversaire, il plaqua ses mains sur son nez et sa bouche. Serge se débattit, se cabrant pour tenter de lui échapper et le bourrant de coups de poing.

Mais Roman tint bon. Il savait que, s'il lâchait prise, Serge appellerait au secours. Madelyn et lui perdraient alors toute chance de s'échapper discrètement. Serge lutta vainement, mais ses gestes se faisaient de plus en plus faibles, de moins en moins coordonnés. Finalement, il s'immobilisa totalement.

Ne sentant plus son souffle, Roman tâtonna à la recherche de son pouls et ne le trouva pas. Il étouffa un juron et se redressa péniblement. La voix de Zavalov lui parvenait toujours à travers la porte close.

— *Konechon, Otets, ya ozhidal uvidet' vas poslezavtra...*

Quelqu'un que Zavalov surnommait « père » ou « seigneur » devait venir le voir le lendemain. Une telle marque de respect ne pouvait se référer qu'à une seule personne : Nikolai Mateev. Se pouvait-il qu'il ait décidé de venir lui-même à Boulder ?

Si tel était le cas, Roman devait prévenir Rocky Mountain Justice au plus vite. C'était en effet une nouvelle inespérée, l'occasion, peut-être, d'appréhender le parrain russe en personne.

Sachant que Zavalov ne tarderait probablement pas à raccrocher, Roman rassembla les affaires que Serge avait déposées sur le sol et les jeta dans la chambre froide, ne gardant que son trousseau de clés. Il rejoignit alors Madelyn, qui l'attendait toujours près de la porte à code.

— Est-ce qu'il est mort ? demanda-t-elle à mi-voix.

— Je n'avais pas le choix, répondit sobrement Roman. C'était lui ou nous.

Il entra de nouveau le code et la porte se déverrouilla devant eux. Roman la poussa et jeta un coup d'œil de l'autre côté. Il ne vit que l'escalier métallique qui conduisait à la ruelle. La voie était libre. Contre toute attente, ils étaient parvenus à échapper à Zavalov et à ses hommes.

Mais alors même que Roman se faisait cette réflexion une voix retentit derrière eux.

— Black ! Arrête-toi !

Il ne prit pas la peine de réfléchir et poussa Madelyn à travers l'embrasure de la porte. Il passa le seuil à sa suite, au moment précis où Anton émergeait du bureau, arme au poing. Un coup de feu retentit et il sentit une douleur fulgurante lui transpercer le côté. Au prix d'un effort surhumain, il repoussa le battant de la porte métallique, qui arrêta le tir suivant.

— Prends la voiture, entendit-il Zavalov crier à Anton. Rattrape-les ! Où est Serge ?

Roman attrapa la main de Madelyn et l'entraîna vers l'escalier. Ils gravirent les marches quatre à quatre et débouchèrent dans la ruelle. À l'extérieur, il pleuvait à verse et ils se retrouvèrent rapidement trempés jusqu'aux os. Ils remontèrent en courant l'allée, s'éloignant le plus rapidement possible de La Proue.

Roman comprit alors qu'il avait dû être blessé plus

gravement qu'il ne l'avait cru initialement. À chacun de ses mouvements, une douleur insoutenable lui déchirait le flanc. Il serra les dents, sachant qu'il n'avait d'autre choix que d'avancer s'il voulait échapper à Anton.

— Ma voiture est garée à deux pâtés de maisons d'ici, lui indiqua Madelyn lorsqu'ils débouchèrent sur la rue principale.

— Je vous suis. Mais essayons de rester dans l'ombre...

Madelyn hocha la tête et traversa la rue en courant pour gagner l'allée suivante. Dès qu'ils l'eurent atteinte, Roman attira la jeune femme derrière une poubelle.

Comme elle faisait mine de l'interroger, il plaqua un doigt sur ses lèvres. Jetant discrètement un coup d'œil en direction de la rue qu'ils venaient de quitter, il constata qu'il ne s'était pas trompé : Zavalov déboucha de l'avenue conduisant à La Proue et observa attentivement les alentours.

Il craignit un instant qu'il ne vienne de leur côté mais, à son grand soulagement, il finit par faire demi-tour et repartir en direction du pub.

— C'est bon, murmura-t-il. La voie est libre.

Ils repartirent en courant, ce qui ne fit qu'accentuer la douleur que ressentait Roman. Le trajet ne leur prit sans doute pas plus de dix minutes, mais il eut l'impression qu'il durait trois fois plus longtemps. Lorsqu'ils atteignirent enfin la voiture de Madelyn, il était hors d'haleine et épuisé.

Il considéra avec stupeur le véhicule qui était garé le long du trottoir.

— Mais qu'est-ce que c'est que ce truc ? s'exclama-t-il, sidéré. Un pot de yaourt ?

— C'est une Mini, répondit Madelyn.

— On dirait un jouet.

— Si vous ne voulez pas monter, vous pouvez toujours rester là et vous expliquer avec votre employeur, répliqua-t-elle d'un air de défi.

Roman ne put réprimer un soupir. Il ne lui restait plus qu'à espérer qu'Anton ne les prendrait pas en chasse. Dans le cas contraire, ils n'auraient strictement aucune chance de lui échapper...

Lorsque Roman eut pris place sur le siège passager, Madelyn démarra en trombe et remonta la ruelle dans laquelle elle s'était garée. La plupart des lampadaires étaient cassés et elle était plongée dans une quasi-obscurité. Mais on devinait les murs couverts de graffitis et les poubelles renversées qui encombraient les trottoirs.

— Ce n'est pas ici que nous trouverons de l'aide, dit Roman. Le mieux serait de rejoindre le commissariat de Canyon Boulevard. Remontez vers le nord. Ce doit être la sixième ou la septième à gauche.

L'idée d'aller trouver la police emplit Madelyn de soulagement. Depuis qu'elle avait commis l'erreur de descendre dans la cave de La Proue, elle avait totalement perdu le contrôle des événements. Jamais au cours de son existence elle ne s'était sentie aussi dépassée. Et elle était heureuse de pouvoir s'en remettre à une autorité supérieure.

Elle accéléra encore et Roman laissa échapper un petit sifflement admiratif.

— Ce pot de yaourt en a vraiment dans le ventre, approuva-t-il.

— Le moteur est un TwinPower Turbo de chez BMW, l'informa-t-elle.

— Je ne connais pas grand-chose aux voitures européennes, reconnut Roman. Personnellement, je suis plutôt fan de bonnes vieilles Ford Mustang ou de Chevrolet Camaro.

— Je n'ose imaginer votre consommation d'essence mensuelle, rétorqua Madelyn.

— Vous marquez un point, admit Roman en souriant.

Ils parvinrent rapidement en vue du commissariat, un grand bâtiment de briques et de verre qui se dressait sur Canyon Boulevard. Alors même que Madelyn ralentissait pour s'engager sur le parking, elle vit les doubles portes s'ouvrir, laissant passer deux hommes en uniforme.

L'un d'eux lui était inconnu. L'autre, en revanche, elle venait tout juste de le croiser à La Proue, habillé en civil.

— Jackson…, murmura-t-elle. Et moi qui espérais qu'il avait menti en prétendant être policier.

— Ne vous arrêtez pas, lui conseilla Roman. Nous allons trouver une autre solution.

Madelyn suivit ses recommandations. Mais, quelques instants plus tard, elle remarqua une voiture qui approchait à vive allure derrière eux.

— On dirait que nous avons de la compagnie, annonça-t-elle.

Roman jeta un coup d'œil dans le rétroviseur et lâcha un juron.

— C'est Anton, lui indiqua-t-il.

Avant même qu'il ait pu ajouter un mot, le véhicule d'Anton les rejoignit et les percuta violemment par l'arrière. La petite voiture fut projetée vers l'avant, mais Madelyn parvint à en garder le contrôle et accéléra pour tenter d'échapper à leur poursuivant.

Roman était impressionné par le mélange de sang-froid et d'audace qui caractérisait Madelyn. Au lieu de paniquer comme l'auraient fait la plupart des gens, elle faisait preuve d'un étonnant self-control. Et il devait bien reconnaître qu'en dépit de ses goûts douteux en matière de véhicule elle était une excellente conductrice.

— Est-ce que vous vous sentez capable de le semer ? lui demanda-t-il.

— Je peux essayer, en tout cas, répondit-elle. Mais je ne connais pas très bien ce quartier.

— Prenez la deuxième rue à gauche, lui conseilla-t-il. Mais tâchez de tourner au dernier moment. Avec un peu de chance, Anton continuera tout droit et il ne pourra pas faire demi-tour avant plusieurs centaines de mètres...

Madelyn hocha la tête et enfonça encore un peu plus la pédale d'accélérateur. La petite voiture bondit en avant et leur poursuivant fut forcé d'accroître lui aussi sa vitesse.

— À trois ! s'exclama Roman. Un... deux... trois !

Sans hésiter, Madelyn braqua, s'engouffrant sur les chapeaux de roues dans la rue perpendiculaire. Ainsi qu'il l'avait espéré, Anton n'eut pas le temps de les imiter.

— Parfait ! reprit-il. Au bout de l'allée, tournez à droite puis prenez la première à gauche.

Madelyn ralentit à peine et effectua les deux manœuvres successives à une vitesse impressionnante.

— Garez-vous derrière cette benne à ordures, lui demanda alors Roman. Coupez le moteur et les feux !

Une fois de plus, Madelyn s'exécuta. Un profond silence succéda aux grondements du moteur tandis que tous deux demeuraient immobiles dans l'obscurité. Seul se faisait entendre le martèlement de la pluie contre la carrosserie et le pare-brise de la voiture.

— Est-ce que ça va ? demanda Roman.

Elle se tourna vers lui et le dévisagea comme s'il avait perdu la raison.

— Comment voulez-vous que ça aille ? s'exclama-t-elle. Ma sœur a disparu, j'ai failli me faire tuer et je ne peux même pas aller trouver la police parce qu'elle est corrompue ! Je ne sais même plus à qui je peux faire confiance...

— Vous pouvez me faire confiance, répondit-il doucement.

— Je ne vous connais même pas, objecta-t-elle.

— Fiez-vous à votre instinct, lui suggéra-t-il. N'est-ce pas ce que vous faites tous les jours lorsque vous êtes confrontée à vos patients ?

— Ce n'est pas la même chose, répliqua-t-elle. J'ai été formée pour prendre ce genre de décisions.

— C'est vrai, reconnut Roman. Tout comme je l'ai été pour affronter le genre de situation auquel nous nous trouvons confrontés à l'heure actuelle.

— Que pensez-vous que nous devrions faire, alors ?

— Une chose est sûre : Zavalov ne va pas abandonner si facilement. Les enjeux sont bien trop importants pour lui.

— Voilà qui est rassurant, lâcha-t-elle d'un ton sarcastique.

— Voyez les choses du bon côté : nous sommes toujours vivants et, pour le moment, nous avons échappé à Anton. Est-ce que je peux emprunter votre téléphone portable ?

Madelyn fouilla dans son sac à main et le lui tendit. Roman composa alors le numéro de Ian Wallace. Il tomba sur son répondeur.

— Ian, dit-il, c'est DeMarco. Il s'est passé pas mal de choses, mais je préfère ne pas rentrer dans les détails. La ligne n'est pas sécurisée. Je suis en route pour te rejoindre et je te ferai un rapport détaillé. Si tout se passe bien, je devrais arriver d'ici une heure ou deux.

Il raccrocha et tendit l'appareil à Madelyn qui l'observait d'un air franchement suspicieux.

— DeMarco ? répéta-t-elle. Je croyais que votre nom était Black.

Étant donné les circonstances, Roman estima qu'il devait quelques explications à la jeune femme.

— Roman Black est un pseudo, lui dit-il. Je travaillais sous couverture à La Proue.

— Vous êtes policier ? lui demanda-t-elle, pleine d'espoir.

— Je travaille pour une société privée de sécurité appelée Rocky Mountain Justice. Nous collaborons étroitement avec la police dans le cadre d'une enquête sur Oleg Zavalov.

— Qui est-ce, exactement ?

— Un membre important d'une mafia russe spécialisée dans la production, la transformation et la vente de drogue — plus particulièrement d'héroïne et autres dérivés opiacés.

— Et quel est votre rôle, dans cette histoire ?

— Infiltrer La Proue pour espionner discrètement Oleg.

— Je vois. C'est pour cela que vous avez installé ce mouchard.

— Tenté d'installer, en l'occurrence. Et vous m'avez pris sur le fait.

— Je suis désolée, soupira-t-elle. Si je n'étais pas descendue dans cette cave...

— Ne vous en faites pas. Je pense avoir découvert ce que j'étais venu chercher, de toute façon. Mais il va me falloir me rendre à Denver et ma voiture est garée juste à côté de La Proue.

— Je peux vous emmener, suggéra Madelyn.

Roman hésita quelques instants. Il ne tenait pas à l'impliquer plus que nécessaire. D'un autre côté, Denver n'était qu'à trois quarts d'heure en voiture. Et il ne se sentait pas vraiment en état de prendre un bus.

À présent que la tension de la course-poursuite s'estompait et que l'adrénaline refluait, il sentait la douleur revenir, plus intense encore qu'auparavant. Inquiet, il palpa précautionneusement la blessure.

Le T-shirt noir que portait Roman avait été trempé par l'averse. Mais, lorsqu'il posa les doigts sur le tissu, Madelyn constata que l'eau de pluie était mêlée de sang.

— Vous êtes blessé ! s'exclama-t-elle.

— Je ne crois pas que ce soit très grave, lui assura Roman.

Mais elle ne fut pas dupe. Il était pâle et son visage était couvert de transpiration. Il était évident qu'il souffrait bien plus qu'il ne voulait le laisser paraître.

— Laissez-moi regarder, lui dit-elle.

Sans tenir compte de ses protestations, elle souleva délicatement son T-shirt, révélant une plaie ensanglantée juste au-dessus de sa hanche.

— L'une des balles vous a frôlé, constata-t-elle. La blessure est superficielle, mais il va tout de même vous falloir des points de suture.

— Cela attendra Denver, déclara Roman.

— Denver est à au moins trois quarts d'heure d'ici, protesta vivement Madelyn. Probablement plus d'une heure, vu le temps qu'il fait. Je ne tiens pas à ce que vous vous vidiez de votre sang. Je vais vous conduire à l'hôpital.

— Pas question ! Je ne peux pas me permettre de perdre mon temps aux urgences. De plus, si les médecins se rendent compte qu'il s'agit d'une blessure par balle, ils seront contraints d'appeler la police. Et je ne tiens pas à ce que Jackson signale ma présence à Zavalov et à ses sbires...

— Je pourrais m'occuper de vous, suggéra Madelyn. J'ai mon badge et je devrais pouvoir nous faire entrer à l'hôpital discrètement...

Elle fouilla son sac à main à la recherche du badge en question. Son étonnement se mua rapidement en appréhension puis en terreur lorsqu'elle comprit qu'elle ne l'avait plus.

— Ce n'est pas possible, murmura-t-elle d'une voix blanche.

— Qu'y a-t-il ?

— Mon badge... Il a dû tomber quand mon sac s'est renversé.

— Dans la chambre froide du bar ?

Elle hocha la tête. L'inquiétude qu'elle lisait dans les yeux de Roman ne lui disait vraiment rien de bon.

— Vous devez quitter Boulder, vous aussi, déclara-t-il alors.

— Que voulez-vous dire ?

— Que si Zavalov a trouvé le badge en question il sait déjà où vous travaillez et comment vous vous appelez. Il n'aura aucun mal à trouver où vous habitez. Il chargera quelqu'un de surveiller votre domicile et de s'emparer de vous dès que vous y remettrez les pieds.

— Mais pourquoi ? murmura Madelyn. Je ne suis personne.

— Zavalov n'en est pas sûr. Il vous soupçonne d'être de mèche avec moi. Et, même s'il s'aperçoit qu'il n'en est rien, il n'hésitera pas à se servir de vous pour faire pression sur moi.

Madelyn ferma les yeux, luttant contre la sensation de désespoir qui montait en elle. Lorsqu'ils s'étaient échappés de La Proue, elle avait cru en avoir fini avec cette sombre histoire. Puis Anton les avait pris en chasse. Elle était parvenue à le semer et s'était convaincue qu'elle allait pouvoir rentrer tranquillement chez elle. Mais elle comprenait à présent qu'elle était prise dans un engrenage qui menaçait de la broyer impitoyablement.

— Qu'allons-nous faire ? soupira-t-elle.

— Est-ce que vous pensez vraiment qu'il est nécessaire de me recoudre ?

— Oui, répondit-elle sans hésiter.

— Dans ce cas, je connais un endroit où nous serons en sécurité, le temps de me remettre sur pied. Ensuite, nous repartirons pour Denver...

Oleg était entouré d'idiots. Anton venait de l'appeler pour lui annoncer qu'il avait perdu Roman et la fille. Quant à Serge, Dieu seul savait où il pouvait bien se trouver. Mais c'était lui qui avait laissé leurs prisonniers s'échapper et Oleg comptait bien lui dire ce qu'il pensait de son incompétence.

Le fait qu'il soit le neveu de Nikolai Mateev n'excusait pas tout. L'homme était aussi impulsif qu'obtus. Il avait une mentalité d'homme des cavernes et Oleg doutait qu'il puisse un jour assumer les responsabilités que son grand-oncle comptait apparemment lui confier.

Mais Nikolai comptait sur lui pour le former. Il n'avait donc d'autre choix que d'essayer de lui inculquer les bases du blanchiment d'argent. Serge ne cachait pourtant pas le peu d'intérêt qu'il éprouvait pour ce genre de subtilités. Ce qu'il préférait, c'était la violence — et plus particulièrement la violence gratuite exercée contre des victimes impuissantes.

Réprimant l'agacement que lui inspirait le personnage, Oleg se répéta que le fait que Nikolai lui ait confié son petit-neveu constituait une marque de confiance et d'estime. De plus, il n'aurait probablement plus très longtemps à supporter cet imbécile puisque Nikolai repartait avec lui en Russie, après sa visite à Boulder.

De retour au bar, il gagna immédiatement son bureau, où il se défit de ses vêtements trempés pour enfiler un costume sec. Il appela ensuite Serge sans obtenir de réponse. Étonné, il alla jeter un coup d'œil à la réserve puis à la chambre froide où ils avaient enfermé les prisonniers.

Là, il écouvrit Serge étendu de tout son long sur le sol. De toute évidence, l'imbécile s'était laissé surprendre par Roman, qui l'avait assommé.

— Serge ! appela-t-il. L'heure de la sieste est finie !

N'obtenant aucune réponse, il s'approcha pour secouer son acolyte. C'est alors qu'il avisa le regard sans vie de ce dernier fixé sur le plafond.

— Ce n'est pas possible, murmura-t-il, sentant un frisson glacé le parcourir.

Par acquit de conscience, il chercha le pouls de Serge. En vain. Cette fois, il ne put réprimer le sentiment d'horreur qui montait en lui.

Serge était mort.

Nikolai Mateev le tiendrait pour responsable de ce qui s'était passé. Il ne lui pardonnerait jamais de ne pas avoir su veiller sur son petit-neveu. C'en serait fini de l'existence dorée qu'Oleg s'était bâtie à force de travail et de volonté.

Car, contrairement à Serge, il n'avait pas eu la chance de naître avec une cuillère en argent dans la bouche. Il provenait d'un milieu très modeste. Ses ancêtres n'avaient pourtant pas toujours été pauvres. Sans la révolution russe, Oleg serait né comte et aurait régné sur d'immenses domaines.

C'était peut-être cette révélation que lui avait faite sa grand-mère paternelle qui avait alimenté son ambition. Il s'était juré que ses descendants ne connaîtraient pas la même déchéance. Et il était prêt à tout pour restaurer la fortune passée de sa famille — y compris à blanchir l'argent de l'un des plus grands narcotrafiquants du monde.

Mais la mort de Serge risquait de réduire à néant tous ses efforts. Oleg décocha un coup de pied rageur au cadavre. Comment cet imbécile était-il parvenu à se faire tuer par un opposant désarmé alors que lui-même avait un pistolet ?

Oleg fronça les sourcils. Serge n'avait malheureusement pas été le seul à sous-estimer son adversaire. Lui-même avait fréquenté Roman Black durant de longues semaines sans s'imaginer un seul instant qu'il puisse s'agir d'un traître. Qu'avait-il pu découvrir durant tout ce temps ? Et pour le compte de qui ?

Oleg se devait de répondre à ces questions. D'une part, cela lui permettrait peut-être de se mettre à l'abri. D'autre part, s'il parvenait à capturer les deux fuyards, il pourrait les livrer à Nikolai pour faire amende honorable. C'était sans doute sa seule chance d'échapper au courroux du mafieux.

Comme Oleg s'apprêtait à quitter la chambre froide, un objet attira son attention. C'était un badge muni d'un cordon, qui était posé à même le sol dans un coin de la pièce. Curieux, il s'en saisit et lut ce qui était inscrit dessus :

Madelyn THOMPKINS
Interne en médecine
Hôpital universitaire du Colorado

La photographie qui figurait sur le badge ne laissait aucun doute : il s'agissait bien de la petite amie de Roman. Un sourire se dessina sur les lèvres d'Oleg. La chance était peut-être en train de tourner.

Maintenant qu'il savait qui était cette fille et où elle travaillait, remonter jusqu'à elle serait un jeu d'enfant. Et, s'il parvenait à se saisir d'elle, il obtiendrait un moyen de pression sur Roman. Il ne lui serait dès lors pas très difficile de le piéger.

Nikolai aurait ensuite tout loisir de venger son abruti de neveu comme il l'entendait...

3

La pluie continuait obstinément de s'abattre sur le pare-brise de la voiture, compromettant la visibilité et forçant Madelyn à ralentir. Ils avaient quitté la ville et suivaient une route secondaire qui s'élevait à flanc de montagne.

À ses côtés, Roman demeurait silencieux, maintenant la pression sur sa blessure ainsi qu'elle le lui avait conseillé. La plaie saignait toujours, ce qui inquiétait beaucoup Madelyn. Mais plus encore que l'hémorragie, elle craignait que Roman ne se retrouve en état de choc, ce qui arrivait souvent dans les cas de blessures par balle.

— Où allons-nous ? lui demanda-t-elle pour le forcer à rester éveillé et concentré.

— Quelque part où Oleg n'aura aucune chance de nous retrouver, répondit-il.

Ce n'était pas une réponse très précise, mais elle avait au moins le mérite de démontrer que Roman était toujours conscient et sur le qui-vive.

— C'est bizarre, dit-elle.

— Quoi donc ?

— Oleg ne ressemble pas du tout à l'idée que je me faisais d'un trafiquant de drogue.

— À vrai dire, ce n'est pas sa fonction première, expliqua Roman. Il est surtout chargé de blanchir les bénéfices que le cartel réalise aux États-Unis.

Madelyn ne put réprimer un soupir. En se rendant à La Proue, jamais elle n'aurait imaginé qu'elle était en train de se jeter tout droit dans le repaire d'un tel criminel. Mais elle comprenait mieux à présent pourquoi sa sœur s'intéressait à ce bar. C'était sans doute là qu'elle venait s'approvisionner en drogue...

— Et cela vous arrive souvent d'espionner ce genre de personnes ? s'enquit-elle.

— À vrai dire, non. Le plus souvent, les gens que je recherche sont de petits délinquants. La plupart sont accusés de ne pas avoir respecté les conditions de leur probation.

— Et c'est la première fois que vous vous faites tirer dessus ?

Roman se fendit d'un sourire.

— Loin de là, répondit-il. À vrai dire, c'est une mauvaise habitude, chez moi. Mais c'était pire du temps où je servais dans l'armée.

— Que faisiez-vous ?

— J'étais dans les forces spéciales, répondit-il. Mais je ne peux pas vous en dire beaucoup plus.

Madelyn lui jeta un regard en biais. Si quelqu'un d'autre lui avait dit une chose pareille, elle l'aurait probablement soupçonné de vantardise. Après tout, c'était probablement le genre de répliques susceptible de fasciner la plupart des filles.

Mais elle ne mettait pas en doute la parole de Roman. Il y avait en lui quelque chose de dangereux. Elle l'avait vu se battre. Elle l'avait vu réagir face à une arme à feu. Et elle voyait la façon dont il encaissait cette blessure. Tout semblait indiquer qu'il était bel et bien un professionnel...

— Prenez la prochaine à gauche, lui indiqua-t-il alors, la tirant de ses réflexions.

Elle ralentit légèrement, se préparant à tourner. La pluie se doublait à présent d'un épais brouillard qui ne rendait la conduite que plus dangereuse. Lorsqu'elle aperçut la route de terre qui partait sur la gauche, elle arrêta la voiture.

— Qu'est-ce que vous faites ? lui demanda Roman, surpris.

— Je veux savoir où vous nous conduisez, exactement, lui dit-elle.

Roman lui avait peut-être sauvé la vie, mais elle ne se sentait pas encore prête à lui faire aveuglément confiance.

— Ce chemin mène à une maison que possède Rocky Mountain Justice, expliqua-t-il. Elle n'est pas utilisée très souvent et l'aménagement est assez rudimentaire. Mais nous y serons en sécurité. Et, à l'intérieur, il y a du matériel médical et une radio qui me permettra de contacter Denver sans craindre que l'appel ne soit intercepté.

Madelyn hésita quelques instants avant de relancer le moteur et de s'engager sur le chemin de terre. Il était couvert d'ornières et de nids-de-poule que l'obscurité, la pluie et le brouillard ne lui permettaient de distinguer qu'au dernier moment.

À plusieurs reprises, elle craignit de s'embourber, mais sa petite voiture parvint courageusement à franchir la distance qui séparait la route principale d'un petit pont de bois traversant une rivière aux eaux boueuses.

— Vous êtes sûr que le pont va tenir le coup ? s'enquit-elle d'une voix dubitative.

Roman parut hésiter.

— Il vaudrait peut-être mieux laisser la voiture de ce côté-ci, reconnut-il enfin.

— Est-ce que nous sommes encore loin de la maison ?

— À deux kilomètres environ.

— Je ne peux pas vous laisser marcher deux kilomètres alors que vous êtes blessé.

— Ne vous en faites pas pour moi. J'ai survécu à pire.

— Vous êtes sûr ?

— Certain. Nous ne pouvons vraiment pas nous permettre que votre voiture se retrouve dans la rivière.

À contrecœur, Madelyn dut bien reconnaître qu'il avait raison.

— Si vous êtes sûr d'en être capable...

— Ne vous en faites pas pour moi.

Roman lui décocha un sourire rassurant et ouvrit la portière. Elle remarqua cependant le rictus de souffrance qui se dessina sur son visage lorsqu'il se redressa pour sortir de la voiture. Elle descendit à son tour et se retrouva très rapidement trempée de la tête aux pieds.

À cette altitude, la pluie était bien plus froide encore qu'en ville et elle ne put s'empêcher de frissonner. Lorsqu'elle contourna le véhicule, elle sentit ses pieds s'enfoncer dans la boue et manqua trébucher.

— Tout va bien ? lui demanda Roman en la soutenant par le bras.

Elle se sentit un peu honteuse. Après tout, c'était lui qui était blessé et qui avait besoin de son aide.

— Ça va, murmura-t-elle. J'ai juste l'impression de me retrouver plongée dans un cauchemar dont je n'arrive pas à me réveiller.

— Cela peut se comprendre, acquiesça Roman. Malheureusement, nous ne sommes pas encore au bout de nos peines.

— Je ne sais pas comment vous faites pour tenir le coup, lança Madelyn. Vous devriez être tranquillement allongé dans une chambre d'hôpital.

— Et manquer une promenade en montagne romantique avec vous ? plaisanta-t-il. Il n'en est pas question.

Elle lui décocha un pâle sourire et tous deux traversèrent le pont sous lequel roulaient les eaux tumultueuses de la rivière en crue. Parvenus de l'autre côté, ils suivirent le sentier boueux qui serpentait au milieu des bois.

Une fois de plus, elle songea qu'elle se trouvait au beau milieu de nulle part, en compagnie d'un homme qu'elle ne connaissait pas. Elle savait parfaitement que s'il décidait de s'en prendre à elle elle n'aurait quasiment aucune chance de pouvoir lui échapper.

Cette pensée aurait probablement dû l'emplir d'effroi mais, curieusement, elle se sentait intimement convaincue que Roman était digne de confiance. Elle n'aurait su l'expliquer précisément. Mais il avait une façon de la regarder qui la rassurait. À ses côtés, elle se sentait protégée.

Ces deux kilomètres en forêt lui parurent cependant interminables. La pluie glaciale qui s'abattait sur eux la faisait trembler convulsivement. De plus, la fatigue et la tension nerveuse accumulées au cours de ces dernières heures commençaient à se faire durement sentir.

Elle n'osait imaginer ce que pouvait ressentir Roman, qui devait en plus supporter la douleur causée par sa blessure. Mais il ne se plaignait pas, se contentant d'avancer d'un pas régulier, les yeux fixés droit devant lui et les mâchoires serrées.

Madelyn se sentit impressionnée par la volonté dont il faisait preuve. Et elle puisa dans son exemple la force de continuer. Au bout de ce qui lui parut être une éternité, ils arrivèrent en vue de la maison. En réalité, elle méritait probablement plus le nom de cabane. Mais en de telles circonstances elle lui fit l'effet d'un véritable palais.

Ils parcoururent les derniers mètres qui les séparaient de ce refuge et Roman récupéra la clé qui était cachée sous une planche amovible de la terrasse. Il déverrouilla la porte et la poussa avant de sortir un briquet de sa poche.

— Il n'y a malheureusement pas l'électricité, lui indiqua-t-il.

Elle le suivit à l'intérieur et le vit allumer une lampe à pétrole qui était accrochée près de l'entrée. La lumière révéla une pièce sobrement meublée. Il y avait un grand canapé-lit et un fauteuil installés près d'une cheminée, une table en bois sur laquelle étaient posés plusieurs appareils électroniques, un plan de travail muni d'un évier métallique et une minuscule gazinière.

— La salle de bains est par là, lui indiqua Roman en désignant une porte qui s'ouvrait au fond de la pièce. Il doit y avoir des vêtements secs à l'intérieur, si vous voulez vous changer.

Madelyn était sur le point d'accepter lorsqu'elle avisa le visage blafard et les traits tirés de son compagnon. La lueur de la lampe-tempête ne faisait qu'accentuer son apparence presque fantomatique. Elle révélait aussi qu'il était parcouru de frissons irrépressibles.

— Je vais commencer par m'occuper de votre blessure, déclara-t-elle. Enlevez vos habits trempés et enveloppez-vous dans une couverture.

— Je ferais mieux de commencer par allumer un feu de cheminée, déclara Roman.

— Ne vous a-t-on jamais dit que l'on était censé obéir à son médecin ? objecta-t-elle en fronçant les sourcils. Je vous rappelle que c'est pour vous soigner que nous sommes venus jusqu'ici.

— D'accord, soupira Roman en se laissant tomber sur le canapé. Mais vous allez devoir m'aider à enlever mon T-shirt.

Il leva les bras en grimaçant de douleur et elle lui retira précautionneusement le vêtement avant de poser sur ses épaules le plaid qui traînait sur le canapé. Elle positionna ensuite la lampe-tempête de façon à éclairer la blessure.

— Au moins, le sang a cessé de couler, murmura-t-elle. Mais il va falloir que je désinfecte la plaie et que je la recouse. Vous m'avez bien dit qu'il y avait une trousse de secours ?

— Dans la salle de bains, je crois.

— Je reviens tout de suite.

Madelyn gagna la minuscule salle d'eau attenante. Elle

ne contenait qu'un lavabo et des toilettes, ainsi qu'une grande armoire renfermant des draps, des couvertures, des serviettes ainsi que quelques vêtements de rechange.

Il y avait également une trousse à pharmacie très complète, dont elle s'empara avant de retourner auprès de son compagnon. Il était à demi étendu sur le canapé, la tête renversée en arrière et les yeux mi-clos.

Madelyn se mit aussitôt au travail. Elle commença par nettoyer précautionneusement la blessure avant de la désinfecter. Puis elle entreprit de le recoudre. Roman supporta courageusement la procédure, se contentant de serrer les dents tandis qu'elle suturait les bords de la plaie.

Elle plaça ensuite un bandage et lui donna deux antalgiques ainsi que des antibiotiques, par acquit de conscience.

— Merci, Madelyn, lui dit-il lorsque ce fut terminé. Je vais m'occuper du feu.

— Certainement pas ! protesta-t-elle vivement. Je ne tiens pas à vous recoudre une seconde fois. Dites-moi juste où se trouve la réserve de bois.

Roman parut hésiter quelques instants.

— Je suis parfaitement capable d'allumer un feu, lui signala-t-elle.

— D'accord, soupira-t-il, vaincu. Le bois est entassé sur la terrasse, sous une bâche. Il y a une lampe de poche dans l'un des tiroirs près de l'évier.

Madelyn alla la chercher et quitta à contrecœur l'intérieur de leur refuge. Au cours des dernières minutes, la température avait encore baissé et la pluie s'était changée en neige qui tombait à gros flocons. Traversant la terrasse, elle se dirigea vers la pile de bois.

Là, elle constata avec découragement que la bâche qui était censée le protéger s'était déchirée. Les bûches qui se trouvaient dessous étaient détrempées et ils ne pourraient espérer allumer un feu avant qu'elles n'aient séché, ce qui prendrait certainement plusieurs heures.

Elle rassembla un tas de bois et l'apporta dans la cabane.

— Nous n'avons vraiment pas de chance, déclara-t-elle en se dirigeant vers la cheminée. Le bois est trempé...

Elle déposa son fardeau dans le foyer et s'agenouilla pour étaler les bûches et leur permettre de mieux sécher.

— J'ai l'impression que nous sommes maudits, ajouta-t-elle.

Comme Roman ne lui répondait pas, elle se tourna vers lui et vit qu'il semblait s'être endormi. Mais quelque chose éveilla en elle un soupçon : il ne tremblait pas. Loin de la rassurer, ce détail raviva son inquiétude.

S'approchant de Roman, elle s'aperçut que ses yeux étaient entrouverts. Il ne paraissait pourtant pas la voir. Lorsqu'elle l'appela, ses paupières se soulevèrent légèrement avant de retomber aussitôt.

— Roman, regardez-moi !

Au prix d'un immense effort, il tourna les yeux vers elle. Posant doucement la main sur son front, elle constata que sa peau était glacée. Tous les symptômes concordaient, malheureusement. Pour confirmer son diagnostic, elle braqua sa lampe de poche vers son visage et la fit bouger de droite à gauche sans obtenir la moindre réaction.

Il souffrait d'hypothermie. La blessure qu'il avait subie et la perte de sang qui s'en était suivie avaient dû sérieusement entamer sa résistance au froid. Et si elle n'agissait pas très rapidement il risquait l'arrêt cardiaque.

— Roman, lui dit-elle. Vous souffrez d'hypothermie. Je vais devoir vous enlever vos vêtements. Ils sont trempés et empêchent votre corps de se réchauffer.

Il ne répondit pas et elle entreprit de lui ôter ses chaussures et ses chaussettes. Elle découvrit que l'un de ses pieds était mutilé. Trois de ses orteils avaient été sectionnés. Son mollet présentait également les traces d'une ancienne blessure par balle. Elle repéra également sur son corps plusieurs cicatrices, qui témoignaient d'une existence très mouvementée.

Elle ne put s'empêcher de remarquer également que Roman était un homme particulièrement athlétique. Il avait de larges épaules, un ventre plat et des muscles parfaitement dessinés.

Elle se força à détourner les yeux. Elle n'était pas là pour admirer son physique remarquable mais pour tenter de lui sauver la vie. Elle décida cependant de lui laisser son caleçon et alla chercher toutes les couvertures qui se trouvaient dans l'armoire de la salle de bains.

Elle étendit Roman de tout son long sur le canapé et les entassa sur lui. Malheureusement, son corps ne produisait plus assez de chaleur pour se réchauffer par lui-même.

Prenant son pouls, elle constata qu'il était fuyant. Et il n'avait toujours pas repris conscience. Elle ne pouvait donc lui faire avaler une tasse de liquide chaud, ce qui aurait aidé son organisme à lutter contre le froid.

— Roman ? appela-t-elle.

Elle n'obtint pas de réponse et comprit qu'il ne lui restait qu'une solution. Sans hésiter, elle se débarrassa de ses propres habits, ne conservant que ses sous-vêtements.

Puis elle se glissa à son tour sous la couverture et plaqua son corps contre celui de Roman. Il était si froid qu'elle se mit à trembler de façon convulsive. Mais elle se força à demeurer serrée contre lui, parfaitement immobile.

Madelyn avait dû s'endormir. Lorsqu'elle rouvrit les yeux, elle constata que ceux de Roman étaient également grand ouverts.

— Qu'est-ce qu'une fille comme vous fait dans un endroit pareil ? lui demanda-t-il en souriant.

— Vous souffriez d'hypothermie, répondit-elle en se

sentant rougir jusqu'à la racine des cheveux. J'ai eu peur de vous perdre.

— Vous n'avez pas réussi à allumer du feu ?

— Le bois est trempé, répondit-elle en s'écartant légèrement de lui.

Il frissonna violemment et elle tendit la main vers son visage. Il s'était légèrement réchauffé, mais sa température corporelle demeurait beaucoup trop basse.

— Je crois que je devrais rester encore un peu auprès de vous, lui dit-elle.

— Avec plaisir, répliqua malicieusement Roman.

— Ce n'est pas... Je veux juste...

Elle s'interrompit, rougissant de plus belle.

— Ne vous inquiétez pas, lui dit-il en souriant. Je sais que vos intentions sont parfaitement innocentes.

Elle se détendit légèrement. Au moins, Roman ne semblait pas vouloir abuser de cette situation embarrassante.

— J'aurais mieux fait de vous écouter, dans la cave. Si j'étais remonté comme vous me l'avez conseillé, nous n'en serions pas là, vous et moi...

— Vous étiez inquiète pour votre sœur, objecta Roman. Vous vouliez être sûre que nous ne la retenions pas contre son gré. J'aurais fait exactement la même chose à votre place...

La voix de Roman se fit plus traînante et ses paupières retombèrent. Craignant qu'il ne replonge dans l'état catatonique dans lequel il se trouvait précédemment, elle le secoua doucement.

— Roman, il faut que vous continuiez à me parler, lui dit-elle. Tâchez de rester éveillé...

Il rouvrit les yeux et la considéra d'un air incertain, comme s'il n'était pas sûr de savoir qui elle était.

— Racontez-moi comment vous vous êtes fait cette blessure au pied...

— Comment savez-vous... ? commença-t-il avant de

secouer la tête. Ah oui, bien sûr... C'était en Afghanistan. Nous avions été chargés de porter secours à une unité qui s'était retrouvée prise sous le feu ennemi...

Il ferma de nouveau les yeux et elle lui secoua doucement l'épaule.

— Continuez, l'encouragea-t-elle.

— La mission était simple en apparence, reprit-il d'une voix un peu plus ferme. Localiser les soldats et les reconduire sains et saufs derrière nos lignes...

— Mais tout ne s'est pas passé comme prévu, j'imagine.

— Les informations qu'on nous avait transmises étaient incomplètes. Certains des soldats avaient été faits prisonniers par les talibans et nous avons dû nous introduire dans une de leurs grottes pour les tirer de là. Le combat a été court mais sanglant. Nous avons réussi à sauver tous les otages. J'imagine que cela valait bien une petite blessure au pied...

— Je le savais, murmura-t-elle.

— Quoi donc ?

— Vous êtes vraiment un héros.

Roman rit doucement.

— Je n'irais pas jusque-là, dit-il. Je n'ai fait que mon devoir.

Il se mit brusquement à trembler de façon convulsive.

— Qu'est-ce qui m'arrive ? bredouilla-t-il en claquant des dents.

— C'est bon signe, lui assura Madelyn. Votre corps se met à trembler pour dissiper le froid.

— Si vous le dites...

— Je pense que vous n'avez plus besoin de moi, lui dit-elle. Je vais vous laisser vous reposer.

— Pourriez-vous rester encore un peu ? lui demanda-t-il. S'il vous plaît ?

Elle hésita, sachant qu'elle n'avait plus vraiment de raison médicale de le faire. Mais elle s'aperçut simultanément qu'elle n'avait pas particulièrement envie de sortir de sous les couvertures. Et ce n'était peut-être pas uniquement parce qu'il faisait plus froid en dehors…

— D'accord, souffla-t-elle.

— Je suis content que vous soyez là, lui dit Roman.

— Roman, vous ne devriez pas dire ça…

— Pourquoi pas ? objecta-t-il. C'est ce que je pense.

— Vous ne savez quasiment rien de moi.

— Je ne suis pas d'accord. Je pense qu'après la soirée que nous venons de vivre j'en sais probablement plus long sur vous — sur ce que vous êtes réellement — que bon nombre de vos amis.

— Vous ne savez même pas si je suis mariée.

— L'êtes-vous ?

— Non. Et vous ?

— Je l'ai été, répondit-il. Mais nous avons divorcé.

— Est-ce que vous avez une petite amie ?

— Non.

— Je ne vous crois pas.

Il la considéra avec étonnement.

— Pourquoi est-ce que je vous mentirais ?

— Pour me persuader de rester dans ce lit avec vous, répondit-elle.

Un sourire malicieux se dessina sur les lèvres de Roman.

— Je croyais que c'était strictement professionnel, dit-il d'un ton faussement innocent.

Elle rougit de nouveau.

— Ça l'était, répondit-elle. Ça l'est…

— Si cela peut vous rassurer, je ne vous mens pas. Je n'ai pas de petite amie.

— Cela me paraît difficile à croire.

— Pourquoi donc ?

— Eh bien…, fit-elle, de plus en plus embarrassée. Vous êtes un homme très séduisant…

— C'est gentil. Malheureusement, mon métier ne se

prête pas vraiment aux relations suivies. Cela fait six mois que je travaille sous couverture, par exemple. La plupart des femmes n'ont pas vraiment envie de voir leur petit ami disparaître pendant la moitié de l'année...

— Effectivement, concéda-t-elle.

— Et vous ? Est-ce que vous avez quelqu'un ?

— Non, répondit-elle.

— Vous êtes pourtant une femme très séduisante, rétorqua-t-il avec une pointe de malice.

— Et tout aussi occupée que vous, j'en ai peur. C'est ce que m'a expliqué mon ex, lorsqu'il m'a quittée. Il m'a dit que je ne pouvais espérer garder quelqu'un si je passais mon temps à l'hôpital. Sur le coup, je lui en ai beaucoup voulu. Mais, rétrospectivement, je me suis dit qu'il avait certainement raison. J'ai donc décidé de rester célibataire au moins jusqu'à ce que j'aie décroché mon diplôme.

— C'est sans doute une sage décision, admit Roman.

Jusqu'à ce soir, Madelyn en avait effectivement été convaincue. Mais lorsque Roman l'avait embrassée, un peu plus tôt dans la soirée, elle avait réalisé à quel point ce genre d'intimité physique lui avait manqué. Il avait su éveiller en elle un mélange de curiosité et de désir dont elle avait perdu l'habitude.

Elle essaya de se convaincre que c'était parce que tous deux avaient frôlé la mort. C'était une réaction physiologique parfaitement naturelle, une pulsion de vie qui s'exprimait par une envie d'aimer et d'être aimé. Mais ce n'était pas une raison pour céder à ce qui demeurait une impulsion parfaitement irrationnelle.

— Parlez-moi encore de cet Oleg Zavalov, demanda-t-elle pour faire diversion.

— C'est un homme plein de paradoxes, répondit Roman. Il est intelligent et très ambitieux. Il ne manque pas de finesse. Mais il est parfaitement dépourvu de moralité. En revanche, il semble doté d'un certain sens de l'honneur. Jusqu'ici, il s'est toujours montré parfaitement fidèle à Nikolai Mateev...

— Qui est-ce ?

— Le chef du réseau de narcotrafiquants pour lequel travaille Zavalov. C'est l'un des principaux parrains de la *bratva*, la mafia russe.

— Je n'arrive pas à croire que ma sœur puisse se trouver mêlée à ce genre de personnes, soupira Madelyn, accablée.

— Elle ne fait pas vraiment partie de leur cercle, objecta Roman. Je ne pense même pas qu'elle connaisse Zavalov personnellement. Mais La Proue est un lieu où se croisent toutes sortes de gens, notamment des dealers et leurs clients...

— Au moins, je sais maintenant qu'elle n'est pas morte, murmura Madelyn. C'était le plus horrible au cours de ces derniers mois : nous ne savions même pas si elle était encore en vie. Elle ne m'a pas contactée alors qu'elle était à Boulder et qu'elle savait que j'étais étudiante en fac de médecine ici. J'aurais pu l'aider...

— Peut-être était-elle trop embarrassée pour se manifester, suggéra Roman.

— Mais je suis sa sœur...

— Écoutez, une fois que j'aurai réglé le cas de Zavalov, je vous aiderai à retrouver Ava. Je connais la plupart des clients réguliers du pub et l'un d'eux saura peut-être où elle vit.

— Vous feriez ça pour elle ?

— Je le ferais pour vous, répondit Roman.

Malgré elle, Madelyn sentit son cœur se serrer dans sa poitrine. Il aurait été si tentant en cet instant de céder à l'attirance qu'elle éprouvait envers lui.

Une partie d'elle brûlait de franchir la distance infime qui les séparait et de poser les lèvres sur les siennes. Mais elle savait aussi qu'une fois satisfaite l'envie qu'elle avait de lui elle regretterait son geste irréfléchi.

— Vous avez été vraiment fabuleuse, ce soir, reprit-il

gravement. Peu de gens seraient parvenus à garder un tel calme en se trouvant confrontés à Zavalov et à ses hommes.

— J'étais terrifiée, objecta-t-elle.

— Moi aussi, avoua-t-il. C'est une réaction parfaitement naturelle. Tout l'enjeu, en revanche, c'est de ne pas se laisser dominer par sa peur. Je pense que vous ferez un médecin exceptionnel.

— Vous n'arrêtez pas de me faire rougir, protesta-t-elle avec un rire gêné.

— J'aimerais faire mieux que cela, rétorqua-t-il en posant une main sur sa joue, qu'il caressa du pouce. Vous me plaisez beaucoup, Madelyn, vous savez…

Elle sentit les battements de son cœur s'emballer et avala difficilement sa salive.

— Je ne peux pas, murmura-t-elle. Vous avez été blessé par balle et exposé au froid… Ce ne serait pas une bonne idée…

Roman la fixa durant quelques instants avec une intensité qui la mit terriblement mal à l'aise. Puis il ôta la main de son visage et hocha la tête.

— Vous avez sans doute raison, lui dit-il.

Un mélange paradoxal de soulagement et de déception envahit Madelyn. Et elle se demanda si elle ne venait pas de commettre une erreur qu'elle regretterait durant de longues années…

Oleg Zavalov était assis sur le canapé de Madelyn Thompkins et considérait attentivement l'appartement de la jeune femme. Pendant ce temps, Anton faisait nerveusement les cent pas dans le petit salon.

— Arrête de tourner en rond, lui intima enfin Oleg. Tu me donnes le tournis !

— Est-ce que vous croyez qu'elle va venir ? s'enquit

son homme de main. Cela fait plus d'une heure que nous attendons.

— Et deux heures qu'elle a quitté La Proue, acquiesça Oleg. Je pense qu'elle ne viendra pas.

— Est-ce que vous avez envoyé Serge à leur recherche ?

— Il est resté au bar, répondit Oleg.

— Mais La Proue était en train de fermer, lorsque je vous y ai rejoint.

Oleg ne répondit pas. Il n'avait aucun compte à rendre à Anton. En revanche, il allait devoir trouver un moyen d'évacuer discrètement le corps de Serge de la chambre froide avant de rouvrir le bar.

— Je vais contacter Jackson, annonça-t-il enfin. Il nous aidera à localiser Roman et la fille.

Sortant son téléphone de la poche intérieure de sa veste, il composa le numéro de portable du policier.

— Vous ne devriez pas m'appeler sur ce téléphone, déclara Jackson dès qu'il eut décroché.

— J'ai besoin que vous me rendiez un petit service…

— Impossible, protesta Jackson. Je travaille.

— Seriez-vous en train de me refuser une faveur ? demanda Oleg d'une voix glaciale.

Un long silence répondit à sa question, suivi d'un soupir résigné.

— Qu'est-ce que je peux faire pour vous ?

— Je voudrais que vous localisiez un véhicule.

— Donnez-moi le modèle, la couleur et la plaque, si vous la connaissez.

Oleg demanda à Anton de lui communiquer ces informations et les transmit à Jackson.

— Lorsque vous aurez trouvé cette voiture, arrêtez-la et appelez-moi immédiatement.

— Je ne peux pas arrêter quelqu'un sans une bonne raison, protesta le policier.

— Trouvez-en une, rétorqua tranquillement Oleg.

— Qui est censé se trouver à bord ?

— Une certaine Madelyn Thompkins. La fille que vous avez empêchée de sortir du pub, ce soir même.

— Mais je croyais..., murmura Jackson.

Il ne termina pas sa phrase.

— Ce devait être le cas, reprit Oleg. Malheureusement, il y a eu un problème. Le barman et elle sont parvenus à s'enfuir.

Jackson laissa échapper un juron. Il devait savoir que Madelyn et Roman pourraient témoigner contre lui et le placer dans une position particulièrement délicate.

— Je vais vous aider, déclara-t-il. Mais c'est la dernière fois que je vous rends ce genre de services. Après ce soir, c'est terminé.

Oleg n'était pas inquiet. Jackson avait un faible pour l'alcool et pour les filles. Tôt ou tard, il reviendrait à La Proue. Ce n'était pas la première fois qu'il proférait de telles menaces, mais il revenait toujours.

— Comme vous voudrez, répondit Oleg. Mais prévenez-moi dès que vous les tiendrez.

Il raccrocha et se laissa aller contre le dossier du canapé. Il n'aimait pas beaucoup l'idée de dépendre d'un policier véreux pour retrouver Roman et Madelyn. Mais il n'avait guère le choix. Rien de ce qu'il avait vu dans cet appartement ne lui permettait de deviner où avaient bien pu se rendre les deux amants.

Sans doute ne se connaissaient-ils pas depuis si longtemps que cela, d'ailleurs. Car en observant les rares photos qui étaient accrochées aux murs Oleg n'avait pas trouvé trace de son ex-barman.

— Ça alors ! s'exclama Anton, qui s'était intéressé lui aussi à ces clichés. Je connais cette fille !

Oleg se leva et s'approcha de la photographie qu'il désignait. Elle représentait deux jeunes femmes assises à une table de pique-nique. Derrière elles se tenait un homme d'une cinquantaine d'années qui brandissait une grande fourchette à barbecue sur laquelle était plantée une côte de porc généreusement recouverte de sauce barbecue.

L'une des deux filles de la photo était Madelyn Thompkins. Elle avait les cheveux légèrement plus longs qu'aujourd'hui. Oleg estima que la deuxième devait être un peu plus jeune qu'elle. Elle était aussi nettement plus maigre. Son apparence était frêle et chétive et elle avait de grands cernes sous les yeux.

Malgré ces différences, il était évident que toutes deux étaient de la même famille. Elles avaient les mêmes yeux et le même nez. Sans doute étaient-elles sœurs ou cousines.

— La fille à côté de Madelyn ? s'enquit Oleg. Tu l'as déjà vue ?

Anton hocha la tête.

— Je l'ai déjà vue au bar. Comment s'appelle-t-elle, déjà ? Anna... ?

Il fronça les sourcils, fouillant sa mémoire.

— Ava ! s'exclama-t-il enfin. Je ne connais pas son nom de famille.

— Probablement Thompkins, murmura Oleg. Je parierais que c'est sa sœur.

Si tel était le cas, cela pouvait expliquer la présence de Madelyn dans son bar. Car elle ne semblait pas du tout être le genre femmes qui fréquentait ce genre d'endroits.

— Sais-tu où je pourrais trouver cette Ava ?

Anton se caressa pensivement le menton.

— Il me semble qu'elle habite dans le squat qui se trouve dans la même rue que La Proue.

— C'est une artiste ?

— Je ne crois pas, répondit Anton. Plutôt une camée qui s'est incrustée. J'imagine qu'elle sort avec l'un des types qui vivent là. Ou avec une des filles, pour ce que j'en sais...

— Parfait. Nous allons rentrer à La Proue. Je veux que tu trouves cette fille et que tu me l'amènes. Elle pourrait nous aider à retrouver Madelyn plus rapidement que cet abruti de flic.

— Et si elle ne sait pas où elle est ?

— Dans ce cas, nous nous servirons d'elle comme d'un appât, déclara Oleg en souriant.

Pour la première fois depuis qu'il avait découvert le cadavre de Serge dans la chambre froide, il avait l'impression que le vent était sur le point de tourner. Mais le temps pressait et, s'il voulait régler le problème avant l'arrivée de Nikolai Mateev, il allait devoir agir très vite.

4

Roman fut réveillé par une sensation de brûlure au côté. C'était une douleur lancinante mais vaguement familière et, avant même de se rappeler précisément ce qui s'était passé la veille, il comprit qu'il s'était fait tirer dessus.

La deuxième sensation qu'il perçut contrastait totalement avec la première. C'était le contact tiède et doux d'un corps de femme à demi dénudé qui se pressait doucement contre le sien.

La mémoire lui revint alors. Il ne s'agissait pas de n'importe quelle femme, mais de Madelyn Thompkins, la très séduisante jeune doctoresse qui lui avait sauvé la vie, au cours de cette nuit cauchemardesque.

À l'idée qu'elle avait passé toute la nuit à ses côtés, Roman sentit monter en lui un irrépressible mélange d'allégresse, de tendresse et de désir. Cela faisait bien longtemps qu'il ne s'était pas senti aussi séduit. À vrai dire, depuis son divorce, il avait presque réussi à se convaincre que plus jamais il ne retomberait amoureux.

Mais c'était compter sans le charme, le courage et l'humour de Madelyn...

Roman entrouvrit les yeux et s'aperçut qu'elle dormait toujours profondément à ses côtés. En avisant son visage, il sentit une étrange émotion lui serrer la gorge. Elle était tout simplement parfaite.

Ses traits étaient d'une finesse exquise, avec des pommettes hautes et bien dessinées, un petit menton volontaire qui contrastait avec la douceur presque enfantine de ses joues, un front au galbe parfait et des yeux en amande qu'ourlaient de longs cils magnifiques.

Incapable de résister à la tentation, il repoussa du bout des doigts une mèche de cheveux soyeux qui masquait en partie ce charmant visage. Il aurait pu passer des heures à la contempler.

Mais il savait qu'en se laissant distraire de cette façon il risquait de les mettre tous deux en danger. Il ne pouvait se permettre de baisser la garde tant qu'Oleg Zavalov serait à leur recherche.

Après tout, ce dernier avait de bonnes raisons de leur en vouloir : non seulement ils étaient susceptibles de témoigner contre lui devant un tribunal mais, de plus, ils étaient responsables de la mort de Serge, le petit-neveu de Nikolai Mateev.

L'idée que ce dernier était sur le point d'arriver au Colorado faisait naître en Roman autant d'impatience que d'inquiétude. Car, si la perspective de pouvoir coincer ce monstre était exaltante, il ne pouvait s'empêcher de s'interroger sur les raisons de sa présence ici.

Il devait pourtant savoir qu'en foulant le sol américain il s'exposait au risque d'être appréhendé. Quel motif impérieux pouvait donc le pousser à courir un tel risque ? C'était une information que Roman devait impérativement découvrir.

À contrecœur, il s'arracha donc au contact du corps de Madelyn et se glissa hors des couvertures. Il faisait toujours froid dans la cabane et Roman ne put s'empêcher de frissonner. Tâtant ses vêtements de la veille, qui étaient posés sur le dossier du fauteuil, il constata qu'ils étaient toujours imbibés d'humidité.

Fort heureusement, il y avait dans l'une des armoires de

la pièce tout un assortiment de vêtements de différentes tailles. Roman trouva rapidement un jean, une chemise de bûcheron et une veste polaire qui devaient lui aller et il passa dans la salle de bains.

Le reflet que lui renvoya impitoyablement le miroir n'était guère flatteur. L'un de ses yeux était gonflé, sa lèvre avait été profondément entaillée et son épaule était à vif. Sans même parler de la balle qui lui avait traversé le flanc, il avait essuyé une bonne correction aux mains des deux gorilles de Zavalov.

Il avait pourtant eu de la chance. Car toutes ces blessures étaient relativement superficielles et il devrait vite se remettre de cette soirée haute en couleur.

Après avoir fait une toilette de chat au lavabo et s'être lavé les dents, il enfila les vêtements qu'il avait trouvés et poussa le luxe jusqu'à se raser et passer un coup de peigne dans ses cheveux. Il revint alors dans la pièce principale et constata que Madelyn s'était réveillée.

— Bonjour, lui dit-elle d'une voix encore ensommeillée qui lui parut terriblement sexy.

Il sentit renaître en lui une pointe de désir incoercible. Il se doublait d'une forme de tendresse qui lui faisait un peu peur. Car il ne s'était toujours pas vraiment remis de son divorce et ne se sentait absolument pas prêt à s'investir dans une relation sérieuse.

— Bonjour, répondit-il en allant s'agenouiller devant la cheminée.

Il froissa quelques feuilles de journal, disposa du petit bois en pyramide et alluma le feu avant de jeter une bûche dessus.

— Merci de m'avoir remis sur pied, dit-il à Madelyn.

— C'était le moins que je puisse faire, répondit-elle en souriant. Après tout, vous m'avez sauvé la vie.

— Je vous trouve bien indulgente, objecta Roman. Après

tout, votre vie n'aurait pas été menacée si je n'avais pas posé ce micro...

— L'essentiel, c'est que nous soyons tous deux sains et saufs, déclara-t-elle.

Roman se redressa et s'autorisa enfin à se tourner vers la jeune femme. La vue de Madelyn ne contribua guère à atténuer la gêne qu'il éprouvait. Avec ses cheveux emmêlés, ses yeux encore légèrement bouffis de sommeil et ses lèvres purpurines qui contrastaient avec la pâleur de son visage, elle lui paraissait plus sensuelle que jamais.

— Est-ce que vous avez faim ? lui demanda-t-il pour faire diversion. Il ne faut pas vous attendre à un festin, juste à quelque chose de nourrissant.

— C'est tout à fait ce qu'il me faut, déclara-t-elle. Je suis affamée.

Comprenant qu'elle avait besoin d'un peu d'intimité, Roman se dirigea vers la porte.

— Nos vêtements d'hier sont toujours trempés. Mais il doit y avoir quelque chose à votre taille dans l'armoire. Servez-vous. Je vais chercher du bois pour le mettre à sécher.

— Merci, lui dit-elle.

Il se contenta de hocher la tête avant de se diriger vers la porte. Au passage, il constata que la radio qui était posée sur la table de bois était partiellement démontée. Le dernier agent ayant séjourné au refuge avait apparemment quitté les lieux sans prendre le temps de la réparer.

Roman aurait probablement pu le faire. Il connaissait sur le bout des doigts la plupart des modèles de radio utilisés par l'armée et les différents services de sécurité. Mais cela risquait de leur faire perdre un temps précieux.

Mieux valait quitter le refuge dès qu'ils auraient avalé leur petit déjeuner et retourner à la voiture de Madelyn. Il leur suffirait de parcourir quelques kilomètres pour retrouver une couverture réseau qui leur permettrait d'utiliser le portable de la jeune femme.

Il contacterait Rocky Mountain Justice puis se rendrait directement au quartier général de Denver. Là, il veillerait à ce que Madelyn soit placée sous protection policière. Il ne leur resterait plus alors qu'à faire arrêter Oleg et, avec un peu de chance, son employeur, Nikolai Mateev.

Si tout se déroulait comme il l'espérait, la journée serait bien remplie. Mais, dès demain, il serait libre de reprendre son existence normale.

Alors même qu'il se faisait cette réflexion, Roman prit conscience du fait que cette perspective ne l'enthousiasmait plus autant qu'auparavant. Au cours de ces dernières semaines, il avait pourtant rêvé d'en finir avec cette mission sous couverture.

Il se demanda si sa rencontre avec Madelyn n'y était pas pour quelque chose. En l'espace de quelques heures, il s'était beaucoup attaché à elle. Mais, s'il voulait éviter de les mettre tous deux en danger, il allait devoir reprendre rapidement le contrôle de ses émotions. De toute façon, Madelyn méritait mieux que quelqu'un comme lui.

Réprimant un soupir, Roman ramassa une brassée de bois et regagna la maison. Madelyn avait enfilé un chemisier et un short qui révélait de longues jambes fuselées. Cette vision raviva le désir lancinant qu'elle lui inspirait, le mettant encore un peu plus mal à l'aise.

— J'ai trouvé de quoi nous préparer un petit déjeuner, lui annonça-t-elle en souriant. Il y a des flocons d'avoine, des fruits secs et du lait.

— C'est parfait, acquiesça Roman.

Il s'était exprimé un peu sèchement, espérant ainsi rétablir une certaine distance entre eux après la nuit qu'ils venaient de passer ensemble. Cela n'échappa pas à la jeune femm, qui lui lança un regard étonné.

— Quelque chose ne va pas ? lui demanda-t-elle.

Il secoua la tête.

— Ma blessure est douloureuse, c'est tout.

— Je devrais peut-être y jeter un coup d'œil, suggéra Madelyn. Peut-être faudrait-il la désinfecter de nouveau.

— Ce n'est pas la peine, lui assura-t-il précipitamment.

L'idée de sentir de nouveau ses mains si douces se poser sur lui l'emplissait d'un mélange irrépressible de désir et de frustration.

S'il ne parvenait pas rapidement à maîtriser cette dangereuse attraction, cette mission risquait de virer au désastre. Or, si Madelyn était blessée par sa faute, il savait qu'il ne se le pardonnerait jamais.

Oleg Zavalov jeta un regard mauvais en direction du téléphone portable de Roman qu'il avait trouvé branché derrière le bar. Cela faisait une heure qu'il tentait vainement de percer le cryptage qui protégeait les données, mais aucun de ses logiciels n'en était venu à bout.

Il s'agissait d'un système de codage qu'utilisait généralement l'armée, ce qui confirmait s'il en était besoin le fait que Roman n'était pas un simple franc-tireur. Les gens pour qui il travaillait étaient de véritables professionnels.

Mais s'agissait-il des forces de l'ordre ? D'une organisation concurrente de la leur ? Ou encore d'une faction de la *bratva* qui cherchait à lui nuire ?

Oleg se versa une nouvelle tasse de café, s'efforçant de lutter contre la fatigue qui lui piquait les yeux et lui embrumait les idées. Il n'avait pas dormi de la nuit, attendant l'appel d'Anton, qu'il avait chargé de localiser les fuyards et la sœur de Madelyn. Malheureusement, ses recherches n'avaient rien donné jusqu'à présent.

Il était sur le point de contacter son homme de main pour lui demander de revenir lorsque ce dernier l'appela enfin.

— Chef ? C'est Anton.

— Alors ? Quelles nouvelles ?

— Je l'ai retrouvée.

— Madelyn ou Ava ?

— Ava.

Oleg sentit renaître un début d'espoir. La situation n'était peut-être pas aussi désespérée qu'il ne l'avait cru.

— Où est-elle ?

— Je vous l'amène, répondit Anton. Nous serons là d'ici quelques minutes.

De fait, moins d'un quart d'heure plus tard, on frappa à la porte du bureau d'Oleg. Entre-temps, il avait pris le temps de se doucher et d'enfiler une chemise et un costume propres. S'il avait appris une chose, c'était que le charme et le bagout étaient souvent bien plus efficaces que la violence et la coercition. Il avait même prévu un petit cadeau qui devrait la rendre plus coopérative encore.

— Entrez, lança-t-il.

La porte s'ouvrit, laissant apparaître Anton. Ce dernier s'effaça pour laisser passer une jeune femme qu'Oleg observa attentivement. Ava avait dû être très séduisante, mais l'addiction et les mois qu'elle avait passés dans la rue l'avaient marquée.

Ses yeux s'ornaient de cernes profonds, sa peau et ses iris avaient perdu de leur éclat et ses cheveux étaient ternes et sales. Ses vêtements d'une propreté douteuse pendaient sur son corps trop maigre.

Le parfum bon marché qu'elle portait ne parvenait pas vraiment à dissimuler l'odeur de transpiration, de vodka et de peur qui émanait d'elle. Au moins, songea Oleg, elle était encore suffisamment saine d'esprit pour comprendre qu'elle avait à le craindre.

— Entrez, lui dit-il d'un ton cordial. Asseyez-vous. Je suis ravi que vous ayez accepté mon invitation.

Il écarta la chaise qui se trouvait en face de son bureau et la vit hésiter. Elle jeta un regard nerveux en direction de la porte qu'Anton avait refermée derrière elle.

— Asseyez-vous, l'encouragea-t-il de nouveau, de façon légèrement plus insistante.

Elle s'exécuta prestement.

— J'étais sur le point de prendre mon petit déjeuner, reprit-il en désignant le plateau qui était posé sur le bureau.

Les yeux de la jeune femme s'agrandirent en apercevant le véritable festin qui se trouvait là. Il y avait des œufs au bacon, des toasts, diverses viennoiseries ainsi que du jus d'orange et du café.

— J'espère que vous avez faim, dit Oleg d'un ton faussement innocent. Je n'arriverai jamais à terminer ça tout seul.

Le regard qu'elle tourna vers lui était empli d'un mélange d'espoir et de méfiance. Elle devait savoir qu'une telle marque de générosité cachait probablement quelque chose.

Réprimant un sourire, Oleg disposa deux œufs et des toasts beurrés sur une assiette qu'il posa devant elle. Elle prit les couverts qu'il lui tendait et, après une ultime hésitation, s'attaqua avec appétit à ce petit déjeuner.

Oleg alla reprendre sa place derrière le bureau et se servit une nouvelle tasse de café.

— Vous devez vous demander pourquoi je vous ai fait venir, lâcha-t-il au bout de quelques instants.

Ava avala la bouchée qu'elle était en train de mastiquer et hocha la tête.

— Un peu, reconnut-elle d'une petite voix.

— Votre sœur est venue au pub, déclara Oleg. Elle vous cherchait.

Ava le considéra avec étonnement.

— Je crois qu'elle voulait vous aider, ajouta-t-il.

Un rictus ironique se dessina sur les lèvres de la jeune femme.

— Ça ne m'étonne pas d'elle, répondit-elle d'un ton amer. Elle a toujours eu un côté saint-bernard… Ou sainte-nitouche, c'est selon…

Oleg sourit intérieurement. La rancœur que trahissait Ava à l'égard de sa sœur se révélerait probablement très utile. Restait à savoir si ses griefs étaient assez profondément ancrés pour justifier une trahison.

— Votre sœur n'est pas aussi parfaite que vous ne semblez le penser, indiqua Oleg d'un ton faussement détaché.

— Que voulez-vous dire ?

— Qu'elle a filé en douce avec l'un de mes barmen.

Ava lui lança un regard étonné.

— Cela ne lui ressemble pas, reconnut-elle.

— Les gens changent, vous savez.

Ava haussa les épaules.

— Qu'est-ce que cela peut vous faire, au juste ? lui demanda-t-elle.

Oleg tapota sur son bureau du bout des doigts.

— Il se trouve que ce barman est parti avec le contenu de la caisse, déclara-t-il.

— Est-ce que Madelyn est au courant ? s'exclama Ava, sidérée.

— Je l'ignore, répondit Oleg. Et franchement je m'en moque. Ce n'est pas après elle que j'en ai.

— Alors pourquoi est-ce que vous m'avez fait venir ?

— Parce que, par votre intermédiaire, j'espère pouvoir joindre votre sœur et apprendre ce qu'est devenu Roman.

— Roman ? C'est le beau brun baraqué, n'est-ce pas ?

Oleg hocha la tête.

— Bizarre, fit Ava. Je pensais que c'était un type réglo.

— Moi aussi, soupira Oleg. Sinon, je vous assure que je

ne l'aurais pas embauché. Quoi qu'il en soit, il a filé avec la recette d'hier soir et je compte bien le retrouver.

— Qu'attendez-vous de moi, au juste ? s'enquit Ava.

— J'aimerais que vous envoyiez un message à Madelyn lui demandant de venir vous retrouver.

— Ici ?

— Non, bien sûr. Cela risquerait de mettre la puce à l'oreille de Roman s'il est avec elle. Le mieux serait de lui donner rendez-vous au squat.

— Pourquoi est-ce que je ferais une chose pareille ? objecta Ava. Cela fait des mois que je vis à Boulder et je n'ai jamais appelé Madelyn. Je n'ai vraiment aucune envie de la revoir.

— Je comprends, acquiesça Oleg. Mais je pourrais vous dédommager pour ce service, ajouta-t-il en déballant plusieurs petits paquets remplis de poudre blanche, qu'il aligna sur le bureau.

Il vit s'illuminer le regard d'Ava et comprit qu'il venait de remporter la partie. Comme elle faisait mine de s'emparer des sachets, il les ramena vers lui.

— Chaque chose en son temps, lui dit-il. Envoyez d'abord le message à votre sœur et demandez-lui de venir vous retrouver. Dès qu'elle vous aura confirmé sa venue, tout cela sera à vous.

— D'accord, soupira Ava.

Elle fouilla son sac à main et en tira un téléphone portable à l'écran fêlé sur lequel elle rédigea un message qu'elle lui montra ensuite.

Madelyn, j'ai besoin de ton aide. C'est urgent. Est-ce que tu pourrais me retrouver rapidement à cette adresse ? Tiens-moi au courant.

Elle avait ajouté l'adresse du squat dans lequel elle vivait.

— C'est parfait, dit Oleg.

Si Margaret s'inquiétait déjà pour sa sœur, ce mot ne manquerait pas de l'alarmer encore un peu plus.

Ava hésita un instant avant de presser la touche d'envoi et tous deux attendirent quelques instants.

— Pas de réponse, murmura la jeune femme.

— Vous êtes sûre que c'est toujours le bon numéro ? s'enquit Oleg, qui avait pris soin de le mémoriser.

— Elle n'en a pas changé depuis le lycée.

— Bien, dans ce cas, nous n'avons plus qu'à attendre qu'elle se manifeste. Quand elle le fera, fixez-lui un rendez-vous plus précis et contactez-moi aussitôt.

— C'est promis, lui assura Ava.

— En attendant, prenez ça, ajouta-t-il en lançant deux des sachets dans sa direction.

Elle les ramassa avec l'avidité caractéristique d'une droguée en manque. Ses yeux brillaient déjà à l'idée de la piqûre qu'elle s'administrerait probablement en sortant de son bureau.

Il ne craignait pas vraiment qu'elle ne se défile : d'ici un jour ou deux, elle aurait probablement épuisé cette réserve et reviendrait le supplier de lui donner le reste.

— N'oubliez pas de m'appeler, lui rappela-t-il néanmoins.

— Je le ferai.

— Excellente idée, approuva-t-il. Je puis être un ami très précieux. Mais ceux qui deviennent mes ennemis s'en repentent rapidement.

— Je comprends...

Oleg hocha la tête. Elle se leva, jetant un dernier coup d'œil en direction des croissants restants.

— Prenez-les, l'encouragea-t-il.

— Merci, murmura-t-elle d'une toute petite voix.

Elle s'empara des viennoiseries et se dirigea vers la porte. Oleg la regarda se refermer doucement derrière elle et s'autorisa un sourire. Avec un peu de chance, d'ici ce soir, il aurait retrouvé Madelyn et Roman et pourrait les livrer à Nikolai Mateev — morts ou vifs.

Après avoir glissé dans son sac à main une poche en plastique contenant ses vêtements encore humides, Madelyn suivit Roman hors de la cabane où ils venaient de passer la nuit.

Un soleil resplendissant illuminait le ciel d'azur et l'on ne voyait pas un nuage à l'horizon. Mais en dépit de ce temps magnifique le froid était toujours mordant à cette altitude et Madelyn frissonna.

— Tout va bien ? lui demanda Roman.

En dépit de la sollicitude dont semblait témoigner sa question, son ton était étrangement détaché, comme s'il cherchait à rétablir entre eux une certaine distance après la nuit étrange qu'ils avaient passée l'un auprès de l'autre.

Elle n'était pourtant pas certaine que son attitude revêche suffirait à dissiper l'ambiguïté qui existait entre eux. L'attirance physique qu'ils éprouvaient était indéniable. Mais au fond ils ignoraient quasiment tout l'un de l'autre.

Roman n'était pas du tout le genre d'homme qu'elle avait l'habitude de fréquenter. Il y avait en lui une forme de violence parfaitement contrôlée, mais que l'on sentait prête à surgir à tout moment.

Elle songea aux nombreuses cicatrices qu'il arborait. Elle était convaincue qu'elles n'étaient que le reflet de blessures intérieures bien plus douloureuses encore. La vie de Roman n'avait sans doute pas été facile et les épreuves qu'il avait traversées l'avaient endurci.

Par comparaison, Madelyn avait bien conscience d'avoir connu une existence privilégiée. La seule véritable épreuve qu'elle avait dû affronter, c'était la lente descente aux enfers de sa sœur et sa disparition de la clinique de désintoxication où elle avait séjourné.

Face à ce drame, Madelyn s'était sentie totalement démunie, incapable de trouver les mots qui auraient pu arracher Ava à la spirale mortifère qui menaçait de la détruire complètement. Elle avait aussi été blessée par le fait que sa sœur n'ait jamais cherché à reprendre contact avec elle.

— Nous ne sommes plus très loin, déclara Roman, l'arrachant à ses réflexions moroses.

Madelyn observa les alentours et s'aperçut qu'ils étaient effectivement sur le point d'atteindre l'orée de la forêt de sapins qu'ils avaient traversée la veille. Elle pouvait entendre le grondement du torrent près duquel elle avait garé sa Mini.

Roman se remit en marche et Madelyn dut allonger sa foulée pour pouvoir suivre le rythme. Ils ne tardèrent pas à atteindre la lisière et purent apercevoir le cours d'eau en contrebas. Et tous deux se figèrent, stupéfaits.

— Où est passé le pont ? s'exclama Madelyn.

— Il a dû être emporté, murmura Roman, médusé.

Il n'y avait plus trace de la passerelle qu'ils avaient empruntée. Le torrent avait enflé durant la nuit et l'eau s'écoulait bien plus violemment encore que la veille.

— Est-ce que vous avez du réseau ? s'enquit Roman.

Madelyn sortit son téléphone de son sac à main.

— Plus de batterie, constata-t-elle.

— Vous avez un chargeur ?

Elle secoua la tête et Roman étouffa un juron.

— J'en déduis que vous n'avez pas de portable ? lui demanda-t-elle.

— Il est resté au pub, précisa-t-il.

Madelyn observa attentivement le cours d'eau.

— Est-ce que vous pensez que nous pourrions traverser ? s'enquit-elle sans grande conviction.

Roman secoua la tête.

— Le niveau de l'eau a monté et il nous faudrait passer à la nage. Avec un tel courant, nous risquerions d'être emportés... Si toutefois nous avons la chance d'échapper à l'hypothermie. L'eau doit être glacée, en cette saison.

Il observa attentivement les alentours avant de conclure.

— Le mieux est de rentrer à la cabane, déclara-t-il enfin. Là, je pourrai réparer le poste radio et demander de l'aide. Avec un peu de chance, nous serons secourus d'ici quelques heures...

L'idée de se retrouver coincée en pleine montagne ne souriait guère à Madelyn, mais elle n'avait malheureusement aucune autre solution à proposer. Au moins, songea-t-elle, la rivière qui leur barrait la route empêcherait d'éventuels poursuivants de les atteindre.

Comprenant qu'elle n'avait d'autre choix que de faire contre mauvaise fortune bon cœur, elle se résigna donc à reprendre le chemin de la cabane.

5

Lorsqu'ils furent de retour à la cabane où ils avaient passé la nuit, Roman ralluma un feu de cheminée. La température ne tarda pas à remonter et il alla s'installer face au poste de radio.

— Dès que j'aurai réussi à le réparer, je contacterai Rocky Mountain Justice. Je leur demanderai d'envoyer une équipe nous chercher. Voulez-vous que je leur demande aussi d'essayer de localiser votre sœur ?

— Oui, répondit Madelyn avec reconnaissance. J'aimerais beaucoup savoir où elle se trouve.

Roman hocha la tête.

— Est-ce que vous avez quelqu'un à prévenir ?

Madelyn réfléchit à la question. Elle avait trois jours de liberté avant de devoir retourner prendre son poste à l'hôpital. Elle n'avait aucun rendez-vous de prévu d'ici là. Même si ses amis ne parvenaient pas à la joindre, ils n'auraient aucune raison de s'inquiéter à son sujet. Quant à ses parents, elle avait pris l'habitude de les appeler chaque week-end, ce qui lui laissait encore quelques jours devant elle.

— Non, répondit-elle. Il n'y a aucune urgence, en tout cas.

— Bien, fit Roman en se tournant vers la radio, qu'il entreprit de démonter avec dextérité.

De toute évidence, ce n'était pas la première fois qu'il effectuait une telle réparation. Madelyn le laissa faire et gagna la kitchenette. Là, elle trouva une boîte hermétique contenant du thé et entreprit de faire bouillir de l'eau.

Elle se prit alors à songer que c'était la première fois depuis de longs mois qu'elle quittait Boulder. Elle avait travaillé presque sans discontinuer, ces derniers temps, ne s'accordant qu'un jour de repos hebdomadaire. Il était d'ailleurs moins consacré aux loisirs qu'à faire ses courses, son ménage et ses lessives.

Elle ne s'en plaignait cependant pas : c'était un choix parfaitement conscient et réfléchi de sa part, un sacrifice qui devait lui permettre de décrocher son diplôme, de prouver sa valeur et d'obtenir l'un des postes les plus convoités du département de psychiatrie.

Bien sûr, elle n'était pas totalement dupe : elle savait que cet emploi du temps surchargé lui évitait aussi de se sentir seule. Depuis que son petit ami l'avait quittée, elle s'était délibérément noyée dans le travail.

Les rares fois où elle prenait le temps de réfléchir à son existence, un doute s'insinuait en elle. Elle se demandait alors si elle ne faisait pas fausse route, si cette effervescence d'activité n'était pas en réalité une façon de se voiler la face, de se cacher le fait qu'elle était en train de passer à côté de l'essentiel.

Elle parvenait généralement à se persuader que, si elle était seule, c'était uniquement parce qu'elle n'avait pas encore rencontré la bonne personne. Lorsque ce serait le cas, elle serait parfaitement capable de s'accorder un peu plus de temps libre, de ralentir le rythme et de se concentrer sur son couple.

Mais au fond d'elle-même elle était loin d'en être convaincue. Sa boulimie de travail n'était-elle pas au contraire une façon pour elle de tenir les hommes à distance ? De ne pas se confronter à un dilemme qu'au fond elle n'était pas prête à résoudre ?

Le moment était sans doute très mal choisi pour se poser ce genre de questions. Mais elle savait pertinemment pourquoi elles remontaient à la surface, en cet instant.

Rien ne l'avait préparée à rencontrer quelqu'un comme Roman. Il avait surgi dans sa vie de façon inopinée et les circonstances de leur rencontre l'avaient prise totalement au dépourvu, court-circuitant les mécanismes de protection dont elle s'entourait d'ordinaire.

Force était de reconnaître qu'il exerçait sur elle une réelle fascination qui allait bien au-delà de la simple attirance physique. Or, loin de l'emplir de joie et d'excitation, cette réaction éveillait en elle une sourde angoisse.

— Est-ce que vous voulez du sucre ou du lait dans votre thé ? demanda-t-elle à Roman.

— Ni l'un ni l'autre, merci, répondit-il.

Elle vint lui apporter sa tasse et désigna le poste radio qu'il avait entièrement démonté, révélant une masse de fils entremêlés.

— Je me demande comment vous arrivez à vous y retrouver.

— C'est moins compliqué que ça n'en a l'air, lui assura-t-il. Malheureusement, la panne est un peu plus grave que je ne le pensais, reconnut-il. Plusieurs câbles ont été sectionnés, probablement rongés par une souris.

Roman reposa son tournevis et porta sa tasse de thé à ses lèvres. Madelyn l'observait à la dérobée, ne pouvant s'empêcher d'admirer l'impression de puissance parfaitement contrôlée qui se dégageait de lui.

— Est-ce que vous pensez pouvoir réparer ? demanda-t-elle.

— Je crois que oui. En revanche, le générateur aura besoin de une heure ou deux de charge avant que nous ne puissions passer cet appel.

— Je suis impressionnée, avoua-t-elle.

Roman se tourna vers elle et surprit le regard ouvertement

admiratif qu'elle posait sur lui. Le sourire qui se dessina sur ses lèvres fit apparaître au coin de sa joue une fossette qu'elle n'avait pas encore remarquée, mais qu'elle trouva irrésistible.

— Vous avez vraiment de multiples talents, ajouta-t-elle un peu précipitamment.

— J'ai appris deux ou trois tours durant mes années de service, répondit-il en haussant les épaules.

— C'est ce que j'ai pu voir hier, acquiesça Madelyn. Je n'avais jamais vu quelqu'un se battre de cette façon. Lorsque cet homme nous a menacés avec son arme, j'ai bien cru que tout était fini...

Comme elle prononçait ces mots, le souvenir de ce qui s'était passé la veille lui revint avec une précision presque insoutenable. Elle revit le corps de Serge étendu sur le sol de la chambre froide et comprit soudain que ce que Roman avait fait nécessitait bien plus qu'une simple aptitude au combat rapproché. Pour accomplir un tel acte, il fallait faire preuve d'une volonté farouche, inflexible.

— Je ne l'ai pas tué de gaieté de cœur, lui dit-il, comme s'il avait deviné le cours de ses pensées. Prendre la vie d'un homme n'est jamais facile. Mais je n'avais pas le choix. Si je ne l'avais pas tué, c'est lui qui l'aurait fait.

— Je sais, répondit-elle d'une voix légèrement tremblante. Mais je n'aurais jamais eu ce courage...

Roman lui jeta un regard étonné.

— J'étais terrifiée, avoua-t-elle. Incapable de prendre la moindre initiative. Tout ce que je pouvais faire, c'était obéir à vos ordres.

— Vous vous sous-estimez, protesta-t-il. Je crois que vous saviez qu'en de telles circonstances suivre mes ordres était justement ce qui vous donnerait le plus de chances de vous en sortir vivante.

— J'aurais pu vous aider, objecta-t-elle.

— Vous m'auriez gêné, lui assura-t-il. Réagir en de telles circonstances nécessite une formation bien spécifique. Que diriez-vous si je vous proposais mon aide à l'hôpital ?

Elle ne put s'empêcher de sourire.

— En tout cas, vous m'avez sauvé la vie, lui dit-elle.

— Cela fait partie de mon métier, déclara-t-il avec la modestie qui le caractérisait.

— Je ne m'étais pas trompé à votre sujet : vous êtes un héros.

— Vous aussi, dans ce cas.

Elle lui jeta un regard dubitatif.

— Vous êtes venue au pub, lui rappela-t-il. Ce n'est pas un endroit très fréquentable. Mais vous n'avez pas hésité, pour venir en aide à votre sœur. Vous êtes même descendue dans la cave.

— Mal m'en a pris, répliqua-t-elle en souriant.

— Je suis heureux que vous l'ayez fait, lui répondit Roman.

Dans son regard, elle crut discerner un mélange de désir et de tendresse dont l'intensité la prit de court. Elle raviva instantanément en elle une angoisse sourde.

Alors même qu'elle la sentait monter, une question bien plus inquiétante encore se fit jour en elle : avait-elle donc vraiment si peur de retomber amoureuse ?

Oleg était assis à son bureau et observait attentivement les lignes de code qui s'affichaient sur l'écran de son ordinateur.

— Allez, encouragea-t-il la machine. Dépêche-toi !

Jetant un coup d'œil à sa montre, il constata avec étonnement qu'il était plus de 11 heures. Cela faisait plus de deux heures qu'il travaillait sans relâche.

Il entendit alors frapper à sa porte.

— Oui ?

Anton pénétra dans son bureau. L'expression inquiète qui se lisait sur son visage ne lui disait rien de bon.

— Que se passe-t-il ?

— Serge n'a toujours pas donné de nouvelles, répondit l'homme de main d'un ton troublé. Cela ne lui ressemble pas.

— Il est occupé, répondit Oleg.

Cela parut rassurer un peu Anton.

— Vous l'avez envoyé en mission ? s'enquit-il.

Oleg répondit par un grommellement vague, songeant qu'il n'allait pas pouvoir esquiver indéfiniment les questions d'Anton. Et le fait que ce dernier considère Serge comme un ami risquait de compliquer les choses. Peut-être ferait-il mieux de se débarrasser de lui aussi. Il pourrait toujours assurer à Nikolai que les deux hommes avaient été tués par Roman.

Évidemment, ce ne serait possible que s'il parvenait à mettre rapidement la main sur ce dernier. Et, pour cela, il allait peut-être encore avoir besoin d'Anton.

— Serge va bien, déclara Oleg en le regardant droit dans les yeux. Y a-t-il autre chose ?

— Non, répondit Anton.

Comme il quittait la pièce, le signal qu'Oleg attendait depuis dix minutes se fit brusquement entendre. Les lignes de code disparurent de l'écran d'ordinateur, remplacées par une carte de la région. Plusieurs points indiquaient les antennes-relais présentes dans la région.

Un sourire satisfait se dessina sur ses lèvres. Il était parvenu à s'introduire sur le site de la compagnie qui gérait le réseau téléphonique, ce qui devrait lui permettre de localiser rapidement le portable de Madelyn.

Il entra le numéro de la jeune femme et lança le programme de recherche. Une barre de progression apparut tandis que les points se mettaient à clignoter les uns après les autres.

— *O, Bozhe !*

L'exclamation d'Anton ramena brusquement Oleg au moment présent. Elle trahissait une telle horreur qu'il comprit instantanément ce qui venait de se passer. Il avait pourtant pris soin de fermer la porte de la chambre froide...

Jetant un coup d'œil au crochet où étaient pendues les clés, il constata qu'elles avaient disparu. Sans attendre, il ouvrit le tiroir de son bureau pour en sortir son arme, qu'il glissa sous sa ceinture.

Quittant la pièce, il gagna la chambre froide et trouva Anton agenouillé devant le cadavre de Serge. Il était presque aussi pâle que son ami défunt. Percevant la présence d'Oleg, il se redressa péniblement et tourna vers lui un regard accusateur.

— C'est vous ! s'exclama-t-il en russe. Cela fait des heures qu'il est mort ! C'est vous qui l'avez tué, n'est-ce pas ?

— Sois raisonnable, répondit Oleg d'une voix qui se voulait conciliante.

— Raisonnable ? s'écria Anton, dont l'horreur était en train de se muer en colère. Vous l'avez tué ! répéta-t-il. Quand Nikolai Mateev apprendra ça...

Oleg n'avait pas besoin d'en entendre plus. Sans perdre un instant, il dégaina son arme et fit feu, vidant son chargeur à bout portant sur Anton, qui s'effondra sans même avoir eu le temps de crier.

Pendant quelques instants, assourdi par les coups de feu qui venaient de résonner dans la pièce exiguë, Oleg demeura parfaitement immobile, contemplant les deux corps étendus à ses pieds.

Un mélange assez paradoxal de frustration et de soulagement l'envahit. Il avait perdu deux hommes de main en l'espace de quelques heures. Mais il ne restait plus à présent que deux témoins de ce qui s'était passé la veille et il ne tarderait pas à les localiser.

Rengainant son arme, il quitta la chambre froide et regagna son bureau. Sur l'écran de son ordinateur, les antennes-relais avaient cessé de clignoter. Un point rouge était apparu, surmonté d'une série de coordonnées GPS ainsi que d'une heure, 23 h 47.

Il connaissait à présent le moment et l'endroit où le téléphone de Madelyn s'était connecté au réseau. Cela signifiait qu'elle ne l'avait pas rallumé depuis. Étant donné les circonstances, il ne pouvait y avoir qu'une explication : elle n'avait pas encore eu l'occasion de le recharger.

Dans le cas contraire, elle aurait certainement appelé ses parents ou ses amis pour les rassurer ou leur raconter ce qui lui était arrivé. Elle aurait aussi probablement contacté sa sœur, qui lui avait laissé un message pressant.

Il observa plus attentivement le point où elle s'était déconnectée. Il était situé au beau milieu des montagnes, au sud de la ville. Oleg était prêt à parier qu'il venait de découvrir la planque où Roman et elle avaient trouvé refuge. Satisfait, il se déconnecta après avoir mémorisé les coordonnées.

S'il ne s'était pas trompé, il avait encore une chance de cueillir les deux fugitifs par surprise. Mais il allait devoir agir vite. Et il devrait malheureusement se passer du concours de ses deux hommes de main, ce qui rendrait les choses nettement plus délicates.

Mais, s'il voulait avoir une chance d'en finir avant l'arrivée de Nikolai, il n'avait d'autre choix que de réussir.

Roman considéra rageusement le poste de radio posé devant lui. Il avait passé plus d'une heure à refaire presque l'intégralité du câblage interne et avait réussi à le remettre en état. Malheureusement, tous ses efforts s'étaient révélés inutiles.

— Que se passe-t-il ? s'enquit Madelyn, qui l'avait regardé travailler en silence.

— La radio est réparée, déclara-t-il. Malheureusement, c'est la batterie qui ne fonctionne plus. Je crois qu'elle est restée à plat trop longtemps. Elle ne tient plus la charge...

— Est-ce que c'est réparable ?

— Non, soupira-t-il. Il me faudrait des pièces de rechange. Impossible d'envoyer le moindre message en attendant !

— Ce n'est peut-être pas si grave. Vous avez appelé votre supérieur pour lui dire que vous étiez en route vers Denver, n'est-ce pas ?

Roman hocha la tête.

— En ne vous voyant pas arriver, il a dû comprendre que quelque chose s'était produit. Vos collègues sont probablement à votre recherche, en ce moment même. Nous n'avons plus qu'à attendre qu'ils viennent ici.

— Cela pourrait prendre un certain temps, objecta Roman. RMJ possède une bonne dizaine de planques de ce genre à travers tout l'État.

— Nous n'avons pas le choix, répondit-elle en haussant les épaules.

Il jeta un coup d'œil à sa montre.

— D'accord, murmura-t-il. Je leur laisse quatre heures pour nous retrouver.

— Et s'ils n'arrivent pas d'ici là ?

— Il y a une corde dans la réserve. Je tenterai de traverser le torrent à la nage en m'assurant. Si j'y parviens, nous installerons un pont de singe pour que vous puissiez passer à votre tour.

— C'est beaucoup trop dangereux, protesta-t-elle. Vous étiez en état d'hypothermie il y a tout juste quelques heures.

— Si tel n'était pas le cas, je serais déjà en train de tenter ma chance.

— C'est de la folie.

— Nous ne pouvons pas courir le risque de rester ici indéfiniment, déclara Roman. À l'heure actuelle, Oleg et ses hommes sont probablement à notre recherche.

Madelyn fit mine de protester mais se ravisa. Sans doute espérait-elle que RMJ les localiserait avant qu'ils n'en viennent à une telle extrémité.

— Qu'allons-nous bien pouvoir faire en attendant ? murmura-t-elle.

Roman repoussa l'idée aussi tentante que parfaitement déplacée qui lui vint immédiatement à l'esprit.

— J'ai réfléchi à ce que vous m'avez dit tout à l'heure, répondit-il. Et je me suis dit que je pourrais peut-être vous apprendre à vous défendre. Cela vous évitera de vous sentir aussi démunie si par malheur quelqu'un s'en prend de nouveau à vous.

— J'espère bien que cela n'arrivera pas, répondit Madelyn en pâlissant légèrement. Mais c'est peut-être une bonne idée...

Roman se leva et se dirigea vers le canapé sur lequel elle était assise. Lui tendant la main, il l'aida à se redresser à son tour.

— La première leçon et la plus importante de toutes, lui dit-il gravement, c'est qu'en cas de confrontation votre premier objectif doit être d'échapper à votre adversaire.

— Cela paraît un peu évident, non ?

— Détrompez-vous. Le réflexe de la plupart des gens en cas d'attaque au corps à corps est soit de se figer, soit de contre-attaquer. Le véritable enjeu pour vous, c'est de vous extraire aussi rapidement que possible de la zone de combat.

Madelyn laissa échapper un rire nerveux.

— Vous me parlez comme si j'étais l'une de vos recrues.

— Imaginez que je sois un assaillant, poursuivit-il sans

tenir compte de son interruption. Comment vous débarrasseriez-vous de moi ?

Elle lui jeta un regard incrédule.

— Vous êtes beaucoup plus fort que moi, protesta-t-elle.

— Justement. Pour compenser ce désavantage, vous devez considérer tout ce qui peut inverser le rapport de force. Votre tasse de thé, par exemple...

— Ma tasse de thé ?

— Vous pourriez l'utiliser comme une arme contondante. Ou, de façon plus efficace encore, me lancer son contenu au visage. Cela vous ferait gagner un temps précieux, assez sans doute pour pouvoir prendre la fuite.

— Jamais je ne pourrais faire une chose pareille, protesta-t-elle. J'ai prêté serment d'aider les gens, pas de m'en prendre à eux !

— C'est un luxe que vous n'aurez pas si vous vous trouvez de nouveau face à Oleg et à ses hommes.

— Je ne compte pas retourner à La Proue, vous savez.

— Vous n'aurez pas à le faire s'ils sont à notre recherche, lui rappela-t-il.

Il la vit blêmir.

— Bien, approuva-t-il. Prendre conscience du fait que l'on n'est pas toujours en sécurité est le premier pas sur la voie de l'autodéfense. C'est uniquement en affrontant cette réalité que l'on peut réellement progresser.

— Je n'en suis pas si sûre, avoua Madelyn. La simple idée de me retrouver de nouveau face à ces hommes me terrifie.

— Vous devez commencer par affronter cette peur, déclara Roman. Vous savez ce qui a été le plus dur, pour moi, lorsque j'étais soldat ?

— Vous retrouver sous le feu ennemi pour la première fois, j'imagine ?

— Cela n'a pas été une partie de plaisir, reconnut Roman. Mais, très franchement, ce n'était rien comparé à la rééducation que j'ai dû entreprendre après mon retour d'Afghanistan.

Madelyn l'observa avec étonnement.

— Cette fois, ce n'était pas uniquement une question de résistance physique et de courage, lui expliqua-t-il. C'était une question de motivation. Je savais que mes blessures m'empêcheraient de reprendre du service actif. Si je restais dans l'armée, je me retrouverais placardisé dans un bureau. Et ce n'était vraiment pas pour cela que je m'étais engagé.

— Mais vous avez fini par trouver la force nécessaire, suggéra Madelyn.

— Cela n'a pas été aussi simple, répondit-il. Au début, j'étais tout simplement effondré. Je n'avais même pas le courage de quitter mon lit d'hôpital et je restais là à contempler mon pied mutilé en m'apitoyant sur mon propre sort. Puis, progressivement, mon désespoir s'est mué en colère puis en haine. J'en voulais à la terre entière pour ce qui m'était arrivé. Et cela a commencé à empiéter sur tous les aspects de mon existence. Mon mariage n'y a pas résisté...

— Je suis désolée, murmura Madelyn.

Il haussa les épaules.

— Rétrospectivement, ce n'est peut-être pas une si mauvaise chose. Je crois que nous nous étions mariés trop vite. Nous n'étions sans doute pas faits l'un pour l'autre et nous avions tous deux l'impression de passer notre temps à faire des concessions... Très franchement, lorsque j'ai reçu la demande de divorce envoyée par l'avocat de ma femme, je me suis presque senti soulagé.

— C'est triste, fit-elle.

— Sans doute, concéda-t-il. Quoi qu'il en soit, j'en étais là : à détester tout le monde et à me convaincre que ma vie était terminée.

— Qu'est-ce qui t'a permis de rebondir ?

— Un visiteur inattendu, répondit Roman. Il s'est présenté un jour sur le seuil de ma chambre d'hôpital. C'était un Anglais tiré à quatre épingles — élégant costume trois pièces, chaussures vernies, montre à gousset... Il paraissait sortir tout droit de l'un de ces clubs pour gentlemen que l'on trouve encore à Londres. Il m'a expliqué qu'il avait appartenu au MI5, le contre-espionnage britannique, qu'il était retraité, mais qu'il était sur le point de fonder une nouvelle entreprise spécialisée dans la sécurité.

— Rocky Mountain Justice ?

— Exact. Je ne sais pas comment il avait eu vent de ma situation, mais il était évident qu'il était bien renseigné. Je suis même convaincu qu'il avait eu accès à mon dossier militaire. Quoi qu'il en soit, il m'a proposé un poste.

— Et c'est ce qui vous a donné le courage de remonter la pente ?

— Pas immédiatement. Il a d'abord fallu que je cesse de me considérer comme une victime. C'est un statut paradoxalement très rassurant. Il permet de se réfugier dans une forme de résignation assez réconfortante...

— Je vois où vous voulez en venir, murmura pensivement Madelyn. Vous considérez que, pour apprendre à résister, il faut tout d'abord prendre conscience de son statut de victime, et le refuser.

— Exactement, acquiesça-t-il. Lorsque je me suis enfin décidé à affronter mes angoisses, j'ai trouvé le courage d'y faire face. Et c'est de cette façon que j'ai pu commencer ma rééducation et me lancer dans une nouvelle carrière.

Madelyn demeura longuement silencieuse, semblant méditer sur ce qu'il venait de lui dire.

— D'accord, conclut-elle enfin d'une voix nettement plus assurée. Apprenez-moi à me battre. Mais il vous faudra trouver quelque chose de plus efficace que le thé pour cela, j'en ai peur. Il est froid.

Roman ne put s'empêcher de sourire.

— Commençons par la base, lui dit-il enfin. Si jamais vous devez frapper quelqu'un, n'hésitez pas : visez avant tout les parties les plus sensibles de son anatomie. Le but n'est pas de faire preuve de fair-play, mais de mettre votre adversaire hors de combat le plus rapidement possible. Visez dans l'ordre : les parties génitales, le larynx, les yeux ou le nez. Et n'utilisez pas uniquement la force de votre bras. Lorsque vous portez un coup, c'est tout le corps qui doit être engagé.

Il lui fit une démonstration, frappant dans le vide.

— À votre tour, l'encouragea-t-il.

Elle hésita un instant avant de l'imiter.

— Pas mal, dit-il avant de tendre ses paumes vers elle. Maintenant, recommencez en visant mes mains.

Elle frappa et étouffa un grognement de douleur.

— C'est moi qui suis censé avoir mal, lui rappela-t-il. Serrez bien le poing et, surtout, gardez le pouce à l'extérieur. Contractez l'ensemble du poignet de façon que tout l'avant-bras fasse bloc. Et souvenez-vous que le mouvement doit être accompagné par l'ensemble du corps : les jambes, le bassin et l'épaule.

Madelyn frappa de nouveau.

— Encore, l'encouragea-t-il.

Elle s'exécuta.

— Encore... Maintenant, ne vous contentez plus de viser la paume proprement dite. Vous devez viser au-delà... Disons cinq centimètres plus loin. Cela permettra à votre corps de ne pas ralentir à l'approche de l'obstacle. Essayez !

Madelyn frappa encore et, cette fois, ce fut lui qui laissa échapper une exclamation douloureuse.

— Là, c'est parfait ! déclara-t-il en agitant la main. Je vous assure que si vous frappez quelqu'un à la gorge de cette façon il n'aura aucune chance de se relever.

— À condition qu'il n'ait pas commencé par me brandir un pistolet sous le nez, répliqua-t-elle.

— Excellente remarque, approuva Roman.

Il alla chercher une cuillère en bois dans le tiroir de la cuisine.

— Voici votre pistolet, déclara-t-il. Visez-moi.

Elle s'empara de la cuillère et la pointa vers lui en souriant. L'instant d'après, Roman s'en était emparé et la braquait sur elle.

— Comment est-ce que vous faites ça ? s'exclama-t-elle, ébahie.

— Je vais vous montrer, plus lentement cette fois, lui dit-il en lui rendant la cuillère.

Il effectua une nouvelle démonstration en décomposant et en commentant chacun de ses gestes. Lorsqu'il eut terminé, il recommença une troisième fois en répondant aux questions de Madelyn.

— À vous, conclut-il.

Il lui fit répéter l'exercice, d'abord un mouvement après l'autre puis de façon qu'ils s'enchaînent tous de façon naturelle. Ils recommencèrent encore et encore, jusqu'à ce que Madelyn maîtrise parfaitement l'ensemble de la séquence.

— Vous êtes une très bonne élève, déclara-t-il tandis qu'elle reprenait son souffle.

Elle lui décocha un sourire reconnaissant et il sentit monter en lui une bouffée de tendresse. Ce qu'il venait de lui apprendre, son corps ne l'oublierait pas. Et, même s'ils ne se revoyaient plus jamais, ce souvenir demeurerait gravé en elle. D'une certaine façon, tous deux seraient liés.

Cette idée l'emplissait d'une allégresse qu'il ne s'expliquait pas réellement.

— Est-ce que vous êtes prête à passer à la suite ? lui demanda-t-il.

— Monsieur, oui, monsieur ! s'exclama-t-elle en contrefaisant un salut militaire.

Il était évident qu'en dépit de ses réticences initiales elle s'était prise au jeu.

— L'attaque suivante est un grand classique : quelqu'un essaye de vous attraper par-derrière pour vous maîtriser ou vous étrangler.

Il se plaça derrière Madelyn et passa un bras en travers de sa gorge.

— La première chose à faire, reprit-il, c'est d'effacer légèrement votre corps de façon à pouvoir interposer votre épaule. Cela vous permettra de respirer, le temps de glisser vos doigts dans l'espace ainsi ménagé. Vous pourrez alors repousser le bras de votre agresseur vers l'avant tout en vous laissant tomber vers le bas de façon à lui échapper.

Madelyn s'exécuta et se retrouva à genoux.

— Bien, approuva-t-il en lui tendant la main pour l'aider à se relever. Mais la prochaine fois essayez d'atterrir en position accroupie. De cette façon, vous pourrez vous redresser rapidement et vous élancer vers l'avant pour prendre la fuite.

— D'accord, acquiesça-t-elle. Recommençons !

Il hocha la tête et se plaça derrière elle. Il agrippa sa gorge et elle exécuta fidèlement les mouvements qu'il lui avait montrés avant de se laisser tomber accroupie. Mais, tandis qu'elle glissait de la sorte, son coude entra en contact avec la blessure de Roman.

Une vive douleur lui arracha un gémissement et la pièce se mit à tourner autour de lui.

— Je suis désolée ! s'exclama Madelyn, penaude. Je suis vraiment désolée…

— Ne vous en faites pas. C'est moi qui aurais dû être plus prudent.

— Est-ce que ça va ?

Il hocha la tête. La souffrance commençait effectivement à refluer lentement.

— Je crois que je survivrai.

— J'espère que la blessure ne s'est pas rouverte, lui dit-elle. Je ferais mieux de jeter un coup d'œil à vos points de suture.

— D'accord, acquiesça-t-il.

Il déboutonna sa chemise et Madelyn observa attentivement sa blessure.

— Les points ont tenu, lui dit-elle.

Elle tendit la main vers lui et effleura délicatement sa peau, le long de la cicatrice. À ce contact, Roman ne put réprimer un frisson.

— Est-ce que vous avez mal ? lui demanda-t-elle, inquiète.

— Au contraire, répondit-il sans réfléchir.

Elle releva la tête et leurs regards se croisèrent. En avisant le désir qui devait se lire dans le sien, les yeux de Madelyn s'agrandirent. Presque aussitôt, la surprise laissa place à un trouble qu'elle tenta vainement de dissimuler.

— Roman..., murmura-t-elle sans parvenir à achever sa phrase.

Il se pencha lentement vers elle, lui laissant tout le temps de s'écarter si elle le voulait. Mais elle n'en fit rien, se contentant de le fixer avec fascination. Lorsque ses lèvres se posèrent sur les siennes, elle ne chercha pas à se dérober, mais lui rendit à son baiser avec une ardeur semblable à la sienne.

Cela faisait une éternité qu'il n'avait pas éprouvé un désir aussi impérieux. Mais il se doublait d'une impression bien plus vertigineuse encore. Il lui semblait que Madelyn était la femme qu'il avait toujours attendue, la seule capable de combler le gouffre qu'avait creusé en lui l'échec cuisant de son mariage.

Et la ferveur avec laquelle elle répondait à son étreinte

lui faisait espérer qu'il ne s'était peut-être pas trompé. Jamais encore un simple baiser n'avait éveillé en lui une réaction aussi intense.

Mais, lorsque, encouragé par la réaction de Madelyn, il laissa sa main remonter de sa taille à sa poitrine, il la sentit se figer brusquement. Avant même qu'il ne comprenne ce qu'elle s'apprêtait à faire, elle recula d'un pas, s'arrachant à lui.

— Roman, lâcha-t-elle d'une voix légèrement haletante. Il faut que nous parlions...

Ces quelques mots suffirent presque à dissiper l'envie qu'il avait d'elle. Le ton sur lequel elle venait de s'exprimer disait mieux encore que ses mots à quel point il avait fait fausse route.

— Je ne pense pas que nous devrions faire cela, lui dit-elle.

Il ne répondit pas, se contentant de la fixer en silence.

— Nous nous connaissons à peine, reprit-elle.

— Cela ne m'empêche pas d'avoir envie de toi, répondit-il, optant pour la franchise. Et il m'a semblé que c'était réciproque...

Elle hésita, cherchant ses mots.

— C'est vrai, reconnut-elle. Je te trouve très séduisant. Mais en ce moment je n'ai vraiment pas de temps à consacrer à une aventure, quelle qu'elle soit. Je te l'ai dit : j'ai décidé de me vouer totalement à mes études et à mon travail. Pour le moment, ma carrière est la seule chose qui compte à mes yeux.

Roman mit quelques instants à encaisser le coup.

— Cela a au moins le mérite d'être clair, murmura-t-il enfin.

— Je suis désolée, lui dit-elle. Je ne voulais pas te blesser.

— Tu n'as pas à être désolée, répondit-il froidement. J'avais cru...

Il hésita et finit par hausser les épaules.

— Je me suis trompé, conclut-il. C'est entièrement ma faute.

— Non, protesta-t-elle vivement. Je... J'ai aussi ma part de responsabilité. Mais je crois que nous ferions mieux de nous en tenir là. La situation est suffisamment compliquée comme cela.

— Tu as raison, acquiesça-t-il sobrement.

Un silence pesant s'ensuivit. L'embarras de Madelyn était évident. Mais cela ne changeait rien à ce qu'elle venait de lui dire : elle n'était pas intéressée. Et Roman n'était pas le genre d'homme à insister lourdement lorsqu'on lui opposait un refus. Son ego en avait pris un coup, mais il finirait bien par s'en remettre.

Il jeta ostensiblement un coup d'œil à sa montre.

— Il nous reste un peu plus de deux heures avant de tenter la traversée, déclara-t-il. Je pense que nous devrions manger un morceau.

— Roman, plaida Madelyn, je suis désolée... Je ne suis pas très douée pour ce genre de choses...

— Tu as été parfaitement claire, lui dit-il.

Elle secoua la tête.

— Non ! s'exclama-t-elle d'une voix qui cachait mal sa frustration.

Il se demanda si elle était tournée contre lui ou contre elle-même.

— Je n'ai pas envie de m'engager, soupira-t-elle enfin.

— Il ne me semble pas t'avoir demandée en mariage, répondit-il avec un pâle sourire. J'avais juste envie de t'embrasser.

— C'est tout ? demanda-t-elle d'un ton presque suspicieux.

Il rit.

— Non, ce n'est pas tout, reconnut-il. S'il ne tenait qu'à moi, nous ferions l'amour en ce moment même. J'en ai très envie. Mais ce n'est pas ton cas. Je comprends.

— Ça n'est pas ça..., objecta-t-elle vivement.

Il haussa un sourcil, attendant qu'elle précise sa pensée.

— Moi aussi, j'en ai envie, avoua-t-elle. C'est juste que...

— Tu ne veux pas compliquer les choses ? Tu n'es pas sûre d'être prête à te remettre en couple avec quelqu'un ?

Elle hocha la tête.

Roman fit un pas vers elle et tendit la main vers sa joue qu'il effleura doucement, lui arrachant un frisson incoercible.

— Rien ne nous force à aller plus loin que nous ne le voulons, lui dit-il. Mais ce n'est pas une raison pour nous interdire ce dont nous avons envie, n'est-ce pas ?

— Je suppose..., murmura-t-elle d'une voix légèrement tremblante.

— Si tu veux que je m'arrête, tu n'auras qu'à me le dire.

Elle demeura figée pendant de longues secondes avant de hocher imperceptiblement la tête. Roman se pencha alors vers elle et l'embrassa de nouveau.

Une fois de plus, il fut surpris par l'intensité de sa propre réaction. Son désir qui était retombé resurgit subitement, envahissant les recoins les plus secrets de son être. Il avait envie de la déshabiller sans attendre et de lui faire l'amour là, au beau milieu du salon.

Mais il lui avait promis de ne pas la brusquer et se força à prendre tout son temps. Cette fois-ci, lorsque sa main se posa sur sa poitrine, elle ne se raidit pas, ne le repoussa pas. Le doux gémissement qu'elle laissa échapper se perdit entre leurs lèvres mêlées.

— Je veux que tu me fasses l'amour, Roman.

6

Jamais personne ne l'avait embrassée de cette façon.

Madelyn avait l'impression qu'elle était sur le point de fondre, de se dissoudre tout entière dans cette étreinte. Sa peau était parcourue de frissons irrépressibles qui se propageaient en elle, alimentant la sensation de chaleur incandescente au creux de son ventre.

Elle écarta les pans de l'épaisse chemise de bûcheron que portait Roman, révélant ses larges épaules, son torse parfaitement dessiné et son ventre plat. Incapable de résister à la tentation, elle laissa ses mains glisser sur la peau brûlante, qu'elle sentit frémir sous ses doigts.

Il l'embrassa de nouveau, avec plus de passion encore que précédemment. Elle passa les bras autour de son cou et se pressa contre lui, désireuse de sentir son corps contre le sien. À travers le tissu de leurs jeans, elle perçut alors l'envie qu'il avait d'elle et cela ne fit qu'attiser sa propre passion.

Les mains de Roman couraient à présent sur son corps, avides d'en découvrir les secrets, et partout où elles se posaient elles allumaient un nouvel incendie. Elle gémit de nouveau.

Il déboutonna alors son chemisier, révélant sa poitrine que ne dissimulait aucun soutien-gorge. La franche admiration qu'elle lut dans ses yeux acheva de dissiper ses derniers doutes, ne laissant plus en elle que ce désir impétueux qui la consumait intérieurement.

La main de Roman se posa sur l'un de ses seins, effleurant l'extrémité si sensible de son téton. Elle se mordit les lèvres et renversa la tête en arrière, s'abandonnant à ses caresses. Les lèvres de Roman rejoignirent ses doigts et elle sentit sa langue agacer son mamelon.

Un cri étranglé lui échappa. Le plaisir était si vif, si soudain, qu'elle craignit un instant que ses jambes ne se dérobent sous elle. Encouragé par sa réaction, Roman accentua ses caresses, manquant la faire défaillir.

Il semblait à Madelyn que l'univers tout entier avait disparu, que plus rien n'existait à présent en dehors d'eux. Le temps lui-même semblait s'être contracté, décuplant chacune de ses sensations.

Après avoir rendu hommage à chacun de ses seins qui se dressaient presque douloureusement sous l'effet du désir, sa bouche descendit plus bas, le long de ses côtes, puis sur son ventre parcouru de frissons.

À genoux devant elle, il déboutonna lentement son jean, embrassant chaque centimètre carré de peau révélé par cet insoutenable effeuillage. Madelyn se sentait fondre. Et lorsque les lèvres de Roman se posèrent enfin entre ses cuisses, lorsqu'elle sentit sa langue effleurer le sillon de son sexe qui s'ouvrait déjà pour l'accueillir, elle fut terrassée par un orgasme aussi violent qu'inattendu.

Il lui laissa le temps de reprendre ses esprits avant de poursuivre son exploration et elle comprit alors qu'elle n'avait fait qu'entrevoir le plaisir qu'il avait à lui offrir. Elle sentit sa langue plonger en elle, bientôt suivie par ses doigts.

Il l'entraînait toujours plus loin et elle avait l'impression de chevaucher une vague qui ne cessait d'enfler, grandissant en elle, menaçant de la submerger de nouveau. Refusant de s'y abandonner, Madelyn serra les poings, laissant ses ongles mordre ses paumes.

L'intensité de ce qu'elle était en train de vivre dépassait de très loin tout ce qu'elle avait pu expérimenter jusqu'alors. Elle dépassait même tout ce qu'elle avait pu imaginer. Et, à travers le voile de plaisir qui embrumait son esprit, elle se demanda soudain si elle avait vraiment connu la jouissance avant ce jour.

Cette interrogation disparut, emportée par un nouveau déferlement d'extase qui sembla se réverbérer en elle pendant de longues minutes, la laissant pantelante, vaincue, triomphante.

Se redressant alors, Roman la souleva de terre avec une facilité déconcertante.

— Ta blessure..., parvint-elle à proférer d'une voix si rauque qu'elle eut peine à la reconnaître.

— Ne t'en fais pas pour moi, répondit-il.

Il l'emporta jusqu'au canapé, sur lequel il l'étendit avant de se défaire de ses propres vêtements. Éperdue de désir, elle demeura immobile, le dévorant du regard tandis qu'il se dépouillait de ses habits. Il était magnifique.

Tendant la main vers lui, elle toucha du bout des doigts son sexe qui se dressait glorieusement vers le ciel, gorgé du désir qu'il avait d'elle. Un frémissement le parcourut et elle s'enhardit, l'entourant de sa main. Il était dur et brûlant et elle avait envie de le sentir entrer en elle, la pénétrer corps et âme.

Mais avant cela elle avait bien l'intention de lui rendre la monnaie de sa pièce. Lorsque ses lèvres se posèrent sur lui, Roman émit un gémissement inarticulé. Ses mains plongèrent dans les cheveux de Madelyn, accompagnant ses caresses.

En cet instant, elle se sentit envahie par un étrange sentiment de puissance. Il lui semblait que Roman lui appartenait entièrement, qu'elle le tenait en son pouvoir. Et c'était probablement le cas, car il finit par la repousser doucement mais fermement de peur de perdre le peu de contrôle qu'il lui restait.

Il attendit quelques instants de recouvrer un semblant d'emprise sur lui-même, puis s'allongea sur elle. Elle s'ouvrit pour l'accueillir et le sentit entrer en elle très lentement, plongeant au creux de sa chair et éveillant un nouvel accès de désir, plus ardent encore que précédemment.

Lorsqu'il se retrouva totalement enfoui en elle, il s'immobilisa et elle eut l'impression étrange que tous deux ne formaient plus qu'un seul être, qu'elle venait de trouver une partie d'elle-même qui lui avait toujours fait défaut.

Elle aurait voulu le lui dire, mais il ne lui en laissa pas le temps. Alors même qu'il commençait à bouger en elle, ses lèvres scellèrent de nouveau les siennes. Madelyn l'entoura de ses bras et de ses jambes. Elle voulait ne faire qu'un avec lui, peau contre peau.

Tandis que les mouvements de Roman s'intensifiaient, elle perdit tout repère. Elle n'était plus que plaisir. Leurs corps se mouvaient en un parfait accord. Instinctivement, leurs gestes s'harmonisaient, se répondaient.

Ensemble, ils s'élevaient toujours plus haut, découvrant des sensations qu'ils n'avaient fait que deviner jusqu'alors. Ensemble, ils escaladèrent les derniers degrés de leur passion.

Ensemble, ils furent emportés par un flot de plaisir qui les entraîna plus loin encore, vers un monde qui n'appartenait qu'à eux, et où rien ni personne ne pourrait jamais les atteindre.

Les dents serrées, Oleg gardait les yeux résolument fixés sur la route qui défilait. Pour lutter contre la fatigue qui menaçait de le submerger, il devait faire appel à toute la force de sa volonté.

Cela faisait près de quarante-huit heures qu'il n'avait pas fermé l'œil. Mais il ne pouvait se permettre de se reposer — pas encore.

Tant qu'il n'aurait pas repris le contrôle la situation, il ne pouvait être question pour lui de baisser la garde. Il devait impérativement retrouver Roman et Madelyn et les abattre.

Seule leur mort le mettrait totalement à l'abri des représailles de Nikolai Mateev. Car il serait libre alors de raconter à sa guise la confrontation qui les avait opposés et d'expliquer ainsi de façon convaincante la mort de Serge et d'Anton.

Un bourdonnement le tira de ses réflexions. Sans réfléchir, il pêcha le téléphone portable qui sonnait dans la sacoche posée sur le siège passager et décrocha.

— *Sergei ?*

Oleg faillit faire une embardée. Le cœur battant à tout rompre, la gorge sèche, il comprit que le téléphone qu'il venait de décrocher n'était pas le sien. Avant de quitter le pub, il avait récupéré ceux de Serge, d'Anton et de Roman.

— *Sergei ?* répéta son interlocuteur.

Sa voix ne lui était que trop familière. Il se demanda s'il ne ferait pas mieux de raccrocher. Mais cela ne ferait probablement qu'attiser les soupçons de Nikolai une fois qu'il aurait découvert ce qui était arrivé à son neveu.

— *Net, eto Oleg*, répondit-il.

— Oleg ? s'étonna Nikolai. Comment se fait-il que ce soit toi qui répondes au téléphone de Serge ?

— Il est occupé, improvisa Oleg.

— Tant pis, répondit Nikolai. Dis-lui de venir me chercher à 8 heures à l'endroit convenu. Et, puisque je t'ai au téléphone, j'espère que tu as eu le temps de clôturer tous les comptes.

Nikolai l'avait chargé de fermer une vingtaine de comptes en banque à travers le pays, de façon à récupérer l'argent qu'ils avaient blanchi au cours des derniers mois. La somme totale représentait plus de dix millions de dollars, que Mateev souhaitait probablement rapatrier en Russie.

Évidemment, les événements de ces dernières heures avaient empêché Oleg de terminer sa mission. Peut-être eût-il été plus prudent de faire demi-tour pour retourner s'en occuper. D'après le GPS, en effet, il lui restait encore presque une heure de route avant d'atteindre sa destination.

— Tout sera prêt, répondit-il avec bien plus d'assurance qu'il n'en éprouvait réellement.

Pour le moment, il n'avait strictement aucune idée de la façon dont il pourrait bien tenir parole. Mais que pouvait-il bien répondre d'autre ?

Nikolai raccrocha sans prendre la peine de prendre congé de lui. Oleg reposa le téléphone. Il avait la désagréable impression qu'il était en train de s'enliser dans un marécage. Chacun de ses mouvements le rapprochait un peu plus du destin funeste qui l'attendait. Et plus il tentait de se débattre contre cette fatalité, plus la situation empirait.

Il maudit Roman qui l'avait trahi, Serge qui avait été assez stupide pour se faire tuer et Anton dont l'entêtement lui avait fait perdre son dernier homme de main. Et, une fois de plus, il se demanda s'il ne ferait pas mieux de disparaître avant l'arrivée de Nikolai Mateev.

Roman n'aurait su dire combien de temps il était demeuré immobile à contempler Madelyn, qui s'était endormie à ses côtés, brisée par l'intensité de ce qu'elle venait de ressentir. Lui-même avait du mal à comprendre ce qui avait bien pu se passer.

Jamais il n'avait éprouvé quoi que ce soit de ce genre. Il lui semblait confusément que ce qu'ils venaient de vivre ne se limitait pas à une simple étreinte physique. Et les sentiments que lui inspirait la jeune femme s'en étaient trouvés renforcés, comme magnifiés par le souvenir de ce moment de communion totale.

Jetant un coup d'œil à sa montre, il constata que le délai qu'il leur avait imparti était largement dépassé. À contrecœur, il s'arracha à la douce chaleur qui émanait de la jeune femme et alla récupérer ses vêtements qu'il commença à enfiler.

— Roman ? murmura-t-elle.

Se tournant vers elle, il constata qu'elle venait d'émerger de son sommeil. En avisant son beau visage, ses cheveux emmêlés et ce corps magnifique que rien ne dissimulait à ses regards, il sentit monter en lui un mélange de tendresse et de désir presque poignant.

— Salut, lui dit-il.

— Salut...

— C'est l'heure de nous mettre en route, lui dit-il.

— Tu tiens toujours à traverser cette rivière glacée à la nage ?

— Si tu restes dans cette tenue, ce ne sera pas du luxe, répondit-il en riant.

Prenant soudain conscience de sa nudité, Madelyn rougit légèrement, ce qui la lui rendit plus irrésistible encore. Quittant le canapé, elle commença à son tour à se rhabiller. Roman ne put s'empêcher de constater qu'elle fuyait son regard.

— Je suis heureux que ce soit arrivé, lui dit-il gravement.

Elle se tourna enfin vers lui en reboutonnant son chemisier.

— Moi aussi, lui dit-elle.

Un frisson parcourut soudain Roman.

— Qu'y a-t-il ? lui demanda-t-elle, inquiète.

— Nous n'avons pris aucune précaution, murmura-t-il. Je suis désolé...

— Tu n'es pas le seul responsable, répondit-elle. J'aurais dû y penser, moi aussi. Après tout, ajouta-t-elle avec un sourire ironique, c'est moi le médecin ! Quoi qu'il en soit, nous avons désormais une nouvelle raison de retourner en ville assez vite.

— Nous devrions quand même manger quelque chose avant de partir, déclara-t-il.

— Je m'en charge ! s'exclama-t-elle. Réunis le matériel dont tu auras besoin pour traverser le torrent.

Roman hocha la tête. Il aimait le naturel avec lequel tous deux coopéraient. Et, tandis que Madelyn s'activait dans la cuisine, il alla chercher de la corde ainsi que des vêtements de rechange qu'il plaça dans un sac à dos.

Ils avalèrent rapidement le plat de raviolis que Madelyn avait fait réchauffer puis, après avoir remis de l'ordre dans la cabane, ils s'enfoncèrent une fois de plus dans les bois.

Tandis qu'ils parcouraient de nouveau le sentier qu'ils avaient suivi le matin même, Madelyn ne pouvait s'empêcher d'observer Roman à la dérobée. Elle avait encore un peu de mal à réaliser ce qui s'était passé entre eux.

Il n'était pas dans ses habitudes de faire l'amour avec quelqu'un qu'elle fréquentait depuis quelques heures seulement. Et elle avait bien conscience d'ignorer quasiment tout de la vie de Roman. Elle ne savait rien de ses parents, de sa jeunesse ou de son travail...

Et pourtant, paradoxalement, elle avait l'impression de très bien le connaître. Il existait entre eux une forme de complicité naturelle qu'elle ne s'expliquait pas réellement. Si elle avait cru aux âmes sœurs, elle n'aurait eu aucun mal à se convaincre que Roman était la sienne.

Cette idée l'emplissait cependant d'une certaine inquiétude. Car, comme elle l'avait dit à Roman, elle ne se sentait pas encore prête à s'investir dans une relation au long cours. Elle avait besoin de temps pour faire le point, pour prendre la mesure de ce que cela signifierait pour elle.

Elle tenta de se rassurer en se rappelant les paroles de Roman : rien ne la forçait à aller plus loin qu'elle ne le voulait. D'ailleurs, rien ne lui permettait de penser que lui-même souhaitait réellement s'engager.

Il était évident que l'échec de son mariage continuait à le tarauder. Elle l'avait senti en l'entendant en parler. Et il lui avait clairement indiqué que son métier ne se prêtait guère aux relations suivies.

— Où comptes-tu aller, si nous parvenons à franchir la rivière ? demanda-t-elle pour s'arracher à ses pensées qui tournaient en rond. À Boulder ou à Denver ?

— À Denver. Je te conduirai aux bureaux de RMJ, où tu seras en sécurité.

— Ne vaudrait-il pas mieux aller directement trouver la police ? demanda-t-elle.

— Ian contactera le FBI. Des agents viendront prendre ta déposition.

Ils marchaient côte à côte, à présent, et Madelyn résista à la tentation de prendre la main de Roman. Elle savait que cela ne ferait que renforcer l'intimité qui s'était établie entre eux.

— Et quand tout sera terminé ? s'enquit-elle. Quand Oleg sera mis hors d'état de nuire ?

Il se tourna vers elle et l'observa longuement avant de lui répondre.

— J'aimerais beaucoup te revoir, lui dit-il.

Elle aurait voulu pouvoir lui répondre que tel était aussi son cas. Mais la prudence l'emporta.

— Que ferions-nous ? lui demanda-t-elle.

Il haussa les épaules.

— Je ne sais pas, lui dit-il. Nous pourrions aller dîner quelque part où l'on nous servirait autre chose que des raviolis en boîte.

— Je ne suis pas sûre que j'aurai le temps, murmura-t-elle. Je travaille beaucoup.

— Tu ne dînes donc jamais ? lui demanda-t-il d'un ton légèrement moqueur.

— Si, bien sûr... Mais tu sais ce que je veux dire.

Il hocha la tête.

— Je comprends. Et je te l'ai dit : je ne compte pas faire pression sur toi. Je serais heureux que nous nous revoyions. Si tu n'en as pas envie, j'accepterai ta décision.

L'idée d'accepter sa proposition était terriblement tentante et Madelyn pesta intérieurement. Pourquoi fallait-il qu'il soit si prévenant ? Quel besoin avait-il d'être parfait ?

Elle essaya de s'imaginer sortant avec Roman. Mais elle avait beaucoup de mal à se représenter la chose. À ses yeux, il était encore intimement associé à la parenthèse surréaliste qui s'était ouverte dans sa vie à l'instant précis où elle avait franchi le seuil de La Proue.

— Tu as tout le temps d'y réfléchir, lui dit-il comme s'il venait de lire dans ses pensées. Tant qu'Oleg Zavalov ne sera pas derrière les barreaux, il vaudrait mieux que tu restes sous protection policière. Le FBI t'installera sans doute dans un hôtel discret où ils pourront veiller sur toi vingt-quatre heures sur vingt-quatre...

Madelyn le considéra avec un mélange de stupeur et d'horreur. Curieusement, elle n'avait jamais envisagé que cette fameuse parenthèse puisse se prolonger plus de quelques heures — un jour ou deux, tout au plus.

— Il n'en est pas question, déclara-t-elle enfin. J'ai des cours à suivre et du travail à l'hôpital. Je ne peux pas rester indéfiniment cachée dans un hôtel de Denver !

— S'il ne tenait qu'à moi, c'est à l'autre bout du pays que tu serais mise à l'abri. Mais qui sait ? Le FBI acceptera peut-être que tu retournes chez toi si tu acceptes une escorte policière.

— Ce ne sera probablement pas du goût de mes professeurs, de mon chef de service ou des autres médecins.

— Cela vaut tout de même mieux que de te faire assassiner par l'un des hommes de main de la mafia russe…

Elle pouvait difficilement prétendre le contraire.

— Je crois que je n'avais pas encore vraiment réalisé à quel point ces hommes étaient dangereux, murmura-t-elle.

— Si tout se passe comme je l'espère, ils seront bientôt hors d'état de nuire, lui assura Roman. Et ce sera en partie grâce à toi.

Ils poursuivirent leur route, continuant à descendre à travers bois, jusqu'à atteindre la lisière. La rivière paraissait toujours aussi tumultueuse.

— Tu es sûr que tu pourras vraiment traverser, murmura-t-elle, inquiète. Peut-être ferions-nous mieux d'attendre tranquillement que RMJ nous retrouve…

— En d'autres circonstances, c'est effectivement ce que je ferais, concéda Roman en fronçant les sourcils. Mais il faut absolument que je parvienne à joindre les autorités avant ce soir.

— Pourquoi cela ?

— Parce que Oleg doit recevoir aujourd'hui même la visite de Nikolai Mateev, le chef de la mafia à laquelle il appartient. À notre connaissance, c'est la première fois depuis des années que ce dernier ose remettre les pieds sur le continent américain. Et nous ne pouvons pas rater une telle occasion de l'arrêter. Cela permettra peut-être de sauver des milliers de vies…

— Je vois, soupira Madelyn, vaincue. Comment comptes-tu procéder, alors ?

Roman observa attentivement les alentours avant de se diriger vers un arbre qui poussait presque au bord du torrent. Il en éprouva les branches, vérifiant leur solidité.

— Ce n'est pas parfait, soupira-t-il. Mais c'est toujours

mieux que rien. Je vais attacher la corde à cet arbre et je nouerai l'autre extrémité à ma taille. De cette façon, si le courant est trop fort et que je suis emporté, je n'aurai qu'à me haler jusqu'à la rive.

Cette précaution la rassura légèrement. Lorsqu'il eut attaché la corde, il se défit de ses chaussures, de son jean et de son T-shirt, qu'il posa près de leur sac à dos.

— Je reviendrai chercher tout ça dès que j'aurai attaché l'extrémité de la corde de l'autre côté, expliqua-t-il. Ce pont de singe devrait te permettre de traverser sans te mouiller.

Madelyn hocha la tête. Il déposa alors un petit baiser sur ses lèvres.

— Pour me porter chance, lui dit-il, tout comme elle l'avait fait dans la chambre froide du pub.

Il noua la corde autour de sa taille et s'approcha du torrent. Pour éviter l'hydrocution, il prit le temps de mouiller son torse, son cou et ses aisselles. L'eau devait être glacée et il ne put réprimer un violent frisson.

— À tout de suite, lui dit-il avec une confiance dont elle ne fut pas vraiment dupe.

Avant qu'elle ait pu lui répondre, il plongea dans l'eau glacée et se mit à nager de toutes ses forces. Le courant le fit aussitôt dériver en aval, le forçant à infléchir sa course. Il se retrouva bientôt en train de nager presque parallèlement à la rive. C'était pour lui le seul moyen de ne pas se laisser emporter.

Évidemment, cette trajectoire ralentissait nettement sa progression, le forçant à demeurer dans cette eau gelée bien plus longtemps qu'il n'eût été raisonnable. Le cœur battant à tout rompre, le ventre noué par la peur, Madelyn ne pouvait détacher les yeux de sa tête qui surnageait au-dessus du torrent furieux.

Au bout de longues minutes de lutte acharnée, il parvint à atteindre la rive opposée, sur laquelle il se hissa. Là, il demeura longuement allongé, pantelant. Puis il se redressa péniblement et entreprit de sautiller sur place et de battre des bras pour se réchauffer.

— Est-ce que ça va ? lui cria-t-elle.

— Tout va bien ! répondit-il en claquant des dents.

Il alla attacher la corde à un arbre situé sur la rive opposée et, avec une facilité déconcertante, s'en servit comme d'un pont de singe pour retraverser dans l'autre sens. De retour auprès de Madelyn, il se rhabilla et enfila le pull-over supplémentaire qu'il avait pris soin d'emporter.

— Si tu voulais m'impressionner, c'est chose faite, lui avoua-t-elle.

— Tant mieux, répondit-il en riant. Est-ce que tu te sens prête à traverser ?

— Moins vite que toi, mais je devrais y arriver, répondit-elle. Je me débrouillais plutôt bien pour monter à la corde, au lycée.

— Parfait, déclara-t-il. Dans ce cas, je vais passer avec le sac et tu n'auras qu'à me suivre dès que je serai de l'autre côté.

Elle hocha la tête et le regarda traverser de nouveau au-dessus du cours d'eau. Lorsqu'il eut repris pied sur la rive d'en face, elle se hissa sur la corde comme elle l'avait vu faire et commença à se déplacer à l'aide de ses jambes et de ses bras.

Elle parvint assez rapidement à maîtriser cette technique qu'elle avait dû apprendre, bien des années auparavant. En l'espace de quelques minutes, elle était déjà parvenue au milieu du torrent. Bientôt, elle serait en sécurité sur l'autre rive.

Mais, alors même qu'elle se réjouissait à cette idée, un craquement sinistre se fit entendre derrière elle. Elle eut à peine le temps de comprendre que la branche à laquelle était attachée la corde venait de céder avant de se sentir tomber.

Lorsqu'elle plongea dans l'eau, une sensation de froid glacial envahit l'ensemble de son corps, si brutale qu'elle se sentit perdre connaissance. L'instant d'après, elle coulait à pic...

7

Roman demeura figé un instant, tétanisé par l'horreur. Il avait suivi des yeux la progression encourageante de Madelyn le long de la corde lorsque, soudain, celle-ci semblait s'être brisée net, la faisant basculer dans le torrent.

Voyant qu'elle ne remontait pas à la surface, il s'arracha à sa transe, se défit de son pull et se jeta de nouveau à l'eau. Une fois de plus, il sentit l'étreinte glacée se refermer sur lui, raidissant de façon douloureuse chacun de ses muscles. Il lui sembla que sa peau était transpercée par des milliers de minuscules aiguilles.

Sans attendre, il se mit à évoluer sous l'eau, nageant de toutes ses forces dans la direction approximative où Madelyn avait disparu. Malheureusement, la visibilité était limitée à un mètre tout au plus.

Tenaillé par l'angoisse, il poursuivit ses recherches aussi longtemps qu'il le put avant de devoir remonter à la surface pour reprendre sa respiration. Il replongea aussitôt, se laissant entraîner vers l'aval, où le courant avait dû emporter la jeune femme.

Il s'efforçait de ne pas penser au temps qu'elle avait déjà passé sous l'eau, ni au fait que, d'ici quelques minutes, il en serait sans doute réduit à rechercher son corps. Se forçant à demeurer sous la surface le plus longtemps possible, il descendit plus bas encore.

Soudain, il fut happé par un courant descendant qui le propulsa rapidement en direction du lit du torrent. Refusant de céder à la panique, il se ramassa sur lui-même de façon à pouvoir se propulser vers le haut dès qu'il toucherait le sol.

Au moment où il détendit les jambes, il sentit quelque chose effleurer sa main. Il crut d'abord qu'il s'agissait d'algues ou de plantes aquatiques, mais comprit aussitôt que la violence du courant les aurait emportées depuis longtemps. Alors qu'il crevait la surface pour avaler une nouvelle goulée d'air, il songea qu'il devait s'agir des cheveux de Madelyn.

Il prit à peine le temps de remplir ses poumons avant de replonger, s'efforçant de se maintenir à la verticale de l'endroit où il pensait avoir localisé la jeune femme. Et, tandis qu'il redescendait, il aperçut une forme indistincte qui se détachait contre le lit de galets.

Madelyn ne bougeait pas. Son corps ballotté par le courant dérivait et Roman accéléra pour se porter à sa hauteur. Là, il passa les bras sous les aisselles de la jeune femme et, prenant de nouveau appui sur le sol, les propulsa tous deux vers la surface.

Le visage de Madelyn était livide et ses lèvres avaient pris une teinte bleutée caractéristique de l'hypoxie. Il chercha son pouls et ne le trouva pas. Refusant de céder à la panique, il se mit à nager vigoureusement en direction de la rive. Cela ne lui prit que quelques instants, mais il eut l'impression qu'ils s'étiraient à l'infini.

Enfin, il parvint à se hisser au sec et tira le corps de Madelyn sur l'herbe. Sans hésiter, il commença à pratiquer le massage cardiaque et la respiration artificielle. Ce n'était pas la première fois qu'il était amené à prodiguer les premiers soins, mais jamais encore il ne l'avait fait en de telles circonstances.

Il prit soudain conscience de l'intensité de ses sentiments à l'égard de Madelyn. L'idée qu'elle puisse disparaître lui était tout bonnement intolérable. Et il aurait donné sans hésiter sa propre vie pour pouvoir la sauver.

Une fois de plus, le temps lui paraissait s'étirer. Entre chaque pression sur le thorax de Madelyn, entre chaque bouffée d'air qu'il insufflait de force dans ses poumons, il s'écoulait une intolérable éternité.

Il fut bientôt persuadé qu'il l'avait bel et bien perdue. Pourtant, il s'acharna, refusant de baisser les bras. Et soudain ses efforts furent récompensés. La poitrine de Madelyn se souleva d'elle-même et elle prit une profonde inspiration avant de se mettre à tousser.

Il la fit basculer sur le côté de façon qu'elle puisse recracher toute l'eau qu'elle avait avalée. Lorsque ses bronches furent dégagées, il l'aida à se redresser et la serra contre lui pour tenter de la réchauffer.

— Qu'est-ce qui s'est passé ? demanda-t-elle en claquant des dents.

Elle tremblait de tous ses membres et il commença à la frictionner vigoureusement.

— La branche à laquelle la corde était attachée a cédé, expliqua-t-il, éperdu de soulagement. Tu es tombée à l'eau.

— Je me suis noyée ?

Il hocha la tête et lut l'effroi qui passait dans les yeux de Madelyn.

— Tu m'as encore sauvé la vie, lui dit-elle.

— Je t'ai promis que je te protégerais, lui rappela-t-il simplement.

— Tu vois, lui dit-elle. Je ne cesse de te le répéter : tu es bel et bien un héros !

— Si tu me voyais avec une cape et des collants..., répliqua-t-il.

Elle éclata de rire et se remit aussitôt à tousser.

À cet instant, un bruit de moteur se fit entendre. Un

véhicule était en train de gravir la montagne, venant dans leur direction.

— Ce doit être une équipe de RMJ ! s'exclama Madelyn, soulagée.

Roman fronça les sourcils.

— Peut-être, acquiesça-t-il. Mais tant que nous n'en serons pas certains il vaudrait mieux faire profil bas...

Oleg se sentait de plus en plus nerveux. N'avait-il pas commis une erreur monumentale en quittant Boulder pour venir jusqu'ici ? N'aurait-il pas mieux fait de réunir l'argent de Nikolai ? Ou bien encore de faire disparaître les corps de Serge et d'Anton ?

Il pourrait toujours dire qu'il les avait envoyés en mission et qu'ils n'avaient pas encore repris contact avec lui. Cela lui permettrait au moins de gagner un peu de temps...

Mais, maintenant qu'il avait parcouru tous ces kilomètres, il aurait été absurde de faire demi-tour. D'après le GPS, il ne devait plus se trouver très loin de l'endroit où le portable de Madelyn avait été repéré pour la dernière fois.

Alors même qu'il se faisait cette réflexion, il aperçut une voiture garée sur le bas-côté de la route. D'après la description que lui en avait faite Anton, il reconnut la Mini de Madelyn Thompkins.

Oleg arrêta son véhicule et sortit de la boîte à gants un pistolet automatique. Il vérifia que le cran de sécurité était désengagé avant de sortir. Après avoir scruté les alentours, il s'approcha de la petite voiture. Il n'y avait personne à bord, mais il prit soin d'aller toucher le capot. Le moteur était froid.

Oleg se détourna pour observer le torrent qui coulait non loin de là. L'eau était très haute et avait visiblement emporté le pont qui avait dû se trouver là auparavant. Il fronça les sourcils. Si Madelyn et Roman avaient traversé avant que cela ne se produise, ils s'étaient sans doute retrouvés coincés sur l'autre rive.

Cela expliquerait qu'ils aient laissé la voiture ici et que le portable de la jeune femme ne se soit pas reconnecté depuis la veille.

Oleg avisa alors le sac à dos qui était posé un peu plus loin, à proximité des arbres. Curieux, il s'en approcha et s'agenouilla pour y jeter un coup d'œil. Après s'être assuré qu'il n'y avait personne en vue, il déposa son pistolet pour fouiller l'intérieur.

Le sac ne contenait que quelques vêtements de rechange et un sac à main. Oleg l'ouvrit et trouva un portefeuille contenant les papiers de Madelyn.

Il crut soudain entendre un bruit derrière lui et tendit la main vers son arme. Mais à cet instant précis il fut violemment percuté par-derrière.

Sonné, il mit quelques instants à se redresser et fut aussitôt assailli par son adversaire. Roman avait dû se cacher dans les bois et l'observer, attendant le moment propice pour lui sauter dessus.

Comme il faisait mine de l'attaquer de nouveau, Oleg répliqua par un crochet du gauche. Cela faisait un certain temps qu'il ne s'était pas battu à mains nues, mais il n'avait pas totalement oublié les cours de boxe qu'il avait suivis assidûment lorsqu'il était jeune.

Roman marqua le coup, mais ne parut pas faiblir. Oleg se jeta donc de nouveau sur lui, enchaînant une redoutable série d'uppercuts. Mais son adversaire était plus résistant qu'il ne l'aurait cru et encaissa sans broncher. Et, dès qu'Oleg fit mine de baisser sa garde, une contre-attaque s'ensuivit, fulgurante.

Le direct du droit qui le cueillit en plein visage manqua lui faire perdre connaissance et il vacilla légèrement sur lui-même, luttant contre la sensation de vertige qui s'emparait de lui.

— Comment nous as-tu retrouvés ? lui demanda Roman. Qui t'a dit que nous étions ici ?

— Tu aimerais bien le savoir, répliqua Oleg en essuyant le sang qui maculait ses lèvres.

— Si tu savais combien de fois j'ai été tenté de te boucler ! s'exclama son ancien employé. Ce jour est enfin arrivé !

— Tu prends tes rêves pour des réalités, répliqua Oleg d'un ton moqueur.

Tout ce qu'il lui fallait faire, pour le moment, c'était gagner du temps. S'il parvenait à remettre la main sur son arme, il reprendrait l'avantage et pourrait se débarrasser une fois pour toutes de Roman.

Se remettant en garde, Oleg se déplaça lentement en direction du sac près duquel il avait posé le pistolet. Mais c'est alors qu'il constata avec stupeur que Madelyn était sortie du bois à son tour. Elle avait ramassé son arme et la brandissait dans sa direction.

— Arrêtez ! lui cria-t-elle. Ne bougez plus !

Oleg hésita un instant. S'il se rendait, il avait de fortes chances de finir en prison, ainsi que venait de le lui rappeler Roman. Cela signifiait que Nikolai Mateev ne récupérerait pas les dix millions de dollars qu'Oleg lui devait et qu'il découvrirait probablement le cadavre de son neveu dans la chambre froide du pub.

Si tel était le cas, Oleg ne serait à l'abri nulle art — pas même au fin fond d'une prison de haute sécurité. L'un des hommes de la *bratva* finirait par l'atteindre et sa mort serait lente et douloureuse.

Mieux valait risquer de se faire tirer dessus par Madelyn. Il n'était d'ailleurs pas convaincu qu'elle aurait le courage de le faire.

— Allez-y, lui dit-il en se rapprochant lentement d'elle. Tuez-moi ! Qu'est-ce qui vous en empêche ?

— Madelyn..., murmura Roman, qui ne pouvait se rapprocher sans gêner le tir de la jeune femme.

Celle-ci se tourna vers son compagnon et Oleg comprit qu'il tenait une occasion d'agir. Sans hésiter, il se rua sur elle pour lui arracher son arme.

Il était sur le point de la rejoindre lorsqu'elle poussa un cri d'effroi, bientôt suivi d'une détonation. Oleg fut arrêté net dans sa course par la puissance de l'impact.

L'instant d'après, une violente douleur éclata dans son épaule. Il tituba et sentit le sol se dérober sous ses pieds. Avant de comprendre ce qui était en train de lui arriver, il bascula en arrière et tomba dans le torrent. Les eaux glaciales se refermèrent sur lui et l'emportèrent.

Parcourue de tremblements irrépressibles, Madelyn lâcha l'arme qu'elle tenait à la main. Elle sentait encore sur sa paume et dans son poignet la puissance du recul. Mais surtout elle revoyait l'expression à la fois surprise et horrifiée qui s'était peinte sur le visage d'Oleg, juste avant qu'il ne s'effondre.

Une sensation de nausée l'envahit brusquement, mais elle s'efforça de l'ignorer et se précipita vers le cours d'eau. Elle ne pouvait laisser cet homme mourir, quels que puissent être ses crimes. N'avait-elle pas fait le serment solennel de protéger la vie à tout prix ? Si elle l'avait tué, elle ne se le pardonnerait jamais.

Mais lorsqu'elle atteignit la berge il n'y avait plus trace d'Oleg. Avait-il déjà été emporté par le courant ? Si tel était le cas, n'aurait-elle pas dû apercevoir son corps ? S'il avait coulé à pic, elle devait se porter à son secours.

Elle s'apprêtait à plonger lorsqu'elle sentit les bras de Roman se refermer sur sa taille.

— Pas question ! s'exclama-t-il en la tirant en arrière.

— On ne peut pas le laisser se noyer ! s'exclama-t-elle.

— Tu as failli mourir, il y a quelques minutes, lui rappela-t-il. Je refuse que tu risques ta vie pour une ordure comme Oleg Zavalov !

Elle se débattit vainement entre ses bras. Mais elle était encore bien trop faible pour espérer échapper à son étreinte.

— Attends-moi ici, lui dit-il. Je vais descendre le torrent pour voir s'il est remonté.

— Je viens avec toi.

Il l'observa très attentivement, comme s'il cherchait à lire en elle.

— Qu'y a-t-il ?

— Eh bien..., hésita Roman. C'est toi qui lui as tiré dessus.

— C'est justement pour cela que je veux le retrouver.

— Ce n'est peut-être pas une bonne idée...

Elle comprit brusquement ce qu'il voulait dire.

— Tu as peur qu'il soit mort, n'est-ce pas ?

— Je n'en sais rien. Mais, si c'est le cas, je sais que ce ne sera pas facile pour toi. Ôter la vie n'est jamais facile — et encore moins la première fois, même si c'est justifié.

Justifié.

En l'entendant prononcer ce mot, Madelyn frissonna violemment. Une fois de plus, elle revécut en pensée la scène qui venait de se dérouler.

La façon dont Oleg s'était précipité sur elle. Le contact de la crosse contre sa paume. L'instant où elle avait pris la décision d'appuyer sur la détente. Le recul qui avait bien failli lui arracher l'arme des mains. Et l'expression d'Oleg avant qu'il ne bascule en arrière...

Oleg était un criminel. S'il fallait en croire ce que Roman

lui avait raconté, c'était un personnage abject et il était mêlé à un trafic qui causait des milliers de morts chaque année.

Mais il n'en restait pas moins un homme. Il avait des parents, peut-être même une petite amie, une épouse ou des enfants. Il avait aimé et avait été aimé. Et quelqu'un l'attendait peut-être chez lui, en cet instant même.

Madelyn tomba à genoux, rattrapée soudain par la réalité de l'acte irréparable qu'elle venait de commettre. Qui était-elle pour décider de la vie et de la mort de cet homme ? Le poids de la responsabilité s'abattait sur elle, écrasant.

Roman se rapprocha d'elle et posa doucement les mains sur ses épaules.

— Tu as été très courageuse, lui dit-il.

— Courageuse ? répéta-t-elle d'une voix tremblante. J'ai tué un homme désarmé.

— Si tu n'avais pas tiré, il t'aurait pris cette arme, lui dit-il d'une voix grave. Et je t'assure que lui n'aurait pas hésité une seconde à nous tuer tous les deux.

— Comment puis-je en être sûre ? objecta-t-elle.

— Pourquoi crois-tu qu'il soit venu jusqu'ici avec une arme ? lui demanda-t-il. Ce n'était pas pour s'entretenir tranquillement avec nous, tu peux me croire. Oleg savait que je l'avais espionné pendant des mois et que j'avais l'intention de le faire arrêter. Et il ne comptait certainement pas me laisser faire.

Roman marqua une pause, lui laissant le temps de digérer ses paroles.

— Tu n'avais pas le choix, conclut-il. Tu as fait ce qu'il fallait pour nous protéger. Et tu nous as sauvé la vie.

Roman serra doucement ses épaules avant de se détourner pour aller récupérer l'arme qu'elle avait laissée tomber. Il la passa à sa ceinture.

— Je vais aller jeter un coup d'œil, déclara-t-il.

— Je t'accompagne, répondit-elle en se redressant.

Cette fois, il ne chercha pas à l'en dissuader. Tous deux suivirent la rive vers l'aval sur quelques centaines de mètres. Roman s'arrêta brusquement.

— On dirait que tu ne l'as pas tué, en fin de compte, déclara-t-il en désignant le sol devant eux.

La veste trempée et tachée de sang d'Oleg avait été abandonnée là. En s'approchant, Madelyn aperçut des traces de pas dans la boue, à l'endroit où il avait dû sortir de l'eau, ainsi que d'autres qui partaient en direction des bois. Un profond soulagement l'envahit. Elle n'était pas une meurtrière.

— Nous ferions mieux de partir, poursuivit Roman. Je ne tiens pas à perdre mon temps à le chercher à travers toute la forêt. Nous pourrons toujours aller le cueillir au pub lorsqu'il rentrera. En attendant, il faut absolument que je prévienne RMJ et la police de l'arrivée de Mateev.

Elle hocha la tête et tous deux firent demi-tour pour regagner l'endroit où ils avaient laissé leur sac à dos. Ils sortirent des vêtements secs et se changèrent rapidement.

Madelyn récupéra également son sac à main et en sortit ses clés de voiture. Réprimant un soupir, elle fit alors mine de se diriger vers la Mini. Roman l'attrapa par le bras et la considéra d'un air incrédule.

— Tu viens de te noyer, lui rappela-t-il. Et tu viens de tirer pour la première fois sur quelqu'un. Crois-tu vraiment que je vais te laisser prendre le volant ?

Un pâle sourire se dessina sur les lèvres de Madelyn.

— Je savais que tu rêvais de conduire ma voiture, répondit-elle en lui tendant les clés.

Elle gagna la portière du côté passager et se laissa tomber lourdement sur le siège. Jamais encore elle ne s'était sentie aussi épuisée. Mais la tension qui l'habitait commençait à se dissiper lentement.

Ils avaient réussi à échapper à Oleg. D'ici une heure, tout au plus, ils parviendraient à Denver. Ce serait alors la fin de cette folle équipée. Et avec un peu de chance, sous la protection du FBI, elle pourrait rentrer à Boulder et reprendre une existence presque normale.

Elle repensa à la conversation que Roman et elle avaient eue en quittant la cabane. En dépit de ce qu'elle lui avait dit alors, elle n'avait aucune envie que tous deux se perdent de vue. Les épreuves qu'ils venaient de traverser avaient créé entre eux un lien indissoluble. Ils se devaient mutuellement la vie. Et jamais elle n'avait éprouvé un tel attachement envers quiconque.

Tandis qu'elle se faisait ces réflexions, Roman était allé inspecter la voiture d'Oleg. Ce dernier avait laissé la portière ouverte et il put récupérer la sacoche sur le siège passager ainsi que les clés de contact.

— Cela devrait l'empêcher de nous suivre, annonça-t-il en prenant place au volant de la Mini.

Il passa rapidement en revue le contenu de la sacoche et en tira trois téléphones portables.

— Avec un peu de chance, les techniciens de RMJ devraient pouvoir récupérer les carnets d'adresses et les agendas, déclara-t-il. Cela pourrait nous donner des indications précieuses sur l'organisation d'Oleg…

Il prit l'un des téléphones et sourit.

— Celui-là, c'est le mien, dit-il. Nous allons pouvoir contacter RMJ.

Après s'être assuré que la batterie de son portable n'était pas déchargée, Roman composa son code secret et appela Ian. Calant son téléphone contre son épaule, il démarra.

— Roman ? s'exclama son supérieur. Je commençais vraiment à m'inquiéter. Où êtes-vous ? Qu'est-ce qui vous est arrivé ?

Roman entreprit de lui raconter en détail ce qui s'était

passé au cours de la nuit et de la matinée qui venaient de s'écouler. Il s'abstint évidemment de préciser ce qui s'était passé entre Madelyn et lui. Il laissa également entendre que c'était lui qui avait tiré sur Oleg. De cette façon, la jeune femme n'aurait pas à se justifier à ce sujet face aux enquêteurs.

— Donc, d'après toi, Oleg est toujours vivant ? s'enquit Ian.

— Blessé mais vivant, oui. Pour le moment, du moins...

— Et il était censé rencontrer Nikolai Mateev en personne ?

— Oui. À moins qu'ils n'aient changé d'avis depuis hier soir.

Ian demeura quelques instants silencieux, réfléchissant à tout ce qu'il venait de lui dire.

— D'accord, dit-il enfin. La priorité est toujours la même : ramener Miss Thompkins à Denver le plus rapidement possible.

Roman entendit Ian pianoter sur le clavier de son ordinateur.

— Il y a une station d'essence sur la route de Denver, à quelques kilomètres de l'endroit où vous vous trouvez, juste après Broomfield. Si je pars tout de suite, je devrais y arriver peu de temps après vous. Prenez un café en m'attendant.

— Nous pourrions aller directement à RMJ, objecta Roman.

— Je tiens à ne courir aucun risque. Il est évident qu'Oleg et ses hommes connaissent désormais l'identité de Miss Thompkins. Ils doivent donc connaître aussi sa voiture. Et, si j'en crois ce que tu m'as dit, ils ont un flic véreux dans la poche...

— Jackson, précisa Roman.

— Il pourrait lancer un avis de recherche pour ce véhicule et je préfère éviter autant que possible que nos adversaires ne fassent le rapprochement entre toi et RMJ.

Ian ne s'était jamais complètement débarrassé de la paranoïa qu'il avait dû cultiver en tant qu'agent du MI5. Mais, en de telles circonstances, mieux valait faire preuve d'un excès de prudence plutôt que de courir le moindre risque.

Avec un homme comme Nikolai Mateev, ils n'avaient tout simplement pas le droit à l'erreur.

— C'est d'accord, répondit-il. À tout à l'heure, Ian.

— Alors ? lui demanda Madelyn lorsqu'il eut raccroché. Quel est le programme ?

— Ian passe nous prendre à une station-service tout près d'ici, répondit-il. Tu vas bientôt pouvoir t'accorder une nuit de douze heures pour te remettre de tes émotions.

— Tant mieux, répondit-elle en souriant. En attendant, si ça ne t'ennuie pas, je crois que je vais prendre un petit acompte.

— N'hésite pas, approuva-t-il. Je te réveillerai lorsque nous serons arrivés...

Quelques instants plus tard, elle dormait profondément. Roman jeta un coup d'œil dans sa direction. Elle paraissait effectivement épuisée. Ses yeux étaient cernés et son visage d'ordinaire très pâle avait pris une teinte livide. Ses lèvres étaient toujours légèrement cyanosées.

Il sentit son cœur se serrer sous l'effet combiné de la sollicitude et de la tendresse. Et il regretta soudain que leur relation soit vouée à l'échec. Pour la première fois depuis son divorce, il aurait réellement voulu donner une chance à leur couple.

Mais la vie était peut-être en train de lui faire payer toutes les fois où lui-même avait fait passer son travail avant sa vie sentimentale...

Parvenu à la station que lui avait indiquée Ian, il réveilla doucement Madelyn. Tous deux prirent soin de récupérer toutes les affaires qui se trouvaient dans la voiture, au cas où leurs adversaires parviendraient à la localiser.

— J'espère qu'ils ne la voleront pas, soupira la jeune femme.

Roman ne put s'empêcher de sourire à cette idée.

— Tout le monde n'a pas d'aussi mauvais goûts que les tiens, répliqua-t-elle.

— D'accord ! s'exclama-t-il en riant. Je te promets que je ne dirai plus de mal de ta voiture. Et, pour me faire pardonner, c'est moi qui invite.

Dans le petit snack de la station-service, ils choisirent le box le plus éloigné de la porte d'entrée et commandèrent du café et deux parts de tarte à la noix de pécan.

Ils mangèrent en silence et Roman sentit la tension qui s'était insidieusement installée entre eux. Il n'aurait su en expliquer les raisons.

Peut-être Madelyn avait-elle pris conscience elle aussi qu'ils étaient probablement sur le point de se perdre de vue. Ou peut-être, songea-t-il avec une pointe d'autodérision, était-il en train de prendre ses rêves pour des réalités...

Moins de dix minutes après leur arrivée, il vit Ian entrer dans le petit café. Comme à son habitude, ce dernier était vêtu d'un costume impeccable qui tranchait nettement avec la tenue décontractée des autres clients.

Les yeux cernés et rougis de son patron prouvaient qu'il avait dû passer une bonne partie de la nuit à travailler — probablement pour tenter de les localiser.

Roman se leva et serra la main qu'il lui tendait.

— Content de te voir, lui dit-il.

— Pas autant que moi, répondit Ian. Vous m'avez fait peur, tous les deux.

— Madelyn, je te présente Ian Wallace. Ian, voici Madelyn Thompkins.

— Enchanté de faire votre connaissance, déclara Ian avec sa politesse coutumière.

Roman le connaissait suffisamment pour deviner qu'il n'était pas indifférent au charme de la jeune femme. Il fut en revanche étonné par l'accès de jalousie que cette réaction fit naître en lui.

— Tu n'étais pas obligé de venir nous chercher toi-même, dit-il.

— Si cette affaire est réellement susceptible de faire tomber Nikolai Mateev, elle est prioritaire à mes yeux, déclara Ian.

Roman s'abstint de tout commentaire. Il était convaincu que l'inimitié de Ian envers Mateev dépassait de loin la sphère professionnelle. Il lui avait souvent semblé que, pour une raison qu'il ignorait, son patron s'était lancé dans une vendetta personnelle contre le chef de la *bratva*.

— Nous avons récupéré quelques éléments qui pourraient s'avérer utiles, déclara-t-il. Deux téléphones portables qui appartenaient à Oleg. Et ses clés de voiture, ce qui devrait l'empêcher de récupérer son véhicule. Je t'indiquerai l'endroit où il est garé.

— Je vois que tu n'as pas perdu ton temps.

— C'est pour cela que tu me payes, n'est-ce pas ?

Ian éclata de rire.

— Roman est l'un de mes meilleurs agents, indiqua-t-il à Madelyn. Savez-vous qu'il est le premier que j'ai engagé au sein de RMJ ?

— Il m'a raconté comment vous l'avez recruté, acquiesça-t-elle.

Ian jeta un regard intrigué en direction de Roman et ce dernier comprit qu'il s'interrogeait sur la nature exacte de ses relations avec la jeune femme. Il n'avait effectivement pas la réputation d'être aussi bavard.

— Est-ce que tu as contacté les autorités ? demanda Roman pour faire diversion.

— J'ai appelé tout le monde, acquiesça Ian. Le FBI, la DEA et le Bureau d'investigation du Colorado. Ils sont tous informés de l'arrivée prochaine de Nikolai Mateev.

— J'espère que vous coincerez ce salopard, déclara Madelyn.

Une fois de plus, Ian interrogea Roman du regard. Ce dernier se contenta de hausser les épaules.

— Étant donné les risques que courait Madelyn, j'ai estimé que je lui devais bien une explication.

Si Ian nota le fait qu'il appelait la jeune femme par son prénom, il se garda bien de faire le moindre commentaire.

— Roman, il faut que tu lui parles de ma sœur Ava, lança Madelyn, qui ne paraissait pas avoir remarqué leurs échanges de regards. Elle a disparu depuis des mois, mais j'ai découvert qu'elle fréquentait le pub d'Oleg, précisa-t-elle à l'intention de Ian.

— Est-ce qu'elle fait partie du cartel ? demanda ce dernier.

— Je ne pense pas qu'elle ait de rapport avec Oleg et ses hommes, répondit Roman. Mais je crois qu'il vaudrait mieux demander à la police de Boulder de la mettre à l'abri, le temps que cette histoire se tasse. Le mieux serait même de demander au CBI de s'en charger, au cas où Oleg aurait d'autres taupes au sein de la police locale...

— Ce sera fait, répondit Ian.

— Est-ce que vous croyez qu'elle aura des problèmes avec la justice ? demanda Madelyn.

— Il n'y a pas de raison, lui assura Roman. Au pire, elle s'est procuré de la drogue auprès d'Oleg ou de ses hommes. Si nous arrêtions tous ceux qui l'ont fait, toutes les prisons de la région seraient pleines à craquer.

Cela parut la rassurer quelque peu.

— Allons-y, suggéra Ian. Nous avons encore beaucoup à faire avant la fin de la journée.

Après avoir réglé leur note, ils quittèrent donc le snack-bar pour rejoindre le Range Rover de Ian qui était garé juste devant l'entrée. Roman prit place à l'avant tandis que Madelyn s'installait sur la confortable banquette arrière.

Durant le trajet qui ne dura qu'une vingtaine de minutes, elle demeura plongée dans le silence tandis que Ian continuait à interroger Roman sur les détails de leurs aventures.

Ce dernier jetait régulièrement des coups d'œil dans

le rétroviseur, mais Madelyn paraissait plongée dans ses pensées et évitait soigneusement de croiser son regard.

Ils atteignirent enfin l'immeuble qui abritait le quartier général de Rocky Mountain Justice et Ian se gara dans le parking souterrain réservé au personnel. Là, ils furent accueillis par Katarina, leur experte en communications.

À presque cinquante ans, Kat passait le plus clair de son temps libre à faire du sport et elle possédait un physique digne d'une athlète de haut niveau. Elle serra affectueusement Roman dans ses bras.

— Je suis contente que tu sois revenu sain et sauf ! s'exclama-t-elle.

— Pas autant que moi, répondit-il en souriant.

Pendant qu'ils discutaient, Ian prit Madelyn par le bras et l'entraîna en direction de l'ascenseur.

— Qui est-ce, exactement ? s'enquit Katarina en le voyant les suivre des yeux.

— Madelyn Thompkins, répondit-il. Une interne en médecine qui se trouvait au mauvais endroit, au mauvais moment. Elle est venue à La Proue pour tenter de retrouver sa sœur qui fréquente l'endroit. Oleg nous a surpris alors que je venais de poser un micro et il a cru que nous étions de mèche...

— Je vois, fit Katarina en l'observant très attentivement. On dirait qu'elle ne t'est pas complètement indifférente.

— C'est si évident que cela ? lui demanda-t-il, un peu étonné.

Il n'avait pas l'habitude d'être aussi transparent.

— Pour qui sait regarder, oui, répondit Kat en souriant. Je suis contente pour toi, Roman. Tu mérites de trouver quelqu'un de bien.

— Malheureusement, ce n'est pas aussi simple, répondit-il en s'efforçant de ravaler l'amertume qui perçait dans sa voix. Je ne suis pas sûr que mes sentiments pour elle soient payés de retour.

L'amusement de Katarina fit place à de la sympathie.

— Je suis désolée, lui dit-elle.

Il lui décocha un sourire doux-amer.

— Pas autant que moi...

La salle de repos mise à la disposition du personnel de RMJ était un endroit très accueillant. Meublée de façon simple mais confortable, elle possédait un coin cuisine, un immense écran plat relié à un lecteur de DVD et à une console de jeux.

Madelyn s'était installée sur le canapé de cuir et sirotait une tasse de thé en regardant les informations. Apparemment, de nouvelles manifestations avaient eu lieu sur le campus de l'université du Colorado. Quelques jours auparavant, elle se serait certainement intéressée à la chose mais, après ce qui venait de lui arriver, tout cela lui semblait soudain bien futile.

Elle avait beaucoup de mal à se défaire du sentiment d'irréalité qui l'habitait depuis qu'elle s'était réveillée à la station-service. Il lui semblait être prise au piège d'un rêve dont elle ne parvenait pas à s'extraire.

Comme les images des manifestations disparaissaient pour laisser place aux présentateurs de la chaîne d'information en continue, la porte de la pièce s'ouvrit, révélant la silhouette élancée de Katarina.

— Comment vous sentez-vous ? demanda-t-elle.

— Bien, répondit Madelyn.

Cela ne parut pas convaincre Katarina qui lui adressa un sourire encourageant.

— Il est parfaitement normal que vous soyez en état de

choc, lui dit-elle. Vous devriez peut-être manger quelque chose.

Madelyn secoua doucement la tête.

— Je n'ai pas faim, dit-elle.

— Est-ce que je peux faire quoi que ce soit pour vous ?

— J'aimerais appeler mes parents. Est-ce que vous auriez un téléphone ?

— Je suis désolée, s'excusa Katarina. La police a insisté pour que vous ne parliez à personne avant d'avoir fait votre déposition.

Une vague d'indignation monta en Madelyn, la tirant de l'état contemplatif dans lequel elle avait sombré.

— Cela fait plus d'une heure que je suis ici, protesta-t-elle. Peut-on savoir ce qu'ils attendent pour m'interroger ?

— Ils ont préféré entendre Roman d'abord parce qu'il a passé plusieurs mois sur cette affaire, expliqua Katarina d'un ton conciliant.

Madelyn soupira.

— Je suis désolée, s'excusa-t-elle. Vous n'y êtes pour rien…

— Ne vous excusez pas. Vous venez de traverser des heures difficiles et vous devez être épuisée. Je pense que Roman n'en a plus pour très longtemps…

Elle fut interrompue par un petit bip et sortit un téléphone portable de sa poche.

— Il vient tout juste de finir, dit-elle. C'est à vous. Suivez-moi.

Madelyn se leva et emboîta le pas à Katarina, qui la conduisit à travers un couloir recouvert d'une épaisse moquette jusqu'à une porte en bois sur laquelle était inscrit :

« Salle de conférences A ».

— Vous pouvez entrer, lui dit-elle. Ils vous attendent. Surtout, ne vous en faites pas. Il ne s'agit que de questions de routine…

Les paroles rassurantes de Katarina eurent sur Madelyn

l'effet inverse de celui recherché. De façon parfaitement irrationnelle, elle se sentait sur la sellette. Elle se répéta qu'elle était un médecin parfaitement respectable et qu'elle n'avait strictement rien à se reprocher dans cette histoire.

La pièce dans laquelle elle pénétra était éclairée par une série de grandes baies vitrées du haut desquelles on pouvait distinguer le centre commercial de la 16e Rue. La lumière qui entrait par les fenêtres lui parut aveuglante, probablement du fait de la fatigue.

Au centre de la salle de réunion se dressait une immense table noire vernie autour de laquelle étaient installés une dizaine d'hommes et de femmes en costumes et tailleurs sombres. Tous arboraient une expression lugubre, comme si l'on venait de leur annoncer la mort d'un proche.

Il n'y avait qu'une chaise libre, au bout de la table, et, à l'invitation de Ian qui se trouvait assis à l'autre extrémité, Madelyn y prit place.

Ce n'est qu'alors qu'elle aperçut Roman, qui était assis près de Ian. Il avait troqué son jean et sa chemise de flanelle contre un costume sombre qui lui donnait un air beaucoup plus solennel. Contrairement aux autres, il lui adressa un petit sourire d'encouragement et elle se détendit légèrement, rassurée de le savoir là.

— Miss Thompkins, commença Ian, je vous remercie d'avoir accepté de répondre à nos questions. Laissez-moi vous présenter les membres de notre cellule de crise.

Il commença à égrener les noms des participants et les sigles des organismes auxquels ils étaient rattachés. Madelyn comprit rapidement qu'elle n'avait aucune chance de retenir toutes ces informations.

— Nous avons entendu la version des faits de M. DeMarco, déclara un homme au visage sévère.

Elle se rappela que Ian l'avait présenté comme étant un certain Marcus Jones, du FBI.

— Pourriez-vous nous expliquer avec vos propres mots ce qui s'est passé depuis hier soir ? reprit-il.

Madelyn ne put réprimer un soupir.

— Je suis sûre que Roman vous a tout dit, répondit-elle, ne se sentant pas la force de tout leur raconter. Nous sommes restés ensemble tout le temps et je n'ai sans doute pas grand-chose à ajouter. À moins que vous n'ayez des questions, bien sûr...

— Nous en avons quelques-unes, dit Jones. Expliquez-nous tout d'abord ce que vous faisiez dans la cave de ce pub.

— J'étais venue à La Proue pour tenter de retrouver ma sœur. Roman vous a peut-être dit qu'elle s'était enfuie de l'établissement où elle suivait une cure de désintoxication. Pendant des mois, je n'ai pas eu la moindre nouvelle d'elle. Et puis soudain, hier soir, elle a posté une photo d'elle en indiquant qu'elle se trouvait à La Proue. J'ai décidé d'aller là-bas, au cas où elle y serait encore.

— Mais pourquoi être descendue dans la cave ?

Madelyn haussa les épaules.

— J'ai vite compris qu'elle n'était pas dans la salle principale. Et puis j'ai aperçu cette porte ouverte. Je ne voulais négliger aucune possibilité, pour ne pas avoir de regrets par la suite.

— Je vois, acquiesça Jones. Passons à la journée d'aujourd'hui. À votre avis, comment Zavalov a-t-il découvert où vous vous trouviez, M. DeMarco et vous ?

— Je n'en ai pas la moindre idée, répondit Madelyn.

— En êtes-vous certaine ? insista l'homme du FBI.

Elle le considéra avec étonnement.

— Bien sûr, répondit-elle.

— Où voulez-vous en venir, Jones ? intervint alors Roman.

— J'avoue que j'ai un peu de mal à croire que Miss Thompkins se soit trouvée là par hasard, hier soir, déclara l'agent spécial.

— C'est absurde ! s'exclama Roman.

— Plus absurde que de penser qu'elle est arrivée précisément au moment que vous aviez choisi pour cacher ce micro ? répliqua Jones. Quant à la planque de RMJ, quelle chance Zavalov avait-il de la retrouver sans aide extérieure ? Je ne crois pas aux coïncidences, monsieur DeMarco. Surtout lorsqu'elles sont aussi énormes.

— Je vous rappelle que Zavalov et ses hommes ont essayé de nous tuer, protesta Madelyn.

— Et je trouve vraiment étrange qu'ils n'y soient pas parvenus alors qu'ils étaient armés et en position de supériorité numérique.

— Si Roman n'avait pas fait preuve d'héroïsme, ils l'auraient probablement fait, déclara-t-elle.

Cela ne parut pas convaincre le fameux Jones. Elle ne pouvait vraiment le lui reprocher, d'ailleurs. Vues de l'extérieur, les coïncidences qu'il avait relevées paraissaient effectivement suspectes.

— Je vous rappelle que Madelyn devait être entendue uniquement à titre de témoin, intervint de nouveau Roman. Si vous comptez l'accuser, vous devez lui lire ses droits et l'autoriser à consulter un avocat. Ian, ajouta-t-il, ce n'est pas une réunion, c'est une embuscade !

Roman prit à témoin les autres participants, mais la plupart d'entre eux détournèrent les yeux, troublés probablement par les insinuations de Jones.

Madelyn se demanda ce qu'ils penseraient en apprenant que Roman et elle avaient eu une aventure. Ils penseraient probablement qu'elle l'avait délibérément séduit pour tenter de le piéger...

— Roman, calme-toi, intervint Ian. Nous devons considérer la situation sous tous les angles et les questions de Jones sont parfaitement légitimes. Miss Thompkins, si vous préférez qu'un avocat soit présent, lors de cette réunion, n'hésitez pas à nous le dire. Mais sachez que, pour le moment, vous ne faites l'objet d'aucune accusation.

— Écoutez, soupira-t-elle, je n'ai pas besoin d'avocat. Je vous dis la vérité : je suis venue au pub pour chercher ma sœur. Vous n'aurez aucun mal à vérifier qu'Ava s'est enfuie de la clinique, qu'elle ne m'a pas contactée durant des mois et qu'elle a bien posté cette photo.

— Nous l'avons déjà fait, acquiesça Jones. Nous nous sommes assurés également que vous étiez bien interne en médecine. Il semblerait même que vous soyez l'une des meilleures élèves de votre promotion.

— Je vois que vous êtes bien renseigné.

— Si cela peut vous rassurer, avant de consulter votre dossier, j'ai obtenu une autorisation en bonne et due forme du procureur de Denver.

— Je ne sais pas si c'est vraiment très rassurant, objecta-t-elle.

Cette remarque sarcastique eut au moins le mérite de faire sourire plusieurs personnes autour de la table.

— J'imagine que vous avez une théorie à mon sujet, reprit-elle. J'avoue que je serais curieuse de l'entendre.

— De votre propre aveu, votre sœur est une toxicomane, répondit Jones en joignant les doigts devant lui. Elle fréquente apparemment La Proue, qui est tenue par un trafiquant notoire. De là à penser que Zavalov lui fournissait de la drogue, il n'y a qu'un pas. S'il soupçonnait la présence d'un espion dans ses rangs, il aurait pu demander à votre sœur de l'aider à le débusquer. Si Ava avait repris contact avec vous pour vous demander de participer à une telle opération, auriez-vous refusé, au risque de la perdre définitivement ?

Madelyn le considéra avec un mélange de stupeur et d'amusement.

— Vous avez vraiment une imagination très fertile, lui dit-elle. Écoutez, ajouta-t-elle, je ne suis pas du côté de ces trafiquants. Et il y a une façon très simple de vous le prouver : c'est moi qui ai tiré sur Oleg Zavalov, ce matin même.

Un lourd silence pesa sur la salle de réunion. Toutes les personnes présentes paraissaient retenir leur souffle.

— Est-ce exact, monsieur DeMarco ? demanda Jones d'une voix glaciale.

— Oui, soupira ce dernier.

— Pourtant, vous nous avez dit que c'était vous qui aviez tiré sur Zavalov.

Roman secoua la tête.

— Vous n'aurez qu'à reprendre les minutes de mon interrogatoire, répondit-il. Je vous ai laissés penser que tel avait été le cas. Mais je ne vous l'ai jamais dit explicitement.

— Et pourquoi donc avez-vous cherché à nous induire en erreur ?

Roman haussa les épaules.

— Pour éviter des ennuis à Madelyn, répondit-il. Rétrospectivement, il semble que j'aie été bien naïf...

— Que s'est-il passé exactement ? demanda Ian, curieux.

— Zavalov a posé son pistolet automatique pour inspecter notre sac à dos. Je lui ai alors sauté dessus. Pendant que nous nous battions, Madelyn a récupéré l'arme. Elle a menacé Zavalov, qui lui a sauté dessus pour essayer de s'en emparer. Madelyn a tiré et l'impact l'a fait basculer dans la rivière. Il a été emporté, mais nous avons retrouvé sa veste quelques centaines de mètres plus loin, ce qui indique qu'il a survécu à sa blessure et évité la noyade. Nous ignorons évidemment s'il n'est pas mort par la suite.

Jones observa longuement Roman et Madelyn.

— Y a-t-il d'autres choses que vous nous avez cachées, tous les deux ? demanda-t-il enfin.

— Non, répondit précipitamment Roman.

De toute évidence, il jugeait préférable de ne pas mentionner leur liaison. Elle ne pouvait le lui reprocher.

— Bien, soupira Jones. Si Miss Thompkins a effectivement tiré sur Oleg Zavalov, je dois bien reconnaître qu'elle ne peut pas être suspectée de complicité ou de complaisance. Si personne n'a plus de questions…

— Moi, j'en ai deux, objecta Madelyn. Tout d'abord, j'aimerais savoir si on a retrouvé ma sœur.

— Ava Thompkins n'a enfreint aucune loi, répondit Jones. Je n'ai donc pu obtenir de mandat d'amener. En revanche, toute patrouille qui viendrait à la croiser doit nous en avertir aussitôt. Lorsque nous l'aurons localisée, j'aimerais que vous lui parliez et que vous découvriez si elle a un lien quelconque avec cette affaire.

— D'accord, acquiesça Madelyn.

— Quelle était votre seconde question ?

— A-t-on retrouvé Zavalov ?

— Pas encore. Une équipe est en train de quadriller la zone où il a été vu pour la dernière fois en ce moment même.

— S'il est mort, est-ce que je serai accusée de meurtre ? demanda-t-elle d'une voix légèrement étranglée.

— Il est évident qu'il s'agissait de légitime défense, déclara Jones sans hésiter. Je ne m'inquiéterais pas trop, à votre place. Mais j'espère sincèrement que Zavalov est encore de ce monde. Car cela nous permettrait de coincer Nikolai Mateev beaucoup plus facilement.

— Comment comptez-vous vous y prendre ? s'enquit Roman, curieux.

Jones jeta un regard nerveux en direction de Madelyn.

— Je crois qu'elle a suffisamment montré patte blanche, lui dit Ian, auquel ce coup d'œil n'avait pas échappé.

— D'accord, soupira l'agent du FBI. Pour le moment, nous ne bougeons pas. J'espère que, si Oleg est encore vivant, il retournera à Boulder. En constatant que la police n'est pas venue au pub et que le corps de Serge s'y trouve toujours, il devrait être convaincu que Roman ne travaille pas pour la police. Si tout se passe comme je l'espère, nous n'aurons plus alors qu'à le suivre discrètement pour remonter jusqu'à Mateev.

— Et si Oleg est mort ? demanda Roman.

— Qu'il soit vivant ou mort, nous allons surveiller tous les aéroports de la région en espérant pouvoir repérer Mateev directement, répondit Ian.

Jones se leva et frappa doucement dans ses mains.

— Mesdames et messieurs, au travail ! L'un des plus grands trafiquants de drogue de ces dix dernières années est sur le point d'arriver aux États-Unis. À nous de faire en sorte qu'il n'en reparte pas !

8

Oleg avait bien conscience d'être un miraculé. Lorsqu'il avait basculé dans le torrent, il avait cru mourir. Mais heureusement il avait échappé à l'hydrocution. Loin de lui faire perdre connaissance, le contact de l'eau glacée lui avait fait l'effet d'un coup de fouet.

Il s'était mis à nager aussi vigoureusement qu'il le pouvait pour atteindre la rive et avait réussi à se hisser sur la berge. Là, il s'était débarrassé de sa veste pour inspecter sa blessure. Et il avait découvert avec stupeur que la balle qui aurait dû pénétrer dans sa poitrine et lui perforer le poumon avait été arrêtée par la coque métallique de son téléphone portable.

Le sang qui maculait sa veste n'était dû qu'à quelques éclats de métal qui lui avaient lacéré la peau, mais il était sain et sauf. Rassuré à ce sujet, Oleg avait coupé à travers bois pour regagner sa voiture au plus vite.

Embusqué dans un fourré, il avait observé Roman et Madelyn. L'idée de les attaquer lui avait bien traversé l'esprit, mais il l'avait écartée presque aussitôt, jugeant que c'eût été un suicide. Roman était désormais en possession de son arme et, à voir la façon dont il la manipulait, il était évident qu'il savait s'en servir.

Oleg avait donc attendu que la Mini disparaisse avant de regagner sa propre voiture. Sans grande surprise, il avait découvert que ses clés ne se trouvaient plus sur le contact.

Il était rapidement parvenu à la conclusion qu'il ne lui servirait à rien de s'attarder sur place. Non seulement il ne disposait plus d'un téléphone qui lui aurait permis de demander de l'aide mais, de plus, l'endroit grouillerait peut-être très vite de policiers.

Il s'était donc résigné à descendre de la montagne à pied pour rejoindre la route en contrebas. Si elle l'avait mis de très mauvaise humeur, cette marche forcée en plein soleil lui avait au moins permis de faire sécher ses vêtements.

Malheureusement, ils étaient dans un triste état et, lorsqu'il avait enfin atteint la route, les automobilistes auxquels il avait fait signe lui avaient jeté des regards suspicieux avant d'accélérer.

Oleg commençait à se demander avec inquiétude s'il n'allait pas être obligé de marcher jusqu'à Broomfield lorsqu'un bruit de moteur différent se fit entendre. Quelques instants plus tard, il vit apparaître au loin un imposant poids lourd qui se dirigeait vers lui à vive allure.

Sachant qu'il y avait peu de chances pour que le chauffeur le remarque sur le bas-côté de la route, Oleg envoya au diable la prudence et alla se placer au beau milieu de la chaussée, bras et jambes écartés.

De toute façon, il avait la conviction profonde d'être un homme en sursis. Lorsque Nikolai Mateev découvrirait que son neveu était mort et qu'Oleg n'avait pas réuni l'argent qu'il lui devait, c'en serait fini de lui et de ses ambitions.

Peut-être avait-il péché par orgueil. Peut-être aurait-il dû se montrer moins gourmand, agir avec plus de prudence. Mais il était trop tard pour le regretter, à présent. Il ferma les yeux, s'attendant à tout instant à sentir la masse du camion le percuter de plein fouet.

Au lieu de cela, un hurlement de klaxon se fit entendre, accompagné d'un crissement de pneus mordant l'asphalte. Oleg rouvrit les yeux et vit le monstrueux capot renforcé de barres de métal qui se rapprochait de lui. Il demeura figé sur place, incapable de bouger.

Le camion ralentit encore et vint s'immobiliser à quelques mètres de lui. Une fois de plus, il eut l'impression de devoir sa vie à un véritable miracle.

C'était quelque chose qu'il ne s'expliquait pas. Oleg était suffisamment réaliste pour savoir que son existence dévoyée ne le qualifiait certainement pas pour ce genre de prodiges. Et pourtant c'était la deuxième fois en l'espace de quelques heures qu'il échappait à une mort apparemment certaine. Se pouvait-il que, pour une raison obscure, il ait été choisi ? Que quelqu'un ou quelque chose veille sur lui ? Le diable, peut-être ?

Une chose lui paraissait claire, à présent : il n'était pas destiné à mourir. S'il avait résisté à une balle tirée à bout portant et à un camion lancé à pleine vitesse, il survivrait également à sa rencontre avec Nikolai Mateev.

Un bruit de portière se fit entendre et un homme sauta au bas du camion.

— Mais qu'est-ce que vous faites au milieu de la route ? s'exclama-t-il d'une voix vibrante de colère.

Oleg vit s'avancer un homme au physique imposant vêtu d'un jean fatigué, d'une casquette à l'effigie d'un groupe de bluegrass et d'un T-shirt sur lequel était écrit :

« Dieu roule en camion ».

Le chauffeur se figea en l'apercevant.

— Mais qu'est-ce qui vous est arrivé, mon vieux ? demanda-t-il d'un ton nettement radouci.

— On m'a volé ma voiture, expliqua Oleg. Ils m'ont tabassé et jeté dans une rivière.

L'homme secoua la tête d'un air effaré.

— Ils vous ont salement amoché ! s'exclama-t-il. Tout ça pour une voiture ?

— C'était une très belle voiture, répondit Oleg d'un ton éploré.

— L'essentiel, c'est que vous alliez bien, répliqua le chauffeur. Je vais contacter le shérif par radio.

— Ils doivent être loin, à l'heure actuelle. Le mieux serait que vous me déposiez au commissariat le plus proche, si ça ne vous ennuie pas.

— Vous plaisantez ? Je ne vais quand même pas vous laisser au milieu de la route. Montez. Je vous emmène à Broomfield.

— Merci beaucoup, répondit Oleg.

Il contourna le camion et emprunta l'échelle qui permettait d'accéder à la cabine. Il s'installa sur la confortable banquette de cuir tandis que le routier prenait place au volant.

— Je m'appelle Buddy, se présenta-t-il.

— Moi, c'est Richard.

— Content de faire votre connaissance, Richard !

Sur ce, Buddy remit le contact. Tandis qu'il démarrait, un flot de musique country envahit la cabine. Oleg remarqua la croix qui était accrochée au rétroviseur.

— Dieu vous bénisse, dit-il. Sans vous, je ne sais pas ce que je serais devenu.

— Bah, il faut bien s'entraider, répondit Buddy en haussant les épaules.

Oleg réfléchit à la situation dans laquelle il se trouvait. Sa confiance retrouvée dans la vie s'accompagnait du désir de mettre toutes les chances de son côté. Et, pour cela, le mieux était sans doute de s'éclipser discrètement avant que Nikolai Mateev n'arrive à Boulder.

Après tout, il n'avait pas besoin de lui. Ne s'était-il pas fait tout seul, jusqu'ici ? Il changerait d'identité et referait sa vie ailleurs. Et pour financer ce nouveau départ il n'aurait qu'à faire main basse sur l'argent de Nikolai qu'il avait déjà récupéré. Cela représentait tout de même près de deux millions de dollars.

— Si vous me conduisez directement à Boulder, je vous récompenserai généreusement, dit-il à Buddy.

— Malheureusement, je n'ai pas le droit de faire de détour, expliqua Buddy. Mais, de Broomfield, vous pourrez prendre un taxi pour Boulder. Cela ne devrait pas vous prendre plus de vingt minutes.

— Je ne suis pas sûr qu'un taxi me laisse monter, vu l'état de mes vêtements, objecta Oleg.

— Je vous donnerai l'un de mes blousons, déclara Buddy. Et un billet de vingt dollars. Cela devrait couvrir la course.

— Je ne sais pas comment vous remercier…

Buddy l'interrompit d'un geste de la main.

— Vous n'aurez qu'à glisser un billet de vingt dollars dans le tronc de la première église venue, répondit-il. De cette façon, nous serons quittes.

— C'est promis, répondit Oleg, bien décidé à le faire.

Il n'était pas particulièrement superstitieux, d'ordinaire, mais étant donné la façon dont cette étrange journée venait de se dérouler il ne comptait prendre aucun risque. De toute façon, une fois qu'il aurait récupéré la cagnotte qui l'attendait à La Proue, il ne serait vraiment plus à vingt dollars près…

— En tout cas, vous m'avez fichu une sacrée frousse, tout à l'heure, reprit Buddy.

— Vraiment ?

Buddy hocha la tête.

— Quand je vous ai vu au beau milieu de la route, j'ai bien cru que vous étiez un zombie et que l'invasion avait commencé…

Oleg le considéra avec attention, se demandant s'il s'agissait d'une plaisanterie ou non. Rien sur le visage de Buddy ne permettait de le dire.

Quelques minutes plus tard, Buddy s'arrêta sur le parking

d'une station d'essence. Dans la cabine de son camion, il alla chercher une veste en jean noire qu'il tendit à Oleg ainsi que le billet qu'il lui avait promis.

— Vous n'aurez aucun mal pour trouver quelqu'un qui vous emmène chez le shérif, déclara Buddy. Avec un peu de chance, il se peut même que l'un de ses adjoints soit en train de faire sa pause au snack-bar.

— Merci pour tout, répondit Oleg en sautant au bas du camion. Bonne chance... Et méfiez-vous des zombies.

— Ne vous en faites pas pour moi, répondit Buddy. Lorsqu'ils seront là, ils trouveront à qui parler.

Il lui adressa un petit signe de la main et démarra. Oleg hésita un instant, se demandant s'il valait mieux chercher un véhicule susceptible de le conduire à Boulder ou entrer dans le snack-bar pour appeler quelqu'un qui pourrait venir le chercher.

Il se rappela alors ce que lui avait dit Buddy. Il ne tenait nullement à répondre aux questions du shérif ou de l'un de ses hommes. Réprimant un soupir, il scruta le parking et se figea brusquement.

À quelques mètres de lui était garée la Mini de Madelyn. Incrédule, il vérifia la plaque et constata qu'il ne s'était pas trompé. Un sourire se dessina sur ses lèvres et il s'approcha du véhicule.

Oleg en avait volé un certain nombre avant d'entrer au service de Nikolai Mateev. Contrairement à sa propre berline de luxe, ce type de voiture ne possédait pas de système de sécurité digne de ce nom.

Il lui fallut moins d'une minute pour ouvrir la portière et moins de deux pour démarrer. Et, tandis qu'il quittait le parking au volant de la Mini, Oleg se prit à songer qu'il ferait peut-être bien de s'arrêter en route pour acheter un ticket de loterie. De toute évidence, aujourd'hui était son jour de chance...

Se tenant face aux fenêtres de la salle de conférences, Madelyn contemplait les allées et venues des piétons en contrebas. Il y avait là des hommes d'affaires qui revenaient d'un déjeuner tardif, des femmes au foyer qui sortaient faire leurs courses, des étudiants désœuvrés qui profitaient de cette belle journée...

Plus elle les observait et plus il lui semblait se trouver à des années-lumière de ces gens et de leurs préoccupations. Elle avait l'impression d'être Alice au pays des merveilles : elle avait plongé la tête la première dans un univers qui paraissait gouverné par la folie. Et elle se demandait avec une pointe d'angoisse si elle parviendrait un jour à regagner le monde normal.

Alors même qu'elle se posait cette question, elle entendit s'ouvrir la porte de la salle. Elle n'eut pas besoin de se retourner pour savoir que c'était Roman qui venait d'entrer.

Elle n'aurait pourtant su dire comment elle l'avait deviné. Était-ce son odeur ? Ou quelque chose de plus intangible encore, des phéromones auxquelles elle était particulièrement sensible ?

— Que s'est-il passé, exactement ? lui demanda-t-elle. Est-ce qu'ils ont essayé de me piéger ?

— De te tester, je dirais.

— D'habitude, lorsque je passe une épreuve, je le sais à l'avance, objecta-t-elle. Je pensais vraiment que ce qui les intéressait, c'était mon témoignage.

— Je ne me doutais pas que cela se passerait de cette façon, soupira Roman. Mais je dois reconnaître qu'ils n'avaient pas vraiment le choix. Il leur fallait s'assurer que tu n'étais pas dans le camp de l'ennemi. Si tel avait été le cas, tu aurais pu compromettre toute l'opération.

Madelyn se tourna enfin vers Roman et lui décocha un pâle sourire.

— Heureusement que je ne me démonte pas facilement.

— De ce côté-là, il n'y a rien à craindre, en effet, concéda-t-il en riant.

Il se rapprocha à son tour de la fenêtre pour jeter un coup d'œil en direction de la rue. Elle en profita pour l'observer et fut frappée une fois de plus par le charme qui émanait de lui. Rétrospectivement, il n'y avait rien d'étonnant à ce qu'elle y ait succombé. Ce qui l'était plus, c'était que, loin d'avoir assouvi son désir, leur liaison n'avait fait que l'accentuer.

Mais c'était peut-être une bonne raison pour y mettre un terme rapidement. Elle ne pouvait se permettre de devenir dépendante de cette relation. Elle était bien placée pour savoir que ce genre de faiblesse pouvait s'avérer particulièrement douloureux.

— J'aimerais rentrer chez moi, déclara-t-elle.

— Tu pourras le faire dès que Nikolai Mateev aura été interpellé, lui assura Roman.

— Je ne vois pas ce que cela changera, objecta-t-elle. Mateev n'a jamais entendu parler de moi. Quant à Oleg, il a probablement mieux à faire en ce moment que de me traquer.

— Mieux vaut ne pas prendre de risques inutiles, objecta Roman. C'est juste l'affaire de quelques heures.

— J'en ai assez de rester ici à ne rien faire, rétorqua-t-elle. Je voudrais reprendre une vie normale.

— Tu pourras le faire dès demain, insista-t-il.

Madelyn savait que plus elle resterait à ses côtés et plus il lui serait difficile de partir. Il était temps pour elle de refermer cette parenthèse.

— Est-ce que je suis en état d'arrestation ? demanda-t-elle.

— Non, lui assura-t-il. Bien sûr que non...

— Dans ce cas, je peux partir quand je le veux, n'est-ce pas ?

— Oui, soupira-t-il à contrecœur.

— Dans ce cas, j'y vais, déclara-t-elle.

Elle se détourna et fit mine de se diriger vers la porte. Roman la retint par le bras.

— Si tu tiens à ce point à rentrer, laisse-moi au moins te raccompagner, lui dit-il.

— Ce n'est pas la peine.

Elle essaya de dégager son bras, mais il ne la laissa pas faire. Elle lui en voulait de rendre les choses aussi difficiles. Ne comprenait-il pas qu'ils n'étaient pas faits l'un pour l'autre ? Que leur relation était condamnée d'entrée de jeu ? À quoi servirait-il de s'entêter ?

— J'insiste, lui dit-il d'une voix à la fois douce et inflexible qui arracha à Madelyn un violent frisson.

Elle ne put s'empêcher de le regarder et sentit un violent accès de désir l'envahir. Elle aurait simultanément voulu l'embrasser et le gifler. Elle se mordit la lèvre, se reprochant sa faiblesse. Était-elle donc incapable de se maîtriser en sa présence ?

— Si tu y tiens, répondit-elle en s'efforçant d'adopter un ton parfaitement indifférent.

Il hocha la tête et la libéra enfin. Croisant les bras sur la poitrine, Madelyn quitta la salle de réunion et il lui emboîta le pas.

Elle savait pertinemment qu'elle réagissait de façon excessive, qu'elle n'avait aucune raison de se montrer aussi dure envers lui. Après tout, il n'avait strictement rien fait de mal. Mais elle savait que la moindre marque de vulnérabilité de sa part risquait de se révéler fatale.

Au fond, elle cherchait surtout à se protéger d'elle-même…

— Maddie, lança Roman. Les ascenseurs sont de l'autre côté.

Embarrassée, elle réalisa qu'elle n'avait aucune idée d'où se trouvait le parking.

— Je te suis, lui dit-elle.

Il hocha la tête, se gardant de tout commentaire, comme s'il sentait pertinemment qu'il se trouvait en terrain piégé. Devant les ascenseurs, ils tombèrent sur Katarina, qui était en pleine discussion avec la réceptionniste de RMJ. Toutes deux se tournèrent vers Madelyn et Roman, qu'elles contemplèrent avec une évidente curiosité.

— Kat, demanda Roman, est-ce que les techniciens ont réussi à craquer les téléphones que j'ai rapportés ?

— Désolé, Roman, mais c'est l'agent spécial Jones qui les a. Il a chargé sa propre équipe de s'en occuper.

Roman étouffa un juron.

— Espérons qu'après ce que nous avons fait pour lui il aura la bonne idée de nous transmettre les résultats.

— Ne t'en fais pas, d'une façon ou d'une autre, Ian mettra la main sur ces informations. Mais ne te soucie pas de ça. Tu as d'autres priorités, pour le moment.

La façon dont elle prononça ces mots éveilla les soupçons de Madelyn. Était-ce à elle que Katarina faisait allusion ?

— Bonne chance pour la fin de votre internat, lui dit alors celle-ci. Le monde a besoin de médecins courageux.

— Merci, répondit-elle, touchée par sa gentillesse.

À sa grande surprise, Katarina s'approcha d'elle pour la serrer dans ses bras. Plus émue qu'elle ne l'aurait voulu, Madelyn se prit à songer que Rocky Mountain Justice faisait un peu figure de grande famille. Et si elle n'y prenait garde elle risquait de se faire adopter, ce qui rendrait encore plus difficile sa rupture avec Roman.

— À bientôt, lui dit Katarina, confirmant ses inquiétudes.

En silence, Madelyn suivit Roman jusqu'au garage où était garé son véhicule. C'était un Range Rover semblable à celui de Ian, mais de couleur bleu métallisé. Ils quittèrent le bâtiment et elle regarda sans les voir les rues de Denver qui défilaient autour d'eux.

Ni l'un ni l'autre ne prononcèrent le moindre mot pendant tout le temps que dura le trajet de Denver à Boulder. Madelyn se sentait toujours aussi engourdie émotionnellement.

La colère et la rancœur l'avaient désertée ne laissant en

elle qu'une profonde tristesse à l'idée que Roman et elle ne se reverraient probablement plus.

D'une voix un peu mécanique, elle lui indiqua comment rejoindre son immeuble. Il se gara sur la place de parking qui était réservée à sa Mini.

— Je te raccompagne jusqu'à ta porte, déclara Roman en détachant sa ceinture de sécurité.

Elle fit mine de protester, mais il la fit taire d'un geste de la main.

— Tu me connais suffisamment pour savoir qu'il serait vain de refuser, lui dit-il.

Madelyn réprima un soupir, se demandant si elle le connaissait effectivement aussi bien qu'il semblait le penser. Et la réponse lui vint, aussi évidente qu'incontestable : elle connaissait Roman mieux qu'elle n'avait jamais connu quiconque avant lui. Ou plutôt, se reprit-elle, elle le *comprenait* de façon intime.

Exprimé de cette façon, cela paraissait un peu absurde, bien sûr. Après tout, elle n'avait fait sa connaissance que la veille au soir. Mais leur rencontre avait été pour elle une révélation, comme si Roman était quelqu'un qu'elle avait toujours attendu sans même le savoir.

C'était une idée terriblement romantique, bien sûr. Or Madelyn se targuait généralement d'être quelqu'un de réaliste. Elle ne croyait pas aux contes de fées, ni aux princes charmants. Pourtant, elle ne pouvait nier que, dans cette histoire, Roman faisait bel et bien figure de chevalier blanc, volant au secours de la jeune fille en détresse.

Ils descendirent tous deux de voiture et se dirigèrent vers l'immeuble de Madelyn. Elle avait presque du mal à croire qu'elle puisse se trouver là en compagnie de Roman. Jusqu'alors, il lui avait semblé appartenir à un univers totalement différent de celui qu'elle fréquentait au quotidien.

Le voir ici l'emplissait d'un mélange de curiosité et

d'angoisse. Elle se sentait plus déchirée que jamais entre des aspirations parfaitement contradictoires.

Elle aurait bien voulu qu'il dise quelque chose. Mais elle savait qu'il n'en ferait rien. Ne lui avait-elle pas clairement expliqué qu'elle ne comptait pas donner suite à leur aventure ? N'avait-elle pas fait en sorte de reprendre ses distances ?

Roman était un homme bien trop respectueux pour s'imposer à elle et bien trop fier pour la supplier. Il ne leur restait donc plus qu'à se dire au revoir...

Mais, en arrivant devant la porte de son appartement, Madelyn s'aperçut avec horreur qu'elle n'avait pas son trousseau de clés. Elle fouilla fébrilement son sac à main sans parvenir à les retrouver.

Ce fut la proverbiale goutte d'eau qui fit déborder un vase déjà bien trop plein. Et, à son grand désarroi, elle sentit de grosses larmes perler au coin de ses yeux et dévaler le long de ses joues.

Aussitôt, Roman fut à ses côtés et la prit dans ses bras. Incapable de résister, elle se serra contre lui et se mit à sangloter de plus belle. Il se contenta de lui caresser doucement les cheveux en attendant qu'elle retrouve un semblant de contenance.

— Est-ce que ça va mieux ? lui demanda-t-il alors d'une voix si douce qu'elle faillit se remettre à pleurer.

Elle secoua la tête.

— Je sais que ce n'est pas facile..., commença-t-il.

— Non, coupa-t-elle. Ce sont mes clés. Je les ai perdues.

Cette nouvelle parut le soulager.

— Ce n'est pas bien grave, lui assura-t-il. Cette serrure n'a pas l'air bien compliquée. Je peux te faire entrer. Puis nous n'aurons qu'à appeler un serrurier pour qu'il fabrique un double.

— J'en ai un à l'intérieur, répondit-elle. Si tu penses que tu peux ouvrir...

— J'ai des outils de crochetage dans la voiture, lui dit-il.

Elle lui jeta un regard incrédule.

— Tu sais ce qu'on dit : scout toujours prêt.

Elle ne put s'empêcher de rire au milieu de ses larmes. Il s'agenouilla alors auprès de la serrure, qu'il étudia attentivement.

— Ce devrait être jouable, déclara-t-il en faisant tourner la poignée.

Stupéfaits, ils virent la porte s'ouvrir.

— Tu n'avais pas verrouillé ? s'étonna Roman en se redressant.

— Si, bien sûr, lui dit-elle. Je le fais toujours...

Elle discerna l'inquiétude qui se lisait dans ses yeux et la sentit la gagner à son tour.

— Attends-moi ici, lui souffla-t-il. Je vais jeter un coup d'œil à l'intérieur. S'il se passe quoi que ce soit, file d'ici et appelle la police.

Elle hocha la tête et il disparut à l'intérieur. Les minutes qui suivirent lui parurent durer des heures, mais Roman finit par revenir.

— Il n'y a personne, lui dit-il. Tu peux entrer.

Soulagée, elle le suivit à l'intérieur.

— Je voudrais que tu fasses le tour de l'appartement, lui demanda Roman. Cherche s'il y a quoi que ce soit d'anormal. Quelque chose qui aurait disparu, par exemple, ou que l'on aurait déplacé.

Madelyn s'avança dans le petit salon et constata qu'aucun objet de valeur n'avait disparu : ni la chaîne hi-fi qu'elle avait achetée avec son premier salaire, ni la télévision HD que ses parents lui avaient offerte à Noël dernier.

Rien ne semblait avoir changé depuis son départ la veille au soir : il y avait les mêmes livres de cours ouverts sur la table basse, les mêmes assiettes reposant sur l'égouttoir et le même CD posé sur l'ampli.

— L'appartement est exactement comme je l'ai laissé, déclara-t-elle. Rien n'a bougé.

Elle haussa les épaules.

— J'ai peut-être oublié de fermer, supposa-t-elle. Je devais être distraite par l'idée de revoir enfin Ava après tout ce temps...

Roman ne paraissait pas totalement convaincu.

— Peut-être, concéda-t-il. Est-ce que cela t'ennuie si je jette un nouveau coup d'œil ?

— Non, bien sûr, répondit-elle.

Elle ne savait pas vraiment ce qu'il espérait trouver. Mais c'était sa spécialité et, en de telles circonstances, mieux valait se montrer trop prudent que pas assez.

Roman se mit à inspecter l'appartement en détail. Il prenait tout son temps, ouvrant chaque tiroir, chaque placard. Mais plus sa fouille progressait et plus Madelyn se détendait. Rien ne trahissait la moindre intrusion.

Lorsqu'il eut fait le tour du salon, il passa à la chambre à coucher. Elle le suivit à l'intérieur et contempla son lit avec envie. La fatigue commençait à la rattraper, une fois de plus, et, s'il n'avait tenu qu'à elle, elle se serait allongée là pour dormir jusqu'au lendemain.

Mais soudain une sensation de froid glacial déferla en elle, lui faisant oublier toute fatigue. Ses yeux venaient de tomber sur la partie du mur où elle avait accroché ses photos. Et elle avait aussitôt constaté qu'il en manquait une.

Pire encore, le cliché en question était posé sur la commode. Or elle n'avait aucun souvenir de l'avoir décroché.

S'en approchant, elle le prit d'une main légèrement tremblante et constata qu'il s'agissait d'une photo prise durant le barbecue que ses parents avaient organisé au mois de juillet, peu de temps avant le départ d'Ava pour sa cure de désintoxication.

Cette journée demeurait l'un des meilleurs souvenirs

de Madelyn au cours de ces dernières années. Elle croyait alors que sa sœur parviendrait à triompher définitivement de son addiction et qu'une nouvelle vie allait commencer pour elle. Malheureusement, cette conviction s'était révélée depuis totalement erronée.

— Roman, dit-elle d'une voix blanche.

Instantanément, il fut à ses côtés.

— Que se passe-t-il ?

— Je crois qu'Oleg est venu ici, balbutia-t-elle.

Cette idée la révoltait profondément. Le fait qu'il se soit trouvé là, qu'il ait contemplé ses photos, qu'il les ait manipulées, lui donnait l'impression que l'appartement avait été souillé. Cette intrusion était une forme de viol mental.

— Qu'est-ce qui te faire dire ça ? lui demanda Roman.

— Cette photo devrait se trouver avec les autres sur le mur, répondit-elle en désignant la marque plus claire à l'endroit où elle était accrochée auparavant.

— Je vois, murmura-t-il. Nous ferions peut-être mieux d'appeler la police scientifique…

Madelyn ne tenait absolument pas à voir d'autres personnes retourner son appartement, fouiller ses affaires et violer son intimité.

— Non, lui dit-elle en le voyant sortir son téléphone portable. Je ne veux pas que la police mette mon appartement sens dessus dessous. De toute façon, que trouveraient-ils ? Des empreintes d'Oleg ? Qu'est-ce que cela changerait ?

— Pas grand-chose, reconnut Roman.

— C'est horrible, soupira-t-elle. Je n'arrête pas de me dire que je préférerais qu'il soit mort.

— C'est une réaction parfaitement compréhensible, lui assura Roman. S'il l'était, tu te sentirais plus en sécurité. Ne te culpabilise pas inutilement, Maddie. Tu as déjà suffisamment de problèmes comme cela sans qu'il soit besoin d'en rajouter.

— Tu as sans doute raison, soupira-t-elle.

— Je vais aller nous préparer une tasse de thé, déclara Roman. Cela te fera du bien.

Elle le suivit dans la cuisine et le regarda s'activer en silence. Il y avait dans cette scène quelque chose qui la mettait étrangement mal à l'aise.

En fait, elle avait l'étrange impression de se retrouver momentanément projetée dans une dimension parallèle, une vie qui n'était pas vraiment la sienne, mais qui aurait pu l'être si Roman et elle avaient été en couple...

— Tu es sûre que ça va ? lui demanda-t-il, inquiet. Tu es toute pâle.

— Je vais bien, affirma-t-elle avec une assurance qu'elle était loin de ressentir.

Il lui faudrait sans doute un certain temps pour retrouver un semblant de sérénité, pour réapprendre à vivre normalement. Mais elle était bien décidée à y parvenir.

— Ne t'en fais pas pour moi, reprit-elle. Tu n'es pas obligé de rester. Je vais appeler mes parents et puis je crois que j'irai me coucher.

— Je pourrais rester au moins jusqu'à ce que tu t'endormes, suggéra-t-il.

— Ça ne servirait à rien, lui assura-t-elle. Je te promets que si j'ai la moindre angoisse j'appellerai un ami.

— Je suis un ami, objecta-t-il.

— Tu sais ce que je veux dire : j'appellerai quelqu'un que je connais.

— Tu me connais, insista Roman.

Elle secoua doucement la tête.

— Pas vraiment, répondit-elle. Je sais que je n'aurais pas pu survivre sans ton aide au cours des dernières vingt-quatre heures. Mais, la vérité, c'est que nous ne savons quasiment rien l'un de l'autre.

— Il ne tient qu'à nous d'apprendre à mieux nous connaître...

— Comment ?

Il haussa les épaules.

— En parlant, comme n'importe qui, répondit-il. Nous pourrions nous poser mutuellement des questions. Quelle est ta couleur préférée, par exemple ?

— Ne sois pas ridicule. Nous ne sommes plus au collège...

— Je ne vois pas ce que cela a de si absurde. Des tas de gens font ça. Ils dînent ensemble et ils discutent de tout et de rien. De ce qu'ils aiment, de ce qu'ils détestent, de ce qu'ils rêvent de faire ou de devenir...

— Justement, répondit-elle. Je rêve de devenir médecin. Et pour y parvenir je dois travailler très dur. Je n'ai pas le temps de passer des soirées entières à parler de tout et de rien.

Madelyn n'avait pas eu l'intention d'être aussi directe, aussi désobligeante. Mais elle était bien trop fatiguée pour faire preuve de diplomatie.

— Je suis désolée, s'excusa-t-elle cependant.

— J'en doute, répliqua Roman en reposant la bouilloire.

— C'est pourtant le cas. Je ne voulais pas...

Elle s'interrompit, ne sachant comment terminer cette phrase.

— Être dure avec moi ? suggéra-t-il. Tu as peut-être bien fait. Tu m'as déjà exposé très clairement ton point de vue sur la question. Je suis désolé que tu considères que ce qui s'est passé entre nous était une erreur. Ce n'est pas mon cas. Je crois que nous tenions quelque chose mais que, pour une raison qui m'échappe, tu ne tiens pas à aller jusqu'au bout. Tu as raison : je ferais mieux de partir.

Il se détourna et quitta la cuisine à grands pas pour se diriger vers la porte d'entrée.

— Ne sois pas en colère contre moi, lui dit-elle.

— Je ne suis pas en colère, répondit-il. Juste déçu. Il semble que je me sois trompé à ton sujet. Au revoir, Madelyn. Si j'ai des nouvelles de ta sœur, je te tiendrai informée.

Il posa la main sur la poignée et elle fut soudain tentée de le rappeler, de lui demander de rester et même de se jeter dans ses bras pour l'embrasser.

— Merci, se força-t-elle à prononcer.

— Il n'y a pas de quoi, répondit-il un peu sèchement.

Sur ce, il franchit la porte, qui se referma derrière lui. Lorsque Madelyn se retrouva seule, un immense désespoir l'envahit soudain. Jamais elle ne s'était sentie aussi triste depuis qu'elle avait atteint l'âge adulte. Elle aurait pu fondre en sanglots comme une petite fille.

Elle comprit alors à quel point elle tenait à Roman. L'affection et la tendresse qu'il lui inspirait étaient déchirantes. Mais valaient-elles vraiment de sacrifier tout ce qu'elle s'était efforcée de construire jusque-là ? Elle n'en était pas certaine. Et, d'une certaine façon, cette incertitude constituait en soi une réponse à sa question...

Roman se tenait sur le seuil de l'appartement, le cœur battant à tout rompre. Il n'avait qu'une envie : faire demi-tour, rouvrir la porte de Madelyn et lui avouer ses sentiments. Mais il s'abstint de le faire.

Ne lui avait-elle pas clairement indiqué à plusieurs reprises qu'elle ne voulait pas de cette relation ? Et il était suffisamment réaliste pour savoir que l'on ne pouvait espérer convaincre quelqu'un de tomber amoureux.

Le mieux pour lui était de tourner la page au plus vite. Hélas, il savait déjà que ce serait très difficile. Car, contrairement à Madelyn, lui-même était bel et bien tombé amoureux...

Mais c'était un sentiment très surestimé, décida-t-il avec une pointe d'autodérision amère. Car cela faisait bien longtemps qu'il ne s'était pas senti aussi malheureux.

Réprimant un soupir, il s'éloigna à grands pas et descendit lentement l'escalier.

En débouchant hors de l'immeuble, il ne put s'empêcher de se faire un pari. Si Madelyn se trouvait à sa fenêtre, cela signifierait qu'elle n'était pas aussi indifférente qu'elle voulait bien le lui faire croire et qu'ils avaient encore une chance.

Prenant une profonde inspiration, il jeta donc un coup d'œil en arrière et localisa les fenêtres de l'appartement. Son cœur se serra un peu plus lorsqu'il s'aperçut qu'elles ne laissaient entrevoir aucune silhouette.

C'était ridicule, évidemment. Il n'avait plus l'âge de faire de tels paris ou de croire à ce genre de signes. Mais admettre qu'il s'était trompé à ce point au sujet de Madelyn lui faisait mal.

De retour dans la voiture, il décida qu'en l'absence de tout élément nouveau il ferait mieux de rentrer à Denver. Il profiterait de ce répit pour rédiger un rapport détaillé comme Ian le lui avait demandé.

Pour dissiper le silence pesant et se changer les idées, il alluma la radio. Mais la musique ne faisait qu'accentuer sa mélancolie. Il chercha donc une chaîne d'information en continu et écouta d'une oreille distraite le compte rendu des manifestations étudiantes.

Comme il venait de quitter Boulder pour s'engager sur l'autoroute conduisant à Denver, son téléphone portable se mit à sonner.

— Roman ? fit la voix de Ian lorsqu'il décrocha. Où es-tu ?

— En route pour le quartier général. Je viens de raccompagner Madelyn chez elle.

— C'est ce que m'a dit Katarina. Tu aurais dû la dissuader de rentrer.

— J'ai tenté de le faire, répondit Roman d'un ton désabusé. Mais cette fille est une véritable tête de mule. Quoi de neuf, de ton côté ?

— Nous venons tout juste d'apprendre qu'un jet privé était sur le point d'atterrir à l'aéroport international de Denver.

— Tu parles d'une nouvelle, ironisa Roman. Il doit y en avoir des dizaines par jour.

— Sauf que celui-ci vient de Moscou...

Roman se figea, le cœur battant.

— Sommes-nous sûrs que c'est celui de Mateev ? demanda-t-il.

— Non. Mais son itinéraire correspond précisément à celui qu'avait utilisé Peter Belkin, l'avocat que Mateev avait chargé de venir récupérer son petit-fils, à Noël.

Roman avait parcouru le rapport de Cody Samuels à ce sujet. Apparemment, Mateev avait décidé d'enlever son descendant pour l'élever en Russie et le préparer à devenir l'héritier de son empire de la drogue.

Cody et la mère du garçon étaient parvenus à déjouer ses plans et à faire arrêter Peter Belkin. C'était les informations fournies par ce dernier qui leur avaient permis d'identifier le rôle joué par Oleg Zavalov dans l'organisation.

— Je ne comprends pas, murmura Roman.

— Quoi donc ?

— Pourquoi Nikolai Mateev s'implique-t-il personnellement alors qu'il sait pertinemment qu'il est recherché aux États-Unis ?

— J'y ai réfléchi, répondit Ian. Et je suis parvenu à la conclusion que, n'ayant pas réussi à rapatrier son petit-fils, il s'est rabattu sur son petit-neveu.

— Mais pourquoi ne lui demande-t-il pas simplement de venir le retrouver en Russie ? objecta Roman.

— Apparemment, Serge est recherché en Russie, répondit Ian avec un petit rire sans joie. Cela ne facilite pas précisément les réunions de famille.

— Ils auraient pu se retrouver dans un pays tiers, quelque part en Amérique centrale. Au lieu de cela, Mateev se manifeste au beau milieu du Colorado pour la deuxième fois en moins d'un an. Pourquoi ?

— Excellente question, concéda Ian. Et tu devrais pouvoir la lui poser toi-même si tu viens nous retrouver à l'aéroport.

— Je vous rejoins tout de suite, répondit Roman en jetant un coup d'œil à l'horloge du tableau de bord. Je devrais être là d'ici une demi-heure.

Après le départ de Roman, Madelyn s'était sentie submergée par une profonde mélancolie. Après avoir pris une douche et enfilé des vêtements propres, elle considéra d'un œil morose la pile de livres de cours posée sur la table basse. L'idée de se remettre au travail ne l'enthousiasmait guère.

Elle envisagea de se préparer un dîner, mais s'aperçut qu'elle n'avait pas faim. Tout ce dont elle avait envie, c'était de se coucher et de dormir. C'était probablement la seule façon de se défaire du sentiment de désespoir qui l'habitait.

Ce n'était pas uniquement parce qu'elle avait éconduit Roman, qui était certainement l'homme le plus séduisant qu'elle eût jamais rencontré. C'était surtout parce que, ce faisant, elle avait soudain pris conscience des motivations qui la poussaient à agir de la sorte.

Au fil du temps, elle s'était convaincue que, si elle avait choisi de vivre seule, c'était pour pouvoir se concentrer sur son travail. Mais elle comprenait à présent que ce n'était là qu'une forme d'autojustification, une façon de se rassurer et de ne pas regarder la réalité en face.

Au fond, elle avait tout simplement peur de s'engager.

Lorsque son petit ami l'avait quittée après des années de vie commune, toutes ses certitudes s'étaient brusquement envolées. Elle s'était mise à douter d'elle, de son aptitude à rendre quelqu'un heureux.

Et pour se protéger elle s'était murée dans un célibat

farouche. Sans même s'en rendre compte, elle s'était repliée sur elle-même, tissant autour d'elle un épais cocon. Après tout, en évitant de s'impliquer émotionnellement, elle ne risquait pas de se faire éconduire de nouveau...

Madelyn alla chercher la photo qu'Oleg avait décrochée du mur et la contempla pensivement. Ava avait été tout le contraire d'elle : ouverte sur les autres, influençable, écorchée vive... Elle fonctionnait sans le moindre filtre, embrassant le meilleur comme le pire et ne reculant devant aucun excès.

C'était la raison pour laquelle elle avait commencé à consommer de la drogue. Et Madelyn se demanda soudain si ce n'était pas précisément pour cela qu'elle-même s'était autant protégée. N'avait-elle pas eu peur de finir comme Ava ?

Elle avait besoin de parler de tout cela à quelqu'un qui saurait l'écouter sans la juger, qui la connaîtrait suffisamment pour pouvoir l'aider à trouver ses propres réponses aux questions qui la rongeaient intérieurement.

Aussi décida-t-elle d'appeler sa mère.

Elle alla récupérer son portable dans son sac à main et le brancha. Impatiemment, elle attendit qu'il soit suffisamment rechargé pour qu'elle puisse l'allumer. Lorsqu'il eut entré son code de sécurité, une série de messages se succédèrent brièvement à l'écran.

La plupart provenaient d'amis et de camarades de classe, mais l'un d'eux attira son attention. Il avait été envoyé par Ava. D'une main tremblante, Madelyn ouvrit sa messagerie et accéda au contenu du texto en question.

Madelyn, j'ai besoin de ton aide. C'est urgent. Est-ce que tu pourrais me retrouver rapidement à cette adresse ? Tiens-moi au courant.

En cliquant sur l'adresse en question, Madelyn s'aperçut qu'il s'agissait d'un immeuble situé non loin de La Proue. Le cœur battant, elle se demanda si c'était là que vivait Ava. Cela aurait expliqué qu'elle fréquente le pub d'Oleg Zavalov.

Ce premier message était suivi de trois autres envoyés dans la journée :

Maddie ? Tu es là ?

Maddie, c'est urgent. Contacte-moi rapidement.

Pourquoi est-ce que tu m'ignores ?

En lisant ces mots, Madelyn sentit son cœur se serrer. Une série de souvenirs se succédèrent en elle à toute vitesse. Elle revit cette nuit d'orage où Ava, alors âgée de cinq ans, était venue se glisser dans son lit. Elle revit le jour où elle avait fondu en larmes en expliquant que sa meilleure amie avait trouvé une nouvelle meilleure amie. Elle revit aussi cette soirée où Ava s'était effondrée après avoir ingéré un redoutable mélange de whisky et de pastilles pour la toux à la codéine...

Elle se rappela aussi la journée apparemment idyllique lors de laquelle avait été pris ce fameux cliché...

Désolée, Ava, mon téléphone n'avait plus de batterie. Tu veux toujours qu'on se retrouve quelque part ?

Après avoir envoyé sa réponse, Madelyn relut les messages de sa sœur. Le premier avait été envoyé vers 6 heures du matin. Il était à présent 18 heures. Cela faisait donc douze heures que sa sœur avait appelé à l'aide.

Un mélange d'angoisse et de culpabilité l'envahit et elle pria pour qu'il ne soit pas trop tard. Elle n'avait aucun moyen de deviner les dangers auxquels Ava pouvait bien être confrontée. Mais elle vivait dans la rue et fréquentait probablement d'autres toxicomanes, ce qui n'augurait rien de bon...

Comme elle se faisait cette réflexion, un petit sigle apparut à l'écran, lui indiquant qu'Ava était en train de lui répondre.

Oleg avait garé la Mini de Madelyn à distance prudente de La Proue et s'était approché du pub par un chemin détourné. Durant de longues minutes, il observa les lieux, cherchant un quelconque indice de la présence de policiers dans le secteur.

Mais la porte était toujours close. Sur la vitre, il apercevait l'affichette qu'il avait accrochée le matin même avant de partir à la recherche de Roman. Elle indiquait que l'établissement était exceptionnellement fermé pour la journée.

Oleg fronça les sourcils. De toute évidence, Roman et Madelyn n'avaient pas prévenu les autorités de la présence d'un cadavre dans la chambre froide. C'était incontestablement une excellente nouvelle. Mais cela rendait aussi plus mystérieuses encore les motivations du couple.

S'était-il trompé, à leur sujet ? Lorsqu'il avait découvert le micro dans son bureau, il avait naturellement pensé qu'ils étaient de mèche avec la police. Mais peut-être poursuivaient-ils un objectif différent. Peut-être cherchaient-ils en réalité à mettre la main sur les millions que Mateev l'avait chargé de récupérer…

Pour le moment, il n'avait aucun moyen de le savoir. Aussi finit-il par quitter son poste d'observation pour se diriger vers la ruelle qui passait derrière le pub et permettait d'accéder à l'issue de secours.

Il s'attendait à tout moment à voir des policiers sortir de l'ombre pour l'appréhender. Mais il atteignit la porte sans être inquiété le moins du monde.

À l'intérieur, tout était silencieux. Oleg se détendit légèrement. Il commença par vérifier que les corps de ses deux hommes de main se trouvaient toujours dans la chambre froide. Leur présence acheva de le rassurer. Si la police était passée ici, les cadavres se trouveraient actuellement à la morgue.

Oleg avait pleinement conscience de se trouver à un embranchement décisif de son existence. Il pouvait s'en tenir au plan qui avait germé en lui dans le camion de

Buddy : récupérer l'argent qu'il avait caché ici et filer avant l'arrivée de Nikolai Mateev. Il lui faudrait alors utiliser une fausse identité pour quitter le pays au plus vite et ne jamais y revenir.

L'autre solution était de rester et d'échafauder une explication suffisamment convaincante pour persuader Mateev qu'il n'avait rien à se reprocher dans cette affaire.

Les deux hypothèses comportaient leur part de risques et de bénéfices et Oleg avait beaucoup de mal à se décider. De retour dans son bureau, il récupéra un téléphone portable neuf et y glissa sa carte SIM.

En passant en revue ses messages, il constata qu'Ava Thompkins avait essayé de le joindre, quelques minutes auparavant. Oleg se mordilla pensivement la lèvre. S'il lui restait la moindre chance de capturer Roman, il serait peut-être en bien meilleure position pour convaincre Mateev de sa bonne foi.

Sans attendre, il composa donc le numéro d'Ava.

— Ava ? C'est Oleg, lui dit-il. Vous avez tenté de m'appeler, apparemment.

— Oui, répondit Ava. Madelyn m'a enfin répondu.

— Parfait ! s'exclama-t-il. Savez-vous où elle se trouve ?

— Chez elle, je crois.

Oleg fronça les sourcils. Tout cela n'avait aucun sens. Pourquoi Roman et Madelyn se seraient-ils enfuis la veille si c'était pour revenir à Boulder ?

Un sourire mauvais se dessina sur ses lèvres. La seule explication, songea-t-il, c'était qu'ils le croyaient mort. Après tout, Madelyn lui avait tiré dessus à bout portant et il avait été emporté par le torrent avant qu'elle ne puisse constater la gravité de la blessure.

Sans doute pensaient-ils qu'il s'était noyé et qu'ils étaient libres de revenir tranquillement chez eux. Si tel était le cas, ils allaient avoir une très mauvaise surprise...

— Est-ce que vous pourriez lui donner rendez-vous quelque part ?

— Je lui demande tout de suite, répondit Ava.

Oleg entendit un léger cliquetis de touches.

— Elle demande si je veux la retrouver au squat, transmit Ava au bout de quelques instants.

— Est-ce que vous y êtes toujours ?

— Pas pour le moment.

— D'accord... Dans ce cas, demandez-lui si elle est seule.

— Elle dit que oui, lui répondit Ava.

Un plan d'action commençait à se dessiner dans l'esprit d'Oleg. Mais, pour le mener à bien, il allait lui falloir ramener Madelyn au pub. Évidemment, après ce qui s'était passé ici la veille, elle n'y viendrait jamais de son propre gré.

— Donnez-lui rendez-vous à l'université, suggéra-t-il enfin à Ava. Dans la salle de réunion du bureau des étudiants au premier étage du bâtiment G.

Madelyn ne se méfierait jamais d'un rendez-vous donné au beau milieu de ce campus qu'elle connaissait bien. Mais Oleg n'avait pas choisi le lieu au hasard : il savait que la pièce en question n'était que très rarement occupée.

Les membres du bureau des étudiants préféraient généralement se retrouver à la cafétéria pour discuter. Et il avait très souvent utilisé cette salle pour rencontrer les dealers qui officiaient au sein de l'université.

— Elle veut savoir quand, transmit alors Ava.

— Quelle heure est-il ?

— 6 h 10.

— Donnez-lui rendez-vous à sept heures moins le quart, décida Oleg. Et tâchez de ne pas être en retard.

— Vous n'avez pas besoin de moi ! protesta Ava. Je ne tiens pas à ce que Madelyn découvre que je suis mêlée à cette histoire.

Oleg leva les yeux au ciel. Croyait-elle réellement Madelyn assez stupide pour ne pas comprendre ce qui s'était passé ?

— Votre présence la rassurera, expliqua-t-il. Je ne lui veux aucun mal. Tout ce qui m'intéresse, c'est de savoir où se trouve son petit ami.

— D'accord, soupira Ava. Mais n'oubliez pas d'apporter ce que vous m'avez promis.

— Ne vous en faites pas, lui assura Oleg. Vous aurez votre petit cadeau...

9

Le fuselage du Bombardier Challenger 300 accrocha les rayons du soleil tandis qu'il amorçait sa descente en direction de l'aéroport international de Denver. Il se posa gracieusement sur la piste d'atterrissage et se dirigea tranquillement vers le terminal où il était attendu.

Mais, alors qu'il ralentissait pour aller se garer à proximité, une flotte de véhicules de police déboucha sur la piste, gyrophares allumés et sirènes hurlantes. Ils entourèrent rapidement l'appareil qui venait de s'immobiliser et une dizaine d'hommes en armes en sortirent.

Roman se trouvait parmi eux, bien sûr. Ian avait obtenu une autorisation spéciale de façon que les membres de RMJ puissent prendre part à cette arrestation à laquelle ils avaient grandement contribué.

— Que tout le monde descende de l'avion les mains en l'air ! ordonna l'agent spécial Jones dans le mégaphone.

Les snipers s'étaient mis en position face à l'écoutille, qui s'ouvrit lentement, laissant apparaître une hôtesse visiblement terrifiée. Deux policiers protégés par des casques et des gilets pare-balles approchèrent une échelle et la jeune femme descendit, suivie par deux passagers.

Il s'agissait de deux hommes vêtus de costumes élégants. Leurs montres, leurs chaussures et les bijoux qu'ils portaient indiquaient qu'ils étaient fortunés. Les tatouages qui ornaient leurs cous et leurs mains les désignaient tout aussi clairement comme des membres de la *bratva*.

Mais aucun des deux n'était Nikolai Mateev.

Les mains levées, ils descendirent tranquillement les marches en contemplant les policiers qui les entouraient d'un air goguenard.

— Nous nous sommes fait berner, murmura Ian.

— Tu penses que cet avion est un leurre ? lui demanda Roman.

— Connaissant Mateev, c'est probable. Tu peux être sûr que ces deux-là n'auront rien à se reprocher. Sur le sol américain, tout du moins... Et, pendant que nous sommes occupés ici, leur patron peut être n'importe où.

— Peut-être a-t-il renoncé à venir, suggéra Jones, qui venait de les rejoindre.

Ian secoua la tête.

— Si j'avais eu le moindre doute auparavant, ce cirque aurait achevé de me convaincre, déclara-t-il. Mateev se trouve bien aux États-Unis. Dans le cas contraire, il n'aurait jamais organisé une telle diversion.

Jones laissa échapper un juron.

— Je propose que nous nous retrouvions tous au quartier général du FBI dans une demi-heure, dit-il.

— Nous y serons, répondit Ian.

Il fut interrompu par un coup de téléphone et s'écarta légèrement pour le prendre.

— Est-ce que vos hommes ont retrouvé le corps d'Oleg ? demanda Roman à Jones.

— Toujours pas, répondit ce dernier. Mais cela ne veut rien dire. Le courant est très puissant et il a pu être emporté sur une longue distance.

Roman secoua la tête.

— Il est forcément sorti de l'eau, objecta-t-il. Sinon, nous n'aurions pas retrouvé sa veste. Et s'il était mort dans les bois vous auriez retrouvé son corps, depuis le temps...

— Messieurs, intervint alors Ian. Je viens de recevoir une étrange nouvelle. Ce pourrait n'être qu'une coïncidence, mais j'en doute.

Roman et Jones le considérèrent avec curiosité.

— J'avais envoyé Kat et un autre agent récupérer la voiture de Miss Thompkins, expliqua Ian. Mais il semble qu'elle ait disparu.

Roman sentit son estomac se nouer. Tout cela ne lui disait vraiment rien de bon.

— Est-ce qu'il y avait une caméra sur le parking ?

— Non, répondit Roman. En revanche, il y en a une devant les pompes à essence. Kat a demandé à visionner les enregistrements et on voit clairement la Mini passer devant. Malheureusement, la résolution n'est pas assez bonne pour nous permettre d'identifier le conducteur.

Les doutes de Roman se muaient rapidement en conviction.

— Je retourne à Boulder, déclara-t-il. Si jamais c'est Oleg qui a volé cette voiture, il va peut-être essayer de se venger de Madelyn.

Ian fronça les sourcils.

— Il y a peu de chances pour qu'Oleg s'en prenne à elle, déclara-t-il. Même s'il a réellement survécu, il doit se planquer quelque part, à l'heure actuelle. Mais nous ne pouvons courir le moindre risque. Va chez Madelyn et ramène-la au siège de RMJ, de force s'il le faut. Je te tiens au courant s'il y a du nouveau.

Madelyn avait pris le métro pour se rendre à l'université. En sortant de la station, elle fut stupéfaite de constater que les pelouses étaient envahies d'étudiants brandissant des pancartes et hurlant des slogans contestataires.

Elle était si bouleversée par la perspective de retrouver enfin sa sœur qu'elle en avait oublié les manifestations qui avaient lieu sur le campus. Vues de près, elles étaient plus impressionnantes encore qu'à la télévision.

L'exaltation des participants était presque palpable. On se serait presque cru dans les années 1960, au moment des grands rassemblements en faveur des droits civiques ou contre la guerre au Vietnam.

Mais la cause que prétendaient défendre ses condisciples était nettement plus floue. À lire les banderoles qui fleurissaient un peu partout, il paraissait évident qu'il s'agissait plus d'une convergence de mécontentements très variés que d'une lutte clairement définie.

À la tribune improvisée installée sur les marches de l'université, un étudiant au look de hipster haranguait la foule, déversant sur elle une succession de slogans assez creux.

Ignorant cette agitation, Madelyn se fraya un chemin en direction du bâtiment qui abritait les locaux du bureau des étudiants. L'endroit était totalement désert, la plupart des membres du BDE se trouvant probablement parmi les manifestants.

Une fois de plus, elle se demanda de quelle aide sa sœur pouvait bien avoir besoin. Elle avait refusé de le lui dire par SMS. Madelyn espérait du fond du cœur qu'Ava avait décidé de changer de vie et de ne plus se droguer.

Mais elle s'efforçait de ne pas se bercer d'illusions. Le plus probable, c'était que sa sœur avait besoin d'argent pour rembourser l'un de ses dealers...

Traversant le hall silencieux, Madelyn gagna l'escalier qui permettait d'accéder au premier étage. Le palier supérieur desservait plusieurs portes. Elle déchiffra les pancartes qui les identifiaient et localisa rapidement la salle de réunion.

Elle frappa doucement et poussa le lourd battant pour pénétrer dans une salle de conférences plongée dans la pénombre. Sur l'une des chaises, Madelyn distingua une silhouette.

Tâtonnant à la recherche de l'interrupteur, elle finit par le trouver. Les néons crus illuminèrent la salle et, après de longs mois de séparation, Madelyn se retrouva brusquement face à sa sœur.

Elle fut frappée par la transformation qui s'était opérée en elle. Ava avait toujours été mince, mais elle était à présent décharnée. Ses pommettes nettement plus marquées et ses clavicules saillantes lui conféraient un aspect maladif que renforçait la pâleur extrême de son visage.

Ses longs cheveux avaient perdu leur éclat. Ils étaient secs et ternes. Sur son avant-bras posé sur la table, on distinguait des marques de griffures, probablement auto-infligées. Les vêtements qu'elle portait étaient d'une propreté douteuse.

Elle avait les yeux fermés, comme si elle s'était endormie en l'attendant. Mais Madelyn avisa une trace de poudre blanche, juste sous sa narine droite.

— Ava ? appela-t-elle d'une voix très douce. Ava, tu m'entends ?

Sa sœur ne répondit pas et elle s'approcha d'elle, inquiète.

— Ava ? répéta-t-elle en lui touchant doucement le bras. C'est moi, Maddie...

Ava ne fit pas mine de l'avoir entendue. Madelyn remarqua alors que sa respiration était irrégulière, comme oppressée. Tendant la main vers sa gorge, elle trouva son pouls, qui était à la fois faible et précipité. De toute évidence, elle venait de s'administrer une drogue quelconque, probablement de l'héroïne.

Qu'était-elle censée faire en de telles circonstances ? En tant que médecin, elle aurait dû la conduire à l'hôpital puis la confier à une unité spécialisée dans les cures de désintoxication. Mais en agissant de la sorte elle trahirait la confiance que sa sœur avait mise en elle et perdrait certainement toute chance de pouvoir l'atteindre.

Madelyn ne put s'empêcher de regretter que Roman ne soit pas à ses côtés. Pour la première fois depuis bien longtemps, elle aurait bien voulu pouvoir se reposer sur quelqu'un d'autre, ne pas avoir à prendre une telle décision alors qu'elle était beaucoup trop impliquée émotionnellement.

Fort heureusement, les paupières d'Ava papillotèrent alors et elle rouvrit les yeux, la fixant d'un air un peu interdit, comme si elle ne s'attendait pas du tout à la trouver là.

— Maddie ? murmura-t-elle.

— Ava, si tu savais combien je suis contente de te voir ! s'exclama Madelyn. Papa, maman et moi étions si inquiets… Mais cela n'a plus d'importance, à présent. L'essentiel, c'est que nous soyons réunies…

Madelyn tendit la main vers Ava, qui se recroquevilla sur elle-même comme si elle avait peur de ce contact.

— Je suis désolée, Maddie, murmura-t-elle.

— Tu n'as pas à être désolée, ma chérie. Tu es malade, c'est tout.

Ava hocha la tête.

— Tu n'imagines pas à quel point, répondit-elle. Je peux à peine manger. Je n'arrive plus à dormir. Je vis ma vie une dose après l'autre… Mais je suis perpétuellement en manque. C'est horrible.

— Je peux t'aider, lui assura Madelyn. Il y a des médicaments qui te permettraient de surmonter la douleur et de dormir un peu. Je pourrais aussi te prescrire un produit de substitution, le temps que ton organisme se déshabitue de la drogue.

Ava secoua la tête.

— J'ai déjà essayé, dit-elle. Ça ne marche pas. J'ai besoin de drogue… Et je suis prête à tout pour m'en procurer…

— Laisse-moi t'aider, insista Madelyn. C'est bien pour cela que tu m'as appelée, n'est-ce pas ?

— Tu ne comprends rien, lui dit Ava. Je ne t'ai pas appelée pour que tu me soignes, mais pour qu'il accepte de me donner plus de drogue...

— Qui ça ? demanda Madelyn, mal à l'aise.

— Excellente question, fit une voix derrière elle.

Madelyn sursauta violemment et se tourna vers l'homme qui se tenait dans l'encadrement de la porte. Elle avait été si absorbée par sa conversation avec Ava qu'elle ne l'avait pas entendu entrer.

Oleg Zavalov faisait peine à voir. Son visage tuméfié et sa lèvre enflée rappelaient la correction que lui avait infligée Roman. En revanche, il n'y avait pas trace de la blessure qu'elle-même lui avait infligée en lui tirant dessus.

— Ce n'est pas possible, balbutia-t-elle. Je sais que je vous ai touché...

— En êtes-vous sûre ?

— Vous devriez être mort...

— Malheureusement pour vous, la mort n'a pas voulu de moi, ironisa Oleg.

Madelyn sentit un frisson glacé la parcourir des pieds à la tête. Ce n'était pas tant la présence d'Oleg qui l'horrifiait que la prise de conscience de la trahison de sa propre sœur. Ava l'avait livrée, probablement contre de la drogue.

Cette sensation de trahison était terriblement familière, faisant ressortir des profondeurs de sa mémoire un incident qui s'était produit bien des années auparavant.

C'était en été. Madelyn avait douze ans et Ava dix. Elles avaient demandé à leur mère de leur acheter des bonbons, mais elle avait refusé. C'est alors qu'Ava avait parlé à Madelyn du tiroir dans lequel leur père vidait la monnaie qui se trouvait dans ses poches.

Elle lui avait suggéré d'en prendre un peu pour aller

acheter les confiseries qu'elles voulaient, lui assurant que leur père ne s'en rendrait même pas compte. Madelyn avait commencé par refuser et Ava l'avait accusée d'être lâche, lui reprochant de toujours prendre le parti de leurs parents.

Madelyn avait fini par se laisser convaincre et toutes deux étaient allées s'acheter des confiseries, des chips et des cannettes de soda. Leur mère ne s'était aperçue de rien. Mais le soir venu, sans que Madelyn comprenne pourquoi, Ava l'avait dénoncée, expliquant que c'était elle qui avait volé et dépensé la totalité de l'argent.

Madelyn ne se rappelait plus la réaction de son père ni la punition dont elle avait probablement écopé. Tout ce dont elle se souvenait, c'était de cette terrible sensation de trahison, de l'impression de s'être fait poignarder dans le dos par la personne qu'elle aimait le plus au monde.

Évidemment, cet incident n'était rien, comparé à ce qui venait de se passer.

— Comment as-tu pu faire une chose pareille ? balbutia-t-elle en tournant vers sa sœur un regard accusateur.

Avant que celle-ci ait eu le temps de lui répondre, Oleg se précipita vers elle. La première réaction de Madelyn fut de se figer en le voyant foncer dans sa direction.

Puis, brusquement, l'image de Roman s'imposa à elle. Elle se rappela ce qu'il lui avait dit lorsqu'il l'avait initiée aux rudiments de l'autodéfense.

Sans même réfléchir, elle esquiva le coup de poing rageur d'Oleg. Furieux, ce dernier lui en décocha un second. Cette fois, il atteignit Madelyn en pleine mâchoire. Une douleur fulgurante envahit son crâne tout entier et elle vacilla sur elle-même.

Oleg se jeta de nouveau sur elle, tentant de la ceinturer. Elle se laissa aussitôt tomber accroupie et il manqua trébucher sur elle. Profitant de ce déséquilibre, elle attrapa ses mollets et se releva, tirant de toutes ses forces sur ses jambes et le faisant ainsi basculer violemment en arrière.

Sa tête heurta le sol et il demeura sonné, laissant à Madelyn le temps de se dégager et de courir jusqu'à la porte. Là, elle s'arrêta, haletante. Elle se rappelait parfaitement ce que lui avait dit Roman : sa priorité, en de telles circonstances, devait être de fuir.

Mais, si elle abandonnait sa sœur aux mains d'Oleg, ce serait elle qui souffrirait à sa place. Et, malgré la trahison d'Ava, Madelyn ne s'imaginait pas la sacrifier de cette façon. Son hésitation avait laissé le temps à Oleg de se redresser et il se précipita vers elle.

Se souvenant des conseils de Roman, elle lui assena un coup de poing qui le cueillit en plein visage. Il marqua le pas, reculant légèrement en secouant la tête pour tenter de reprendre ses esprits.

Madelyn ne lui en laissa pas le temps. Cette fois, elle visa le plexus, et dut l'atteindre, car Oleg se plia en deux en poussant un cri de souffrance. Grisée par l'avantage qu'elle était en train de prendre sur son adversaire, elle lui décocha un coup de genou au visage.

La violence du coup fut telle qu'elle sentit une douleur fulgurante remonter le long de sa cuisse. Mais ce n'était rien sans doute, comparé à ce qu'Oleg avait dû endurer. Il s'effondra d'un seul coup sur lui-même, hors de combat.

Madelyn se redressa, haletante, et constata qu'Ava n'avait toujours pas bougé de sa chaise. Les yeux agrandis par la stupeur, elle l'observait sans paraître réellement comprendre ce qui était en train de se produire.

— Ava, lève-toi ! s'exclama Madelyn. Filons d'ici !

Mais sa sœur ne fit pas mine de bouger. Madelyn claudiqua jusqu'à elle et la prit par les épaules pour la secouer vigoureusement.

— Ava, écoute-moi, si nous ne partons pas d'ici, il va nous tuer toutes les deux.

— Qu'est-ce que tu as fait ? gémit piteusement sa sœur. Il m'avait promis de m'aider...

Partagée entre colère et désespoir, Madelyn saisit Ava par le bras et essaya de la forcer à se lever. Mais en dépit de sa maigreur celle-ci lui opposa une farouche résistance.

— Tu n'as pas le droit, balbutiait-elle de façon incohérente. Tu es méchante, Maddie. Tu m'as toujours détestée...

— Ava, je t'en supplie, sois raisonnable.

Les yeux de sa sœur s'agrandirent soudain sous le coup de la surprise. Inquiète, Madelyn se retourna. Mais, avant même qu'elle n'ait pu apercevoir ce que sa sœur avait remarqué, quelque chose la percuta violemment au niveau de la tempe et elle perdit connaissance.

Roman avait dû commettre une bonne dizaine d'infractions au code de la route en revenant de l'aéroport. Parvenu devant l'immeuble de Madelyn, il sauta de voiture, prenant à peine le temps de refermer sa portière à clé avant de s'élancer dans l'escalier.

Il se demanda ce que dirait la jeune femme s'il la réveillait en sursaut alors qu'elle était tranquillement en train de dormir, comme elle avait prévu de le faire. Au fond cela n'avait aucune importance. Étant donné ce qu'il venait d'apprendre, il ne pouvait se permettre de courir le moindre risque.

Parvenu devant la porte de Madelyn, il frappa contre le battant.

— Maddie ? C'est Roman, appela-t-il. Ouvre-moi !

Il attendit quelques instants avant de frapper de nouveau.

— Madelyn ! C'est important ! Il y a du nouveau...

N'obtenant pas plus de réponse, il essaya la poignée par

acquit de conscience. Mais cette fois-ci la porte était bien verrouillée. Roman sortit les outils de crochetage qu'il avait pris soin d'emporter avec lui et s'attaqua à la serrure. Elle ne lui résista pas plus d'une minute et la porte s'ouvrit.

— Madelyn, appela-t-il de nouveau par acquit de conscience. C'est Roman. Je rentre...

Dès qu'il pénétra à l'intérieur de l'appartement, il comprit qu'elle ne se trouvait pas chez elle. Un profond silence régnait dans l'appartement et toutes les lumières étaient éteintes. Il alluma le plafonnier et inspecta rapidement le salon.

Une serviette encore humide était posée sur le dossier de la chaise du bureau. Il en émanait une délicieuse odeur de shampoing à la vanille. Sur la table basse, une tasse de thé aux trois quarts pleine était posée.

On eût dit que la jeune femme était partie précipitamment. Mais il n'y avait aucune trace d'effraction ou de lutte, rien qui laissât penser qu'elle ait pu y être forcée. Pourtant, elle lui avait laissé entendre qu'elle comptait se coucher directement.

Avait-elle finalement décidé de sortir pour se changer les idées ? Avait-elle reçu une invitation de dernière minute ? Ou avait-elle décidé d'aller travailler à l'hôpital ?

La seule façon de le découvrir eût été de consulter les appels qu'elle avait reçus sur son téléphone portable. Malheureusement, elle l'avait probablement emporté avec elle.

Une idée lui traversa brusquement l'esprit et il se mit à fouiller le bureau. Sous une pile de papiers, il trouva ce qu'il cherchait : la tablette de la jeune femme. Il ne lui restait plus qu'à espérer qu'elle était synchronisée avec son téléphone portable.

Il l'alluma et constata sans surprise qu'elle était protégée par un mot de passe. Mais il en fallait plus pour le décourager. Il réinitialisa la tablette et accéda au système d'exploitation, qu'il reparamétra de façon à court-circuiter l'écran d'accueil.

Quelques instants plus tard, il accéda aux messages de Madelyn et constata avec satisfaction qu'ils étaient effectivement synchronisés. Il ne lui fallut pas longtemps pour trouver ce qui avait pu arracher la jeune femme à une soirée de repos bien méritée.

Le cœur battant, il parcourut la conversation qu'elle avait eue avec sa sœur.

Ava avait envoyé les premiers messages :

Madelyn, j'ai besoin de ton aide. C'est urgent. Est-ce que tu pourrais me retrouver rapidement à cette adresse ? Tiens-moi au courant.

Maddie ? Tu es là ?

Maddie, c'est urgent. Contacte-moi rapidement.

Pourquoi est-ce que tu m'ignores ?

La réponse de Madelyn était enfin venue et la conversation s'était poursuivie entre les deux sœurs :

Désolée, Ava, mon téléphone n'avait plus de batterie. Tu veux toujours qu'on se retrouve quelque part ?

Oui, retrouvons-nous.

À l'adresse que tu m'avais indiquée ?

Ailleurs.

Où ?

Est-ce que tu es seule ?

Oui, pourquoi ?

Je ne veux pas te déranger, c'est tout.

Tu ne me déranges pas. Où nous retrouvons-nous ?

À l'université, salle de réunion du bureau des élèves, bât. G, 1er étage.

Quelle heure ?

18 h 30 si c'est OK pour toi

OK. Je pars tout de suite. À toute.

Roman fronça les sourcils. Il n'était pas besoin d'être devin pour comprendre que cette histoire était hautement suspecte. Madelyn lui avait dit qu'Ava n'avait jamais cherché à prendre contact avec elle depuis qu'elle était arrivée à Boulder.

N'était-il pas étrange qu'elle demande son aide précisément le jour où Madelyn avait eu maille à partir avec Oleg Zavalov ?

D'après Madelyn, ce dernier s'était introduit chez elle. Il avait même décroché une photographie représentant les deux sœurs. Sans doute avait-il retrouvé Ava. Quoi de plus facile pour un dealer que de retrouver une toxicomane ? L'avait-il menacée ? Lui avait-il proposé de la drogue ?

Quoi qu'il en soit, il avait convaincu Ava de donner rendez-vous à sa sœur. Le choix du lieu était d'ailleurs révélateur. Il était peu probable qu'Ava connaisse le bureau des étudiants de l'université. En revanche, Oleg se rendait régulièrement sur le campus pour prélever la commission de Mateev sur le trafic de drogue.

Le fait qu'Ava ait changé le lieu du rendez-vous le soir même prouvait qu'elle avait dû recevoir de nouvelles instructions de la part d'Oleg — en d'autres termes, que ce dernier était toujours vivant.

Si Madelyn n'avait pas été aveuglée par son amour pour sa sœur, elle aurait certainement compris qu'on lui tendait un piège. Malheureusement, elle avait foncé dedans tête baissée...

Roman quitta l'appartement sans attendre. Tout en dévalant l'escalier, il appela Ian.

— Je te confirme qu'Oleg n'est pas mort, lui dit-il. Il s'est arrangé pour qu'Ava Thompkins contacte sa sœur et lui donne rendez-vous à l'université. Je suis certain que c'est un piège.

— C'est peu probable, objecta Ian. Je viens de recevoir le rapport d'analyse du labo. Madelyn a bien atteint Zavalov. La veste que vous avez retrouvée a été perforée par une balle au niveau de la poitrine. Inutile de te dire qu'étant donné l'arme qu'elle a utilisée Zavalov n'avait strictement aucune chance de s'en tirer.

Tout en discutant, Roman avait rejoint sa voiture. Il prit place au volant et brancha son téléphone sur l'autoradio pour pouvoir continuer à discuter.

— En revanche, poursuivit Ian, nous avons une nouvelle piste concernant Nikolai Mateev. L'un des agents de l'aéroport de Colorado Springs vient de nous transmettre une photo prise par une caméra de sécurité qui correspond à soixante-dix-huit pour cent aux caractéristiques de Mateev. Il serait passé là-bas voici moins d'une heure. Je file sur place. Est-ce que tu veux venir ?

Roman réfléchit aux différentes options qui se présentaient à lui. L'idée de participer à la capture de Nikolai Mateev était tentante. Ce serait le couronnement d'une enquête qu'il avait menée durant plus de six mois, probablement l'un des faits de gloire de Rocky Mountain Justice.

Si les techniciens du laboratoire ne se trompaient pas — et cela ne leur arrivait pas souvent — Oleg était effectivement mort. Le vol de la Mini de Madelyn et l'appel à l'aide de sa sœur n'étaient peut-être que de simples coïncidences...

Mais son intuition lui soufflait qu'une telle multiplication de coïncidences cachait quelque chose. Tant qu'il n'aurait pas vu de ses propres yeux le corps d'Oleg, il ne serait pas certain de sa disparition. Et, même s'il était réellement mort, quelqu'un d'autre avait pu utiliser Ava pour piéger Madelyn — Anton, par exemple, qui semblait avoir disparu, lui aussi.

Il démarra et se dirigea vers le sud de la ville. Il n'avait que peu de temps pour se décider, avant de devoir choisir entre la route menant à l'université et celle conduisant à Denver.

— Alors ? lui demanda Ian. Est-ce que je peux compter sur toi ?

Placé devant l'alternative, il comprit brusquement que sa décision était déjà prise depuis longtemps.

— Je suis désolé, répondit-il enfin. Je vais devoir faire un détour par l'université.

Ian se garda de tout commentaire. Mais son silence même indiquait clairement qu'il désapprouvait cette décision. Cela n'avait aucune importance aux yeux de Roman. Car, s'il arrivait malheur à Madelyn, il ne se le pardonnerait jamais. Il devait s'assurer qu'elle ne courait aucun risque. Par comparaison, tout le reste lui paraissait dérisoire.

Avant même de rouvrir les yeux, Madelyn comprit qu'elle était en très mauvaise posture. Sa tête la faisait atrocement souffrir. Elle avait un goût de sang dans la bouche. Ses yeux étaient secs et irrités. Et elle était allongée à même le sol sur un tapis rugueux qui ne la protégeait pas vraiment du froid émanant du sol au-dessous. L'odeur d'humidité et de poussière qui flottait dans l'air la prit à la gorge.

Elle fouilla son esprit à la recherche d'une explication. Que lui était-il arrivé, au juste ? Comment s'était-elle retrouvée là ? Et quel était cet endroit ?

Mais rien ne lui vint.

C'était étrange. Elle n'avait pas le moindre souvenir de ce qui avait bien pu se passer au cours de ces dernières heures — aucune image à laquelle se raccrocher.

Elle s'efforça de remonter au-delà, à ce qu'elle avait fait la veille. En vain. C'était une sensation terriblement angoissante, mais elle savait qu'une telle amnésie temporaire pouvait résulter d'un coup reçu à la tête. Et c'était apparemment ce qui s'était produit.

Lors de ses études en médecine, elle avait étudié le cas d'un joueur de football américain qui, après un traumatisme crânien, avait oublié les deux jours précédant le match.

Les souvenirs étaient revenus avec le temps, mais certains détails lui échappaient toujours.

Madelyn ouvrit lentement les yeux et constata qu'elle ne s'était pas trompée. Elle était bien étendue sur un tapis de couleur grise. Devant elle se trouvait un mur de la même couleur. L'endroit ne lui disait rien. Elle se demanda si elle avait pu tomber et se cogner la tête.

Roulant sur elle-même, elle tenta de se relever à l'aide de ses coudes. Mais ce simple mouvement éveilla en elle un nouvel accès de souffrance, accompagné d'une sensation de nausée. Elle se força à respirer lentement et profondément jusqu'à ce que les symptômes se résorbent.

La douleur diminua très légèrement, se muant en pulsation qui lui vrillait le crâne au même rythme que les battements de son cœur.

Elle entendit alors un bruit derrière elle — le crissement de chaussures de cuir qui se rapprochaient. Au prix d'un nouvel effort, elle se retourna, provoquant une nouvelle impression de vertige. Fermant les yeux, elle se concentra de nouveau jusqu'à ce qu'elle ait recouvert un semblant de maîtrise de soi.

Rouvrant les paupières, elle découvrit un homme qui se tenait debout au-dessus d'elle. Son visage était couvert de bleus et d'ecchymoses et elle se demanda si tous deux avaient été victimes du même accident.

Un accident de voiture, peut-être ? Mais ils ne se trouvaient pas sur une route, ni à l'hôpital. Elle fouilla de nouveau ses souvenirs, sans plus de succès que précédemment.

L'homme s'agenouilla devant elle et la considéra attentivement. Elle eut l'impression de le reconnaître sans pourtant parvenir à l'identifier.

— Qui êtes-vous ? lui demanda-t-elle.

Les yeux de l'homme s'agrandirent sous l'effet de la surprise.

— C'est une plaisanterie ? rétorqua-t-il.

— Nous nous connaissons, n'est-ce pas ?

— Vous ne vous rappelez pas de moi ?

— Non, avoua-t-elle en luttant contre la panique qui menaçait à chaque instant de l'envahir. Je crois que j'ai reçu un coup sur la tête.

— Je suis Oleg Zavalov, lui dit-il sans la quitter des yeux, comme s'il cherchait à percevoir une réaction quelconque.

Mais ce nom ne lui évoquait pas grand-chose.

— Oleg Zavalov, répéta-t-elle pensivement. Cela me semble familier, en effet.

En réalité, ce nom lui semblait être associé à une impression relativement déplaisante. Avec une pointe d'angoisse supplémentaire, elle se demanda si c'était lui qui avait pu la frapper.

Oleg laissa alors échapper un petit sifflement.

— Incroyable, déclara-t-il. On dirait que vous avez vraiment perdu la mémoire...

— Pas toute la mémoire, lui dit-elle en réfléchissant. Juste ces derniers jours, je crois.

— Comme c'est pratique...

— Vous croyez vraiment que je le fais exprès ? s'exclama-t-elle vivement avant de grimacer de douleur.

— Calmez-vous, lui dit-il d'un ton qui se voulait conciliant.

Plus elle l'observait et moins cet homme lui paraissait être digne de confiance. Elle se demandait d'ailleurs quelle pouvait bien être leur relation.

Une chose était certaine : ils n'étaient pas en couple. Elle se rappelait qu'elle sortait avec quelqu'un depuis peu de temps. Malheureusement elle était incapable de se souvenir de son nom. En revanche, elle se rappelait parfaitement son visage. Et elle savait qu'elle l'avait aimé — et qu'elle l'aimait peut-être encore...

— Est-ce que vous avez appelé une ambulance ? demanda-t-elle.

— Pourquoi ? fit Oleg, surpris.

— Eh bien… je suis blessée. J'imagine que je suis tombée…

Elle chercha des yeux l'échelle du haut de laquelle elle avait bien pu faire cette chute. Mais il n'y en avait aucune dans la pièce. Elle se trouvait dans un bureau dénué de fenêtre. Il y avait juste une table de travail, un fauteuil en cuir, plusieurs placards et deux chaises métalliques installées en face du bureau.

— C'est exact, dit Oleg. Vous êtes tombée et j'ai appelé une ambulance. Ils devraient être ici d'une minute à l'autre. En attendant, vous seriez peut-être mieux sur une chaise. Je vais vous aider à vous relever.

Madelyn prit la main qu'il lui tendait et, sans grand ménagement, il l'aida à se remettre debout. Elle vacilla légèrement et il passa un bras autour de ses épaules pour la soutenir. À ce contact, elle ne put réprimer un frisson d'angoisse.

Jusqu'alors, Oleg s'était montré parfaitement cordial à son égard, mais elle percevait distinctement que quelque chose n'allait pas. Elle n'aurait pourtant su dire de quoi il s'agissait. Il lui semblait qu'en se concentrant elle aurait probablement été capable de se le rappeler. Mais la migraine qui la taraudait était bien trop douloureuse pour cela.

Oleg la guida jusqu'à l'un des sièges métalliques, sur lequel elle se laissa lourdement choir. Elle se sentait complètement épuisée et n'aspirait qu'à une chose : s'allonger et dormir. Mais elle savait qu'en cas de blessure à la tête c'était précisément le genre de choses qu'il fallait éviter.

— Est-ce que je peux voir votre main ? lui demanda alors Oleg.

Surprise, Madelyn jeta un coup d'œil à ses mains.

— Mes mains vont bien, lui assura-t-elle en lui montrant l'une d'elles.

Oleg s'en empara et la ramena de force derrière son dos.

Avant qu'elle ait compris ce qu'il était en train de faire, il l'avait attachée au dossier de la chaise. Comprenant que la situation était en train de lui échapper, Madelyn tenta de se redresser. Mais Oleg ne lui laissa aucune chance.

Lui décochant un coup de genou dans les côtes, il lui coupa la respiration. Madelyn retomba sur la chaise et il en profita pour attacher son autre main. Elle était à présent totalement impuissante.

— Madelyn, lui dit-il en venant se placer devant elle, êtes-vous vraiment certaine de ne pas me reconnaître ?

Le calme avec lequel il s'exprimait le rendait paradoxalement d'autant plus inquiétant.

— Je ne me souviens de rien, balbutia-t-elle, au bord de la panique.

— C'est bien dommage, déclara-t-il.

Elle essaya de nouveau de se relever. Mais ses poignets étaient fixés aux montants de la chaise, qui refusait de bouger.

— Le siège est fixé au sol, précisa Oleg. Il est inutile de vous débattre : vous n'avez strictement aucune chance de vous échapper.

— Je ne comprends pas, murmura-t-elle. Pourquoi vous en prenez-vous à moi ?

Oleg secoua la tête.

— Je ne sais que penser, lui dit-il d'un ton faussement décontracté. J'aimerais que vous vous rappeliez ce pour quoi je vais vous faire souffrir. Mais le fait que vous n'en ayez aucune idée rend peut-être l'expérience d'autant plus terrifiante...

Cette fois, il n'y avait plus aucun doute possible. Oleg était un fou et elle avait eu le malheur de tomber entre ses griffes...

Alors même que la terreur l'envahissait, il la frappa violemment au visage. Elle sentit le goût du sang envahir de nouveau sa bouche. Il la frappa de nouveau, encore et encore, au visage et au ventre. La peur ne tarda pas à se dissiper complètement, balayée par l'urgence de la souffrance qui déferlait en elle par vagues successives.

Oleg finit par reculer, frottant ses articulations endolories.

— Je ne vous le demanderai qu'une fois, lui dit-il. Où est Roman ? Et pourquoi m'espionnait-il ?

Elle lui jeta un regard paniqué.

— Je ne connais pas de Roman, protesta-t-elle.

Furieux, Oleg la gifla du revers de la main. Ses yeux se remplirent de larmes. Elle songea alors que, si Oleg voulait qu'elle lui parle de quelqu'un qu'elle ne connaissait pas, elle pouvait toujours improviser.

— Roman a quitté la ville, dit-elle. Il avait peur de vous, je crois...

— Cela prouve qu'il est plus malin que vous, acquiesça Oleg. Maintenant, dites-moi pour qui il travaille !

— Je ne sais pas, avoua-t-elle.

Elle s'attendait à ce qu'il la frappe de nouveau, mais son téléphone portable se mit à sonner. Jetant un coup d'œil à l'écran, il grimaça.

— Vous ne perdez rien pour attendre, lui dit-il.

Sur ce, Oleg lui décocha un nouveau coup de poing en pleine tempe et elle perdit de nouveau connaissance.

10

Lorsque Roman arriva à l'université, la manifestation étudiante de la journée ne s'était toujours pas dispersée, mais elle ressemblait plus à présent à une grande fête champêtre qu'à un sit-in politique.

Les syndicats et le bureau des élèves avaient installé de grands barbecues et plusieurs buvettes. Plusieurs haut-parleurs diffusaient de la musique et certains dansaient. Il régnait là une ambiance joyeuse et décontractée qui contrastait avec les comptes rendus alarmistes que les médias avaient diffusés durant toute la journée.

Roman prit tout juste le temps de demander son chemin avant de gagner le bâtiment qu'occupait généralement le BDE. À cette heure tardive, il était totalement désert et il n'eut pas besoin de montrer patte blanche.

À grands pas, il gravit les marches conduisant au premier étage et localisa sans difficulté la salle de réunion où Ava avait donné rendez-vous à sa sœur.

En entrant, il eut la surprise de découvrir une jeune femme qui s'était endormie dans un fauteuil, les bras et la tête posés sur la table de réunion. Il n'eut aucun mal à la reconnaître d'après les photographies qu'il avait vues chez Madelyn.

— Ava, appela-t-il.

Elle ne bougea pas d'un pouce et il s'avança, inquiet. Mais, en se rapprochant, il constata avec un certain soulagement que la poitrine de la jeune femme se soulevait régulièrement. Il vit aussi qu'elle tenait à la main un petit sachet en plastique vide et n'eut aucun mal à deviner ce qu'il avait pu contenir.

— Ava, répéta-t-il en la secouant doucement par l'épaule. C'est l'heure de se réveiller.

Elle émit un grognement de protestation et se redressa péniblement.

— Allez-vous-en, marmonna-t-elle.

Ses pupilles dilatées ne laissaient aucun doute : elle était sous l'emprise d'un opiacé.

— Ava, je dois absolument retrouver votre sœur Madelyn.

À ces mots, l'expression de la jeune femme se métamorphosa brusquement, trahissant un mélange de mélancolie et de rancœur.

— Maddie, toujours Maddie, bredouilla-t-elle d'une voix pâteuse. Vous voulez tous voir Maddie et jamais Ava...

Elle laissa échapper un rire légèrement hystérique qui lui fit froid dans le dos. Il se demanda si Madelyn avait conscience de la jalousie que sa sœur semblait avoir emmagasinée en elle au fil des années.

— Qui d'autre voulait la voir ? demanda-t-il en s'efforçant de dominer l'inquiétude et la colère qui le rongeaient intérieurement.

Ava ne répondit pas. Sa tête retomba sur sa poitrine et elle ferma les yeux. Roman sortit son téléphone de sa poche et faillit composer le numéro de Ian. Mais il s'arrêta au dernier moment.

Ian et les autres membres de l'équipe étaient concentrés sur la traque de Nikolai Mateev. De plus, ils étaient tous convaincus qu'Oleg Zavalov était mort. Il y avait peu de chances pour qu'ils envoient des hommes à La Proue pour lui prêter main-forte.

Même s'ils le faisaient, ces renforts risquaient d'arriver trop tard. Roman ne pouvait se permettre d'attendre : s'il voulait avoir une chance de sauver Madelyn, il allait devoir agir au plus vite, fût-ce au mépris des règles les plus élémentaires.

Rangeant son téléphone, il se tourna de nouveau vers Ava. Il devait commencer par s'assurer que sa sœur se trouvait bien au pub. Mais, comme il s'apprêtait à la secouer de nouveau, la porte de la salle de réunion s'ouvrit, laissant apparaître un policier en uniforme.

Sans lui laisser le temps de revenir de sa surprise, Roman se jeta sur lui et le plaqua contre le mur le plus proche avant de le délester de son arme. Jackson manquait bien trop d'entraînement pour avoir la moindre chance de se défendre.

— Où est Oleg ? demanda-t-il en braquant le revolver contre son front.

— Roman, protesta celui-ci, visiblement terrifié. Ne fais pas de bêtise. Je te rappelle que je suis de la police...

— Tu n'es qu'un flic pourri jusqu'à la moelle. Et je sais que tu n'es pas là par hasard. Oleg t'a demandé de te débarrasser d'Ava, j'imagine ?

Jackson secoua vivement la tête.

— Je te jure que je ne ferais jamais une chose pareille ! protesta-t-il vivement. Je ne dis pas que je ne ferme pas les yeux sur ses petits trafics. Il m'arrive de lui donner un petit coup de main, de temps à autre, histoire d'arrondir les fins de mois. Mais je ne suis pas un assassin, Roman. Tu dois me croire !

— Pourquoi le devrais-je ?

La peur qui se lisait dans les yeux de Jackson indiquait clairement que le policier se sentait totalement dépassé par la tournure que prenaient les événements.

— Je suis revenu pour m'occuper d'Ava, balbutia-t-il. Je l'ai vue souvent au bar et je l'aime bien. C'est une paumée, mais elle a un bon fond...

— Revenu ? répéta Roman en plaquant le bras contre la gorge de Jackson. Que s'est-il passé, ici ?

— Je n'en sais rien, dit le policier. Oleg m'a appelé, me demandant de venir le rejoindre ici. Lorsque je suis arrivé, Ava était dans les vapes et sa sœur était assommée.

— Elle était toujours vivante ? demanda Roman, fou d'inquiétude.

— Elle avait juste pris un coup sur la tête, acquiesça Jackson. Oleg était bien amoché, lui aussi. Je ne sais pas ce qui leur est arrivé... En tout cas, il m'a demandé de l'aider à la porter jusqu'à sa voiture. Il ne pouvait pas se permettre de traverser le campus avec une fille évanouie dans les bras.

— Et tu as accepté ? gronda Roman, furieux.

— Je n'avais pas le choix. Il menaçait de raconter à mes supérieurs tout ce que j'avais fait pour lui. Il a aussi dit que, si je n'obéissais pas, il s'en prendrait à ma famille. Tu ne sais pas de quoi ce type est capable, Roman...

— Si, justement. Et tu l'as aidé à enlever quelqu'un. S'il lui est arrivé quoi que ce soit, c'est moi qui te tuerai.

La terreur redoubla dans les yeux de Jackson.

— Que s'est-il passé ensuite ?

— Nous avons porté la fille jusqu'à une Mini qui était garée sur le parking. J'ai dit aux gens que nous croisions qu'Oleg et elle avaient été victimes d'une agression. Puis je suis revenu ici.

— Où Oleg a-t-il emmené Madelyn ?

— Je ne sais pas. Au pub, j'imagine. Mais je n'en suis pas sûr...

— J'espère pour toi que tu dis la vérité.

— Je te le jure ! s'exclama Jackson d'une voix suppliante.

Roman considéra la situation. S'il appelait la police pour signaler qu'Ava avait fait une overdose, elle serait envoyée aux urgences puis relâchée. Une fois de plus, elle se retrouverait à la rue et se perdrait dans la foule anonyme des junkies jusqu'au jour où on retrouverait son cadavre au fond d'une ruelle. Ce n'était certainement pas ce qu'aurait voulu Madelyn.

— Est-ce que tu peux garder Ava au frais ? demanda-t-il à Jackson. La placer en garde à vue, par exemple.

— Pour quel motif ?

— Complicité d'enlèvement, répondit Roman. C'est elle qui a attiré Madelyn ici à la demande d'Oleg.

— Est-ce qu'il y a des preuves ?

— Des textos envoyés par Ava et reçus par Madelyn, acquiesça Roman. Mets la pression sur elle : fais-lui comprendre que, si elle ne témoigne pas contre Oleg, elle risque de se retrouver en prison.

— Je ne tiens pas à être mêlé à cette histoire.

— Qui témoignera contre toi ? Ava ? C'est une droguée. D'ailleurs, vu l'état dans lequel elle se trouve, il est peu probable qu'elle se souvienne que tu as aidé Oleg. Quant à Madelyn, elle était inconsciente.

— Il y a Oleg.

— Crois-moi, lorsque j'en aurai fini avec lui, il ne témoignera contre personne, répondit Roman d'une voix glaciale.

Il sentit Jackson frissonner.

— Je ferai ce que tu dis, promit-il.

— Bien. Prends soin d'Ava. Et, si tu veux m'aider à en finir une fois pour toutes avec cette ordure de Zavalov, envoie-moi des renforts au pub dès que possible.

— Je m'en occupe.

— En attendant, je garde ça, déclara Roman en lui montrant son arme de service. Quelque chose me dit que je vais en avoir besoin…

Sur le parking de la gare routière de Boulder, Oleg patientait au volant de la luxueuse berline qu'il venait de voler.

Pour la dixième fois, il se répéta en détail la version des

événements qu'il comptait présenter à Nikolai Mateev. Il passa en revue chacun des mensonges qu'il avait soigneusement concoctés, s'assurant qu'ils ne présentaient aucune contradiction.

L'histoire qu'il avait reconstituée était parfaitement crédible. Il ne lui restait donc plus qu'à la raconter de façon convaincante. Sa vie en dépendait.

Un nouveau bus pénétra dans la gare et vint se garer près du quai. Oleg déchiffra le numéro qui était inscrit sur le pare-brise et prit une profonde inspiration. Le moment décisif était venu.

Il sortit de voiture et se dirigea vers le quai tandis que les premiers passagers commençaient à descendre. Nikolai fut l'un des derniers à débarquer. C'était un homme imposant, de haute taille et solidement charpenté. Il avait perdu la plupart de ses cheveux, mais la couronne qu'il lui restait était d'un blanc éclatant.

Ce jour-là, il portait un pantalon en toile kaki, un polo blanc et une veste polaire bleu marine. À la main, il tenait un sac de sport arborant le logo des Mustangs, le club de basket de Broomfield.

Personne n'aurait pu imaginer qu'il fût à la tête de l'un des plus grands cartels de drogue du monde. C'était probablement l'un des hommes les plus riches et les plus puissants de Russie, mais il avait l'aspect d'un retraité américain en vacances.

Oleg ne put s'empêcher de se sentir un peu déçu. Mais il savait qu'il ne devait sous aucun prétexte se laisser abuser par les apparences. Nikolai était un homme redoutable et, d'un simple coup de téléphone, il pouvait faire de sa vie un paradis ou un enfer.

Plaquant un sourire obséquieux sur ses lèvres, Oleg s'inclina respectueusement devant le patriarche.

— *Privets, Otets*, lui dit-il.

Nikolai observa le visage tuméfié d'Oleg et fronça imperceptiblement les sourcils.

— Mieux vaut nous exprimer en anglais, déclara-t-il. Je ne tiens pas à attirer l'attention sur nous.

— Très bien, acquiesça Oleg, un peu penaud. Est-ce que nous attendons quelqu'un d'autre ?

Il s'attendait à ce que Nikolai voyage avec un ou deux gardes du corps, peut-être même avec un secrétaire particulier.

— Non, répondit Nikolai, à sa grande surprise. Je dois retrouver mon équipe à Denver. Nous sommes tous venus par des moyens de transport différents.

Oleg hocha la tête, songeant que la discrétion était capitale pour un homme aussi recherché que Nikolai.

— Je pensais que Serge serait ici, en revanche, ajouta Nikolai. Comment se fait-il qu'il ne soit pas venu accueilli son grand-oncle ?

Ce n'était pas la façon dont Oleg avait prévu d'aborder le sujet. Mais, puisque Nikolai lui avait posé la question, il n'avait d'autre choix que d'y répondre. Il ne servirait à rien de tourner autour du pot.

— Il s'est passé beaucoup de choses depuis que je vous ai parlé au téléphone, ce matin, soupira Oleg.

— On dirait bien, en effet, acquiesça Nikolai en désignant son visage tuméfié. Je t'écoute.

Oleg sentit ses entrailles se nouer sous l'effet de la terreur. Il avait parfaitement conscience du risque qu'il courait en mentant à cet homme. L'espace d'un instant, il fut tenté de tout lui raconter et de s'en remettre à sa mansuétude. Mais il maîtrisa aussitôt cette impulsion suicidaire : Nikolai Mateev n'en était certainement pas arrivé là où il en était aujourd'hui en se montrant compréhensif et tolérant envers ses subordonnés. S'il estimait qu'Oleg avait failli, il le ferait assassiner sans la moindre hésitation.

— Il semble bien que Serge ait détourné de l'argent, déclara-t-il. Beaucoup d'argent...

Nikolai le considéra d'un air suspicieux.

— Pourquoi aurait-il fait une chose pareille ? Il sait qu'il n'a qu'à me demander de l'argent, s'il en a besoin.

— Je ne pense pas que c'était par simple cupidité, répondit Oleg. Apparemment, Serge était en train de constituer son propre réseau de trafiquants. Je pense qu'il avait l'intention de monter son propre cartel.

— C'est absurde, objecta Nikolai. C'est lui qui doit hériter du cartel, lorsque je déciderai de me retirer.

Oleg le considéra avec stupeur. Jamais il n'aurait imaginé une chose pareille. Serge n'avait jamais eu la carrure pour diriger une telle organisation. Et Oleg se demanda si Roman n'avait pas rendu service au cartel en le tuant.

— Est-ce que Serge était au courant ? demanda Oleg.

La question parut troubler Nikolai.

— Non, reconnut-il. Je comptais lui en parler bientôt.

Un profond soulagement envahit Oleg.

— S'il avait su..., soupira-t-il en secouant la tête d'un air tragique.

— Que s'est-il passé ? s'enquit Nikolai d'un ton glacial.

— Hier soir, j'ai découvert un micro dans mon bureau, expliqua Oleg. Il avait été placé là par un de mes employés, un barman que j'avais embauché, il y a quelque temps. J'ai demandé à Anton de l'interroger et il a réussi à le faire parler ce matin. Il nous a avoué que c'était Serge qui l'avait chargé de placer le micro. C'était un modèle très perfectionné, le genre d'appareil qu'utilise la police pour les écoutes. J'ai donc cru que les flics avaient trouvé un moyen de faire pression sur votre neveu et qu'ils l'avaient obligé à coopérer avec eux. Mais, lorsque j'ai voulu en discuter avec lui, il a tiré sur Anton, m'a roué de coups et a essayé de me noyer dans une rivière...

— Mais tu es toujours vivant.

— J'ai été obligé de me défendre, murmura Oleg.

— Tu as tué mon neveu ? s'exclama Nikolai.

— Il ne m'a pas laissé le choix...

Oleg savait que c'était sur ce mensonge que reposait toute la crédibilité de son témoignage. En reconnaissant avoir tué Serge, il encourait en effet la colère de Mateev. Mais le fait même qu'il ait osé lâcher un tel aveu sous-entendait que tout le reste de son histoire était vrai.

Il ne lui restait évidemment plus qu'à espérer que Nikolai faisait passer l'intérêt du cartel avant les liens du sang...

— Est-ce qu'Anton peut en témoigner ? demanda-t-il.

— Anton est mort, soupira Oleg.

— Tu as toujours ce micro ?

Oleg hocha sobrement la tête.

— Et les comptes sur lesquels Serge avait détourné l'argent ?

— Je les ai tous identifiés, répondit Oleg. Et, la bonne nouvelle, c'est que je devrais pouvoir récupérer l'ensemble des sommes...

En réalité, tous les comptes en question étaient détenus par des sociétés-écrans appartenant à des hommes qui n'existaient pas. Il avait suffi de quelques manipulations informatiques pour les rattacher à Serge plutôt qu'à lui-même. Et il lui serait tout aussi facile d'en récupérer la propriété par la suite...

— Je suis vraiment désolé, murmura Oleg d'un ton empli de sympathie.

— Pas autant que moi, répondit Nikolai.

Il secoua tristement la tête.

— Voilà qui me servira de leçon, dit-il. Serge n'était pas de mon sang. Il appartenait à la famille de ma femme. Mais j'ai pensé qu'en apprenant auprès des meilleurs il serait un jour capable de reprendre les rênes. On dirait que je me suis lourdement trompé...

— Je suis flatté que vous me considériez comme l'un de vos meilleurs éléments, *Otets*, répondit Oleg.

— J'ai toujours pensé que tu irais très loin, répondit Nikolai. Tu viens d'une excellente famille et ta grand-mère t'a bien élevé. J'espère que tu te montreras toujours digne d'elle.

— Je l'espère aussi, acquiesça modestement Oleg.

Intérieurement, il exultait. Non seulement Nikolai ne l'avait pas condamné, mais il venait même de lui laisser entendre qu'il ne tarderait pas à prendre du galon. Qui sait ? Nikolai le choisirait peut-être un jour comme héritier. Il était convaincu d'être bien plus à même que Serge de relever un tel défi.

Alors qu'il approchait de La Proue, Roman aperçut la Mini de Madelyn garée dans l'une des allées situées derrière le pub. Jusqu'à présent, ses intuitions s'étaient révélées fiables : Oleg était bien en vie, il avait bien capturé Madelyn et l'avait bien ramenée à son quartier général.

Restait à savoir si elle était toujours vivante, comme il l'espérait. La seule idée qu'il puisse en être autrement lui donnait la nausée. Une fois de plus, il se reprocha de ne pas être demeuré à ses côtés.

Lorsqu'elle l'avait éconduit, il aurait dû rester devant chez elle pour la surveiller. Mais, au lieu de cela, il s'était senti blessé par la façon dont elle l'avait repoussé et avait préféré rejoindre son équipe qui courait après un fantôme.

Il se gara non loin de la Mini et glissa l'arme de Jackson sous sa ceinture. S'approchant prudemment du pub, il constata qu'il était fermé. Une affichette indiquait qu'il le resterait pendant toute la journée. Par acquit de conscience, il essaya la poignée, mais la porte était verrouillée.

Il contourna donc l'établissement pour gagner l'entrée secrète qui permettait de rejoindre directement la cave.

Roman avait toujours les clés de Serge et il déverrouilla la porte avant de descendre l'escalier. Une fois en bas, il put constater qu'Oleg n'avait pas eu le temps de changer le code de la porte métallique.

Sortant son arme, il poussa légèrement le battant et constata que la lumière de la cave était éteinte. Tendant l'oreille, il guetta le moindre bruit qui aurait pu trahir la présence de Madelyn et d'Oleg.

L'espace d'un instant, un souvenir envahit son esprit, le submergeant totalement.

Il se revit sur le seuil d'une grotte afghane...

Parfaitement immobile, le cœur battant, il tendait l'oreille, guettant le moindre bruit qui aurait pu trahir la présence des terroristes ou des soldats qu'ils avaient pris en otage...

La mission était simple : exfiltrer les prisonniers et éliminer tous ceux qui tenteraient de s'interposer. Roman était en pointe, comme d'habitude. Il avait déjà éliminé les sentinelles qui surveillaient les abords de la grotte et fit signe à son escouade de le rejoindre.

Tous avaient équipé leurs fusils-mitrailleurs de baïonnettes. Ils savaient en effet qu'en de telles circonstances le moindre coup de feu risquait d'attirer l'attention de tous les soldats ennemis.

Ils pénétrèrent dans le complexe et tombèrent sur quatre hommes qui étaient installés autour d'un feu de camp et buvaient le thé en discutant. Ils n'eurent même pas le temps de mettre la main sur leurs armes ou d'appeler à l'aide.

L'escouade continua à progresser et ne tarda pas à atteindre une porte métallique munie d'un guichet. Roman le repoussa légèrement et jeta un coup d'œil à l'intérieur avant de lever le pouce.

Pendant que les autres se positionnaient de façon à pouvoir couvrir leur retraite, Roman crocheta la serrure et pénétra dans la petite pièce où les prisonniers américains étaient entassés. Il leur fit signe de garder le silence et commença à les faire sortir un par un.

Tandis que l'exfiltration s'organisait, Roman partit en éclaireur dans le tunnel. Quelques dizaines de mètres plus loin, il découvrit une autre salle dans laquelle des soldats ennemis étaient réunis autour d'un ordinateur. Il comprenait suffisamment le pachto pour saisir qu'ils étaient en train de mettre en place un site sur lequel ils diffuseraient en direct l'exécution de leurs prisonniers.

Des cris se firent alors entendre derrière lui. Par la suite, il apprendrait que l'un des soldats américains en proie à la fièvre s'était brusquement mis à hurler lorsqu'on l'avait déplacé, croyant que les talibans étaient venus le chercher pour l'exécuter.

Aussitôt, les soldats réunis autour de l'ordinateur se saisirent de leurs armes et se précipitèrent dans le couloir, où ils tombèrent nez à nez avec Roman. Ce dernier ouvrit le feu avant de décrocher.

Mais ses adversaires étaient rapidement revenus de leur surprise et ils contre-attaquèrent. Une douleur atroce lui transperça la jambe, manquant le faire tomber. Mais il savait que, s'il s'effondrait, il n'aurait aucune chance de quitter cette grotte vivant.

Souffrant le martyre, il continua à courir jusqu'à ses hommes qui étaient embusqués un peu plus loin dans le couloir. Il s'effondra au milieu d'eux tandis que les tunnels commençaient à résonner du crépitement sec des armes automatiques...

Roman prit une profonde inspiration et se força à repousser les images qui continuaient d'affluer en lui. Il n'était plus en Afghanistan mais à Boulder. Et, cette fois-ci, ce n'était pas de simples compatriotes qu'il était venu sauver, mais la femme qu'il aimait.

Car il ne servait à rien de se mentir à ce sujet. Il était bel et bien tombé amoureux de Madelyn. Dans le cas contraire, il n'aurait pas éprouvé la terreur glaciale qui l'habitait en cet instant même.

Or il savait que, s'il voulait vraiment lui venir en aide, il allait devoir regarder cette peur en face. N'était-ce pas ce qu'il lui avait enseigné, ce matin même ?

Mais il était désormais convaincu que, dans cette lutte contre lui-même, ses sentiments pour Madelyn lui donneraient la force d'affronter les démons surgis de son propre passé.

Lorsque Madelyn était revenue à elle, elle avait constaté que la pièce dans laquelle elle se trouvait était à présent plongée dans l'obscurité. Quant à Oleg, il avait disparu. Elle avait aussitôt décidé de profiter de ce répit pour tenter de s'échapper.

Ses mains étaient toujours attachées derrière son dos mais, en tâtonnant du bout des doigts, elle avait repéré l'aspérité formée par une vis métallique, non loin de sa main droite. En se penchant et en ramenant son épaule en arrière au prix d'une souffrance lancinante, elle avait commencé à frotter sa menotte en plastique contre cette vis.

C'était un travail de longue haleine et particulièrement douloureux, mais il avait au moins le mérite de lui redonner un peu espoir. Et tandis que la vis sciait lentement la courroie, entaillant au passage la chair de ses poignets, elle s'efforçait de ne pas penser au fait que la porte du bureau devait être fermée à clé.

Même si elle parvenait à se défaire de ses liens, elle se trouverait toujours enfermée. Mais elle refusait de demeurer passive, de se résigner. Elle se battrait tant qu'elle en aurait la force. Mieux valait mourir sous les balles d'Oleg que se laisser torturer et humilier.

Elle s'acharna donc, se mordant la lèvre inférieure pour ne pas crier chaque fois que la vis lacérait sa peau. Curieusement, ce fut son propre sang qui, en rendant sa main glissante, lui permit de l'arracher à la menotte bien avant que celle-ci ne cède.

Il ne lui restait plus qu'à trouver comment se débarrasser de la seconde menotte. Mais, comme elle s'apprêtait à se lever de sa chaise, la poignée de la porte se mit à bouger, comme si quelqu'un cherchait à l'ouvrir discrètement.

Le cœur battant à tout rompre, Madelyn s'immobilisa. Si elle faisait semblant d'être toujours attachée, elle pourrait peut-être prendre son adversaire par surprise. Elle se rappelait confusément les instructions que quelqu'un lui avait données un jour.

« N'hésitez pas... Visez les parties les plus sensibles... Parties génitales, larynx, yeux, nez... Tout le corps doit être engagé... »

Fermant les yeux, feignant l'inconscience, elle se prépara à passer à l'attaque. Quelques instants plus tard, elle entendit la porte s'ouvrir et, à travers ses paupières, vit la lumière s'allumer. Son cœur se mit à battre la chamade.

— Madelyn ! s'exclama alors une voix familière. Madelyn, est-ce que tu m'entends ?

C'était la voix qui lui avait donné ce cours d'autodéfense. Une voix qu'elle avait entendue en d'autres circonstances, aussi. Elle se rappelait la façon dont elle avait murmuré son nom alors qu'ils faisaient l'amour. Elle se souvenait aussi du fait qu'elle avait éprouvé des sentiments très forts envers lui.

Était-ce encore le cas ? Pouvait-elle lui faire confiance ? Elle fouilla désespérément son esprit, cherchant un souvenir auquel elle aurait pu se raccrocher.

Le nouveau venu s'était approché d'elle et elle le sentit se pencher et caresser tendrement sa joue.

— Madelyn, appela-t-il encore. Réveille-toi...

Elle ne pouvait indéfiniment faire semblant d'être évanouie. Aussi se résigna-t-elle à ouvrir les yeux. Le visage de l'homme était juste au-dessus du sien et, lorsque son regard plongea dans ses magnifiques yeux verts, un violent frisson la parcourut de la tête aux pieds.

— Roman, murmura-t-elle d'une voix étranglée tandis que resurgissait dans son esprit le souvenir de tout ce qui s'était passé au cours de ces deux derniers jours.

De toute sa vie, Roman n'avait jamais éprouvé une sensation telle de joie et de soulagement mêlés. Elle lui fit rétrospectivement prendre conscience de l'intensité de l'angoisse qu'il avait ressentie.

Il ignorait comment il aurait réagi s'il avait découvert le corps de Madelyn dans cette cave. Sans doute aurait-il commencé par retrouver Oleg et par le tuer de ses propres mains, au mépris de tous les engagements qu'il avait pris en entrant à Rocky Mountain Justice.

Mais, une fois assouvi ce besoin de vengeance, comment aurait-il pu se remettre d'un tel choc ? Comment aurait-il pu vivre avec la culpabilité qui ne le quittait plus depuis qu'il avait constaté sa disparition ?

Mieux valait sans doute ne pas y penser. Elle était bien vivante et c'était tout ce qui importait, pour le moment. Il aurait voulu la serrer dans ses bras et la couvrir de baisers, mais jugea préférable de garder ses distances. Après tout, Oleg pouvait rentrer d'un moment à l'autre.

— Comment m'as-tu retrouvée ? lui demanda-t-elle.

— Ian m'a dit que ta voiture avait disparu du parking de la station-service, expliqua-t-il. J'ai pensé que c'était peut-être Oleg qui l'avait volée. Alors je suis retourné chez toi. Mais tu n'étais déjà plus là.

— Alors tu es venu ici...

— Pas directement, avoua-t-il. Je sais que cela ne va pas te plaire, mais j'ai crocheté ta porte et piraté ta tablette pour savoir où tu étais partie.

— Tu viens de me sauver la vie une fois de plus. J'aurais mauvaise grâce de te faire des reproches... Tu as dû trouver les messages d'Ava, en tout cas.

— Oui, soupira Roman.

— Elle m'a vendue pour de la drogue, tu sais, ajouta-t-elle d'une voix douloureuse.

— Je sais, acquiesça-t-il. Je suis vraiment désolé, Madelyn.

Il ne parvenait même pas à imaginer ce qu'une telle déloyauté avait bien pu lui inspirer. Il ne connaissait pas Madelyn depuis très longtemps, mais il savait déjà combien elle aimait sa sœur et combien elle avait souffert de la façon dont celle-ci l'avait exclue de sa vie.

Il imaginait sans peine la joie qu'elle avait dû ressentir en découvrant ses messages. Et il en voulait énormément à Ava de l'avoir trahie de cette façon.

Madelyn essuya les larmes qui se formaient au coin de ses yeux, maculant de sang son visage tuméfié.

— Que t'est-il arrivé ? lui demanda-t-il. Que t'a fait Oleg ?

— Nous nous sommes battus, lui dit-elle. Grâce à ce que tu m'as appris, j'aurais pu m'enfuir, mais je ne voulais pas abandonner Ava.

Roman serra les dents, préférant ne pas lui dire ce qu'il pensait de sa sœur.

— Oleg m'a assommée. Il m'a amenée ici et m'a attachée sur cette chaise pour m'interroger.

— Que voulait-il savoir ?

— Où tu étais et pour qui tu travaillais. Malheureusement pour lui, j'aurais été bien incapable de le lui dire, même si je l'avais voulu.

— Que veux-tu dire ?

— Il n'a pas dû y aller de main morte lorsqu'il m'a frappée, à l'université. Lorsque j'ai rouvert les yeux, je ne me rappelais plus ce qui s'était passé au cours des deux ou trois derniers jours.

— On dirait que la mémoire t'est revenue depuis, indiqua Roman.

— Quand j'ai vu ton visage, tout m'est revenu d'un coup.

— Tant mieux, lui dit-il. Je n'aurais pas voulu que tu m'oublies complètement.

Madelyn lui décocha un pâle sourire.

— Ce serait impossible, lui dit-elle.

Il lui rendit son sourire, résistant une fois de plus à l'envie qu'il avait de l'embrasser.

— Sais-tu où est passé Oleg ?

— Non. Il a reçu un coup de téléphone et il m'a de nouveau assommée. Depuis que j'ai repris connaissance, j'ai réussi à libérer une de mes mains, mais l'autre est toujours attachée.

Roman fouilla ses poches avant de pousser un juron.

— Pour une fois que j'ai besoin d'un couteau, j'ai oublié le mien. Il doit bien y avoir des ciseaux ou un coupe-papier dans le coin...

Il fouilla rapidement le bureau d'Oleg, mais ne trouva rien de tel.

— Je reviens tout de suite, lui dit-il.

— Je ne bouge pas, trouva-t-elle la force de plaisanter.

Cette fois, il ne put résister à la tentation d'effleurer ses lèvres d'un baiser. Le fait que ses sentiments ne soient pas payés de retour ne changeait strictement rien à ce que Roman éprouvait. Il aimait Madelyn. C'était aussi simple que cela.

Quittant le bureau, il alla ouvrir la porte de la réserve et chercha le cutter dont il se servait d'ordinaire pour ouvrir les cartons. Alors même qu'il venait de l'apercevoir, à demi dissimulé sous un paquet de chips, il crut entendre un bruit à l'étage supérieur.

Le cœur battant à tout rompre, il se figea et tendit l'oreille. Cette fois, aucun doute n'était permis : quelqu'un marchait au rez-de-chaussée. Il se demanda s'il s'agissait d'Oleg, d'Anton ou de policiers envoyés par Jackson.

Mieux valait ne courir aucun risque et faire sortir Madelyn avant que qui que ce soit ne s'avise de descendre à la cave. Sur la pointe des pieds, il retourna donc auprès de la jeune femme et sectionna la deuxième menotte.

— Pas de bruit, surtout, murmura-t-il. Il y a quelqu'un là-haut.

Madelyn hocha la tête. Elle se leva et vacilla sur elle-même. Roman la prit aussitôt par la taille pour l'aider à conserver son équilibre.

— Fourmis, chuchota-t-elle en pliant et dépliant les jambes l'une après l'autre. C'est bon, ajouta-t-elle.

— Bien, dans ce cas, je vais te faire sortir.

— Et toi ? souffla-t-elle.

— Je vais aller jeter un coup d'œil là-haut. Si c'est Oleg qui est revenu, j'ai bien l'intention de l'arrêter. Toi, passe par la porte de derrière. Le code n'a pas changé : c'est 6112.

— Il n'est pas question que je parte sans toi, déclara Madelyn d'un ton qu'il ne connaissait que trop bien.

L'expression résolue qui se peignait sur son beau visage ne lui disait rien de bon.

— Je ne pourrai pas faire ce que j'ai à faire si tu n'es pas en sécurité, insista-t-il.

— Je suis toujours en sécurité lorsque tu es avec moi, répondit-elle avec une foi qui lui alla droit au cœur. J'ai tout autant envie que toi de capturer Zavalov, tu sais. Il a essayé de me tuer, il m'a kidnappée, tabassée et assommée. Il a poussé ma sœur à me trahir. Il est temps que je contre-attaque. C'est toi-même qui l'as dit, Roman : il y a un moment où il faut savoir affronter sa peur.

Roman se maudit intérieurement. Sans doute aurait-il mieux fait de se taire, ce matin-là.

— D'accord, soupira-t-il, vaincu une fois de plus par l'entêtement de la femme qu'il aimait. Mais tu dois me promettre que, si je te demande de fuir, tu le feras.

— C'est promis, répondit-elle.

Elle lui prit le cutter des mains, replia la lame et le glissa dans la poche arrière de son jean.

Il l'attrapa par la main et tous deux sortirent du bureau. Ils se dirigèrent alors vers l'escalier qu'ils gravirent en silence. La lumière du bureau n'éclairait que le bas des marches et ils se retrouvèrent bientôt plongés dans une obscurité presque totale. Mais Roman connaissait parfaitement les lieux et les guida jusqu'à la porte qui donnait sur la salle du bar.

Pressant l'oreille contre le battant, il entendit deux hommes qui discutaient. L'un d'eux avait un accent russe très marqué et Roman se demanda avec un mélange d'excitation et d'inquiétude s'il ne pouvait pas s'agir de Nikolai Mateev, qu'Oleg attendait aujourd'hui même.

— Ils sont deux, indiqua-t-il à Madelyn.

— Nous aussi, lui dit-elle. Et nous aurons l'avantage de la surprise. Nous pouvons y arriver, Roman.

Il hésita un instant puis comprit qu'il ne pouvait espérer la raisonner. Madelyn était bien trop courageuse et trop têtue pour prendre la fuite.

— D'accord, lui dit-il. Je compte jusqu'à trois...

À la demande de Mateev, Oleg était allé chercher sa meilleure bouteille de vodka et avait rempli leurs verres. Ils avaient trinqué successivement à leurs familles respectives, à la mémoire d'Anton, aux bénéfices qu'ils avaient faits et à ceux qu'ils feraient demain...

En l'espace de quelques minutes, ils avaient ingéré près de la moitié de la bouteille et Oleg n'était pas certain qu'il pourrait tenir un tel rythme encore très longtemps. Nikolai, quant à lui, paraissait ne ressentir aucun effet secondaire. Il avalait chaque verre cul sec avec autant de facilité que s'ils avaient été remplis d'eau.

Pendant tout ce temps, il n'avait pas lâché le sac de sport qui était posé sur ses genoux et Oleg se demandait avec curiosité ce qu'il pouvait bien contenir de si précieux. De la drogue ? Des billets ? Des diamants ?

— Sers-nous encore un verre, ordonna le patriarche.

Oleg savait qu'il n'avait guère le choix que de poursuivre cette beuverie tant que l'autre souhaiterait continuer. Mais il espérait sincèrement que Nikolai se contenterait d'une seule bouteille. Dans le cas contraire, Oleg risquait de connaître un lendemain très difficile.

Or il avait besoin d'être en pleine possession de ses moyens s'il voulait faire face au programme qui l'attendait au cours des jours à venir. Il lui faudrait en effet achever les transferts d'argent de Nikolai, interroger Madelyn pour découvrir qui était réellement Roman, se débarrasser des corps de Serge et d'Anton et trouver de nouveaux bras droits dignes de confiance.

Oleg remplit leurs verres et attendit que Nikolai porte un nouveau toast.

— Buvons à la confiance qui est la clé de voûte de la *bratva*, déclara le patriarche.

— À la confiance, répéta Oleg en levant son verre.

Mais il lui échappa des mains et alla rouler sur la table avant de s'écraser au sol. Surpris, Nikolai se retourna vers l'homme qui venait de pénétrer dans la pièce et les tenait en joue.

— Qui est-ce ? demanda-t-il sans paraître particulièrement effrayé ou déconcerté.

— C'est Roman, répondit Oleg. L'homme dont je vous ai parlé. C'est lui qui a placé le micro dans mon bureau.

— Vous travaillez pour Serge ? demanda posément Nikolai.

Roman les considéra tous deux avec une pointe d'étonnement.

— Je travaille pour Rocky Mountain Justice et vous êtes tous deux en état d'arrestation, déclara-t-il enfin.

Nikolai tourna vers Oleg un regard glacial.

— On dirait que tu m'as menti, Oleg, lâcha-t-il d'une voix glacée. Serge n'a jamais essayé de me voler, n'est-ce pas ? Je suppose que c'est toi qui comptais le faire, *predatel'skaya negodyay* !

— Je ne suis pas un traître ! protesta vivement Oleg.

— Tu as tué mon neveu !

— C'est lui qui l'a tué, répondit Oleg en désignant Roman. Dis-le-lui ! ajouta-t-il à l'intention de ce dernier.

Roman se contenta de hausser les épaules. Il était clair qu'il prenait un malin plaisir à observer ses ennemis s'entre-déchirer.

— *Predatel'skaya negodyay !* répéta Nikolai d'une voix pleine de mépris. Je vais te tuer.

— Personne ne va tuer personne, intervint Roman. Allonge-toi sur le sol, Mateev, et mets tes mains derrière ta nuque.

Sans quitter Oleg des yeux, le patriarche se leva de table, s'agenouilla lentement et s'allongea sur le sol.

— Madelyn ! appela Roman.

Oleg vit la jeune femme sortir de l'ombre derrière lui. Il jura intérieurement, comprenant qu'elle lui avait menti. Roman n'avait jamais quitté la ville : il était probablement demeuré embusqué à proximité du pub, attendant une occasion de s'introduire à l'intérieur pour délivrer sa petite amie.

— Il y a un téléphone derrière le bar, indiqua son ancien barman. J'aimerais que tu passes un coup de fil pour moi.

Madelyn hocha la tête et se dirigea vers le bar. Oleg comprit qu'il devait faire quelque chose. Visiblement, Roman était venu seul et n'avait pas contacté ses amis de RMJ, de la police ou du FBI. Mais, si Madelyn parvenait à passer ce coup de téléphone, Nikolai et lui risquaient de se retrouver très vite derrière les barreaux...

Décidant de tenter le tout pour le tout, il attendit qu'elle passe à sa hauteur avant de se jeter sur elle. Un coup de feu retentit dans le pub mais, à sa grande surprise, Oleg ne ressentit aucune douleur. Ses bras se refermèrent alors sur Madelyn et il se déplaça de façon qu'elle se retrouve entre Roman et lui.

Il passa alors un bras autour de sa gorge.

— Pose ton arme, Roman, ordonna-t-il.

— Lâche-la ! répliqua ce dernier.

L'étreinte d'Oleg se resserra autour du cou de la jeune femme, qui ne respirait plus qu'avec difficulté.

— Nous savons tous deux que tu ne tireras pas, déclara Oleg. Tu risquerais de tuer ta petite copine.

Comme il prononçait ces mots, celle-ci pivota sur elle-même de façon que sa gorge se retrouvât face au creux de son coude. Reconnaissant la manœuvre, Oleg raffermit sa prise avant qu'elle ait le temps de se laisser tomber par terre.

— Pas de ça, ma jolie, lui dit-il. Roman, pose ton arme ou je lui brise le cou. Je suis désolé d'en arriver là, Madelyn, ajouta-t-il. Mais vous semblez être la seule chose à laquelle Roman tienne vraiment.

— D'accord, Oleg, s'exclama ce dernier d'un ton conciliant. Je vais poser mon arme.

Oleg l'observait attentivement. Mais alors qu'il se penchait, pour déposer son revolver, une intense douleur déchira le bras d'Oleg ! Avant même qu'il ait compris quelle en était la cause, Madelyn se laissa tomber à genoux et se rua en direction de Roman.

Baissant les yeux, Oleg constata qu'un cutter était planté dans son avant-bras qui saignait abondamment.

Mais, pendant cette brève confrontation qui avait monopolisé l'attention de ses trois protagonistes, Nikolai Mateev n'était pas demeuré inactif. De son sac de sport, il avait sorti un pistolet-mitrailleur équipé d'un chargeur trafiqué qui devait contenir une centaine de balles.

Il se redressa, brandissant cette arme redoutable.

— Combien d'argent liquide as-tu récupéré pour le moment ? demanda-t-il à Oleg.

— Un peu plus de deux millions de dollars en coupures de cinq cents euros, répondit-il. Ils sont dans le coffre, derrière le bar.

Il arracha le cutter, serrant les dents pour ne pas crier, et noua une serviette autour de son avant-bras pour étancher le saignement.

— J'aurai aussi besoin d'une voiture, déclara Nikolai.

Oleg sortit les clés de la voiture volée, qui se trouvaient dans sa poche.

— Bien, approuva le patriarche. Tu n'es peut-être pas complètement inutile, en fin de compte.

Il se tourna vers Madelyn et lui tendit son sac de sport.

— Jeune fille, lui dit-il, allez récupérer mon argent, je vous prie.

Madelyn jeta un regard interrogatif en direction de Roman, dont l'arme était braquée sur Nikolai. Il hocha imperceptiblement la tête. Elle saisit le sac et se dirigea de nouveau vers le bar en prenant soin, cette fois, de passer largement à l'écart d'Oleg.

— Le coffre est derrière les bouteilles qui se trouvent tout en bas, indiqua ce dernier.

Elle écarta les bouteilles et il lui dicta la combinaison. Madelyn commença alors à sortir les piles de billets qui se trouvaient dans le coffre et à les entasser dans le sac de sport.

Lorsqu'elle eut terminé, Oleg songea que la situation avait atteint un point d'équilibre temporaire. Nikolai et Roman avaient les armes, Madelyn l'argent et lui le moyen de transport. Mais son instinct lui soufflait que cela n'allait pas durer.

— Apportez-moi l'argent, mademoiselle, ordonna Nikolai sans cesser de tenir Roman en joue.

Elle ramassa le sac rempli de billets et contourna lentement le bar pour se diriger vers le patriarche. Lorsqu'elle le rejoignit, elle leva le sac comme pour le lui tendre mais, au lieu de cela, elle le projeta violemment dans sa direction.

Ce geste suffit à détourner l'attention du Russe l'espace d'une seconde, et elle en profita pour se jeter sur lui. Médusé, Oleg la vit lui arracher le pistolet-mitrailleur des mains avec une agilité diabolique. Ses mouvements s'étaient enchaînés avec une fluidité et une vitesse qui semblaient révéler une longue pratique de l'autodéfense.

Il ne fallut que quelques instants à Nikolai pour comprendre que le rapport de force venait de basculer. Il se pencha pour ramasser précipitamment le sac de sport avant de s'élancer vers la sortie. C'était un pari risqué : Madelyn aurait eu en effet tout le temps de lui tirer dessus. Pourtant, elle n'en fit rien.

— Maddie ! lui cria alors Roman. Écarte-toi.

Elle lui obéit, libérant sa ligne de mire.

— Mateev, arrêtez-vous ou je tire ! cria Roman.

Le patriarche ne tint aucun compte de l'avertissement. Comprenant que Roman allait tirer, Oleg se précipita en avant. Il entendit claquer le coup de feu, suivi par un cri déchirant. Il mit quelques secondes à comprendre que c'était lui-même qui venait de le pousser.

La douleur éclata alors dans sa poitrine, à l'endroit précis où Madelyn avait failli le toucher, le matin même. L'ironie de la chose lui arracha un fou rire qui se perdit dans un gargouillis. Le sang avait déjà envahi sa bouche.

Oleg ne sentit pas le choc de son corps contre le plancher. Il demeura étendu au beau milieu du pub tandis que Roman se ruait vers la porte à la suite de Nikolai. Les yeux rivés sur le plafond qui se brouillait rapidement, Oleg Zavalov se demanda à quel moment il avait commis l'erreur qui l'avait conduit à cet instant précis de son existence.

11

— Appelle la police ! eut tout juste le temps de crier Roman à Madelyn.

Il émergea du pub en courant, juste à temps pour voir Mateev s'engouffrer dans une grosse berline garée de l'autre côté de la rue.

— Arrêtez-vous ! cria-t-il.

Nikolai l'ignora une fois de plus et lança le moteur. Levant son arme, Roman tira, faisant exploser la vitre du côté passager. La voiture démarra en trombe et Roman pivota pour tirer de nouveau. Cette fois, ce fut le pare-brise arrière qui vola en éclats.

— Lâchez votre arme ! cria une voix sur sa gauche.

Roman jeta un coup d'œil dans cette direction et constata que deux policiers le tenaient en joue. Sachant que les apparences ne jouaient pas précisément en sa faveur, il laissa tomber son revolver.

— À genoux, les mains sur la tête, ordonna encore le policier.

Il s'exécuta.

— C'est Jackson qui vous envoie ? demanda-t-il.

Les deux policiers échangèrent un regard étonné.

— Je suis Roman, ajouta-t-il. Il a dû vous parler de moi…

À cet instant, Madelyn sortit du pub à son tour.

— J'ai prévenu la police ! s'exclama-t-elle.

Elle s'interrompit en découvrant Roman à genoux devant les policiers.

— Mais qu'est-ce que vous faites ? leur demanda-t-elle. Il est de votre côté ! Où est Mateev ?

— Loin d'ici, à l'heure qu'il est, soupira Roman.

— Mateev ? répéta l'un des policiers. C'était Nikolai Mateev, dans la voiture ?

— Oui, répondit Roman d'un ton lugubre. Et vous lui avez permis de prendre le large.

Quelques minutes plus tard, quatre voitures de police et deux ambulances débouchèrent en hurlant dans la rue. Tandis que les secouristes évacuaient Oleg Zavalov en direction de l'hôpital le plus proche et que Madelyn se faisait soigner, Roman entreprit de répondre aussi précisément que possible aux questions des enquêteurs.

Dès qu'il eut terminé, il rejoignit la jeune femme auprès de l'ambulance.

— Comment te sens-tu ? lui demanda-t-il.

— Cabossée, répondit-elle en souriant. Mais je survivrai.

— Au moins, tu n'auras plus rien à craindre d'Oleg, maintenant.

— Est-ce qu'il est mort ?

— Non. Ce salopard a la peau dure. C'est la deuxième fois qu'il survit à une blessure par balle en une seule journée. Par contre, il risque de passer un certain temps en prison.

— Et Mateev ?

— Toutes les forces de police de la région sont à sa recherche. On a déjà retrouvé la voiture avec laquelle il s'est enfui. Il l'a abandonnée en centre-ville.

— Si j'ai bien compris, elle n'était plus très discrète.

— Je regrette seulement de ne pas avoir visé les roues plutôt, soupira Roman.

Ils virent alors approcher Ian Wallace, qui venait d'arriver sur les lieux.

— Ton instinct s'est révélé plus sûr que le mien, on dirait, lança-t-il à Roman. Nous avons fait chou blanc à Colorado Springs. Le pauvre type que la caméra avait identifié comme étant Mateev était un pasteur du Massachusetts qui a eu la peur de sa vie en nous voyant débarquer dans sa chambre d'hôtel...

— D'après les policiers, Mateev avait pris le bus. Ils ont retrouvé son ticket à l'intérieur.

— Il a dû tomber de son sac quand je lui ai pris son pistolet-mitrailleur, acquiesça Madelyn.

Ian la considéra d'un air incrédule.

— J'ai été à bonne école, précisa-t-elle en posant doucement sa main sur l'épaule de Roman.

— Je n'y croyais pas moi-même, avoua ce dernier. Elle a fait ça avec une parfaite décontraction.

— Au cas où vous décideriez de renoncer à la médecine, je vous embaucherais avec plaisir au sein de RMJ, déclara Ian.

— Non merci, répondit-elle en riant. Je crois que j'ai eu mon content d'émotions fortes pour quelques années au moins.

— Quoi qu'il en soit, Mateev n'a pas perdu que son ticket de bus, déclara Ian en sortant un sachet en plastique dans lequel se trouvaient trois petits flacons de médicaments. Je vais faire analyser le contenu, bien sûr. Mais, s'il s'agit bien de ce qui est marqué sur l'étiquette, pouvez-vous me dire ce dont il s'agit, doc ?

Madelyn prit le sachet et observa tour à tour les flacons.

— Celui-ci permet de lutter contre la nausée, expliqua-t-elle. Quant aux deux autres, il s'agit de produits permettant de stimuler le système immunitaire. A priori, c'est le genre de cocktail que l'on prescrirait à un patient en chimiothérapie.

— Nikolai Mateev aurait donc un cancer ? murmura Ian, pensif.

— Cela justifierait le fait qu'il s'intéresse brusquement à ses héritiers putatifs, intervint Roman.

— Cela pourrait aussi expliquer sa présence aux États-Unis, ajouta Madelyn. Le pays compte de nombreuses cliniques spécialisées en cancérologie. Certaines mettent en place des protocoles qui ne sont pas disponibles dans d'autres pays...

— Si Mateev se fait soigner ici, nous pourrions commencer par recenser les cliniques qui ont récemment prescrit ces médicaments, suggéra Roman.

— Excellente idée, approuva Ian.

— Ce genre d'informations est protégé par le secret médical, objecta Madelyn.

— C'est pour cette raison que la police fait parfois appel à nos services, répliqua Ian en lui décochant un clin d'œil.

— Il plaisante ? demanda-t-elle à Roman.

Ce dernier secoua la tête. La jeune femme leva les yeux au ciel.

— Comment va Oleg ? demanda Roman. Est-ce que nous pourrons en tirer quelque chose ?

— Les médecins refusent de se prononcer pour le moment. L'un des poumons s'est affaissé et il a fait une hémorragie interne.

— Il s'est jeté sur la trajectoire de la balle, indiqua Madelyn en fronçant les sourcils. Je n'aurais jamais pensé que quelqu'un comme lui puisse faire un geste aussi désintéressé.

— Les membres de la *bratva* ne sont pas dénués d'un certain sens de l'honneur, expliqua Roman. De plus, Oleg a peut-être estimé que c'était le meilleur moyen d'échapper aux représailles en prison.

Madelyn l'interrogea du regard.

— Un membre de gang ou de mafia qui est considéré comme un traître a une durée de vie limitée en prison s'il ne se débrouille pas pour être placé en quartier de haute sécurité, précisa-t-il.

— Est-ce que ce sera le cas d'Oleg ?

— Tout dépend s'il décide de coopérer avec la police, répondit Roman.

— Dans un cas comme dans l'autre, il devrait passer une bonne partie de son existence derrière les barreaux, déclara Ian. La police a mis la main sur les ordinateurs d'Oleg et il semblerait qu'ils contiennent toute la comptabilité occulte du cartel pour la région. Cela devrait également permettre d'identifier pas mal de dealers...

— À propos de trafic, est-ce qu'on a des nouvelles d'Ava ?

— Je n'ai pas eu le temps de te le dire, mais j'ai chargé un policier de la placer en garde à vue pour complicité de kidnapping.

— Ma sœur n'est pas une criminelle, objecta vivement Madelyn.

— J'avais besoin d'un prétexte pour qu'ils ne la relâchent pas, expliqua Roman. Si tu ne portes pas plainte, elle ne sera pas inquiétée.

— Est-ce que je pourrai la voir ?

— Je vais poser la question, répondit Ian. Mais je ne pense pas que cela crée de problème particulier.

— Merci, lui dit-elle.

— Et Jackson ? s'enquit Roman.

— Il coopère avec les autorités, répondit Ian. Je ne sais pas ce qu'ils décideront à son sujet, en revanche.

— Excusez-moi, intervint l'un des ambulanciers. Nous devons conduire Mlle Thompkins à l'hôpital.

— Ne vous en faites pas pour moi, je vais bien, indiqua Madelyn à Ian et Roman. Mais, après tous les coups que j'ai reçus à la tête, ils doivent me garder en observation pour s'assurer que je ne souffre pas d'une commotion cérébrale.

— Profitez-en pour bien vous reposer, lui dit Ian. Et encore bravo, Madelyn, vous avez été fabuleuse.

— Merci, Ian. À bientôt, j'espère.

Madelyn monta à l'arrière de l'ambulance avec l'un des infirmiers, qui referma la porte derrière eux. Roman demeura immobile, les yeux rivés sur le véhicule de secours qui démarra et s'éloigna rapidement en direction de l'hôpital.

— Roman ? l'interpella Ian. Tu viens ?

Il ne fit pas mine de bouger.

— Quelque chose ne va pas ?

Roman se tourna enfin vers lui, le prenant à témoin.

— Elle ne m'a même pas dit au revoir ! s'exclama-t-il.

Un fin sourire se dessina sur les lèvres de son ami.

— Peut-être ne savait-elle pas comment s'y prendre, suggéra-t-il. Ce que vous avez vécu ensemble au cours des dernières vingt-quatre heures était très intense...

— Justement ! Elle aurait au moins pu me faire la bise ou me serrer dans ses bras !

— Peut-être n'avait-elle pas envie de te dire au revoir du tout...

— Que veux-tu dire ?

— Qu'elle espère peut-être que tu lui rendras visite très vite...

En arrivant à l'hôpital, Madelyn eut la surprise d'apprendre que sa sœur s'y trouvait, elle aussi. Apparemment, elle avait souffert d'une overdose d'héroïne après le départ d'Oleg et de Madelyn.

Madelyn obtint l'autorisation de rendre visite à Ava, qu'elle trouva menottée à son lit d'hôpital. On lui indiqua cependant qu'elle ne pourrait rester que cinq minutes. Lorsqu'elle entra, sa sœur ne lui jeta pas même un regard, continuant à fixer le plafond d'un air parfaitement inexpressif.

Madelyn se rendit compte alors qu'elle ne savait pas trop ce qu'elle était venue lui dire. Elle s'assit donc sur la chaise qui se trouvait dans un coin de la chambre et demeura silencieuse.

— J'imagine que tu es venue m'accabler de reproches, lui dit enfin Ava.

— Non.

— Tu n'es pas en colère contre moi ?

— En colère ? répéta Madelyn. Ce que je ressens va bien au-delà de la colère, Ava.

— Tu es venue me faire la leçon, alors ?

— Est-ce que cela servirait à quelque chose ?

— Sans doute pas, reconnut sa sœur. Alors que fais-tu ici ?

— Je ne sais pas, avoua Madelyn. Je crois que je voulais surtout m'assurer que tu allais bien. Je vais appeler papa et maman et je leur dirai que tu es ici.

— Tu peux aussi leur dire que c'est ton petit ami qui m'a fait arrêter et que le crime dont je suis accusée est une tentative d'enlèvement sur ma sœur. Cela nous donnera de quoi alimenter la conversation, lors de la prochaine fête de famille...

— Je ne compte pas porter plainte, répondit Madelyn. Dès que tu seras remise sur pied, tu seras libre de partir et de retourner te droguer si cela te fait plaisir...

Sur ce, Madelyn se leva et se dirigea vers la porte.

— Maddie ! s'exclama Ava en se redressant à demi sur son lit.

Il y avait de la peur dans sa voix. Mais Madelyn ne se retourna même pas.

— Tu me détestes, n'est-ce pas ? murmura Ava.

— Tu es ma sœur, répondit Madelyn. Je t'aimerai toujours. Mais je crois que c'est toi qui te détestes. Et je n'ai pas envie de te regarder t'autodétruire.

— Je savais que tu me laisserais tomber, toi aussi, soupira Ava. Tout le monde me laisse tomber…

— Je serai toujours là pour toi, répondit Madelyn. Mais seulement lorsque tu auras vraiment décidé de t'en sortir.

— Tu crois que je suis comme ça par plaisir ? s'exclama Ava.

Madelyn se tourna vers elle et la regarda droit dans les yeux.

— Non, répondit-elle. Pas par plaisir. Mais par faiblesse. Parce que tu refuses de prendre tes responsabilités. Tu passes ton temps à accuser les autres de te laisser tomber, de ne pas être là pour toi. Et, le pire, c'est qu'ils finissent par te croire. Papa et maman ne cessent de se demander quelle erreur ils ont bien pu commettre. Je n'arrête pas de me dire que c'est peut-être ma faute, que j'aurais dû faire quelque chose…

Madelyn secoua la tête.

— Quelqu'un m'a dit récemment que, pour surmonter sa peur, il fallait commencer par la regarder en face. Tant que tu ne regarderas pas la réalité en face, nous ne pourrons rien faire pour toi, Ava. C'est aussi simple que cela.

— On voit bien que tu n'as jamais touché à la drogue, répliqua sa sœur. Elle te transforme, Maddie. Elle te fait faire des choses dont tu ne te serais jamais crue capable. Des choses impardonnables…

— Il n'y a rien d'impardonnable, Ava, répondit Madelyn.

— Même pas de livrer sa propre sœur en échange de quelques sachets d'héroïne ?

Madelyn la regarda droit dans les yeux.

— Je t'ai déjà pardonné, Ava. À présent, c'est à toi de le faire si tu le peux.

Les yeux de sa sœur s'emplirent de larmes, qui roulèrent en silence le long de ses joues creusées. À cet instant, le policier qui était en faction devant la porte de la chambre passa la tête par l'embrasure.

— Les cinq minutes sont écoulées, leur signala-t-il.

— Au revoir, Ava, fit Madelyn. Prends soin de toi.

— Maddie, la rappela Ava alors qu'elle était sur le point de franchir la porte. Moi aussi, je t'aime, tu sais.

Elle hocha la tête en souriant.

— Je sais.

Le lendemain matin, Madelyn passa tout le début de la matinée à parcourir les journaux qu'on lui avait apportés pour voir s'il y avait du nouveau dans ce que les médias appelaient « la fusillade de Boulder ».

Apparemment, la police n'était toujours pas parvenue à retrouver Nikolai Mateev, qui s'était de nouveau évanoui dans la nature. Quant à Oleg Zavalov, il semblait avoir succombé à ses blessures.

Elle reçut ensuite la visite du médecin, qui lui assura que tous les tests qu'elle avait passés étaient rassurants et qu'elle pourrait quitter l'hôpital en fin d'après-midi. Puis ce fut un véritable défilé d'amis et de collègues qui venaient prendre de ses nouvelles et — surtout — lui demander un compte rendu détaillé de ses aventures.

Mais plus elle voyait de gens et plus elle prenait conscience de l'absence de la seule personne qu'elle avait véritablement envie de voir. Elle l'espéra durant tout l'après-midi mais, à mesure que l'heure de la fin des visites approchait, elle en vint à se demander si ce n'était pas un peu naïf de sa part.

Ne l'avait-elle pas quasiment chassé de chez elle, la dernière fois qu'ils s'étaient vus ?

Vers 6 heures du soir, comprenant qu'il serait vain de continuer à attendre, elle se résigna enfin à quitter l'hôpital. Elle remplit les formulaires de sortie et réunit tous les cadeaux qu'on lui avait apportés ce jour-là. Mais, comme elle s'apprêtait à quitter sa chambre, on frappa à la porte.

Pensant qu'il s'agissait de l'infirmière, elle alla ouvrir et tomba en arrêt devant Roman.

— Salut, lui dit-il avec une exaspérante décontraction. Je suis venu t'apporter ceci.

Il lui tendit les clés de sa Mini.

— Je l'ai retrouvée près du pub, expliqua-t-il. C'était bien Oleg qui l'avait volée. Je me suis dit que tu en aurais peut-être besoin pour rentrer chez toi.

— Merci, lui dit-elle d'une voix emplie de reconnaissance.

Elle attendit qu'il ajoute quelque chose.

— Bon, je vais te laisser, dit-il. Je ne veux pas te déranger.

Il fit mine de se détourner.

— Roman ! s'exclama-t-elle, presque paniquée à l'idée qu'il disparaisse aussi subitement qu'il était apparu.

— Oui ?

Elle hésita, ne sachant comment lui dire tout ce qu'elle avait en tête.

— Tu es venu avec ma voiture, lui dit-elle. Comment vas-tu rentrer ?

Il haussa les épaules.

— Je pensais prendre le métro...

— Est-ce que tu veux que je te raccompagne ?

Il la regarda droit dans les yeux et elle crut un instant qu'il allait refuser.

— À vrai dire, lui dit-il d'une voix presque pensive, je veux beaucoup de choses.

Elle le considéra avec stupeur.

— Je voudrais que nous prenions ta voiture et que nous allions dîner quelque part en ville. Je voudrais que nous discutions de tout ce que tu voudras tant que cela n'a pas de rapport avec la mafia russe ou le trafic de drogue. Je voudrais que tu me ramènes chez moi. Là, je te proposerais de monter boire un dernier verre et je voudrais que tu acceptes. Ensuite, je voudrais que nous fassions l'amour.

Je voudrais que tu passes la nuit dans mes bras et que tu te réveilles à mes côtés demain matin. À vrai dire, je voudrais que tu te réveilles tous les matins à mes côtés. Et le plus simple, pour cela, ce serait sans doute que tu t'endormes aussi à mes côtés tous les soirs. Je voudrais que nous puissions faire des projets ensemble. Pas forcément des choses extraordinaires, tu sais. Des choses simples comme partir en balade en montagne tous les deux, passer des vacances ensemble, aller faire du ski...

Tandis qu'il parlait, Madelyn avait senti monter en elle une émotion qu'elle était totalement impuissante à contenir. Lorsqu'il marqua une pause, elle aurait voulu lui répondre, mais en fut parfaitement incapable. Si elle ouvrait la bouche, elle risquait seulement de fondre en sanglots...

— Je voudrais surtout que tu aies confiance en nous, reprit-il. Je voudrais que tu puisses croire qu'il est possible de s'aimer sans renoncer à ce que l'on est, à ce que l'on fait ou à ce que l'on veut devenir. Je n'aurais jamais l'idée de te demander de sacrifier ta carrière pour moi. Elle fait partie de toi. Et ta vocation est l'une des multiples raisons pour lesquelles je t'aime...

— Tu m'aimes ? parvint à lâcher Madelyn.

— Tout le monde semble s'en être rendu compte sauf toi, lui dit-il. Et, s'il y a une chose que je voudrais plus que tout au monde, c'est que ce sentiment soit un jour payé de retour.

— Il l'est déjà, répondit-elle d'une voix tremblante.

Ce fut au tour de Roman de rester sans voix.

— Je t'aime, lui dit-elle. Je sais que c'est totalement absurde. Nous n'avons passé qu'une seule journée ensemble...

— Ça a tout de même été une longue journée, argua-t-il malicieusement.

— C'est vrai, concéda-t-elle. Nous n'avons passé qu'une seule *longue* journée ensemble. Et il y a encore des milliers de choses que nous ignorons l'un sur l'autre... Mais je t'aime,

Roman. Et toutes les choses que tu viens de me dire, je les veux aussi.

Le sourire qui se dessina alors sur les lèvres de Roman réchauffa le cœur de Madelyn. Et, tandis qu'il se penchait vers elle pour l'embrasser, elle se prit à songer qu'elle était la plus heureuse de toutes les femmes.

Épilogue

Oleg avait la bouche et les lèvres sèches. Sa gorge le faisait atrocement souffrir. L'intérieur de sa poitrine le brûlait comme si l'on y avait glissé un tison brûlant. Chaque respiration était douloureuse.

Il avait initialement pensé qu'il était mort et qu'il se trouvait en enfer, où il payait pour tous les péchés qu'il avait commis au cours de sa vie. Puis il avait reconnu le bruit qui lui parvenait de façon discontinue. C'était le bip obsédant d'un électrocardiogramme auquel il devait être relié.

Il se trouvait à l'hôpital. Une fois de plus, la mort n'avait pas voulu de lui et l'avait rejeté parmi les vivants. Mais il ne pouvait s'empêcher de se demander si c'était réellement un signe de chance ou s'il était victime de l'une de ces malédictions dont lui parlait autrefois sa grand-mère.

— Monsieur Zavalov ? Est-ce que vous m'entendez ?

L'homme s'exprimait avec un accent typiquement britannique.

— Monsieur Zavalov, je m'appelle Ian Wallace.

Au prix d'un effort surhumain, Oleg força ses paupières à s'ouvrir. Un homme aux cheveux blonds vêtu d'un impeccable costume trois pièces bleu marine et arborant une élégante cravate jaune se tenait au pied de son lit.

Ce devait être un avocat, songea Oleg, qui essaya de

l'envoyer se faire voir, mais ne parvint à émettre qu'un vague gargouillis.

— Vous ne pouvez pas parler pour le moment, lui indiqua l'Anglais avec un sourire navré. Les médecins vous ont intubé. En revanche, vous devriez pouvoir écrire, ajouta-t-il en posant un bloc-notes et un crayon près de sa main droite. Je suis venu vous dire que de nombreuses charges pèsent contre vous. Certaines pourraient vous valoir la peine de mort. Bien sûr, l'État du Colorado n'a exécuté personne depuis bon nombre d'années. Mais certains voudraient faire une exception dans votre cas, à titre d'exemple. Vos comptes ont fait apparaître que vous fournissiez en drogue plusieurs collèges de la région et je vous assure que c'est très mal passé. Les tueurs d'enfants n'ont jamais eu bonne presse. Vous êtes également accusé de plusieurs crimes fédéraux qui pourraient eux aussi vous valoir la peine de mort.

Wallace marqua une pause pour lui laisser le temps de digérer ces informations.

— Si vous souhaitez prolonger votre existence, fût-ce dans l'enceinte d'une prison de haute sécurité, je vous conseille de coopérer avec nous. Nous aimerions entendre tout ce que vous pourrez nous dire au sujet de Nikolai Mateev.

Oleg griffonna un mot sur le calepin.

— Enfui ? lut Wallace. Vous voulez savoir si Mateev a réussi à prendre la fuite ?

Oleg hocha la tête.

— Oui, répondit l'Anglais. Avez-vous la moindre idée de l'endroit où il pourrait se trouver ?

Oleg savait que s'il livrait la moindre information au sujet de Mateev il n'avait strictement aucune chance d'en réchapper. Il écrivit donc « Non » sur le calepin.

— Vous en êtes sûr ? s'enquit Wallace. Pour le moment, les médias ont annoncé votre mort par erreur. Nous pourrions les laisser continuer à croire que vous avez quitté ce monde et vous envoyer en prison sous un pseudonyme. Nous pourrions aussi corriger cette erreur et vous faire emprisonner sous votre véritable identité. De cette façon, vous aurez la chance de pouvoir retrouver des tas de camarades de la *bratva*. Je suis sûr qu'ils seront ravis d'apprendre que leur comptable préféré est toujours de ce monde...

Oleg écrivit un nouveau mot.

— Parole ? lut Wallace. Vous voulez savoir s'il vous serait possible d'être libéré sur parole ?

Oleg acquiesça.

— J'ai bien peur que non, répondit-il. La vie et l'anonymat, c'est tout ce que je suis habilité à vous promettre.

Oleg hocha la tête et repoussa le bloc-notes. Fermant les yeux, il commença à prier. Lorsque la mort viendrait, il saurait y faire face dignement.

Ian sortit de la chambre d'Oleg Zavalov et rejoignit l'agent spécial Jones qui l'attendait dans le couloir.

— Alors ? lui demanda ce dernier.

— Il refuse de parler.

— Vous lui avez transmis notre offre ?

— Oui, mais il n'est pas intéressé.

Ian tendit le bloc-notes sur lequel Oleg avait griffonné quelques mots d'une écriture tremblante.

— Après s'être jeté devant un pistolet pour sauver son patron, il refuse de parler, soupira Jones. Oleg est loyal. On peut au moins lui reconnaître ça...

— Malheureusement, cela ne nous avance guère. Nous avons sous-estimé Mateev, déclara Ian. C'était une erreur. Et, le pire, c'est qu'il l'avait anticipée. Il s'est joué de nous et a même réussi à récupérer une partie de son argent. Mais cet épisode navrant nous a permis d'apprendre quelque chose de très important. Mateev a le cancer.

— Nous n'avons pas encore les retours du labo au sujet de ces médicaments, objecta Jones.

— Mais je mettrais ma main à couper que ces flacons contiennent exactement ce qui est écrit dessus. Et cela nous donne une piste que nous pouvons exploiter. Tôt ou tard, nous finirons par le coincer, Jones.

— Votre optimisme fait plaisir à entendre, soupira Jones.

— Ce n'est pas seulement de l'optimisme, répondit Ian. C'est une certitude. Une certitude absolue.